报告文学

中国刑警

四

公安部刑事侦查局 编

群众出版社
·北京·

图书在版编目（CIP）数据

中国刑警. 四／公安部刑事侦查局编. —北京：群众出版社，2019. 11

ISBN 978－7－5014－6054－0

Ⅰ. ①中…　Ⅱ. ①公…　Ⅲ. ①报告文学—作品集—中国—当代

Ⅳ. ①I25

中国版本图书馆 CIP 数据核字（2019）第 268084 号

中国刑警（四）

公安部刑事侦查局　编

出版发行：群众出版社

地　　址：北京市西城区木樨地南里

邮政编码：100038

经　　销：新华书店

印　　刷：北京市泰锐印刷有限责任公司

版　　次：2019 年 11 月第 1 版

印　　次：2019 年 11 月第 1 次

印　　张：14. 625

开　　本：880 毫米×1230 毫米　1/32

字　　数：363 千字

书　　号：ISBN 978－7－5014－6054－0

定　　价：49. 00 元

网　　址：www. qzcbs. com

电子邮箱：qzcbs@ sohu. com

营销中心电话：010－83903254

读者服务部电话（门市）：010－83903257

警官读者俱乐部电话（网购、邮购）：010－83903253

文艺分社电话：010－83901330　　010－83903973

报告文学《中国刑警》系列丛书

编审委员会

前　言

这套系列丛书，讲述的每一个故事都是真实的。

一百多个与众不同的人，用一个共同的名字——中国刑警，诠释着大道之行的忠贞，演绎着永不放弃的执着，彰显着舍我其谁的血性。

一百多个与众不同的人，每一个人都展现出传奇而独特的个性魅力：他们万里追凶，伏虎擒魔，英勇无敌；他们心细如发，抽丝剥茧，智谋过人；他们笑看生死，挥泪别离，悲悯大爱；他们临危不惧，果敢霹雳，气贯长虹……然而，他们其实都是普通人，有血有肉，有伤有痛，更有情有义。

一百多个与众不同的人，从东海西域、北国南疆走到一起来了，无疑是中国刑警精英的一次大集结和大阅兵。这套系列丛书，为你展示的就是这一前所未有的中国刑警精英方阵的英雄群像。

为深入贯彻习近平总书记在接见全国公安系统英雄模范立功集体表彰大会代表时的重要讲话精神，积极落实部领导关于全国公安“百佳刑警”推选宣传活动的批示，大力弘扬“百佳刑警”的英雄业绩，讲好警察故事，锻造忠诚警魂，公安部刑侦局携手全国公安文联和中国人民公安出版社共同组织创作、编辑出版了这套报告文学《中国刑警》系列丛书。

这无疑也吹响了一次史无前例的刑警题材公安文学创作的集结

号。先后有近百名公安作家及部分社会作家深入全国警营，聚焦中国刑警，辛勤采访，深入思考，潜心创作。作家们星夜兼程，走进一线刑警的生存空间，体悟他们的生命常态，追寻那金戈铁马般的生死搏杀，感受那正义与邪恶的非凡较量，融入那捍卫法律尊严与中国刑警荣誉的热血豪情……中国刑警以他们超凡卓绝的破案智慧，出人意料的侦查方法和特有的赤胆忠魂感动着作家，才有了呈现在你面前的这鲜活的新时代中国刑警的巨幅文学画卷。

《中国刑警》系列丛书，第一次采用集中组织近百名作家深入刑警队伍采访创作，全方位、多角度、大视野地以报告文学的形式推出中国刑警故事，讴歌时代英雄，是公安文化建设的一次重大创举。

刑警题材是公安文学创作的富矿，运用报告文学形式，塑造典型刑警英雄人物，创作出优秀的文学精品，是《中国刑警》系列丛书孜孜以求的目标，更是不可推卸的责任。

《中国刑警》系列丛书从组织采访创作，到编辑出版发行，一直得到公安部领导的精心指导，也得到了各地刑侦部门和公安文联的大力支持，全国公安一线刑侦和宣传、文化系统的诸多单位为作家们深入采访提供了十分便利的条件。被采访的刑警，在肩负打击犯罪侦破案件重任的同时，还要挤出时间配合采访工作，他们的大局意识和奉献精神令人感佩。在此，我们向所有为《中国刑警》系列丛书作出了贡献的人们致敬！

收入这套系列丛书的人物，是中国16万刑警的杰出代表，是中国刑侦战线的英雄楷模。

在此，我们向所有的中国刑警致敬！

《中国刑警》编委会

2018年12月

目　录

武松打虎

冯 锐

序曲

虽已年届六旬，于铁义在各种补药营养品的滋养下健壮如虎。2016 年初春的一天，北京市顺义区某度假区内，巨贪三亿有余的黑龙江鹤岗人于铁义和女儿正风卷残云般地享用着山珍海味。他满身肌肉块没有一丝松懈，胃口如狼似虎；饭毕，午睡鼾声如雷；醒来，游泳狂飙千米……

中纪委在这个下午发出抓捕于铁义的指令。

度假区门前一辆轿车内，跟踪于铁义多日的朱振龙和三名鸡西公安战友，一口一口嚼着干巴面包，不慌不忙，为了果腹，更为了打发时间。

几个人外表松懈，内心却是高度警惕。

下午 3 点，于铁义出现。

当于铁义来到奔驰门前刚要上车的时候，黑龙江鸡西警察朱振龙等人出现在他面前。

于铁义疯狂拒捕，几个回合缠斗过后，被朱振龙等人制伏。

中纪委来电对抓捕工作表示满意，鸡西市公安局领导回复说：“这家伙的确难对付，要不我们怎么会把任务交给大龙呢？”

“是不是可以让我安心去抓‘西门庆’了？”朱振龙笑问。

局领导笑答：“抓于铁义是纪检委临时交办的，必须配合。接下来，你安心去抓‘西门庆’吧。”

朱振龙笑了。

可他的脸上却突然呈现出一丝痛苦的表情。没等局领导问，朱振龙说：“X 光片已经出来了，他踹折了我两根肋骨。”

局领导说：“常年吃面包和方便面的，没有人家常年吃山珍海味的身子骨结实啊。但是，别看他于铁义对咱们警察威风，纪检委同志说了，他见了他们就长跪不起，痛哭流涕。你先好好休养一下，伤筋动骨一百天哪。”

大眼睛双眼皮的朱振龙说：“没事儿，不影响我抓‘西门庆’。”

爹年轻的时候，从千里之外的山东老家来到小城鸡西，乡音不改的山东快书《武松打虎》字正腔圆。爹的简笔画武松打虎，寥寥数笔却很有意境。朱振龙兄弟三人的学习成绩一个比一个优秀，他们都在爹的唱腔里一点点长大——

闲言碎语不要讲，
表一表好汉武二郎。
那武松学拳到过少林寺，
功夫练到八年上……

初中三年级的时候，朱振龙因为拒绝交出兜里的两角钱，被一伙闹校无赖揍得鼻青脸肿。朱振龙越想越窝囊，他觉得自己特别对不起爹给起的这个名字。

鼻青脸肿的朱振龙，在寒风中走向煤矿，他要到那里等待下班的爹娘。一路走来，男孩儿擦拭着血水和鼻涕，却没有流下一滴眼泪。

男孩儿遇到了下围棋特别厉害的天宇。天宇问："振龙你怎么了？"满是伤痕的男孩儿憨厚地笑着，没有回答。

闹校的那些人，在随后的十年里把整个鸡西城搅和得昏天黑地。李宝、秋生、大有、显吧、董五、谢老二、黄牛、五元、牛二、王三、张氏兄弟、王冰……那些五花八门的名字，朱振龙牢牢记了一辈子。那些人，今天李宝和秋生一伙儿了，明天两个人又结仇干起来了，各种组合变幻莫测。牛二和黄牛的组合一直很稳定，他们都来自虎林，外出打架的时候总是背靠背，人手一把长刀，所向披靡。那个叫王三的，最后加入他们的组合，仨人成为了牢不可破的铁三角……

一路上，爹的唱腔始终萦绕耳畔，朱振龙不由自主地随着那些腔调哼唱。但凡爹娘在矿山工作或是打小工，闲来无事的孩子们总会在下班的时候去矿上等待。鼻青脸肿的朱振龙站定的时候，张氏兄弟、王冰等一些少年也在那里等待着，朱振龙经常和他们相遇，彼此交换玻璃球，分享兜里的各种山果。

爹们走出煤矿的时候，一定是清一色的黑头土脸，只有他们向谁招手，谁才可以认出哪个是自己的爹。

那一天等待的时候，王冰看到了鼻青脸肿的朱振龙，问："董五干的？谢老二干的？五元干的？还是牛二？"张氏兄弟说："大龙，我们去替你出气……"

矿上突然大乱。一名黑头土脸的矿工被抬了出来，他的十个指头都没有了，看来是出了工伤事故。当这名矿工被工友抬着路过那群男孩子面前的时候，他伸出一只没有指头的手掌朝着张氏兄弟挥了挥。于是，张氏兄弟发出了震天哭声。

朱振龙的爹，在矿上从事技术方面的工种，所以当爹的身影一出现，他就可以认出来了。

朱振龙见到爹的一刹那，说："爹，我要去拜师，我要去学武。"

爹没有在意他的鼻青脸肿，只是轻轻抚摸着他的头，说："好啊。"

景阳冈上出猛虎，
猛虎它是兽中王，
行人路过它吃掉，
剩下的骨头扔道旁……

蹲马步的时候，朱振龙默念着那段耳熟能详的山东快书，可以连续坚持四五个小时。

李姓师父一次次眼见他满头大汗，也一次次竖起大拇指，说：“你是我所有徒弟中最刻苦的。”

朱振龙从警二十多年后，回忆那段练武日子，感觉既练就了体魄，又磨炼出了自己坚强的忍耐力和意志力。从小生活的那个城市，原本是没有带给他安全感的，那种不安也是一代人的记忆。就是在那个记忆的路口，很多人做出了选择。

被山东快书萦绕的朱家，孩子学习成绩个个顶呱呱，围棋也是一个比一个下得厉害。鸡西市那个下围棋很厉害的天宇，兄弟三人常常会轮流挑战他，彼此有输有赢，有爽朗的笑声却没有急赤白脸。天宇有两个妹妹，一个比一个老实。兄弟三人和天宇下棋的时候，她们会给他们泡茶。

爹没有了手指，张氏兄弟的境况惨不忍睹。娘带着老大张显光一同到矿上推轨道车赚钱。但那点儿少得可怜的收入远远不够家里开销。为了让娘和弟弟、妹妹吃饱，张显光经常饿着肚子不吃饭，把省下来的食物留给他们。张显光甚至开始要饭……

没有了手指的张父，最后因为肝癌去世了。那种打击使张显光病倒了，脑膜炎、胸膜炎一起来了。医生给他判了死刑，家里没有钱看病，也没有钱买药，娘把他背回了破败的家。朱振龙、天宇、王冰等趴在窗前看着张显光，面对奄奄一息的他却是无能为力。

张母流着泪，给张显光灌了一碗又一碗的姜汤水。但恰恰就是这姜汤水救了张显光的命。恢复元气的张显光，开始和所有人混战，因为常常有人奚落他是要饭的。此外，还有各种如彼此看不顺眼的缘由，李宝、秋生、大有、显吧、董五、谢老二、黄牛、五元、牛二、王三、张氏兄弟、王冰之间乱作一团，喋血街头已司空见惯。

那个年代，录像厅里的香港电影枪声大作，鸡西街头巷尾则在现实演绎。校园和以往相比更不消停了，朱振龙也好，其他人也好，都清晰感觉到那个时代已“虎”患成灾。爹教导兄弟三人：“好好学习，长大了离开这个地方。”

“西门庆”和“潘金莲”

武艺在一天天增强，有人欺负朱振龙的时候，他却没有了任何反抗。因为师父告诉他，越是学武越是不能好勇斗狠。

王冰常常因为他的表面软弱而怒发冲冠。王冰曾几次约他外出干仗，朱振龙则怎么说也不去。

那一年过年，张显光偷了别人家两元五角钱买肉回家给娘包饺子。结果，警察抓了他，他被劳动教养。张显光被放出来的时候，恰好遇见娘正在被王三欺负。王三羞辱说，他们家是贼窝。结果，张显光一刀下去，王三没了性命。接下来，张显光亡命天涯，不知去向。

王三是牛二手下，牛二和黄牛找不到张显光，就找到他的弟弟张显辉寻仇。不料背靠背到处厮杀的牛二和黄牛，却在张显辉那里被打得屁滚尿流……

学习，武术。高中三年，沉默寡言的朱振龙全部精力都集中在这两件事上。高三报考的时候，朱振龙和父亲发生了争执。朱振龙另外两个兄弟同样学习成绩优秀，甚至都是县里的状元级别，兄弟朱振文后来还是哈尔滨工业大学研究生考试第一名。

父亲问及他的高考志愿，朱振龙回答说："公安大学。"父亲态度严厉："不准当警察！认真研究一门学问。"

这是父亲的态度，却不是朱振龙的追求。朱振龙依然悄悄报考了公安大学。高考成绩出来后，分数当然是遥遥领先，却在体检的时候身高相差一厘米。

就因这一厘米，朱振龙与公安大学失之交臂。1995 年大学毕业的时候，朱振龙被分配至哈尔滨一所知名高校任教。但他还是不甘心，拿着档案和履历回到鸡西。那一年，鸡西市公安局招募警察，朱振龙轻松过关。

朱振龙的警察梦从此开始了。

此时，自家兄弟都已去外地发展，李宝用水果刀杀死了秋生外逃，大有用枪打死了显吧外逃，董五被枪毙了，谢老二在监狱里死了，黄牛不知所踪。

朱振龙还是不喜欢说话。他去找天宇下围棋，天宇却心事重重，再也没有赢过朱振龙。

天宇说："媳妇有外遇了，是牛二，牛二让我把媳妇让出去……"

天宇像是祥林嫂，似乎只有和别人诉诉苦，才能缓解一下心中的郁闷和痛苦。

最初牛二来到天宇家的时候，天宇家人待他为客，天宇两个妹妹给他泡茶、上水果。但后来就不是这样了。一次次夜里，牛二来到天宇家里，把天宇赶出家门，有的时候不用牛二动手，天宇的媳妇也会把他踢出家门。天宇的妹妹找到牛二的妹妹，希望她能劝劝她的哥哥，结果牛妹比她的哥哥还要无理和霸道。

人们都说，天宇成了武大郎，牛二就是当今西门庆。人们都说，天宇你要小心了，你媳妇就是潘金莲。人们又说，不对，天宇还不如武大郎，而这个"西门庆"比西门庆还西门庆，这个"潘金莲"比潘金莲还潘金莲……

牛二和黄牛原是鸡西下辖虎林县城一霸，后在鸡西市区以贩卖牛肉为生。他们卖牛肉还算足斤足两，收购各种肉牛的时候却是常常赖账不还。那个夏天，黄牛不知所踪，但他的震慑力还在，人们都感觉他随时会回来。那个夏天，牛二已经欠了别人二十头牛钱。面对一个牛二再加那个黄牛，无人敢言语。

初当警察的日子，五元恰好在朱振龙的辖区。朱振龙腰间挎着手枪走进他家的院子时，五元正拿着一把尖刀上下舞动。院子当中一张小餐桌上摆着四盘菜，四盘菜的旁边，立着一瓶高度虎林老窖。

“喝酒练刀呢？”

“哟，警察了？”

学生时代五元没少欺负朱振龙，见到朱振龙，五元现出奇怪的表情：“找我？报仇？”

“报什么仇？听说你刚刚刑满释放，我来看看你，我是这儿的片儿警。”

“那坐下来，喝点儿。”

“不能喝，喝大了，想起以前的事儿，我容易开枪干你。”

五元和朱振龙都笑了。

“五元，你刚刚刑满释放，按照规定应该先到我那里报到。”

“贪酒，忘啦。”

“五元，你要好好做人，有啥正经事儿需要我办，尽管说。但是，你这把刀，我得没收。”

“你看这把刀，多漂亮，没收可惜了。我送你吧。”

“你觉得是送我，也行。反正，这刀我得拿走。”

“没问题，你要啥都给。就凭你今天说的这些话，你将来要我命我都给。别人要，不行！”

天宇即使逆来顺受，在牛二眼中也是一个障碍。

1998 年的那个夜晚，天宇妻子抱着 3 岁的女儿，目睹牛二来到家中，又来到躺在炕上生闷气的天宇身旁。这绿帽子戴的，天宇早已感觉没脸见人了，他那双下棋的手软弱无力，面对杀牛卖肉的牛二无可奈何。牛二提起尖刀的时候，天宇根本没来得及反抗，那把尖刀便一下子深深扎进他的喉管。

一刀毙命，牛二觉得还不够，又连续补上数十刀。3 岁的女孩儿静静看着眼前的一切，没有哭，也没有闹。女孩儿的妈妈也是那样静静看着眼前的一切，没有哭，也没有阻拦。孩子的奶奶，后来哭泣着向警察回忆那些画面。

此后的十八年时间里，女孩儿的妈妈和牛二几乎每天都在观察这个女孩儿，观察她是否对那个血腥的夜晚存留着某种记忆。他们没有发现任何痕迹，似乎那个女孩儿完全没有相关的记忆了。此后的十八年时间里，女孩儿一直称牛二为爹。牛二和那个女人又生了一个儿子，女孩儿因此有了一个弟弟。这些，都是后来十八年陆续发生的事情。

“哪有这么欺负人的？天理难容，恶劣程度远远胜于西门庆与潘金莲。”这是人们对这起事件的普遍议论。

于是，“西门庆”与“潘金莲”取代了两个逃犯的名字，天宇的名字则被“武大郎”替代了。这个案件，从案发到随后的许多年，由于其特殊情节始终被城市里的人们津津乐道，而且成为了人们对公安局发牢骚的一个焦点——因为“西门庆”和“潘金莲”踪影皆无，公安局又束手无策。

在公安局，只要一提“武大郎”那个案子，无人不知，的确又都束手无策。

首先因为“潘金莲”彻底杳无音信。包括朱振龙在内的很多警察密切留意她的父母亲人，没有发现与“潘金莲”有关的任何线索。

于是，大家都说：“这个‘潘金莲’的确够狠，为了‘西门庆’六亲不认了。”

“潘金莲”和“西门庆”在随后十八年里发生的事儿，大家并不知道，包括警察在内。

没有人知道，“潘金莲”和“西门庆”都改了姓名，洗白了身份……这些，都是牛二老家的老村长、后来的墨镇镇长出面办妥的，牛二把欠别人的牛钱都给了他。

鸡西城小虎狼多

李宝、秋生、大有、显吧、董五、谢老二、黄牛、五元、牛二、王三、张氏兄弟、王冰……有的被杀了，有的杀了别人，有的逃亡了，有的还在。只要是活着的，这些人依然在不同的角落如狼似虎。

混乱之中，朱振龙明白自己应该做什么，应该怎么做。

得知朱振龙从警，王冰前来找他：“振龙，不要相信法律了。”

朱振龙回问：“那相信啥？”

“相信兄弟，相信感情。你当警察，要是谁欺负你，我随时会站出来。”

“小的时候，我受欺负不求你，以后也不麻烦你。但是，谁欺负人，我就收拾谁。我干警察为的就是这个。”

“我不欺负人，但我整谁、收拾谁，都是有原因的。你是书呆子，你不懂。人善被人欺，马瘦被人骑。”

“你想得极端了。”

“不是我极端，比如那个‘西门庆’，要是换了我，我才不会当那个‘武大郎’，我直接当武松，干死他个狗日的。”

“算了，武松不是那个当法儿。”

“那怎么个当法儿？警察现在也抓不到‘西门庆’，将来也抓不到‘西门庆’。牛二和黄牛，就得我这种人来收拾。警察，不好使。”

“你等着。我在，就一定能抓到。我会让你看到警察是好使的。”朱振龙的眼里透着锐利的光芒。

朱振龙外出上学的时候，王冰从部队服役归来，迅速“崛起”，成为了当地的恶虎一条。

王冰到车管所办事，嫌所长态度不好，就叫来一伙手下，直接将所长绑架到鸡西北大泡子，所长不得已跪地求饶。王冰多疑，他感觉检察院某副检察长对自己媳妇有点儿特殊想法，于是将其劫持到宾馆，暴揍后扔下五千美元扬长而去。王冰喜欢到大浴池洗澡，而且喜欢在休息大厅闭灯躺着。某银行行长同样喜欢到这家浴池洗澡，他却喜欢在休息大厅开灯躺着。不同的习惯，让两个人在一次洗澡的时候发生激烈冲突。王冰叫来手下暴打行长，这位行长后来做CT，脑袋都放不进卡槽……

朱振龙找王冰谈话的时候，王冰正在澡堂子里泡澡。王冰泡澡的时候，喜欢端着红酒品，外表看起来儒雅高端。

王冰晃着红酒杯，对朱振龙说：“放心，我不是黑社会，我是文明人，我是在给一些人立规矩。你要是有精神头，就多想想办法去抓‘西门庆’吧。”

澡堂子里泡澡喝红酒，朱振龙对与王冰有关的这个画面印象深刻。他觉得王冰可笑又荒唐，已经成为一只疯“老虎”了。

没错，王冰已经进入了癫疯状态。王冰的爹，酒后闹事端着猎枪寻仇，王冰让手下将自己爹绑了起来，却一不小心将亲爹勒死了。接下来，一个欠他爹二十万债务的“杨白劳”，被他抓来后暴打，一不小心将其打死了。王冰开矿暴富后，开始吸食毒品，毒品令他产生幻觉，人也变得更加暴戾。他妻子手下的女员工说她坏话，王冰兴师动众带着手下暴打女员工，女员工被折磨得遍体鳞伤、死去活来……

小城鸡西就像丛林，王冰已经在那里为虎称王。朱振龙将王冰的犯罪证据搜集齐全。王冰逃了。不久，在逃的王冰给朱振龙来了电话：“咱俩是兄弟，别人对我下死手，你也下死手？你怎么大义灭亲？算了，你不欠我情，你我之间谈不上义。”

朱振龙说：“回来投案吧，争取一下立功机会。”

“振龙，你走的路，还是对的，但我不能回去。”

“你不回来，我也能抓到你。”

“你先抓‘西门庆’吧。别想抓到我。”

“咕咚”，王冰把手机扔进了河里。

景阳冈上出猛虎，
猛虎它是兽中王，
自从出了这只虎，
只吃得三个五个不能走，
只吃得十个八个带刀枪，
只吃得大人孩子都叫苦，
只吃得家家户户泪汪汪……

父母在，不远行。回到家乡当一名警察，朱振龙感觉很好。爹的唱腔，想听的时候就能听到。

爹叮嘱他说：“当警察，不要冒冒失失，安全是第一位的。”

既然木已成舟，儿子已经做了警察，爹就把叮嘱看得比较重要了。

朱振龙说：“爹，邪不压正，当警察没那么危险，你放心。”

一时半会儿的确看不出危险，但辛苦是少不了的。过年了，朱振龙就在“潘金莲”家门前徘徊，在“西门庆”家附近蹲守，风雨无阻。一次次，朱振龙暗地里跟随“潘金莲”和“西门庆”的家人外出远行，又一次次无功而返。

一个又一个夜，看似宁静却是暗流涌动。朱振龙对于鸡西的夜晚，从来就有着自己的感受。月黑风高中，时刻涌动着一种莫名的不安，他可以听到其中别人难以察觉的恶虎咆哮与一只只独行狼的嚎叫。别人眼中的城市，在朱振龙眼中却是另外一番模样，他知道城市的病灶在哪里，他知道病毒一般的罪恶因子游走在哪里。朱振龙会用自己的细心与勇敢，一点儿一点儿清除那些病灶，以及那些病毒一般的罪恶因子。朱振龙的目标是，城市的夜里不再有虎啸狼嚎。

“别看鸡西小城不大，豺狼虎豹从来就不少。”总是听到老民警这样说，朱振龙渐渐把父亲的唱腔、那一张张武松打虎的简笔画和自己的工作结合起来了。

满头大汗的朱振龙后来时常讲，干警察的活儿，必须有武松打虎的勇气与豪情。当然，这话他从不跟爹说，否则爹会为自己担心。

现实永远是残酷的，鸡西地盘的豺狼虎豹之狠，远远甚于景阳冈上那只虎。但是，朱振龙已经准备好了，他的名字不是闹着玩儿的。振龙伏虎——爹给朱振龙起名的时候，也许就已经寓意于此了。

夏季的一个夜晚，一双高跟皮鞋在一条巷子里前行。中学教师吕蒙晚自习后独自回家。一路上，她思考着学生们的琐事，还有自己家里的很多事情。她眉头紧锁，心思沉重。

一个黑影，正跟着她前行。走着走着，吕蒙似乎感觉到了那个黑影，她突然回头，又什么都不见。恐惧感令吕蒙的脚步开始慌乱，她甚至开始一路小跑了。

那段日子传言“刨锛儿党”正横行鸡西，专门针对独自夜行的女子。吕蒙也听说了，但并没有当回事，她觉得鸡西不大也不小，不至于说碰就能碰上。可不巧她在这个夜晚就碰上了。

惊恐中，一个铁器击中了她的头。吕蒙血流如注，昏死过去。她的钱包被抢走，里边还有一张那个年代经常使用的电话磁卡。

算上吕蒙这个案子，发案正好是二十二起。技术人员围绕吕蒙丢失的那张磁卡开展侦查，很快，线索指向“五元”。

当市局提出针对五元开展排查的时候，朱振龙已经来到了五元家的院子。

五元家院子里的小酒桌上，还是四个菜。五元还是在那里提着一把刀刺来刺去比画着，比画累了就到酒桌旁喝一口。

“五元，你有钱了？菜变好了？”

“又来了？我把刀直接交给你。”

“五元，这次我不要你的刀了，我要你的镑儿……”

五元开始拿刀刺向朱振龙。

朱振龙左躲右闪：“五元，你说话不算话，你说我要啥你都给，包括你的命……”

五元不理睬，就是一心想击倒朱振龙，然后逃出院子。

朱振龙首先打掉了五元手中的刀，接着和他对战。转眼间，看热闹的邻居们把院子围得水泄不通。

朱振龙把五元揍得鼻青脸肿。五元最后趴在地上一动不动了，朱振龙用手铐铐住了他的双手，又用皮带捆住了他的双腿。

二十二起刨镑儿案件，都是五元所为。

五元叹息：“你小子长大了，出息了，栽到你手里我服了。”

朱振龙带队将命案逃犯抓捕归案。

“枪毙之前，你要是能够保证让我有烟抽，我就告诉你一件事情。”

“我不仅能保证，我还能定期给你送只烧鸡吃。”

“大龙，我们这帮人，和你真有缘。”

“我当警察，就是因为你们胡作乱闹。”

“大龙，我相信你。我直接告诉你，黄牛在哈尔滨，要是你能找到他，就能找到牛二了。”

“五元，你这个人不错，知道我惦记啥。”

“我和他们不一样，他们总是欺负人，我刨镑儿只为弄钱喝点儿酒。”

“算了吧，你已经几条人命在手了，你是不欺负人，你是要人命。”

“要命，也和他们不一样。”

“我怎么知道你说的话是真的？”

“黄牛来找过我，和我在院子里那张桌子上喝过酒。他离开鸡西是因为那个张显辉。他们两个是死敌，张显辉让他滚出鸡西，他就不敢明目张胆回来了。黄牛几次约我干张显辉，出出恶气。”

“黄牛目前在哪里，做什么？”

“在哈尔滨，有个叫什么哈特的地方，当扒手。”

“他约你帮忙，你帮了吗？”

“帮啥呀，你没发现张显辉现在财大气粗，一大帮兄弟不离左右，谁敢碰啊？所以我安心刨锛儿。对了，你得盯着点儿张显辉，我觉得那小子在外边一定干了大事儿，而且既然他干事儿，就一定得和他大哥干。”

“先别说张显辉，说说牛二，说说‘西门庆’。”

“黄牛和牛二不一样，牛二当了‘西门庆’杀了人，不是说回来就能回来的，黄牛则来去自如。而且黄牛说，他经常与牛二有联系。”

朱振龙知道了黄牛的一些情况后，先把目光锁定在了张显辉身上。

不知道是在哪里发财了，张显辉显得文明又客气。张显辉走到哪里，朱振龙就跟着来到哪里。

那段时间，沈阳运钞车大劫案还没有发生，朱振龙还没有足够的想象力将张显辉和那起案件联系起来。朱振龙只是觉得张显辉的一切，的确都很反常。

张显辉频繁到一家洗浴中心洗澡，朱振龙也频繁跟随。张显辉当然认识朱振龙，但不知道他已经是一名警察。

张显辉每次见到老熟人朱振龙，总是客气点头，笑一笑。

朱振龙感觉张显辉一定有重案在身，于是决定试一试他的底线。

在洗浴中心一个包房里，朱振龙将枪口对准张显辉。

“你小子怎么把枪口对着我了？你小子怎么也走这条道儿了？我们无冤无仇，从小关系很好……”

“我是警察了。你别乱动，我不难为你。”

听说朱振龙是警察，张显辉蹿了起来。几个回合下来，他当然不是朱振龙的对手。呼哧呼哧喘着粗气的张显辉，最终被朱振龙死死压在身下。

朱振龙搜查了他的衣柜，没有任何违禁品。

“我不抓你，将来也得有别的警察抓你。”

“我知道。”

“你们兄弟，是不是在外边干案子？”

“穷怕了，你别问了。”

“你们要是脑袋混搬家了，你娘咋办？”

“我娘是个可怜人，她这辈子为了我们兄弟活命，改嫁改了四次。”

“你和王冰那么要好，是不是还有联系？”

“王冰啊，你打听他的消息，也不至于这么大动作对我啊。我几次约他到沈阳玩，他都没来。我有他的一个电话号码，北京的。大龙，我们这一拨人啊，就出了你这么一个好人。小时候，你就和所有人都不一样。就凭你对我这么下狠手，就能说明你是个好警察。我佩服你，我们兄弟都佩服你。”

“你别佩服我，你知道你大哥张显光在哪里吗？”

“他是我哥，知道我也不说。不说，你不会毙了我吧？你怀疑我，我不怪你，今天就当什么也没发生，以后你再这么对我可不行了。”

张显辉表情凶狠，但朱振龙怎么会怕他？

朱振龙查了张显辉的消费记录，他一次洗浴消费额度高达五千多。

后来，沈阳发生运钞车大劫案，沈阳警方将张显辉列为重点嫌疑人，派民警到鸡西调查，朱振龙一直陪伴，沿着张显辉所有生活轨迹蹲守。但是，张显辉再也没有回来，直到他在哈尔滨落网。

擦肩而过的“西门庆”

盛夏的哈尔滨烈日炎炎，朱振龙向队长请了三天假，陪着母亲来哈尔滨看病。

看病的同时，朱振龙也是想核实一下五元的话。三天时间里，他陪伴母亲的时候很少，大多用来找寻黄牛了。

但朱振龙没有找到黄牛的踪影。

朱振龙买好了两张火车票，和母亲约好晚上 9 点一起上火车，自己又回到哈特一带，心想：再碰碰运气吧。

哈特是一家大型商场，人流如织。

那个下午，朱振龙运气不错。他看到了一个可疑人，一个很像黄牛的可疑人。他看到那个可疑人抢了一个女人的包。

女人喊叫：“有人抢劫，抢劫！我的包里有两万元……”

“你个死老娘们儿，在家不好好过日子……”这样的表述，似乎是两口子发生口角，可疑人随即要走。

突然，一个穿白衬衣的人出现了：“你先别走，等等……”

这个时候，朱振龙发现人群中有一张熟悉的脸——是牛二，“西门庆”！

同时，朱振龙已彻底看清楚抢包人的脸，那个人就是黄牛。

说时迟那时快，黄牛持一把尖刀疯狂刺向那个穿白衬衫的人，白衬衫转眼间被鲜血染红了，等到朱振龙追上去的时候，黄牛已经加速逃跑了。

围观的人特别多，黄牛一边跑一边用尖刀比画着，所有人都自觉让出一条路，没有一个人敢于阻拦。

朱振龙已经完全顾不上瞬间出现又瞬间消失的“西门庆”了，径直追向黄牛。

黄牛跑出哈特商场，穿过一个门洞子，又连续跑过几条街，朱振龙紧追不舍。追逐过程中，依然没有任何人敢于阻拦黄牛。

在一个大排档附近，朱振龙追上了黄牛。黄牛红了眼，像一头疯牛，拿着尖刀疯狂刺向朱振龙。

朱振龙左躲右闪，最后被逼到支撑大排档帐篷的一根铁管旁边。朱振龙攥住那根铁管，用力拔了出来，用铁管当武器，几下子就把黄牛打趴在地。

当晚，朱振龙按照黄牛提供的情况寻找“西门庆”时，那里早已经人去屋空。

当晚，朱振龙以证人身份配合哈尔滨警方做完笔录时，火车已经开走。

哈尔滨民警说：“穿白衬衫见义勇为的那位，是哈工大的一位老师。你挺身而出，分散了凶手注意力，要不再捅几刀，那位老师一定没命了……”

朱振龙第二天下午才回到鸡西，单位领导批评朱振龙没有按时归队。

朱振龙没有解释什么。直到第三天，黑龙江省内各大媒体，按照朱振龙做证时留下的单位地址纷纷来到鸡西。

“大龙，你怎么早不说呢？做了这样的事，也是给单位争光啊！”单位领导一双大手紧紧握着他的手。

朱振龙没有想到还会有媒体来采访他，更没想到通过媒体采访暴露了抓捕黄牛的事情。前前后后许多天，朱振龙把家里所有报纸都藏了起来，电视一旦播放新闻就换频道。他不想让父母知道这件事，他不想让他们为了他担心。因为朱振龙一再和父母强调：当警察啊，很安全，一天到晚特清闲……

只是，那个“西门庆”从此再也没有音讯了。

转眼之间，朱振龙已经从警许多年，距“西门庆”案发后逃走也已经整整十八年了。

那一年的春节前夕，朱振龙正和鸡西市公安局新任局长汇报工作的时候，楼下值班员来电：那位白发苍苍的老人，又被家人推着来上访了。局领导和朱振龙下楼，看着那个老人不禁心中颤抖。

朱振龙握着老人的手说："大娘，我对您有承诺，我一定会抓到他。"

轮椅上的老人颤颤巍巍地说："大娘怕是等不到那一天了，但人抓不到，我死不瞑目……"

局领导握住朱振龙的手，小声说："集中精力，抓住那个'西门庆'，看老人的样子，怕是有今天没明天了。这家伙逃了十八年了，也是难为你了。你有信心吗？"

朱振龙小声说："有，我一定能够抓到他。"

十八年来，每当有人向朱振龙提起"西门庆"牛二的时候，他总是这样说。十八年来，承诺一直那样存在着，虽然"西门庆"仅有那么一次瞬间现身，朱振龙错过了抓捕机缘，但他没有一丝气馁。

面对朱振龙傻傻的坚持，很多人都已不再相信"西门庆"会落网了。

人们都认为那将是一起死案，天宇将会比武大郎还冤，"西门庆"不见踪影就证明了他的冤。"西门庆"和"潘金莲"的故事，依然会在不同场合被人们提起，因为那起案件太恶劣、太嚣张了。

这个冬天，朱振龙在北京找到王冰踪迹的时候，他正在某大学学习某国语言。

朱振龙觉得这一次王冰逃不出自己手心了，他觉得这个线索特别可靠。因为王冰总觉得自己是有素质的人，他能在逃亡路上走进学校学习，一点儿也不意外。

校园里的王冰，已经不再吸毒了，他每天除了读书，就是练习体能。

朱振龙抓捕他的时候，遇到了大麻烦。王冰和朱振龙过招的时候，常年加班加点体力透支的朱振龙明显感到吃力。

"别抓我，我不是黑社会。"

“你民怨太大，手里两条人命，你得和我回去。”

“两条人命，有一个是我爹，我是失手，不是故意的。”

“过失杀人，也是杀人。”

“我问你，‘西门庆’抓到没有?”

“没有。”

“不抓‘西门庆’，你抓我干啥?”

两个人在撕扯中对战。最后，朱振龙将王冰死死压在身下。

“王冰，看在以往情分上，你不算拒捕，我不给你加这条罪状了。”

“大龙，我们这拨人都栽在你手里了。但恨你，怎么又恨不起来呢?”

“你不恨我，因为我走的是正道儿。”

新时期“武松打虎”

王冰落网的时候，朱振龙已经是鸡西市公安局，乃至黑龙江省公安机关的先进典型了，常常大红花在胸前，出席各种各样的表彰活动。鸡西市最近四年总共抓了三十六名命案逃犯，朱振龙自己就抓了十九名，占了一半儿多。有人提起朱振龙的事迹，将其形容为新时期的“武松打虎”。

朱振龙苦笑：我怎么和武松这么有缘分?

冥冥之中，总是有些东西很难说清……

闲言碎语不要讲，
表一表好汉武二郎……

77 岁的爹已经苍老了，但唱起那个腔调时依然字正腔圆。虽然常常哼唱着《武松打虎》，爹的晚年生活却波澜不惊，也完全没有想到儿子每分每秒都在做着武松打虎一类的事情。

武松打虎，毕竟是一种艺术呈现，而朱振龙的“武松打虎”却是真真切切。从这一点来说，简笔画上的那位武松，山东快书里的那位武松，都是无法和现实中的朱振龙相比拟的。

“西门庆”逃走十八年的时候，朱振龙已经有了一个特别合手的搭档赵迎伟。赵迎伟毕业于哈尔滨体育学院三级跳专业，而且是鸡西市一百一十米跨栏纪录保持者，抓捕各类犯罪嫌疑人时身手不凡。赵迎伟在很多时候会把朱振龙当作师父看待，他们也成为了鸡西市公安局刑侦战线最有战斗力的一对儿组合。

为了抓住“西门庆”，朱振龙和赵迎伟轮流跟踪“潘金莲”的父母双亲，始终不见突破。

朱振龙和赵迎伟都是功夫型选手，他们抓捕嫌疑人的时候，总是有着用不完的力气，但提起“西门庆”却总是无可奈何，有力使不出的感觉令他们备受折磨。

“今年夏天，被害人的祭日之前，我们一定要抓到‘西门庆’。”

朱振龙许下重诺，赵迎伟点点头。憨憨厚厚的朱振龙相信，冥冥之中会有一种力量保佑他。在以朱振龙为代表的骨干刑警努力下，鸡西市公安局在册命案逃犯数量不断下降。朱振龙坚信，在这个追逃大旋涡里一定会翻出“西门庆”。

李宝杀了秋生外逃，大有杀了显吧外逃。朱振龙和赵迎伟找到了他们的踪迹。

抓捕李宝时，李宝在大连一座山上经营着一个大果园。他住在山顶的一座房子里，可以清晰俯瞰所有上山的车辆和人员。他的这座房子很特殊，有前门也有后门。前门的大门两旁，分别立着一把锃亮的大砍刀，后门出去就是一个山沟，跳进去可以转瞬逃得不见踪影。

朱振龙和赵迎伟上山的时候坐着一辆借来的路虎车，李宝一看那车，以为是买果的散客。

双方遭遇的一刹那，李宝挥舞大刀拒捕，朱振龙和赵迎伟三下五除二就把他制伏了。

抓捕大有时，大有正在房间里吸毒。

大有抄起一把刀砍向朱振龙，赵迎伟找准一个空当儿握住大有持刀的手臂，瞬间将手枪顶在大有脖子上："动就打死你！"

朱振龙对赵迎伟说："我们一起干活儿啊，真是如虎添翼……"

赵迎伟劝朱振龙："哥，我们在一起，点子壮，一定会抓到'西门庆'，你不要上火。"

朱振龙对赵迎伟说："我不上火，我一直认为可以抓到他。我们抓到的所有人，都没有'西门庆'可恶。"

十八年过去了，朱振龙认真算了算，被害人那 3 岁的女儿如今应该 21 岁了。那个女孩儿怎么样了呢？她是完好地活着，还是被那个狠心的母亲抛弃了呢？即使那个女孩儿出现，也没有办法认出她就是被害人的孩子了，3 岁时的模样和 21 岁时的模样，怎么具有可比性呢？人们都知道那个孩子当时是被"潘金莲"抱着，在现场目睹了父亲遇害。虽然没有人听到哭声，但她一定看到了那个每天亲吻她、抱着她的人血流如注，被人一把尖刀扎在脖子上。

"你知道我为什么一定要抓到'西门庆'吗？为了被害人，为了那位老母亲，为了那个 3 岁的孩子……"少言寡语的朱振龙对赵迎伟说，"这些年抓的所有杀人犯，都是如狼似虎那种，这个'西门庆'除了如狼似虎，还有些狐狸特征，狡猾极了，我一定还有没想到的地方。心思，还得再细一些……"

一个每天亲吻她、抱着她的人，被人一把尖刀扎在脖子上，女孩儿即使才 3 岁，她也应该会受到某种心理伤害的。没有哭声是最为反常的，从另一个角度证明她一定真真切切受到了最深的心灵伤害。虽然当时她还那么弱小，但她却以沉默表达了一个弱小生命对血案的震惊。也许她会在未来的某个日子里想起那些画面，也许她一直没有忘记那个画面……冥冥之中，朱振龙坚信，这个女孩儿会成为突破此案的关键。

女孩儿奶奶家这边，没有任何人知道女孩儿的去向，女孩儿的户口一直就在那里没有注销，没有任何诸如办理身份证、签转户口之类的痕迹。

一个灵感刹那出现——围绕“潘金莲”、“西门庆”的亲属排查21岁的女孩儿。

这个时候，牛二妹妹家的反常情况出现了。在牛二妹妹家户口上，竟然有三个孩子，而且三个孩子都不是一个姓，其中有一个女孩儿叫张颖，年龄刚好21岁。

朱振龙调出女孩儿的户籍照片。那照片是前些年拍摄的。朱振龙尤其注意到了女孩儿的眼神，安静而忧郁。

户籍显示，张颖和牛妹是母女关系。而走访中发现牛妹丈夫姓赵，而牛妹赵姓丈夫的户籍又是与她分开的，单独立户，户口上还有两个男孩儿，一个姓赵，一个姓牛。

朱振龙看着女孩儿的照片，和她默默对话：孩子，你能暗示我一些东西吗？你会是当年那个3岁小女孩儿吗？我感觉，你就是她。

这是一个奇怪的家庭，一家五口人，竟然出现了四个姓氏，而其中的牛姓，又是“西门庆”的真实姓氏。

这个时候，鸡西市下辖的密山县又发生一起三口之家的灭门惨案。

“大龙，你还得分出一点儿精力来，研究一下这个案子……”

如今，已经是鸡西市公安局刑侦支队重案大队副大队长的朱振龙，分片包干负责虎林县和密山县的命案侦破。有命案发生，他责无旁贷。朱振龙对赵迎伟说：“今年，我们要给两个三口之家一个交代……”

说是灭门案件，但还没有确凿证据，严格说来应该是一起三口之家失踪案件。省厅定调按照命案侦办，原因很简单，郑林一家人没有任何外债纠纷，食品批发生意利润丰厚，服务员却已经连续三天联系不上郑林一家三口了。

服务员说：“最后一次见到郑林，是三天前的傍晚，有一辆车把他接走了。”

谁能放弃这么好的生意不要，说走就走呢？郑林家各个房间被翻得底儿朝天。案发时，他读大一的女儿放寒假在家，也不见了踪影，女孩儿的手机依然在书桌上，书桌上的一本小说刚好翻到第二十八页，一杯咖啡还没有喝完摆在那里，看来是走得匆忙。

现场没有任何有价值的足迹和指纹，看来作案者故意做了掩饰。所有的亲戚朋友都联系不上这一家三口。参与排查的警力实在不够用，郑林的同学胡刚和他的朋友王岩主动担任驾驶员和勤务员，帮着朱振龙等人忙来忙去。胡刚是郑林最为要好的友人。郑林一家三口失踪后，郑林有两个朋友也突然失踪，手机全部关机，而且郑林一家三口出事之前，郑林与他们通话异常频繁。这两个人的疑点陡然上升。经过一番深入调查，这两个人都是外债累累。

“他们把郑林一家人弄到哪里去了？我和郑林前几天还参加了同学聚会，我们还拍了许多合影照片，分别发到自己的朋友圈。”胡刚非常着急，“多好的三口之家，怎么说找不到就找不到了呢？”

把郑林接走的那辆车很快在兴凯湖边找到了，已经被烧得面目全非。现场发现一对儿可疑脚印，循着足迹追踪，最后那足迹消失在杂草丛里。

专案组要求：调取这辆车的行驶轨迹，核查车内人员身份。

花费一番苦工夫，郑林的两个失踪朋友都被找到，但很快他们的嫌疑就被排除了。他们二人被排除的时候，胡刚和王岩也不见了踪影。从视频可以看出，将郑林接走的那辆车，有胡刚在里边……

调查发现，胡刚在外边养了一个女人，而且刚刚生了孩子，经济拮据。王岩是个赌徒，外债累累，刚刚在一个地下赌场输了一万元。胡刚失踪前对妻子说：我们，这辈子也许再也见不到了。

抓捕胡刚和王岩的任务，毫无悬念地落在了朱振龙和赵迎伟肩头。

“当警察二十多年了，力气不如当年大了，智慧也不见增长。”朱振龙对赵迎伟说，“胡刚那家伙，热情的样子明显有点儿反常，我怎么就没看出来？如果早一些调查他的情况，怎么会走这样的弯路？”

赵迎伟说：“这个不该自责吧？现在回过头来看，他热情过度，可当时还没有那么大的疑点。”

朱振龙说：“我第一次碰见这么悬疑的案子。”

李宝、大有、五元、张氏兄弟，包括黄牛、牛二等人，朱振龙以往对付的坏人似乎都是脸上贴着标签那种，仅从表面判断，他们就一定是，只是早暴露晚暴露，从警察角度来说，就是早点儿发现证据和晚点儿发现证据的问题。这个嫌疑人胡刚完全不同，居然在作案后还大着胆子帮助警察破案，这情节真的可以编一部悬疑电影了。

案发前，胡刚从郑林那里借了二十万现金，用以供养家外之家。案发当晚，胡刚到郑林店里谎称接他去唱歌，郑林到了车里，就被胡刚和王岩杀害。胡刚又约出郑林妻子将其勒死，随后又来到郑林家将其女儿杀害。之后郑林一家三口人，被胡刚和王岩绑上钢筋，连同作案用的刀具等扔进了兴凯湖的冰窟窿。后来，胡刚在逃跑路上又将王岩杀死。

朱振龙和赵迎伟在山东某地抓捕胡刚的时候，遇到了激烈反抗。胡刚身上满是现金，而且将一根长针放在胸内兜。搏斗中，那根长针直接刺穿了赵迎伟的手掌，朱振龙右手小拇指骨折。

潜水员钻进冰窟窿，潜入冬季的兴凯湖底，找到了郑林一家三口，也找到了凶器。看到这样一个死亡家庭，朱振龙便又想起了天宇的那个家。天宇的家，在十八年前已步入死地，沉入死寂……

冬天套死的老虎

冰封的兴凯湖面，不断刮来冰冷刺骨的寒风。

朱振龙祈祷："不要再发案子了，给我足够的时间，我要好好研究一下'西门庆'和'潘金莲'……"

朱振龙和赵迎伟驾车赶赴虎林县一个偏僻村庄。那里是牛二的老家，是他的出生地。牛二和黄牛在同一个冬天出生。那个村庄在那个冬天里，只增添了这两个男丁。那年冬天，毗邻山林的村庄，不断受到两只恶虎滋扰，几乎吃光了村里的家畜。后来，两只老虎的尸骨被护林员发现了，不知是哪个猎人下的铁套要了它们的命。

牛二和黄牛，由于是同龄的关系，还有一些脾气秉性上的臭味相投，两个人自少年开始就形影不离，做得最多的事情就是一起偷鸡摸狗、欺男霸女、打架斗狠。再后来，村里老人把那年冬天套死的两只老虎和他们联系起来，说是二虎转世成了两个恶人，两个恶人就是牛二和黄牛。

此时，黄牛早已经被枪毙，牛二则不见踪影。

在牛妹家门口，朱振龙和赵迎伟驻足良久。那个名字叫张颖的女孩儿和牛妹一起走出院子的时候，朱振龙一眼就看出这个女孩儿有些缩手缩脚的样子，忧郁而安静。

这是一次跟踪行动。绿皮火车上，牛妹一直玩着手机，张颖的目光总是游离在车窗之外。牛妹几次给她零食，张颖总是摇头，完全没有年轻人应该有的活泼。但可以看出，张颖经常和这个牛妹在一起，她们之间非常熟悉。

下火车后，朱振龙和赵迎伟一直紧紧跟随二人，朱振龙听到张颖称呼牛妹为老姑。看来，二人的实际关系不像是户口本上写的母女关系。张颖已经是亭亭玉立的大姑娘了，她能是当年目睹血案的那个 3 岁小女孩儿吗？

牛妹带着张颖来到了哈尔滨，她们在道里区一个旅店住下。朱振龙和赵迎伟则在她们的隔壁房间住下。

夜，很静。牛妹和张颖回到房间后，竟然没有什么动静。

朱振龙和赵迎伟却有些睡不着了，他们不是失望，而是兴奋，因为越是这样反常，越是有大戏码在里边。

赵迎伟说："我们是在替天行道，是为了告慰冤魂，相信老天会保佑我们。"

朱振龙说："如果一个人真的有灵魂，天宇的灵魂一定会时刻陪伴着这个女孩儿。"

赵迎伟说："如果这么说，天宇的灵魂一定不远，就在隔壁……"

在寂静的夜里，赵迎伟的这句玩笑话有点儿让人毛骨悚然。

突然，隔壁一声尖叫，惊得朱振龙和赵迎伟一同从床上跳了起来。接下来，他们听到了隔壁开门的声音，走廊里很快传来奔跑的声音。

他们赶紧打开房门。只见昏暗的走廊里，一个披头散发的身影从他们面前飘过……

牛妹跟着冲了出来，连拉带拽将张颖拉回房间，锁门。

"又梦游了，快，快躺下，躺下……"房里的声音显得严厉、生硬，但很快使房间恢复了安静。

走廊里，很多房客开门又关门，短暂骚动后，这个旅馆的夜晚恢复了平静。

第二天早晨，朱振龙跟着牛妹来到一个市场进货，张颖忙前忙后，很卖力气，就像昨天夜里什么也没发生过。

看到女孩儿忙忙碌碌的样子，朱振龙有着一种说不出的凄凉。而且此时他已经确信，这个女孩儿一定是"西门庆"和"潘金莲"逃亡十八年的答案。

"朱队，回忆一下小时候，你多大开始记事儿？"赵迎伟问朱振龙，然后自言自语，"我两岁时，每天都陪着我娘削土豆皮，我还记得我打碎一个盘子的情景。"

“两岁时，我娘抱着我，她当时在吃东西，我记得食物下咽的声音，我爹在一旁声情并茂说唱武松打虎。”朱振龙说，“我的记忆力是很好的，记事儿早。刚才我说的那个场景，我找我娘核实过，她说一点儿没错，就是我两岁的时候。”

“即使女孩儿记得亲爹被杀的场景，也是在潜意识里，但一定会对她的性格形成有影响。”赵迎伟说，“那种影响，也许女孩儿本人都感觉不到。”

又一次回到虎林那个偏僻村子。朱振龙和赵迎伟通过进一步跟踪，发现女孩儿在距村子六十公里的一个镇子上的餐馆打工。

朱振龙和赵迎伟会同片儿警，和那个餐馆老板交流。老板说张颖这个孩子总是怯生生的，但干起活儿来从没有抱怨和牢骚，属于任劳任怨又很细心那种，缺点就是不善于和顾客说笑。这个餐馆的服务员是包吃包住的，别的服务员常常说张颖夜里总说梦话或是梦游，有时还会尖叫，第二天问她又是一问三不知。好在张颖懂事，从不惹人烦，她在夜里的反常大家能包容。

“知道她父母的情况吗？”

虽然张颖生活在不算很远的村子，但几乎没有人认识她，只知道她是牛家的人。牛家对于当地人来说显得很神秘，至于她的父母是牛家的谁，从来没有人打听过。

朱振龙和赵迎伟逐渐明白了，“西门庆”牛二和“潘金莲”过得小心翼翼，他们两个一直通过这种小心翼翼和警方较量着。

这个时候，天宇的妹妹给朱振龙来了电话：“娘……已经卧床不起了。”

朱振龙承诺：“请放心，我一定给老人一个交代。”

朱振龙急了。他有了一个大胆决定，他要直接和张颖聊一聊，他要聊聊与她父母有关的事情。既然她能够在牛妹这里生活，应该是“潘金莲”和“西门庆”的双重嘱托，他们不太可能与她没有联系。

朱振龙判断，虽然“西门庆”和“潘金莲”无比狡猾，但女孩儿即使包庇他们，也可能会露出破绽。

更为重要的是，朱振龙相信冥冥之中有一种特殊的力量在支持着他。既然这种力量引导他发现了张颖，他便决绝地跟随着这种力量前行。

被害人天宇，人们常说的那个“武大郎”，他的十八周年祭日很快就要到了，天宇的老娘已奄奄一息。朱振龙对赵迎伟说：“我们一定会让老人瞑目的。”

对得起爹起的名字

“我们是警察，想核实一下你家的户口，你的父母亲在哪里？”

面对朱振龙的问话，女孩儿笑了，竟然从未有过地笑了。

她这一笑，惊呆了连续跟踪其多日的朱振龙，同时也惊呆了其他所有人。大家默不作声，静静看着她。

平常人的笑没什么大不了，但对于这个女孩儿来说却大为不同。人们睁大眼睛，确信她确实是笑了，那张忧郁面孔呈现的难得一笑，让人感觉无比心痛。

那一刻，朱振龙甚至想流泪。

“我可以，带你们，去找他们……”

当张颖说出这样一句话的时候，朱振龙更加确信，的确有种神秘力量在冥冥之中指引着他们。朱振龙明白了：“西门庆”和“潘金莲”遭报应的时辰，到了。

走进墨镇，镇子上正在举行一场葬礼。

墨镇老镇长去世了，他也曾经是牛家那个村子的村书记。当朱振龙等人走进那个小院子的时候，他一眼认出了“潘金莲”。虽然有几分苍老，但她那带着几分妖气的姿色依旧。

“你叫什么名字？”

"潘金莲"报上的，是牛妹的名字。

"你丈夫在哪里?"

"他在房间里午睡。"

"潘金莲"想说谎也不可能了，"西门庆"牛二已经被堵在房间里了。

朱振龙和赵迎伟走进那个房间的时候，牛二坐了起来。

此时的牛二，几乎已经让人认不出来了。因为过去牛二特别黑，现如今的牛二白惨惨的肤色有点儿吓人。

"你叫什么名字?"

牛二报上的，是他妹夫的名字。

"潘金莲"手上还有一个户口本，上边真真切切写着他们的假名字，看来他们的身份算是漂白了。

十八年来，牛二天天下井挖煤，从煤井里出来就躺到炕上睡觉。于是，整个人的面相和肤色都发生了变化。

当牛二得知要抓他时，便又回复了当年的疯牛状态。朱振龙和赵迎伟对战牛二的时候，整个房子都快被拆掉了。

"潘金莲"哭得惊天动地，所有人都惊吓得瞪大了眼睛。因为围观的人们看到了疯牛"西门庆"，谁也无法断定警察会不会赢得胜利。

只有那个女孩儿张颖，面无表情一动不动，就像什么也没发生，就像一切与她无关。

伤口与骨骼断裂带来撕心裂肺的痛。赵迎伟手上有伤还包着纱布，朱振龙两根肋骨被贪官于铁义踹断，胸前还打着夹板，但他们最终合力将牛二制伏。

朱振龙说："还是……武松打虎模式。"

"和你做搭档，这警察当的，天天就像打野仗。"赵迎伟道。

由于案件年代久远，调取口供和搜集各种证据的时候遇到了很多难题。

朱振龙对赵迎伟说："这些问题一定要克服，天宇老娘还躺在那里，她还等着我们给她一个说法。”

朱振龙最后成功将所有证据搜集齐全，但由于案件年代久远以及新刑法少杀慎杀的原则，“西门庆”牛二被判处死刑缓期两年执行。牛二对天宇家人提出重金补偿，遭到拒绝。提起张颖，牛二说：“我尽到了做父亲的责任，我对她好不好，她自己非常清楚……”

你把人家亲爹的命都取走了，还谈何对人家好不好呢？

对“西门庆”牛二到案以及最后的判决结果，天宇母亲非常欣慰。得知消息后，老人安详地闭上了眼睛。那天，距天宇遇害十八周年的日子还有两天。

闲言碎语不要讲，
表一表好汉武二郎……

爹的唱腔依然饱满圆润，爹对朱振龙说：“儿子，你做的一切，我都知道了。振龙伏虎，你对得起爹给你起的名字……”

扫描二维码即可观看
相关视频等

“光哥”的故事

王志云

“光哥”大名叫吴晓光，在鞍山干了将近三十年刑警。

他没啥爱好，平时就喜欢跟朋友一起聊天、喝茶，没事儿的时候也喝点儿小酒。以前是白酒，后来岁数大了改喝红酒。

他脾气好、脑子好、人缘好，所以他有很多朋友。这些朋友遍及社会各界、各行各业、五行八作。虽然其中有很多“朋友”他并不认识，但这并不妨碍他们把“光哥”当作朋友。

这些年，“光哥”和他的“朋友”们之间发生了很多故事，有的离奇，有的惊险，有的紧张，有的活泼。而这一个个故事，也就串起了吴晓光的刑警人生。

治疗荣老大的抑郁症

荣老大发现自己抑郁了。

其实这也不该算啥严重的事儿，这年头儿生活压力这么大，还不兴谁抑郁一下子？可荣老大跟别人不一样啊，身为一个混社会的“大哥”，手下几十号小弟，怎么能抑郁呢？

荣老大觉得这是件非常丢脸的事儿，所以就特别苦恼，一苦恼就想“吸粉儿”，可药劲儿过去就更苦恼，所以也就越抑郁，然后就更苦恼，更想“吸粉儿”，事情就这样陷入了恶性循环。

抑郁的起因其实也不复杂，就是因为“干仗”。

荣老大要混社会，要养活手下这些小弟，总得有些个营生不是？有了营生，事情也就多了，赌场里诈赌出千的，生意上跟他家抢客户的，还有那些个欠债不还的，没事儿怎么也得干几“仗”，要不哪儿消停得了？并且老大的名声也是要通过这“干仗”一点点挣出来的，这样人才有面子。不过有一次，荣老大却栽了个大面子。

荣老大有个小弟叫大龙，在外面车行租了辆车，可还车时车行老板说那车有交通违章，要罚款扣分，所以扣住两千块押金不给了。大龙跟人家耍横，可人家车行里也有人，他打不过，就回来跟荣老大叫屈，说虽然钱不多，但这分明是不给荣老大面子啊。不过当时荣老大倒是挺讲道理，说这事儿不怪人家，谁让你违章了呢？然后就找人帮着把罚款交了，把分销了，让大龙再去要钱。可大龙再去时，车行老板还是不给，这回荣老大急了，我一个“大哥”都能按规矩办事，你难道比我还横？于是亲自给车行老板打电话，说我是荣老大，那车的押金咋回事儿？

荣老大觉得，自己在鞍山也算是有名气的了，能放下身段亲自给对方打电话报名，对方就该立马认怂，低头赔罪。没想到对方根本不理他那套，在电话里跟荣老大吵起来。

荣老大一听火大了，说你等着，我现在就去找你！然后艺高人胆大的荣老大谁也没带，自己开车就去了车行，准备好好教训一下不懂事的车行老板，哪承想刚一下车就被人围住了，身手矫健的荣老大甚至没机会施展自己的拳脚，就被一顿镐把儿揍得四肢骨折，打人的那帮则是呼哨一声跑了个干净。

躺在地上的荣老大，心里别提多憋屈了。自己一个大哥，在地面上有名的大哥，就生生被人打成这样？然后抑郁的种子那时就开始发芽了。

这件事派出所立了案，做了调查，但是人家老板就是不承认认识打人的那帮人。当时也没有其他证据，案子就一直这么搁下来了。

荣老大自己也安排人查过，同样是没有结果，心里就更加憋屈，打了不怕，可总得知道是谁打的啊？

于是等伤养好之后再“干仗”的时候，荣老大下手就更狠了，其中几次还把人伤得不轻，只是后来荣老大也赔了对方不少钱，可不管怎么样，心中的憋屈依然存在。

后来有一天，荣老大忽然听说自己因为涉嫌两起伤害被公安局网上追逃了，心中的憋屈立时上升到了极点，心想这啥事儿啊，我被人打成那样案子都没破，怎么我打了人还赔了钱，你还追我的逃呢？有这么欺负人的吗？

尽管憋屈，但被追逃总要有个被追逃的样子，于是荣老大找了处房子藏了起来。每天大门不出二门不迈，除了小弟们有时来找他混吃混喝混“粉儿”吸之外，就剩下他一个人瞎琢磨。这越琢磨越憋屈，终于把自己整抑郁了。

抑郁了的荣老大最后决定不活了，可咋死又成了问题。跳河上吊吃药那些都不符合一个大哥的身份，咱要死也要死得轰轰烈烈。于是荣老大给小弟们安排了一个新的任务，帮他收集告别人世的物什儿，煤气罐、汽油、柴油啥的都行，可劲儿往这儿整，只要整来就能换一口“粉儿”。

大哥吩咐，又有好处，小弟们自然不会怠慢。买啊、偷啊、骗啊，反正是各显其能，陆续给荣老大整回来八个煤气罐、一百多斤柴油和三十多斤汽油。然后荣老大就经常看着这一大堆能把大半个楼都炸飞的东西琢磨，到底要选择怎样一个时机告别人世？想来想去，他还是觉得等警察来抓自己时最合适，那样还能多几个垫背的。

不过计划永远赶不上变化，荣老大没等来警察，却等来了大龙，也就是令荣老大抑郁的罪魁祸首。

本来自从惹出那档子事儿之后大龙就不怎么好意思见荣老大了，所以自打荣老大藏到这里之后就再没来过。那天可能是因为手头儿实在缺钱缺“粉儿”了，所以他觍着脸跟另外三个小弟一起来了，还特意带个煤气罐当见面礼。

荣老大那天心情不错，也没计较大龙的事儿，就拉上几个人一起“吸粉儿”，可吸着吸着不知怎么就聊起荣老大被打那件事儿。其实以前这事儿也提起过，每次大龙都表现得特别后悔又特别感谢特别对不起荣老大，不过那是他精神状态正常的时候，今天他吸多了，脑子一热就跟老大顶了几句，荣老大也吸多了，两人便这么吵了起来，旁边几个小弟就劝啊，可一个个也都吸得晕头转向，那劝也就像跟着一起吵一样，于是几个人在屋里开始呜哇乱叫，声音大得连街上都能听见。

吵来吵去，荣老大忽然就又抑郁了，想起自己告别人世的理想来了，于是一边嚷嚷着都别活了，大伙儿一起死吧，一边拿着打火机跑到一个煤气罐前面，拧开阀门就打着了打火机，只听“嘭”的一声，一个火球瞬间就燎过了荣老大的脑袋。可不知是什么原因，这一个火球之后就再没动静了。

荣老大没死成，自然不甘心，又奔向另一个煤气罐。

大龙一看这不是自己刚整来的那个吗？还是特意灌满的，沉着呢，这要点着了，自己还活得了？那就跑吧。可荣老大正好堵着出门的方向，所以大龙扭头奔了阳台，推开窗子就跳了出去。

大龙的反应不可谓不快，不过“吸粉儿”过量的他忘了一个情况，就是这房子在七楼，然后就听“嘭”的一声，摔在楼下的大龙立时没气儿了。

可荣老大依然不肯罢休，仗着一股子狠劲儿，愣是提着煤气罐也上了阳台，顺着窗子就扔了下去，然后掏出一把手枪照准煤气罐就打。

这个动作是荣老大跟一个电影学的，那里面的英雄人物面对一群仇家就是扔过去一个煤气罐，然后一枪击中，煤气罐凌空爆炸，把仇家全炸趴下了，那场面要多壮观有多壮观，要多威风有多威风。可惜不知是荣老大的枪法不行，还是自制的手枪威力不够，反正煤气罐并没有如荣老大想象般炸得威风八面，这让他非常生气，冲着楼下就大声骂了起来，至于骂的是谁没人知道，估计荣老大自己也不知道。

虽然是在七楼，可刚才几个人在屋里吵闹时声音太大，吸引了楼下路人的注意，有人便驻足观看，边看还边掏出手机摄像，结果就录下了大龙从楼上跳下摔死和荣老大扔煤气罐、开枪和骂街的全部经过，而且发到了网上，至于效果，那是相当轰动啊。其中一些画面还成了宣传吴晓光事迹的电视片最真实的素材。

当然这都是后话，暂且不提。咱们回到荣老大这里，趁他对着楼下发飙的空当儿，另外几个小弟已经一溜烟儿地跑到了楼下，同时也有周围的群众报了警。

有人跳楼，有人开枪，还要炸楼，案情非同小可，警方各路人马相继赶到现场。先期到达的民警冲上楼到了荣老大屋门口，却见门大敞四开，荣老大左手持刀右手握打火机，牛仔裤前面口袋里还插了一把手枪，屋里的地上已经倒满了柴油，看见民警就喊，谁也别进来，谁进来我就点火了，都别活了。

这是鞍山市铁西区人民西路的一栋老式居民楼，人员密集，这么多煤气罐和汽油、柴油一旦引燃，后果不堪设想，所以民警也只好退了下来。

而此时，鞍山市公安局主管刑侦的副局长和刑侦支队支队长也先后赶到。

在来的路上，支队长给吴晓光打了个电话，电话里啥也没说，只说让他赶紧过来。也许是习惯，也许是直觉，反正他觉得这案子少不了吴晓光。

接到电话时，吴晓光正在台安县搞案子。虽然支队长啥也没说，他却已经听出了事情的紧急，随即到街上拦了一辆出租车，拍上150块，去鞍山！

台安县到鞍山市里70多公里，正常打车也就100来块钱，这大哥给了那么多是啥意思？

看见司机询问的眼神儿，吴晓光说，越快越好！

司机眼睛亮了，“您坐好了。”然后车嗡的一声就蹿了出去。

在路上，吴晓光给几个同事打了电话，终于弄明白了情况和具体的位置，然后就开始琢磨到底咋办才好。

他并不认识荣老大，却是听说过这人的名号和一些江湖“事迹”。

凭着多年与这些人打交道的经验，他心里已有了定数。而这时，车也已经到了。要说司机的技术也真不是盖的，平时最少一个半小时的车程，他只用了50分钟。

这时，局面仍然在僵持之中。

荣老大“吸粉儿”之后的亢奋已经渐渐消散，又接到逃到下面的一个小弟打来的电话，说周围有特警狙击手已经架起了枪。

荣老大一听，赶紧把窗帘都拉上。

拉上窗帘之后的荣老大忽然感觉有些不对，自己不是想死吗？怎么还怕狙击手呢？不对！自己想死跟让人打死不是一回事儿，那我今天到底还死不死呢？怎么个死法儿呢？死之前好像还有啥事儿没了呢？

一时间，荣老大陷入了深深的思索之中。

而楼下两位现场指挥也正闹着心，狙击不行，强攻更不行。你动作再快，能比荣老大按打火机的速度快？那剩下的似乎只有谈判了，可谁上去谈合适呢？

从荣老大的叫骂中，他们已经听到荣老大非常恨警察。你能保证谈判的人进屋之后他不点火吗？这样一来就不是谈判而是送死了。

正琢磨间，吴晓光已经快步来到两人身边。我上吧。

不行！副局长的脑袋摇得像拨浪鼓。你要出事我怎么跟你老婆交代？

要上咱俩一起上。支队长说。

还是我吧。副局长说。

三个人你争我抢，如果不知情的人看到，一准儿以为他们在争啥好处，根本不会想到是争着去玩儿命。

听听群众的意见吧。吴晓光拨通了荣老大的电话，手机里传来荣老大依然嚣张的声音：你谁啊？

我吴晓光。

哎呀，是光哥啊。荣老大的语气忽然变得非常客气。他确实没见过吴晓光，但早就从不少"道儿上"朋友嘴里听说过这个"光哥"，仁义、讲究，无论做人做事都特别正，让人挑不出毛病。从那些人的口气中，荣老大能听出打心底里的佩服来。所以他也就一直很向往认识一下这个"光哥"，却是一直没有机会，后来被追逃了，就更是不敢了。这回却是"光哥"亲自给他打电话，这让荣老大有种受宠若惊的感觉。

荣老大的客气让吴晓光心里一松，心说有门儿，嘴里却是狠狠骂了一句，你妈了个×的荣老大，干啥整这么大动静？有啥事儿不兴跟我说？

这一句骂，让吴晓光周围的人都吓得一激灵。荣老大现在正疯着哪，哄还哄不及呢，你这么骂他，他一恼不得当场点火啊？

可楼上的荣老大却简直是心花怒放，在他看来，"光哥"这是拿自己当朋友才会这么狠地骂人，所以顿时有一种见着亲人的感觉。

光哥你不知道，我憋屈啊。荣老大的语气中满满的委屈。

有啥憋屈？你等着，我上去跟你唠唠。

我这儿啥都有，你敢上来？

有啥不敢的？你家有炸药包我都敢去。

算了，你还是别来了，我的事儿你管不了，还是让你们局长来吧。

局长在外地开会，指定来不了，不过我这儿有主管刑侦的副局长，还有刑侦支队支队长，都能主事儿，你想见谁？

那就支队长吧，那人我听说过，也够意思。

放下电话，吴晓光冲副局长咧嘴一乐，群众想见我和支队长。说完拉着支队长就要上楼。

这时旁边人说，穿件防弹衣吧？

吴晓光说，不穿！要是真炸了的话，那玩意儿啥用不管。

又有人问，带把枪？

支队长说，不带！没用不说，还显着我们怕他似的。

荣老大倒出来的柴油已经流到了一楼楼梯上，浓重的油味儿熏得人直恶心，踩上去也是又黏又滑。二人顾不上这些，三步并作两步冲上七楼，看到了在门口“迎接”的荣老大。

荣老大还是那身打扮，刀枪火齐全，头发眉毛被那团火燎出了一层黄灰，看上去像是《西游记》里某位大王。

看清楚了，我俩啥也没带。吴晓光和支队长一边撩起衣服让荣老大看，一边走了进去。

你说你他妈这么大人了，整这么一出，不嫌砢碜哪？还揣这么个破玩意儿，吓唬我啊？吴晓光骂骂咧咧地走过去，趁荣老大还没反应过来，伸手就把他口袋里插的那把手枪拿了出来，远远扔到沙发上。

荣老大愣愣地任吴晓光把枪扔了，却不知怎么接话，他其实就是想吓唬人来着，可面对“光哥”却不敢这么说。

吴晓光一拍他肩膀，走，咱里屋唠去。

这屋子是个里外间，煤气罐和汽油、柴油什么的都在外屋。

荣老大进了里屋，坐在床上，然后看着吴晓光和支队长坐在沙发上，又看了看手里一直紧握着的刀，觉得没啥意思，顺手也扔在了床上，不过右手却是始终紧握着打火机不肯松开。

吴晓光也不点破，直接开口，唠唠吧，到底是啥事儿？语气很平静，表情也很平静，好像一点儿也不知道如果此刻荣老大按下手里的打火机，他和支队长可能只能剩下点儿灰儿了。

光哥，你不知道啊，我特么老憋屈了……面对“亲人”，荣老大打开了话匣子，把许久以来的委屈一股脑儿倒了出来。混社会的种种不容易、被人打、被追逃啥的，说到伤心处，免不了又是一顿呜哇乱喊、歇斯底里，可每到这个时候，就会被吴晓光更大的声音、更厉害的斥骂压下去，然后接着倾诉。

三个人在里屋唠嗑的当口儿，外面的刑警正在副局长的指挥下将外屋的煤气罐悄悄地搬了出去，地上的柴油是没办法擦了，不过这样危险就小多了。

这期间时不时就会听到里屋说话的声音大起来，还有骂人的声音。刑警们担心队长的危险，就凑近些竖起耳朵听，结果发现大多数高声骂人的是吴晓光，心这才放下来，却也是觉得奇怪又好笑。

警察跟嫌疑人谈判，以前有人也遇到过，没遇到过的也多在电影电视上看过，都是嫌疑人高声喊叫骂，警察都很冷静，这回反过来了，而且还没出事儿，真是怪事儿。

其实吴晓光很冷静，他所有的语言和行动都是有针对性的。很多时候，与荣老大这样的人打交道，好言好语反而会让他产生疏离感和抗拒心理，倒是妈妈奶奶一通骂更能透出一股子亲热劲儿来，更能让他们接受。换句话说，这才是朋友间的对话。

倾诉与倾听在浓浓的柴油味儿中进行了差不多两个小时，沉浸在倾诉中的荣老大此时早已忘了最初为啥与警察对峙了，只想把委屈全倒出来。

吴晓光却是被刺鼻的味道熏得肚子疼，就到窗边想拉开窗帘透透气。刚拉开条缝，他忽然一想不对，外面还有狙击手瞄着呢，这要是手指头一抖，把我当嫌疑人一枪干倒了找谁说理去？立时“唰”地一下拉上了。

其实按照此时三个人的位置，凭着吴晓光和支队长两个人的身手，完全可以在瞬间制伏荣老大，但他们并没有那么做。

一个原因是荣老大的右手一直攥着打火机，另一个原因是他们感觉到事情完全可以和平解决。如果动手抓捕，那么就会激起荣老大对社会、对警方的仇恨情绪，即使当时不会出问题，可仇恨的种子种下了，以后会长成什么样谁也说不清。荣老大又是个爱琢磨的人，他的抑郁不就是这么来的吗？

荣老大说完了，然后问，光哥，你说我到底憋屈不憋屈？

吴晓光一撇嘴，就这么点儿破事儿？你怎么不找我？我把案子给你破了不就完了吗？

荣老大说，那行，我信你，你把案子破了，我死了也就值了。你们走吧，我自己悄没声儿地死屋里得了。

吴晓光一瞪眼，我是警察，今天你不跟我俩下去就是我们失职，你想害我？

就这么又争了一会儿，荣老大最后把手一松，打火机掉到地上。行，我跟你下楼。

三个人下了楼，刑警们都松了一口气，老百姓也松了一口气。因为好多人都是住这楼的，如果一旦炸了，家就没了。

这一天是 2016 年 12 月 30 日。

荣老大归案后，警方立即抽调大量警力对荣老大的违法犯罪行为展开调查，结果发现，这个大哥和他的小弟们还真干了不少作奸犯科的事儿，光是案卷就堆了一间屋子。

这个案子不归吴晓光管，所以在同事们调查荣老大犯罪团伙的时候，他却想着为荣老大讨回公道，虽然是好几年的积案，但是在吴晓光这样的老刑警面前却是没有一点儿难度，在搞别的案子的空当儿，顺手也就把那案子办了。

原来那起案子就是车行老板干的。因为他是海城人，不知道荣老大的名声，所以干起来一点儿顾忌也没有。在掌握了确凿的证据后，连车行老板带打人的全都归了案。

荣老大的公道找回来了，可人却是出不来了，作为恶势力团伙头子，他被判了无期，应该是在监狱里度过余生了。

后来，荣老大的老婆去探监，回来后专门给“光哥”打了个电话，说荣老大嘱咐她一定要给“光哥”带好儿，感谢“光哥”，够朋友。

吴晓光很欣慰，因为他知道，荣老大的抑郁症好了。

二驴子简直要疯了

二驴子想知道自己是怎么被“光哥”抓着的。计划做得天衣无缝，每次行事也都干净利索，身为一个几进宫的“老资格”，二驴子觉得自己已经成熟到足以跟警察较量一下的水平了，可没想到，还是栽了。

事情要从1993年说起，那时鞍山有个全省规模最大的水果批发市场。大到什么程度呢？就是市场里专门设立了一个派出所。每天那货车进出呼啦呼啦的，老板票子点得唰啦唰啦的，让偶尔去过一次市场的二驴子看得眼馋心热，想着这钱要都是我的该多好啊。

可想归想，也不能明抢啊，所以他就上了心，开始琢磨机会。时间一长，还真让他给发现了机会。那年头儿还没有现在的支付宝、微信什么的，都是现金交易，收了钱再去存银行。可批发市场五六点关门，银行也差不多这个点儿关门，所以钱就只能先背回家，转天再存银行。二驴子觉得这简直是天赐良机，便琢磨怎么下手才方便。

偷当然是不可能的，那帮子人抱着钱比抱自己孩子都紧，所以只有抢。问题是怎么抢，在哪儿抢。市场里抢？傻子才会那么干。当街抢？也不行！摊贩们回家时也是大家下班的时间，街上人最多。跟着进家抢？谁知道人家里还有谁？你一上手冲出俩小伙子咋办？

想来想去想不明白，二驴子倒是想起一句话，三个臭皮匠，顶个诸葛亮，于是便叫来了熟识的小帮子、小义子和大成子。三人跟二驴子一样是没工作没收入的混子，听二驴子一说这事儿，自然是满心欢喜，然后便聚在一起商议到底咋把这钱整到手。到最后，终于商量出一个他们觉得十分完美的计划：派一个人到市场踩点儿，看哪家生意好，当天收的钱多，就趁其回家时偷偷跟着，认准了他家住哪里，到了三更半夜几个人再去上门抢劫。

于是，几个混子就这么商量出了当年轰动鞍山的特大系列抢劫案，连发九起，案值超过十万元。案发全部在深夜，事主全部是那个水果批发市场当天生意特别火、晚上把营业款背回家的摊主，案发过程也都是同样的，晚上在家睡觉时有人进了屋，用枪顶住脑袋直接要钱。

在那个年代，那可是一笔巨款，所以案子就直接归了大案队。那时的吴晓光当刑警刚刚三年，不过社会上已经开始有人知道“光哥”了，只是人不多而已。吴晓光在队长的带领下投入侦破，可是收获甚微。因为案发深夜，加上被枪指头造成的惊吓，事主根本提供不出任何有价值的线索，甚至连劫匪是几个人都说不清楚。那年头儿也根本没有监控探头什么的，案子咋破？

根据对案情的分析，警方其实已经基本确定了劫匪的作案方式是从市场跟踪事主回家认门，然后半夜实施抢劫。所以排查重点还是放在市场这块儿，于是每天都有一拨便衣警察在市场转悠，干的却是跟二驴子他们一样的事儿，盯着谁家生意好，然后晚上偷偷跟着回家。只是他们跟到家就不走了，一直守在外面，等着抢劫犯来，可几天下来，却是啥也没发现。

另一方面，对于市场人员的排查也没进展。你想啊，天天市场进出的车辆人员那么多，谁会专门去盯着哪个人不对劲儿想要抢钱来着？所以慢慢地人就都撤走了，只剩下个吴晓光。其实也不是他不想走，而是队长觉得不想放弃市场这条线，吴晓光这小子脑子又好使，指不定真能挖出条线来呢。

于是吴晓光依旧每天在市场转悠，找这个聊找那个聊的。结果有一天，他在跟市场派出所一个老民警聊天时，老民警冒出这么一句，前阵子我在这儿看见过前峪的小义子。

老民警也是前峪乡的，跟小义子还是同村，知道这小子不是个好货，经吴晓光那么一提示，也就想起来了。

吴晓光眼睛一亮，他也知道小义子，是个无业的混子，正常情况下不可能来这里买水果，当然更不可能在这里卖水果。那么他出现在这里，会不会与案子有关呢？

吴晓光没有怠慢，立刻发动各种关系对小义子展开调查，结果小义子没找着，却找着了小义子的对象二丫。二丫是一个在歌厅从业的失足妇女，被吴晓光叫到刑警队后倒也痛快，说最近小义子确实给过她不少钱，她还奇怪小义子也没个正经营生咋来那么多钱？小义子却不让她多问。

除了钱之外，小义子还给了二丫一个金戒指，不过已经被她熔了做成耳环，可样子还记得，结果一描述，与其中一起案子中被顺便抢走的戒指特征相符。

小义子的嫌疑被确定下来了。可这小子居无定所，去哪儿找呢？吴晓光跟队长汇报，队长一笑，别管了，等着吧。

第二天一早，街上就传出了二丫因为卖淫被刑警队抓了，马上就要送去劳教的消息。然后队长把吴晓光和另一个弟兄叫来，让他们到刑警队门口守着。

吴晓光两人到了刑警队门口，看到几个小子正站在那里，其中却没有小义子，两人便分别走到大门两边远一些的地方守着。

等了一会儿，吴晓光忽然想起什么，就给一个开出租的朋友打电话，让他开车过来。很快，那个朋友到了，吴晓光便坐上出租车开始闲聊。朋友问他到底有啥事儿，吴晓光一本正经，你的车现在被警方征用，请配合。然后俩人哈哈大笑。

正聊着，一辆出租车忽然直奔大门而来，停在那几个小子跟前，车上下来一个穿着大花裤衩的小子。吴晓光定睛一看，正是小义子！

小义子把手里的一沓钱递给其中一个人，然后还没等吴晓光反应过来，已经转身钻进出租车走了。

吴晓光一拍朋友肩膀，跟上。

一路跟到长甸的一家小吃铺，小义子下了车，跟小吃铺门口的几个人说话。

吴晓光摸出腰间的手枪就要下车。朋友问，要不要帮忙？吴晓光说不用，你别熄火等着我就行。

吴晓光下了车，把拿枪的手背在身后，像个吃饭的客人一样慢悠悠向小吃铺走去。到了小义子身后，忽然一把就搂住了小义子的脖子。小义子使劲儿挣扎，其他几人见状就想扑上来，却被吴晓光的枪指住了。

都他妈别动，警察抓人！

说完，吴晓光又低头问仍在不断挣扎的小义子，是钢蛋不？

不是不是，你抓错人了！小义子感到特别委屈。

是不是回去就弄清楚了，现在跟我走。吴晓光不容小义子再多说，挟着他上了出租车，身后那几个人还真的没敢追过来。

一路上，吴晓光的胳膊就没离开小义子的脖子，小义子还在不停地挣扎辩解。吴晓光也不说话，心里却在暗笑。

出租车直接开进刑警队院里，吴晓光终于开口了：你是小义子吧，我抓的就是你。

哎哟我去！小义子一脸的愤怒与不甘。

审讯持续了一夜，到了早上的时候，小义子终于撂了：案子是他跟大成子、二驴子、小帮子三个人一起干的。

那几个人现在在哪里?

大成子和小帮子就在昨天你抓我时遇到的那几个人里，二驴子不知道。

哎哟我去！吴晓光一脸的愤怒与不甘，当时玩儿的那一手确实蒙住了那几个小子，让他顺利带走小义子，也没打草惊蛇。可偏偏小义子这家伙扛了一宿，就算再傻也知道小义子出事了，那仨还能不跑?可转念一想，就算当时知道了有啥用，自己一个人一把枪，能干啥?

调集人马再扑小吃铺，人果然已经跑得没影儿了。到三个人的家里找，也都没在。

警方当然不肯罢休，一张大网便由此铺开。二十多天后，消息传来，在大成子一个亲戚的家里发现了大成子和小帮子，警方随即赶到。

大成子的亲戚家在山根儿底下，四周很空旷，所以没等警察靠近便被二人发现，出了门撒腿就跑。这往前就是大山，要让他们跑进山里还有个影儿?

后面的警察没有丝毫犹豫，抬手就是一枪，大成子的腿上多了俩眼儿，跑不了了。小帮子则是被警犬扑住的，要说被人按住他还敢撕巴一下，可被警犬扑住，那热烘烘的大嘴离得这么近，他还真就不敢动了。

一审才知道，当天吴晓光抓小义子时，他们俩确实是以为警察抓错了人，所以也没当回事儿，可等到快天亮时小义子也没回去，俩人就慌了，赶紧去找二驴子。

二驴子一听，你们傻啊，警察说抓错人你们也信?别磨叽啦，麻溜儿地蹽吧。

往哪儿蹽?

远远地蹽呗，而且咱仨不能一块儿，目标太大。二驴子很有经验地指点完，转身就跑了。

大成子和小帮子眼瞅着二驴子没影儿了，便合计了一下，最后决定还是一起蹽，这样互相还能有个照应。

俩人没敢坐火车，一路坐大客车往南跑。到了一个地方下车，觉得不安全，就上车继续跑。最远到了苏州，还是觉得不靠谱。那里全是叽里呱啦的南方话，咱俩满口大碴子味儿，一张嘴就得露馅儿啊。对了，都说最危险的地方就是最安全的地方，咱们回去吧。于是完成了江南二十日游的俩人一路又跑回了鞍山，然后毫无悬念地落网了。

仨同伙都落网了，二驴子当然也没跑了。他是两天后在一家饭店吃饭时，被吴晓光抓住的。

原来这家伙忽悠大成子和小帮子远远地蹽后，就按照“最危险的地方就是最安全的地方”这句话的原理，在鞍山偷偷找个地方藏了起来。他心说你警察去车站找去吧，去外地追去吧，我不出屋，你咋抓？结果闷了二十多天后，他还是受不了了，正好有个兄弟约他吃饭，他想自己也不至于那么背吧，吃一顿饭就能正好被警察碰上？结果就去了，结果就被吴晓光抓了。

审讯二驴子的也是吴晓光，等把案子交代得差不多了，二驴子就开始问了，光哥，你到底是怎么抓着我的？

要搁别的警察，二驴子也不敢这么问，只是因为在审讯中，他发现吴晓光这个警察其实挺“讲究”的，只要你老实交代，说得靠谱，就一切都好说，有啥要求只要不离谱的，就大多能满足，所以他的胆子才大了起来，敢问了这么一句。

吴晓光笑了，鞍山就这么大，你能躲天上去？

不是说抓住我，我是问怎么发现这事儿是我们干的？

吴晓光笑得更厉害了，你觉得我能告诉你不？

是朋友不？是朋友就告诉我。二驴子急了，把在街上跟混子们搭关系的话都用上了。吴晓光却是没再搭理他，把他送回号儿里。

后来的几次审讯中，二驴子又提出这个问题，仍然没有答案。

眼瞅着要被移送了，二驴子终于狠下心来：光哥，你要告诉我，我就让你立个大功。

真的？

真的。

好，你说。

那你得保证，我说了之后，你也要告诉我到底是怎么发现我们的。

好，我保证。

我知道瘸刚把二宝两口子杀了。

这话让吴晓光的心里一喜，表面上却是依然平静。

二宝也是本地人，两口子在家具市场做生意，几个月前却双双被人用猎枪杀死在家中。当时吴晓光他们搞了一个多月，把与二宝两口子有矛盾的人全都筛了一遍，却没有任何线索，案子只好搁下。

瘸刚是当地一个有名的混混儿，平日里也是坏事儿没少干，终于被判刑入狱，可没过几年却因病被保外就医。当初搞二宝的案子时也曾经查过他，可是没有发现二人有任何的交集，便排除了他的嫌疑。如今从二驴子嘴里听到这个消息，他心里怎能不喜？

你咋知道的？吴晓光当然也不能这么轻易相信。

行，我说，那你可别忘了咱俩的约定。二驴子就把自己知道的全说了出来。

原来瘸刚有个对象叫小凤，也是在歌厅从业的失足妇女。瘸刚保外就医回来后，却听说那小凤在他服刑期间跟一个叫大宝的混到了一起，登时就火儿了。都是“道儿上”混的，这个绿帽子戴得太没面子了，必须要把大宝干死才能洗刷自己的耻辱。于是他开始四处打听大宝住在哪里，可中间不知哪里出了岔子，打听到的却是二宝家的住址。

案发当天，瘸刚带着两个狱友拿着猎枪就闯进了二宝家，进门才发现错了。按理说你错了就走呗，或者顶多吓唬一下，可瘸刚不是一般人，说大宝不是东西，你二宝也好不到哪儿去，“砰砰”几枪就把人家两口子杀了。

杀完人之后，瘸刚也没当回事儿，继续在社会上混，可不管咋混总得有钱过日子啊。上哪儿弄钱去呢？

正好这时二驴子他们几个抢劫得手，花钱特别冲，就被瘸刚盯住了。他知道二驴子他们都没个正经营生，手里那些钱肯定不是好来的，就找到二驴子，说你们干啥我都知道，算我一个呗。

二驴子不愿意，因为他觉得人多嘴多事儿就多，本来四个人已经不少了，再多一个就又多一份危险，再说抢来钱还得多分一份，谁能愿意？就说我们干的都是掉脑袋的活儿，你有那胆儿吗？瘸刚一拍胸脯，咋没胆儿？二宝两口子就是我杀的。

二驴子一听更不愿意收了，心说我们求财不要命，跟你个杀人犯搞一起还有个好儿？便找了个词儿把这事儿先拖着了。但瘸刚杀人的事情，他却是不敢对任何人说。

如果不是这次纳闷得要疯了，他也不会拿出来跟吴晓光交换答案。

把事情全说完的二驴子眼巴巴地看着吴晓光。

吴晓光却是一笑：放心，答应你的肯定会告诉你，不过要等到瘸刚那案子破了以后。

二驴子点头。这是他人生第一次希望警察能赶紧破案。

瘸刚也是一个居无定所的家伙，要找到他并不容易。不过吴晓光在摸清小凤的家庭住址后，蹲了两天就把瘸刚抓住了。

审讯用了两天时间，瘸刚终于把枪杀二宝两口子的事情交代清楚，而且这两天他觉得跟眼前这个刑警“光哥”处得不错，挺“投缘”，于是在最后又送了吴晓光一份“大礼”：光哥，我看你这人够朋友，这么的吧，反正早晚也是个死，我就跟你说了吧，其实抢桑塔纳那个事儿也是我们干的。

原来在向二驴子要求入伙未果后，瘸刚和两个狱友就开始琢磨别的来钱的道儿。正好其中一个狱友在黑龙江有朋友，说想要一辆桑塔纳汽车。三个人便盯上了鞍山这里的出租车。那时候，鞍山的出租车还大多是夏利，桑塔纳出租车也才刚刚出现，而且大多是在火车站趴活儿，专跑远道儿。他们到了火车站，选了一辆看上去挺新的桑塔纳，然后说去黑龙江尚志。司机一听"大活儿"啊，开开心心地开车上了路。

到铁岭时，三个人找借口要求停车，趁机把司机杀了，扔到野地里，然后开车继续往北。结果开到长春时，由于手太"潮"，车撞树上了，没法再往前开了。三个人车也不要了，坐火车回到了鞍山。

那是鞍山第一起杀害司机抢劫桑塔纳出租车的案子，也是吴晓光他们搞的，由于当时手段落后，线索也很少，一直没破，没想到却被送上了门。

几天后，瘸刚的两个狱友在一个度假村里被抓住，案子成功告破。当时出动了三十多名警察，其中一个小子被抓住时，枕头下面还有一支苏联产的红星手枪。

案子破了之后，吴晓光专程去了趟看守所。人无信不立，这是他做人的原则，无论对谁都一样，更何况二驴子还送了他一份"大礼"。

人哪，就不能干昧良心的事儿。纸里包不住火，天下没有不透风的墙。看着一脸期待的二驴子，吴晓光说得特别诚恳。你说你们几块料，没事儿往水果市场那儿跑，得有多少人看见你们？天天花钱跟尿裤子似的，别人不得怀疑啊？你们天天作祸，得有多少仇人惦记着你们？

一大通似是而非的话下来，二驴子一脸懵懂地连连点头。

其实这些东西，有些他早晚会自己琢磨明白，有些在庭审时他也会知道，所以现在说出来也没什么。有些关键的事情，吴晓光当然不会说。

最后的判决下来了，大成子、小帮子和小义子全是死刑，二驴子无期，理由就是他有重大立功表现，也就是瘸刚那事儿。

拿着判决书，二驴子高高兴兴去服刑了。之所以高兴，一是因为拣了条命，二是因为“光哥”解开了他的疑惑，虽然后来琢磨起来好像光哥其实啥也没说。

然而，吴晓光与二驴子的故事到这里却并没有结束。

在监狱服刑三年后，二驴子被改判有期徒刑，四年后又因病被保外就医。重新回到鞍山的二驴子，倒是也消停了几年。不过所谓的消停，也只是干的坏事小一点儿罢了。可到后来，他终于还是按捺不住要干“大买卖”。综合在监狱里学到的各种“经验教训”，他决定：绑票！

单丝不成线，孤木不成林，需要帮手的二驴子找来了蹲大牢时认识的关系最好的两个狱友，三个人开始了筹划。

为了不重蹈被“光哥”抓住的覆辙，他们观看了大量的有绑票情节的影视作品，并“认真学习”了包括张子强绑架案在内的诸多侦破通讯，总结那些人最后被抓的原因，查找漏洞，引以为戒。

经过周密的计划，他们盯上了做生意的老郭。手段就是驾车尾随，选择偏僻路段制造交通事故，骗对方下车，然后持刀将老郭绑上自己的车，再让一个人驾驶老郭的车跟在后面。

可是不知道是太慌张还是别的原因，两车一前一后开出没多久，又撞上了。这个情节在之前“学习”过的资料里都没有，所以三个人索性把老郭身上的两千块钱抢了逃之夭夭。

第一次失败并没有消磨三个人的“斗志”。经过精心准备，两个月后，他们再次出马，目标是一个天天开着豪车出去玩游戏的富二代。

三个人开着一辆偷来的面包车，尾随富二代找机会下手，可总是找不着合适的机会。终于有一天晚上，他们在一家网吧门前看到了富二代的豪车，便守在旁边。8点多的时候，富二代从网吧出来，正想开车离开时，被三人用刀逼住绑上了面包车，并被送到事先租好的一处房子中。然后几个人专门开车跑到辽阳，用IC卡电话联系富二代家里，要一百万。

富二代家里是开矿的，一百万对他们来说不算啥，所以经过精心计算的二驴子他们才会开出这个数，目的就是让对方觉得不值得报警。

但他们没想到的是，富二代家有当警察的朋友，接到电话之后一慌，就给那个朋友打电话问主意，结果人家说那还犹豫啥，报警呗，于是家里就报了警。不过报完警他们就后悔了，心说这要是惊动了绑匪，把票撕了可咋整？

他们怎么后悔暂且不说，吴晓光他们这边已经开始忙活了。

可一番调查下来发现，这伙绑匪非常狡猾，从跟踪到绑架的时间、地点，显然都经过了精心设计，几乎没留下任何可供追踪的线索。而前往辽阳追踪电话的一路同样也没有收获，一个IC卡电话谁都能打，根本查不下去。

几天后，绑匪又从沈阳打电话来催要赎金，这次富二代家里没有告诉警察，而是选择了交钱赎人。

交付赎金的方式也跟电影里的情节一样，绑匪通过电话遥控人质的老婆坐着私家车沿他们指定的道路行进，在绕了好几个大圈子之后，他们指挥车加快速度从一座立交桥下面通过，让人质老婆在经过一个桥墩子时，不能停车，直接开门把装钱的箱子扔下去，然后把车开走。之后，早已等候在旁边一辆车上的绑匪过来拣起箱子扬长而去。

钱到手了，人质也回到了家中，这时吴晓光他们才知道。他们心里自然会有些埋怨，可是既然人质安全了就比什么都强，而这也让下一步的工作少了许多顾忌，反正不管怎么样，一定要把这帮绑匪抓住。

不知为什么，吴晓光心里一直有一种感觉，就是这群绑匪里一定有他认识的人。

突破口是从沈阳那个 IC 卡电话亭里打开的，交付赎金当天，绑匪一共从那个电话亭里打来了四个电话，所以留下的蛛丝马迹就多了一些。警方经过艰苦走访，掌握了打电话人乘坐的汽车特征等情况，并随后通过监控探头展开了大范围的搜寻，最终发现了那辆汽车。

虽然在视频中乘车人的样貌不是很清晰，但目光敏锐的吴晓光还是一眼认出了那个家伙，二驴子！与此同时，通过信息技术手段筛查也发现了一个具有重大嫌疑的手机号码，一查号码的主人，就是二驴子。

在家中被吴晓光抓住时，二驴子的嘴张得能吞下一头驴。

绑架得手后，他并没有跑。而且吸取之前的教训，他分到的钱也还一分没花，一切都是那么天衣无缝。他甚至已经开始琢磨下一个该绑谁了，然后就看见了破门而入的吴晓光。

二驴子使劲儿掐了自己一把，确定不是在梦里。因为他以前做过好多次这样的梦。

光哥，你是怎么抓着我的？二驴子快要哭了。

吴晓光笑了，上次怎么抓着你的，这次还是怎么抓着你的。

不可能！二驴子一脸的不甘心。我在里面那几年天天琢磨这些事儿，怎么干才能不露马脚。几年的心血啊！上次那些错误我全没犯，怎么还是被你抓着了？

吴晓光笑而不语。

后来二驴子的两个同伙也落网了，他们倒是交代得挺利落，并且也没二驴子那么大的好奇心。

但是二驴子却是依然不肯放弃，这事儿已经成了他的一块心病。每次见到吴晓光，他都会问这个问题，有几次甚至差点儿给吴晓光跪下，仍然没有得到答案，二驴子简直要疯了。

二驴子之后被判了个无期。可是直到最后，他也没从吴晓光那里得到答案。

“光哥”哪儿来的能耐

杜三儿觉得自己老悲催了，躲在这么一个地方也能被人提溜出来。虽说不能随便抽烟喝酒，也不能随意到处乱遛，处处要守规矩，时不时还得被人训得跟孙子似的，可跟小命比起来，这些又算个啥？只要把刑期服满，以前的事就一笔勾销了，划算！可是、可是、可是那警察咋就那么大能耐呢？

故事发生在2001年，也就是北京申奥成功的那一年，而这件事开始的时候跟杜三儿没有半毛钱关系。当时已经干了十多年刑警的吴晓光成了二大队的一个探长，名气越来越大。随之，“光哥”的朋友也越来越多，干啥的都有，不过有一点是共同的，那就是非常支持他的工作。换句话说，就是治安积极分子，除了吴晓光需要帮助的时候外，这些朋友平时也十分热心，遇到可疑的事情都要跟“光哥”说一声，杜三儿这案子就是这么牵出来的。

吴晓光记得很清楚，北京申奥成功的第二天晚上，一个朋友打来电话，说光哥我听说有个人要卖车，新本田，没手续，才跑了四万多公里，要价八万，六万也卖，我觉得肯定不是好来的。

那年头儿原装本田能卖到三四十万，就算是走私的也要卖到十多万，这四万公里的新车只要六万，没问题才出鬼了。

吴晓光说，你就说要买，先把发动机号和车架子号弄来。

朋友说行。就找到了那个叫耳朵的卖家，交了押金之后以验车为名把车开到修理厂，记下了号码发给吴晓光。

吴晓光拿着号码，却没有比对上被盗车辆信息。他也不急，告诉朋友跟卖家说钱不凑手，缓几天再交易。

押金交了，看着挺有诚意，再说这种车也不太好卖，所以耳朵没多想就同意了。

过了大概有六七天的样子，吴晓光又比对了一下，结果一下子就出来了。盘锦被盗车！被盗日期是在十天前。原来车被盗后，车主竟然没想起报案，只是跑保险公司理赔，直到人家告诉他要理赔需要公安机关的立案手续时才想起去报案，警方再立案、甄别、调查什么的一通下来，好几天就过去了。

虽然确定了车有问题，但吴晓光并没有马上动耳朵，而是围绕这小子展开了调查。结果发现，跟他一起混的还有两个小子，三个人经常结伴开车出去，在辽宁省内转悠。

在逐一落实他们的行踪之后，吴晓光又分别进行了查询，最终发现，凡是他们到达某个地方，那地方准会发生本田汽车被盗案。

另外一个情况就是，这几个家伙没有正当职业，可花钱却是挺冲，啥贵买啥，一副不差钱儿的土豪做派。

查得差不多了，满心欢喜开着本田车去交易的耳朵被连人带车带进了刑警队。

车是哪儿来的？

别人把我撞了，把车丢下就跑了，我就把车开走了，寻思着卖了钱补偿损失。

这点儿小把戏当然斗不过吴晓光这个老司机。

撞了？撞哪儿了？撞人了还是撞车了？让我看看。

这个谎不成，耳朵又开始编别的，可每编一个都很快被吴晓光拆穿。于是耳朵看着吴晓光的目光里多了好多崇拜，当然，还有恐惧。

瞎话编不下去了，耳朵只好承认车是偷的，但也只承认偷了这一辆，而且是第一次，求“光哥”放他一马。

吴晓光也不恼，拿出张单子，某年某月某日，你和山炮、小篮子去了趟沈阳吧？当天那里丢了辆黑色本田。某年某月某日你和他俩又去了趟辽阳吧？当天那里丢了辆白色本田。某年某月某日……

当然啦，你可以说那都是巧合，那我问你，你给小丽买貂的钱哪儿来的？别告诉我你爹妈给的，他们种多少亩地才够这件貂？

还有小芳的金戒指，你想说那钱是捡的吧？告诉我啥时候在哪儿捡的？

就你这怂样儿，还不如说钱是自己印的，可你知道印假钱和偷本田哪个罪过大吗？

……

吴晓光不疾不徐，稳步推进。

耳朵最终还是没顶住，在第三天头儿上交代了系列盗窃本田汽车的罪行，并供出了被他藏在很隐蔽一个地方的作案工具：三百把本田汽车钥匙。

三百把钥匙全都用绳子拴在一个圆形的金属盘子上，也就是像单位里管后勤的人拿的那种钥匙盘子，而这些钥匙都是他自己配的。再一次看到这些钥匙，耳朵一扫之前的沮丧，眼里流露出自豪的光彩。

天底下没有我打不开的本田车。耳朵开始诉说他的灿烂历史。

原来，以前耳朵就学过配汽车钥匙的技术，但他不甘心把这门“用处”很大的手艺埋没在街头的配钥匙摊上，便打起了歪主意。经过反复研究试验，他配出了三百多把本田车的钥匙。那时候本田车没有那么多型号，而且价值相对高并且保有量也相对多一些，所以他的这些钥匙几乎可以打开所有本田汽车的锁。当然这个锁也只是指车的后备厢，并不能发动汽车，但这也足够了。

在召集了山炮和小篮子两个同伙之后，三个人便开始了盗车之旅。每次找到目标后，他们都会先踹上一脚，确定车没装防盗报警装置后，再用钥匙一个个兑。打开后备厢之后，便钻进去顶开后备厢与车厢之间的隔板钻进去，然后拆开方向盘下面的钥匙开关，用兑火的方式将车开走。

几年下来，他们几乎蹚遍了辽宁全省除大连之外的所有地市，总共盗窃本田汽车37辆。而他们之所以不去大连偷车的原因是那里三面临海，出市的路只有一条，非常危险。

在接下来的日子里，吴晓光就闲不住了，每天的工作就是带着耳朵去指认盗车地点，寻找被卖出去的赃车。

日子久了，两人的“感情”也越来越深。要说吴晓光对耳朵也确实不错，只要是不离谱合规矩的要求都能满足，让耳朵非常满意，也非常感激。

案子查清了，赃车也差不多都追回来了，耳朵依依不舍地看着吴晓光：光哥，你够意思，够朋友，我最后再告诉你两件事。

一件事是耳朵告诉吴晓光，以后他自己的车一定要装上车把锁，那样最安全。他们出去偷车时，只要看见方向盘上装了车把锁就绝不去碰，因为那锁开起来非常费劲，还不一定能打开。

第二件事是耳朵把自己的徒弟给卖了。耳朵的徒弟叫大鼻子，以前是偷摩托车的，后来听说耳朵是偷汽车的高手，就找到了耳朵，要求拜师，跟着他一起干。不过耳朵并没有同意，因为在他看来，省里的本田车虽然不少，但能偷的并不多，而且偷一辆少一辆，怎么能让别人抢自己的生意呢？但耳朵也没让大鼻子失望，告诉他可以去偷桑塔纳，而且教授了他技巧。然后学了手艺的大鼻子便告别师父，开始单干，据说“生意”还不错。

耳朵关于大鼻子的交代，让吴晓光想起之前听说过的一件事，社会上有个叫小东的人买了一辆低价的红色桑塔纳，但买回来没多久就又丢了，他怀疑是被卖家“反提”了。所谓“反提”，就是专门卖赃车的人，因为买家钱没给够或者其他原因，在交易完成后又将车偷走。而那件事的卖家他记得好像就是叫大鼻子。

吴晓光找到了小东，核实那件事。果然，卖给小东汽车又被怀疑"反提"的人正是大鼻子。

吴晓光心里便有了底，开始抓大鼻子。结果没费多大劲儿就抓着了，也没费多大劲儿就问撂了，这些年大鼻子一共偷了十多辆桑塔纳。

剩下的就是追赃了。要说追赃这活儿其实比破案都难，多数车都被倒了好几手，好不容易查到了最后的买家，人家却不愿意见。你想啊，买低价车本来就涉嫌违法，而且车也保不住了，这得吃多大亏？所以能躲就躲，实在躲不过就托人说情啥的，反正每一辆车都得费好大劲儿。这还得是说赃车在私人手里，要是最后车落在了单位甚至政府部门手里，那难度就更大了。包括前面那些本田车也是一样，得亏是好几组人一起追，要是单凭他这一组追，估计到退休都追不完。

虽然难，可工作仍要干，车也要追。人家老百姓最关心的，还是自己的东西能不能找回来。

可追到其中一辆车时却出了岔头儿。根据大鼻子交代，车是通过一个叫杜三儿的人卖出去的，再一找这杜三儿，却因为贩毒正在监狱里服刑。而且大鼻子说，杜三儿这人好像身上的事儿不少，是个狠角色。

稍一计较，吴晓光心里就有了主意。

开好介绍信后，他戴着手铐脚镣直奔监狱，把杜三儿提出来之后，话也不多说就把镣铐上上了，然后开车往回拉。

一路上，吴晓光表情严肃，一语不发。杜三儿也是一声没吭。这让吴晓光的心里更有底气了，这小子有事儿，而且不是小事儿。

到了刑警队，把杜三儿带进审讯室，吴晓光才开了口。

知道这哪儿不？鞍山市局刑警队，专门办大案的衙门口。

杜三儿还是不说话。

知道为啥把你提回来不？你瞅提你回来这阵仗还没感觉到

点儿啥吗？告诉你吧，事儿漏了！

杜三儿忽然就觉得自己太悲催了，贩毒服刑服得好好的，那事儿怎么就漏了呢？

吴晓光也不再说话。两人就这么安静地对坐着。

不知过了多长时间，杜三儿开口了，我想抽烟。

吴晓光心里有个小人儿乐开了花。

接过烟，杜三儿又说，我想见我妈。

事儿说清楚了指定让你见着。

行，我说，我杀人了。

吴晓光心里的小人儿张大了嘴。

杀了几个？

五个。

吴晓光心里的小人儿摔了个大马趴。

本来想搂草顺便打个兔子啥的，没想到逮着个大狗熊，这都啥事儿啊？

不过吴晓光的语气却依然平静：一个个说吧。

原来，杜三儿这家伙一直没个正经营生，什么来钱干什么，违法犯罪的事儿没少干。自从帮大鼻子卖了那辆车之后，他发现汽车这东西挺值钱，就惦记上了。可要说偷，他没那技术，就打定主意去抢出租车。两年间，他和同伙一共抢劫了五辆出租车，而且每次都把出租车司机杀害，手段极其残忍。这是他实施犯罪之前就盘算好的，因为怕日后被人家认出来。而那两年间，整个鞍山市也就只发了这五起抢劫出租车的案件，却一直悬而未破。

在抢劫出租车的同时，杜三儿也没放弃其他“营生”，贩毒就是其中之一。结果案发被捕，并被判刑。而入狱的他心里却有些窃喜，琢磨着自己待在牢里，警察怎么查也查不到自己头上。等刑满释放，那事儿也早该凉了。

没想到最后还是被眼前这个“光哥”查到了。

根据杜三儿的交代，吴晓光开始着手抓捕其同伙二祥子。二祥子很快落网，交代这些案子是三个人干的，可另一个人是杜三儿找的，他并不认识。

再审杜三儿，他终于承认还有第三个人。但具体是谁，这家伙就开始扯犊子了，交代出的人不是已经死了就是在案发前已经外逃，根本就不靠谱。

吴晓光也不急，你说一个我就查一个，然后告诉你不可能是这个人。

杜三儿实在是没辙了，认识的都说光了，总不能说是孙悟空吧，最后还是说了实话，是他的亲舅舅胖老憨。

吴晓光这才明白，虽然都不是啥好人，可让外甥出卖亲舅确实是要克服点儿心理障碍的。

吴晓光带着两个年轻刑警到了胖老憨家所在的村里，先去找了治保主任，询问胖老憨是不是在家。他倒是不担心胖老憨外逃，因为杜三儿进了监狱，胖老憨却没事儿，所以他肯定知道那个案子没漏，所以没必要外逃。

只是吴晓光从来不打无准备之仗。结果治保主任的回答让他心里一喜，胖老憨的娘过世了，此时他正在家中守灵。

开车到了胖老憨家门口，只见灯火通明大门四开，花圈花篮纸人纸马一应俱全。远远看去，灵堂里一个胖子正裹着军大衣在那里守灵。治保主任说，那就是胖老憨。

光哥，咋抓？两个年轻刑警问。

你们开车在路边儿等着，我自己去。

两个年轻刑警没再说话。对“光哥”，他们有种纯粹的信服。

吴晓光走进灵堂，也没说话，对着灵位三鞠躬。胖老憨赶紧跪下还礼，等他起身后，吴晓光伸出手去，胖老憨也赶紧伸手，被吴晓光一把握住。

啥时候起灵？用不用单位的大客啊？吴晓光问。

明儿一早，如果能有大客那就太好了。胖老憨搞不清眼前这人是谁，以为是家里哪个人单位的领导。

那行，定好几点，我让大客提前来。吴晓光边说边握着胖老憨的手往外走，胖老憨也只好跟着，本来客人走也是要送的，更何况人家明天还来车，更要热情一些。

俩人亲亲热热一路说一路来到汽车跟前儿，吴晓光拉开后车门，明天这车也一块儿给你们使，咋样？

好好好，胖老憨连连点头。没防备间，他已经被吴晓光一把推上了车。

公安局的，找你了解点儿事儿。上了车的吴晓光语气立刻变了。胖老憨先是一惊，然后一瘫，连反抗的心思都没了。

案子破了，吴晓光挨个儿到五名被害出租车司机的家中通知，当年杀你们家人的凶手抓住了。这也是他的一个习惯，就是抓到凶手后通知死者家属。虽然死者家人痛哭流涕的场面每每让他感到很难受，但他依然这样做了。因为他觉得，作为一个警察，面对需要他保护的老百姓，必须要有这么一个交代。

从一个不起眼儿的低价车线索，到最后五起抢劫杀人大案，中间无论哪个环节哪怕有一丝一毫的懈怠、疏忽，最后都不可能成功。吴晓光对工作的强烈责任心，是他总能够出色完成任务的关键。

移送检察院之前，杜三儿对吴晓光说：光哥，虽然是你抓的我，可我佩服你，你够讲究，值得交，就是他妈我这命，太悲催了。

吴晓光摇摇头，说了句非常时髦但让杜三儿听得一脑袋蒙圈的话：你的悲催可能会迟到，但肯定不会缺席。

无法改变的称呼

朋友多了，成分也就复杂了，认识世界、评价社会的角度和深度也就各有不同。不同的朋友，对“光哥”有着不同的印象。

那还是在 1995 年的时候，鞍山有个厂长被人杀了。这个厂长挺有能耐，同一个公司的其他厂子都黄了，就他的厂子效益好。可就这么一个能人，有一天早上出门上班，刚出家门就被人捅死在楼道里。

案发现场只有一位目击者，是听见楼道里有人吵吵，就通过门上的猫眼儿看了一下，发现一男一女正急匆匆跑下楼。除此之外，再无其他线索。

案子初步定为仇杀，可一调这位厂长的社会关系，好家伙，没上一千也得有八百，看得人眼晕。人马撒开来去查了，吴晓光负责访问的是厂长的老婆。这活儿不好干，刚经历了丧夫之痛的女人哪能想得起啥来啊，吴晓光也不急，坐在旁边一点点地启发，帮她回忆，跟邻居啊，跟亲戚朋友啊，跟厂里的人啊……

慢慢地，女人情绪稳定下来，忽然就说了一句，这事儿能不能是他妹夫干的？

厂长有个妹妹一直闹离婚，前阵子法院才判决，可那前妹夫却觉得法院判决有失公正，把财产都判给女方了，肯定是找了人了。思来想去就这个大舅哥路子广，认识人多，一定是他托的人，还专门来吵了几回。

得了这个情况后，吴晓光就开始调查这个妹夫。这小子叫秃噜，也是个居无定所的家伙，谁也不知道他去哪儿了。

吴晓光想起目击者说现场是一男一女，就问，那他有没有对象？

有，叫猫猫。

猫猫也没找着。不过吴晓光打听到猫猫有个姐姐在火车站前开了个食杂店，就过去准备探探风。到那里时已经是下午三四点钟了，猫猫的姐姐不在，只有一个男人在店里喝酒。吴晓光表明身份，一问才知道这人是猫猫的姐夫。就开始摸情况，猫猫最近都在干啥，知不知道她有个对象是干啥的，猫猫去哪儿了之类的，可那家伙却是只顾喝酒，对吴晓光带搭不理的。

吴晓光一瞧这么下去啥也问不着啊，忽然声音就高了，说你特么也太不够意思了，好歹我来半天了，你喝酒咋不说让让我呢？

猫猫姐夫一听，眼睛立时亮了，脸上也有了笑模样，拿了杯子就把酒倒上了。吴晓光也不客气，坐下就喝，也不再提别的事儿，只是跟他胡扯。结果几杯酒下肚之后，那家伙忽然就冒出一句话，你们来晚啦，人早跑啦。

吴晓光反应也快：我知道人跑了，要不怎么上你这儿来了呢？

这秃噜真不是个东西，自己杀人还把猫猫扯上。猫猫姐夫借着酒劲儿把知道的一切都说了出来。

原来人确实是秃噜杀的，起因就是怀疑厂长在他跟老婆离婚的案子中托人找关系，做出了对他不利的判决，所以决定报复。

案发那天早上，他叫上猫猫一起去了厂长家，守在楼道里，等厂长出门后就上前理论。双方话不投机，没说几句就吵了起来，秃噜便掏出携带的尖刀将厂长杀害，之后带着猫猫就坐火车跑了。昨天晚上，猫猫给姐姐打了个电话，说自己在营口盖县，很害怕，就跟秃噜分开了，让姐姐去接她。她姐心疼妹妹，一大早就跑去盖县了。

吴晓光立刻赶回队里向领导汇报。再一查秃噜的底档，有不少亲戚都在盖县，吴晓光便带着人直扑盖县。

第一站是秃噜的姑姑家，没有发现秃噜，问了也说秃噜没来，可吴晓光却在碗橱里发现了几盘剩菜。在东北农村，一般人家吃饭不会炒那么多菜，所以他判断肯定是来客人了，那这客人极有可能是秃噜。

心里有了底，吴晓光又奔了秃噜的二叔家。进屋一看，床上躺了个人，床边还放了一盒黑猫香烟，那是鞍山当时最流行的烟。他想也没想便直扑上去把人按住。

是秃噜不？

是，你们咋来这么快？

后来大家说起这事儿，有朋友就说，光哥啊，这事儿也就你干得出来，论脑子活泛、随机应变、能跟人快速拉近关系，我就服你。

1997 年，鞍山发生了一件大案，两名嫌疑人持枪抢劫了三支手枪后逃窜。这件事当时社会上并不知道，在公安内部却掀起了轩然大波。

漫天大网立刻撒开，两个人所有的社会关系都被查了个底儿掉。最终得到消息，二人曾在大石桥的一个朋友家露过一面，但马上又走了。

不知道他们去了哪里，也不知道他们会不会再来，但有百分之一的可能，就要打起百分之百的精神。警力迅速集结，赶往大石桥。

临行前，吴晓光给一个警察朋友打了电话，说我要有啥事儿，家里就全托给你了。

朋友赶紧问咋了，吴晓光却啥也没说就挂了电话。

到达大石桥时，天色已黑，各个部位都安排了人手，高处还有狙击手，而吴晓光则被安排在屋内。所有人接到的命令只有一个：击毙！

整整 24 小时的守候，直到第二天晚上，正在屋内守候的吴晓光忽然听到了敲门声，他立刻拉开手中 79 微冲的枪栓对准了门口。几乎是在同时，外面已经枪声大作，但很快就停了下来。他随即冲出屋去，却见门前只躺着一具浑身布满枪眼儿的尸体，另一个已经趁乱逃走。

我知道近道儿，带你去追。一个村干部说着就跑了出去，吴晓光端枪紧随其后。

二人抄近道儿跑到村路上，只见对面走过来一个人，戴着副眼镜，走得不紧不慢，看上去一点儿也不像嫌疑人。

是不是他呢？吴晓光一边观察一边寻思，那人已和他们擦肩而过。

再向前看去，已经没有第二个人。是不是也要拦下来！就在吴晓光转身的刹那，那个小子已经开始撒腿狂奔。

吴晓光手中的枪响了，那小子却是没有丝毫停顿继续往前跑去。吴晓光一边追一边扣动扳机，子弹在夜色中划出一道道流光。

前面的人迅速消失在夜色中，吴晓光毫不犹豫地追过去搜索。那一刻他也想过，如果这时黑暗中射出子弹，他连躲都来不及躲。可转念一想，反正家里的事儿也托付了，没啥可牵挂的了。

后面的队伍也追了上来，大家一起搜寻。可没过多久电话打来，不用搜了，那小子自己跑进派出所了。

原来吴晓光之前那几枪全部命中目标。那小子身上多了好几个眼儿，却依然能凭着一股狠劲儿继续跑，可跑着跑着就不行了，觉着跟被警察抓住比起来，还是自己的命更重要，所以自己跑进了派出所。

第二天一早，那个朋友又打来电话，通了电话第一句就是：哎哟我去，你还活着啊？然后就问他到底发生了啥事儿。

“光哥”说，没啥，就是开枪了。

朋友也没深问，只是说，都说舍生忘死、无私奉献，以前只觉得就是个词儿，今天才知道，那就是你光哥啊。

2001年的时候，中纪委到鞍山调查一起贪腐案件，牵出一桩陈年旧案，两名嫌疑人在聚众斗殴中分别持猎枪和灭火器杀死一人，重伤一人，但是在幕后黑手的操控下，两人竟然被当庭释放。

事发后，上级指示尽快将二人抓捕归案。经工作，其中一人很快到案，而另一个持枪杀人者却在听到风声后藏匿起来。抓捕任务就落到了能“啃硬骨头”的吴晓光头上。

有迹象显示，逃犯仍然藏在鞍山。

经过调查，排除了其另外几处可能藏身的地方后，吴晓光盯上了一个老居民区里的一套房子。这是逃犯最后一个可能藏身的地方了，可是去了几次，都没发现那房子有人出入。

有什么办法进屋看看呢？吴晓光想到了在自来水公司负责收水费的妻子，便动起了心思。

这天晚饭后，吴晓光满脸堆笑，凑到妻子旁边：我说，帮个忙呗。

妻子是个直爽性子，嘴一撇：看你那样子就知道没啥好事儿，说！

吴晓光觍着脸把事情说了，眼巴巴地看着妻子。

这算啥事儿？没问题，啥时候去？

那个，最好能现在。

行，我收拾收拾咱就走。

不料两人的对话被儿子听到了，六七岁的孩子虽然不太懂，却也知道妈妈要去帮爸爸抓坏人，可能会有危险，便上前拦住：我妈又不是警察，凭啥帮你去抓坏人？

你妈是女的，不引人注意。

儿子脖子一梗：你妈还是女的呢，咋不叫她去？

浑小子，有这么说话的吗？吴晓光色厉内荏，孩子从小到大他没怎么管过，总觉得欠这娘儿俩的，所以尽管口气强硬，心里终究是虚的。

还是妻子打了圆场：就是去看看，没有危险，放心吧乖儿子。

到了地方，妻子拿出收水费的册子，煞有介事从七楼开始一户户敲门，一边敲还一边大声吆喝，检查水表啦。就这么一户户收下来，一直敲到了一楼逃犯的单元，结果门马上就开了。

你家欠费啦，交水费的时候赶紧都补上。

好好好，一定一定。屋里人的态度很老实。

出来之后，妻子描述了屋里人的相貌，正是那个逃犯。

吴晓光立刻拿着枪守在门口，然后让妻子给队里打电话叫增援。同事很快赶到，把屋子前后都堵住。

吴晓光也不废话，直接破门而入，拿枪指着逃犯：走吧。

逃犯也不反抗，直接伸出双手，在吴晓光给他上铐子的时候嘴里还嘀咕：我就觉得刚才那查水表的有问题，可还挑不出毛病，你们警察咋装啥像啥？

吴晓光暗笑，心说装啥啊，就是专业的。

后来队长知道这件事儿，把吴晓光好一通数落：你说咱干刑警的顾不上家也就算了，你不能再把家搭进去啊，这要出事儿咋办？

吴晓光又笑：我那老婆，要是穿上警服指定比我还能耐，信不？

后来朋友们知道了这事儿，在一致谴责“光哥”的同时，也一致认为，“光哥”是个为了工作能豁出一切的人。

2011 年 3 月，正是全省两会召开那会儿，海城的一个加油站发生一起恶性持枪杀人案。当时加油站排队的人特别多，司机们都下车站在一起唠嗑，忽然一辆白色汽车疾驶而来，停在几个唠嗑的人身边，司机手拿猎枪下车，冲着一群人中的一个就连开四枪，中枪者连吭都没吭一声就断了气儿。周围的人吓得赶紧跑开，开枪者却不慌不忙地拣起地上的四个弹壳，然后从容地开车离开。

吴晓光来到现场，死者的尸体还没有挪走，血迹也还没有干。

仇杀，查社会关系。

一组人马点头而去。

查车牌照。

有人开始打电话。

目击者都看到啥了？

枪一响就都跑了，谁敢回头看？

过了一会儿，结果先后反馈回来。

挂的牌照是假的。

死者是做柴油生意的，社会关系复杂，跟人的仇怨也不少。

从结仇的时间从后往前捋吧，一个个排。说完，吴晓光一挥手，咱们去追牌照。

假的咋追？有人问。

那就追假的，吴晓光头也不回。

通过调取路面监控，果然发现挂着这个假牌照的白色汽车案发前一段时间里在很多地方都出现过。吴晓光就安排人一点点地追踪，寻找轨迹，最后发现有一天这辆车在通过一个监控卡口后，没有在下一个监控卡口出现。

肯定是停留在这片卡口中间了。查！

那年头儿，除了交管部门的监控探头外，街面上的摄像头并不多。吴晓光带着人一个个地找，只要看到有哪家装了摄像头，就进去调取视频记录。最后，在一家洗浴中心的监控记录中，发现了那天这辆车正好停在洗浴中心门口。再继续放了一个多小时，发现两个人一起说着话从洗浴中心出来，一个人上了挂假牌照的车，另一人上了停在旁边的一辆车，分头离开。

这辆车的牌照是假的，另一辆却是真的。一查之下发现是本地一个大老板的车。而围绕那个老板的调查很快发现线索，老板的儿子也做柴油生意，并且与死者在生意上结过仇。

吴晓光没有犹豫，直接传唤了老板的儿子小聪明。身为一个富二代，小聪明对于刑警的防御能力几乎为零，很快便供认了雇凶杀人的罪行。

原来小聪明因为生意上的事儿跟死者结仇之后，就找到了父亲的朋友强子，说：叔，我让人欺负了。

强子一听就拍了胸脯：别管了，告诉我是谁，叔帮你办。

于是小聪明就带着强子专门去指认了死者。之后强子就驾车跟踪死者寻找机会，终于在案发当天抓住时机将死者枪杀。

根据小聪明的交代，强子现在就藏身在郊区一个村子里。

吴晓光立刻带人赶去，到了强子家门口，发现那辆挂着假牌照的车正好停在门口。

吴晓光掏出枪站在最前面，一会儿我踹开门，你们跟我上。

一个身材魁梧的年轻刑警站到了他前面：光哥，我个子大，能挡子弹。

吴晓光一把把他拽到身后：轮不到你！

一脚把门踹开，吴晓光瞅准床上躺着的人就扑了上去，那人正是强子。

乍然被人压住，强子反应也是不慢，一边挣扎一边伸手往身旁的床柜伸。

吴晓光哪能让他伸过手去，死死按住，然后在其他人的帮助下给强子上了铐子。

枪呢？吴晓光厉喝。

啥枪？强子装傻。

打人的枪。

强子不说话了。

吴晓光拉开床柜门，一只子弹上膛的猎枪出现在眼前。

这事儿知道的人并不多，但是在场的人也不少。后来说起这事儿，大伙儿共同的意见就是“光哥”够猛，也够担当！跟着这样的领导干，服气！

其实“光哥”这个称呼，多少还是有些江湖气的，对于警察来说，可能并不是太合适，而吴晓光自己也这么认为。

但这并不能改变单位从上到下，社会上从老到幼、从好人到坏人对他的称呼，其实这也是有理由的。队里的年轻人叫“光哥”，是出于一种年龄的原因和对他业务能力的佩服；局长、支队长叫"光哥"，半是开玩笑半是对他工作的认可；朋友们叫"光哥"，透着一股子亲热劲儿；社会上的人叫"光哥"，大多是出于尊重；而那些犯罪嫌疑人叫"光哥"，除了想拉近关系外，更多的则是发自心底的服气。

"光哥"的朋友确实多，而相对于警察这个职业，社会交往并不是一件被太多人认同的事儿。可是你让一个刑警孤芳自赏跟谁也不交往，那还怎么搞案子？而很多时候，朋友都能对他的工作起很大作用。所以说问题的关键，并不是跟多少人交往，而是你在交往时，有没有自己的底线。

这条底线，吴晓光有，而且从来没有越过一步。

太阳每天都会升起，生活一直在继续，"光哥"跟他的朋友和"朋友"们的故事也在继续。

巍巍钢都，流传着"光哥"的故事，留下了他忠诚的印记。

扫描二维码即可观看
相关视频等

泡在现场

刘　芳

购物袋的残骸

京沈高速和沈大高速原本是两条不贯通的高速公路。一条是从沈阳到北京，一条是从沈阳到大连。2003 年，国家选择在盘锦建立高速公路枢纽，像一条巨大的纽带，将京沈和沈大两条高速公路在盘锦融会贯通。

2003 年 12 月，京沈高速公路盘锦路段结束了施工，但整段路还没有通车，只偶尔有熟悉路的当地人冒险走到这段人迹罕至的路上来。盘锦路段的西北角，有一处桥墩。桥下是一大片芦苇荡，里面全都是被风吹干的苇子。

这天，被大雪封锁在家里好几天的郭大爷，趁着雪停刚放晴，披上大棉袄，出门去拾柴。

刺骨的寒风，吹得郭大爷根本睁不开眼睛。他深一脚、浅一脚地往苇荡子里寻摸。因为桥墩下窝风，雪在桥墩附近被吹成小山一样，最深的地方已没过腿肚子。

郭大爷后悔没听郭大妈的话，大雪没膝，上哪儿拾柴去？正寻思着，他忽然感觉脚下趟着一块硬邦邦的东西，低头一看，是一个大黑袋子。

扒开一看，郭大爷吓傻了。怎么那么像人的胳膊呢？

风在持续呼啸着，郭大爷觉得瘆得慌，吓得三步并作两步往回跑。到家后，他才敢拿出电话报了警。

那一年，赵光是盘锦市公安局刑警支队技术大队大队长。作为此案的主勘，他进入了现场。

扒开装着肉块的垃圾袋，肉眼可见的人体组织，他确认这是人体尸块。

一般搞技术的，都愿意围着现场转。但赵光还是一个喜爱推理的技术员。他没有再去碰那袋尸块，而是较为完整地保留了尸块包裹原始的状态。

他一边慢慢倒退着脚步，一边查看四周的情况。

刚刚下过的这场大雪，覆盖了整个芦苇荡。装尸块的黑色口袋没有被大雪覆盖，显然是雪停之后抛尸到这里的。

可环顾四周，距现场最近的那条小路，也在五百米开外，而尸块包裹最少也有四五十斤。从现场看，有两个人并排整齐的脚印，那是自己和同事留下的。还有一排凌乱却新鲜的脚印，应该是报案人郭大爷慌忙中留下的。此外再也没有脚印了。

那尸块是怎么被抛到这里的呢？

赵光在原地徘徊着，努力寻找。就像一台强大的扫描仪，在获得全部的现场信息之后，赵光的大脑开始迅速运转。

从天而降？难道是从天而降？

赵光迅速抬头，目光锁定头顶那条宽阔气派的高速公路。

高速公路桥下，空旷寂静，寒风凛冽。直到多少年以后，每每经过这段高速公路，赵光依然能感受到一股刺骨的寒气。他自己也无法说清，为什么当时在那没遮没拦的寒风中，他能待那么久，根本就忘了冷。这只有当过刑警的人才懂。

处理完抛尸现场，赵光没有跟着“尸体”回队里。

他带人特意绕到宽阔气派的高速公路上，对准桥下那个浸埋尸块包裹的地方，反复设定从高速公路上向下抛尸的结果。方向吻合，角度吻合，力度吻合。

结合高速公路单向行驶的特性，赵光大胆推测，抛尸地点就是高速公路上，抛尸者行进方向是由北向南，且有交通工具。

后来的案件发展表明，正是赵光这一准确的推断，对案件侦破起到了至关重要的作用。

12 月 27 日、28 日，营口盖州、大连瓦房店分别发现了同类包装的碎尸块。经技术串并，尸块呈现两具女尸，技术认定为同一起案件。

盘锦作为首发现场，此案经省厅刑侦总队指定管辖，由盘锦市局刑警支队负责侦破工作。案件被确定为当年辽宁省一号大案。

毕竟是技术出身，赵光最后还是愿意一个人泡在现场。

无论是案发现场，还是技术现场，赵光时常就那样一个人，在安静的现场，自己和自己对话。有时候他也觉得，那可能是病，得治。但是，一到达现场，他就又会兴奋得眼里心中只有案子。

确定专案组设在盘锦的那个晚上，赵光一个人去了抛尸的高速公路。

以这个点为中心，赵光在心里画了一张图。向西，锦州、葫芦岛、河北，直至北京；向东南，台安、海城、营口、大连。

嫌疑人从哪里来的，又到哪里去了呢？这一路抛尸，抛尸地点之间有什么关系？是他们临时起意，还是精心设计呢？

赵光百思不得其解。

还有尸检现场，一块块人体组织被横七竖八地拼成两个人，在他眼里，就仿佛是嫌疑人布下的一个残局。

这个残局的下一步棋子怎么走？务必找到进行下去的步骤。

那段时间，赵光总是神经质似的重回现场。他总觉得，自己把什么落在现场了。

这次果然有了收获。

包裹尸块的是一种规格统一的黑色垃圾袋。但在最不起眼的地方，赵光发现了一个购物袋的残骸。上面的字很清晰：北京昌平某超市。同时在上面提取了两枚模糊的血水混合的指纹。

这无疑是嫌疑人忽视了的细节。北京昌平这个地点的可疑程度提升了。

杀人碎尸案，找到死者身份是破案的关键。而当年因信息化程度较低，DNA 也未全国联网，人像比对更无从提及，怎么找寻死者身份，就成了第一要务。

多天后，大连警方通报，大连金州发现一辆无人问津的可疑车辆。经查验车主信息，发现车主是黄某，女，吉林人，现居北京。该车辆没有显示被盗，但为什么把车扔大连不管了呢？警方赶紧和车主联系，但车主一直处于失联状态。

这个信息的出现，迅速引起盘锦警方的连锁反应。抛尸地点在北京到大连之间，难道此杀人碎尸案真的和北京昌平有关联？黄某失联，死者真的是她吗？那另外一具女尸又是谁？

盘锦警方立即北上吉林，找到黄某家人，采集了黄某家人的血样。经 DNA 检验认证，其中一具尸体就是黄某。黄某家人介绍，黄某平时在北京做生意，信奉佛教，知道她身边有一尼姑经常和她在一起，但不知其真实身份。

赵光和战友立即奔赴北京。

抵达北京时，黄某的住所早已更换了新的住户，没有发现任何有价值的线索。唯一能继续工作的线索，只有尸块中出现的购物袋。

按照购物袋上面的地址，赵光和战友很快找到某超市。

站在人群熙攘的街道上，赵光似乎有些茫然不知所措。这个超市与被害人的住处相距甚远，从哪儿下手呢？

跟赵光多年共事的战友说，每到案子关键的时刻，赵光总是习惯抱肩沉思。

现在，赵光又习惯性地抱肩沉思起来了。

过了一会儿，赵光果然有了主意。

他说，现在我们以超市为中心，向四周辐射，让所有信息与被害人的信息碰撞，那么，与被害人交叉的人，就是嫌疑人。

赵光是一个话少到有些“讷”的人。可他每每在案件关键时刻对于方向与细节的把握，总是令人无可置疑。这一次，赵光的直觉显然又是对的。

经过海量数据分析、碰撞，两个人进入专案组的视线。

徐旭、姚云铁，这两个人是被害人的舅妈、舅舅，现居北京，与被害人之间有数十万元的债务问题。与血缘亲情相比，几十万元的债务，竟可以让亲人反目，这是无法回避的现实社会的真实存在。

立即传讯徐旭、姚云铁。可此时徐、姚二人早已人间蒸发，杳无音信。两名犯罪嫌疑人均被列为公安部 B 级逃犯。

赵光从此开始了漫长的追捕。

此案一办就是五年。五年间，赵光无数次往返盘锦与北京之间。每次来，他总会在姚云铁当年的出租房外，驻足很久。他还曾沿着出租房的上下水管道一遍遍查看，因为他总是隐约地感觉，这里就是案发的第一现场。

望着院子里人来人往，人们无忧无虑的样子，赵光真的希望，这次他的直觉是错的。

但是，他的直觉没错。

人就这么没了，他不死心。他带人来到居委会，找熟悉情况的人员进行侧面了解，又查看居委会的暂住人口登记本。

这次实地查看，赵光敏锐地发现了该户登记人为内蒙古赤峰红山区于健、李遥远两个名字及对应的身份证号。

他立即找到当时登记的工作人员，工作人员确定当时登记的人，就是照片里的人，并确定是自己亲手拿着居住人的身份证进行登记的。

照片上明明是姚云铁夫妇，怎么成了于健、李遥远？眼前的人口信息完整，身份证件齐全，难道他们把自己“洗白”了？难怪他们消失得干干净净。

赵光火速回盘，立即向专案组做了汇报。

第二天，赵光赶赴内蒙古调取了于健、李遥远的人口信息，确定了犯罪嫌疑人改名换姓的事实。之后他又将所有工作重心转移，紧紧围绕犯罪嫌疑人的新身份重新展开侦查。

赵光锲而不舍地追捕，换来了案件突破性的进展，对此案的侦破起到了决定性的作用。

2008 年 8 月，姚云铁洗白后的信息在赤峰突然活跃。6 日，赵光与同事宋富强、王培赶赴内蒙古，在一个农行的取款机附近蹲守。

观察完地形后，赵光与同事进行了分工，确定一人在取款机正对面西侧的宾馆三楼作为瞭望哨，他与另一民警在取款机南侧蹲守，形成十字交叉定位。

不知道为什么，赵光预感到自己会与姚云铁遭遇。

8 月 8 日下午，为了防止暴露身份，赵光决定改用车辆进行蹲守。14 时许，已在此蹲守近 40 小时的赵光，正想点燃一支烟，突然眼睛的余光瞥见远处走来一名男子。

赵光迅速拽开车门，嘴里扔下半句“来了”，就率先冲了过去。

赵光在南边，宋富强、王培立即朝北面包抄，形成夹击之势，三人密切配合，成功抓获姚云铁。

从抓捕到押上车仅用了两分钟，群众还没明白怎么回事，就结束了战斗。

车上，赵光当即突审。

当“姚云铁”三个字从赵光的口中脱口而出时，这个早已把自己当成了“李遥远”的人，突然明白，自己努力要忘记的过去，原来一直都存在着，一切并不遥远。

根据姚云铁的供述，此案另一名犯罪嫌疑人徐旭于 2008 年 8 月 9 日晚被成功抓捕，并押解回盘。

赵光连夜采集了徐旭的十指指纹，并在资料室调出此案抛尸现场包装袋上的指纹，克服现场指纹不完整的条件，经在显微镜下细心比对，两枚现场指纹上均找到了与徐旭指纹完全符合的十个以上个别特征，直接认定了现场指纹分别是徐旭的左手拇指和左手中指所留。徐旭交代，装尸时是她用手拿的包装袋。此项指纹鉴定，为案件的诉讼提供了至关重要的证据。

在侦办此案的数年时间里，赵光说，他一直在苦苦寻找，从没想过放弃。

有时候，他也会问自己，为什么要一直盯着这起案件？与其说他是在寻找嫌疑人，不如说他是在寻找真相。

姚云铁最终是毁在了他言听计从的媳妇手里。

当初他们夫妇从吉林来北京，是外甥女黄某收留了他们。他们做生意赔了本，是外甥女黄某借钱让他们从头再来。

可这一切的真心付出，竟是喂大了姚云铁的狠心媳妇的欲望。她说，只有让外甥女死，她所有的钱才可能都是他们的，姚云铁就说行。

两人一商量，决定铤而走险，以约黄某到家吃饭为名下毒手。可没想到黄某来的时候，把一个朋友也带来了。姚、徐于是竟残忍地将二人杀死、碎尸，之后用黄某的车将尸块抛弃。

事成之后，徐旭掳走了大部分钱，然后和姚云铁分道扬镳。

直到被赵光抓获，姚云铁的兜里只有 120 块钱。

审讯到最后，赵光问姚云铁：“你后悔吗?”

姚云铁没有说话。他那空洞的眼睛望向窗外。许久，他终于点了点头。

妈妈，你在哪里

整整 12 年的时间，铁岭人白晓川一直在苦苦寻找妈妈。他坚信，妈妈一定还活着。

可是，妈妈真的一走就是 12 年。白晓川是妈妈唯一的牵挂。他不相信妈妈不想他。可是无论中秋节、春节，还是平平常常的日子，这 12 年来，妈妈一直杳无音信，就连他结婚、生子这样的重要时刻也没有到场。

“妈妈，你在哪里?”无数个没人的夜里，白晓川一遍一遍地呼喊，却始终得不到妈妈的回应。

在寻找妈妈的 12 年时间里，白晓川想尽了一切办法。他通过网络向全国发出寻人启事，他曾经徒步行走大半个中国，只要有一点儿线索，他就立即前往。他发誓，自己找不到妈妈，就让自己的儿子接着找。白晓川寻母的故事，感动了中央电视台栏目组的编导。2014 年，白晓川带着他寻找妈妈的故事，登上中央电视台的舞台。当那扇承载着无数希望的大门打开时，白晓川泪洒现场。节目播出后，白晓川和妈妈的故事得到了全国百姓的高度关注。他获得了许多重要信息，但都以失望而告终。

就在白晓川几乎快要崩溃的时候，赵光出现了。

此时，赵光是盘锦市公安局刑警支队副支队长。

记得那是一个傍晚，他在办公室等白晓川。一进门，白晓川就双膝跪在了地上。他说，我妈没死，你一定要帮我找到她。

赵光扶住失控的白晓川，想到此前 12 年间，这个刚强的汉子也许就这样无数次地跪倒在泪水里，求助无门。

赵光不知道说啥来安慰他，只是木讷地说道：“我们一起找，我们一起找。”

白晓川望着眼前这个憨厚的警察，突然觉得他特别值得托付，于是敞开心扉给赵光讲起了他和妈妈的故事。

白晓川上小学的时候，父母离异了。

爸爸狠心走了后，他跟下岗的妈妈于欣荣一起生活。

为了抚养白晓川，于欣荣早晨4点钟就起床做咸菜，5点半到市场去卖咸菜。数九寒冬，尤其不易。早早在外出摊，她的手被冻出了口子，可还得继续拌咸菜。每拌一下，伤口都钻心地疼，但她仍然坚持着。除了卖咸菜，于欣荣还在医院当护工，给别人家做保姆，还学过修表和刻字。

虽然于欣荣从早到晚拼命地工作，但收入还是很微薄。白晓川记得小时候馋肉了，妈妈就会买点儿便宜的猪头肉回来给他解解馋，而她自己却舍不得吃。为了让白晓川顺利完成学业，妈妈把房子都卖掉了。

没有了房子，白晓川一点儿也没慌过，因为有妈妈在，就有家在。

他暗暗发誓：长大后，一定努力工作，买个大房子，让妈妈过上幸福生活。

白晓川果然争气。2002年9月，考上重点大学的他，离开了铁岭，也离开了相依为命的妈妈，远赴重庆求学。

临走的时候，白晓川踌躇满志。他知道，他和妈妈很快就要苦尽甘来。可他无论如何也想不到，这一别，竟是他和妈妈的诀别。

到重庆后，由于惦念独自生活的妈妈，白晓川经常给妈妈打电话。2004年3月下旬，连续一周，妈妈的电话却怎么也打不通。他又给亲属打电话，亲属们也联系不上于欣荣，于是向当地公安机关报了案。警方进行了侦查，没有结果。

于欣荣一走就是四年。

2005年7月，白晓川大学毕业时，本来有机会到大城市工作，可他选择了盘锦市，来到辽河油田钻井一公司工作。因为他听说妈妈失踪前，最后出现在盘锦。

“妈妈，你在哪里?”这个沉重的心理包袱，一直压在白晓川的心头。

生活中，白晓川只有两件事，一件就是工作，另一件就是寻找母亲。他把业余时间都用在了寻找母亲的下落上，哪怕是一点点线索，他都会马上去求证。

赵光无法用语言形容眼前这个男人的执着。

他被他的孝心打动了。他明白，时至今日，于欣荣生还的可能性已经非常渺茫。可是，哪怕找回的是一具尸骨，那也是对白晓川和妈妈的最大告慰。

赵光第一次发现，有的时候，寻找真相是那样地两难。找不到真相，痛苦万分；而真正到了牵出真相的时候，就像扯出扎进肉里的刺，刺拔出来了，肉也跟着出来了。钻心地疼啊。

赵光开始安排侦查人员赶赴铁岭，翻出此案的所有情况，从头再来。

在调取的于欣荣的卷宗中，赵光发现，她最后的联络人是盘锦市的吴自立，失去联络的地点是盘锦大洼县。

当年，铁岭警方也怀疑过吴自立，于2004年4月15日，将吴自立传讯到公安机关。可由于没有有力证据，吴自立在24小时留置后被释放。

目前可供参考的信息，只有当年于欣荣的通话记录。但时至今日，通话记录上的电话号码早已物是人非。

没有现场，没有被害人，没有线索，没有方向，案子怎么往下走?

赵光不死心，反复翻看笔录。

他发现了吴自立口供前后矛盾的地方。

吴自立说，于欣荣当天来盘锦，确实与他见过面。但是当天晚上，她吃过饭就离开了。而证据显示，于欣荣当天并没有离开盘锦，消失的时间是第二天晚上。而且没走的时间里，她就是和吴自立在一起。

吴自立在说谎。为什么说谎？因为他是知情者。

晚上，赵光召集所有参战人员一起研判，任务就是画问号。

于欣荣失踪后，吴自立很少回家。他是否在躲避什么？画个问号。

笔录中吴自立提及当晚一起吃饭的还有两个人，但都提供不出真实身份，真的有这两个人吗？还是他欲盖弥彰？画个问号。

于欣荣来了盘锦，可她和亲属通电话却说她在营口。她为什么撒谎？是谁在让她撒谎？画个问号。

从于欣荣对孩子深深的依恋看，这么多年，她音讯皆无，是极不正常的。她是否活着？是个问号。可如果死了，又不见尸体，DNA 血样在信息库里没有任何反应，还是问号。

这一连串的疑问，坚定了赵光和战友们的信心。

可面对狡猾的吴自立，仅有信心是不够的，还要有足够的证据。当年他被警方依法传讯，他都扛住了。因此，怎么动吴自立，赵光是慎之又慎。

赵光选择两条腿走路。一方面，在外围增加力量，尽可能搜集旁证；另一方面，对吴自立进行秘密侦控。

侦控中，赵光和战友们意外发现吴自立吸毒，同时他也小量贩毒。

这给了赵光和战友们提供了一个很好的“动人”理由。

只要贩毒罪名成立，确保动他，就不能放了。

吴自立被“请”进了盘锦市公安局。

赵光特意选择后半夜审讯他。

对吸毒贩毒的事情，吴自立交代得快，甚至很轻松。签字按手印之后，他还谈笑风生。

这时，赵光突然让人给他戴上头套。

“吴自立，贩毒这点儿小事，不是我们支队该管的，抓你，是还有案子，让你说的，是能让刑侦支队出马的案子。你自己想，想好了，咱们再谈。”说完，赵光便将他晾了起来。

随后，赵光把审讯的四人分成两组。

先由第一组触及于欣荣这个名字，试探他的反应。

结果，他突然出现短暂的紧张，但很快恢复平静。

赵光又安排第二审讯组立即跟上，开门就问：“于欣荣咋死的？”

他没有防备，脱口而出：“我不知道她是怎么死的。”

审讯民警乘胜追击：“我们查了小一年，才弄明白她的死活，你十年没联系，就知道她死了？”

吴自立马上说：“我记错了！”但是显然来不及了。

赵光觉得时机已成熟。

他走进审讯室，拉一把椅子坐到吴自立面前。他就是要让吴自立真实感受到自己的气势。

“我叫赵光。”

吴自立本能地抬头看了一眼赵光。

“看你的意思，不用我多说我的情况了？你听说过我是谁。好，那咱就开门见山。吴自立，你进过审讯室，看过几集警匪片，就把自己当专家了，是不？告诉你，那些都是皮毛。公安局搞案子，讲的是证据、程序、依据。这个案子我搞了九个月，你根本无法想象我都掌握了什么。你杀人了，怕死是人之常情，可怕死就能逃避得了吗？”

吴自立开始紧张了，沉默了好长一段时间，说：“给我口水喝吧。”

赵光示意同事给他水，但只给一瓶盖。

吴自立有吸毒史，正是渴的时候，没有足够多的水，他生不如死。

赵光接着道：“你以为做得天衣无缝，告诉你，你漏洞百出。我不说，你先说，是给你一个救自己的机会。”

接下来，是漫长的沉默。

吴自立不说话，审讯人员也不发声。

他感觉到了公安的决心。他自知今天这道坎儿是过不去了。

许久，吴自立突然吐口道："人是我杀的。"

供述得如此之快，有点儿出乎赵光的意料。他马上组织侦查员给吴自立做笔录。

此时，天已发亮了。赵光不敢耽误时间，立马带着吴自立去指认现场，找寻尸体。

吴自立说，人被他埋在辽河大坝了。

赵光和战友们于是请了 12 个当地村民一起参与挖掘。然而，等到按照吴自立的供述找到现场时，赵光和战友们一下子蒙了。

辽河大坝是国堤，全都是混凝土浇灌而成，担负着这座城市甚至是全省的防洪重任。别说是挖开，就是动一砖一瓦，都要向政府和水利部门打报告。这一趟，他们算是白来了。

大队伍只能撤回支队待命。

干刑警这么多年，赵光有个毛病，就是只要他在，车就由他驾驶。有好几次到外地办案，别人都误以为他是司机老赵。这次也不例外。

两名民警夹着吴自立在后面，赵光在开车，视线通过车内的后视镜，正好可以看到吴自立的眼睛。

一上车，看押的民警就抱怨："这在大坝上挖掘，也不知道政府能不能批。"

赵光不经意地往后视镜里一瞥，竟然清晰地捕捉到了吴自立眼里的一丝窃喜。

吴自立突然看到镜子里的赵光，整个人都紧张了起来。

赵光突然明白，难怪刚才吴自立供得容易，原来是在这里设障碍呢。

找不到尸体，案子就不能成立。看来这么多年，吴自立做了很多功课来对付公安机关。这本来就是他布下的"局"。

赵光立即向支队长汇报了他的发现。

支队长完全支持他的直觉，让他瞄准时机揭露吴自立。

可要想戳穿吴自立的谎言，必须有足够硬的证据。

证据在哪里?

赵光陷入沉思之中。

没有思路，就任凭大脑信马由缰吧。赵光想，对于一座城市的热爱，有很多种表达方式。赵光选择的是最普通的那种。他希望自己就像那生生不息的辽河水，默默地守护这个城市。

思路，就这样在这个刑警硬汉的心中慢慢展开。赵光每天上下班，都要经过辽河大坝。他热爱那里的一草一木，热爱那里的每一朵浪花。

他突然想起，辽河大坝的新河堤是在 2003 年左右重新加固的。每天途经此处，他都能惊喜地看到大坝的变化。

这一发现让赵光十分兴奋。

如果大坝建设的时间，在吴自立掩埋尸体之前，那么他挖开大坝藏尸的可能性，和今天的情况是一样的，一点儿可能性没有啊。

赵光立即联系了水利部门，查看辽河大坝的加固时间，结果是 2003 年年底全部完工。

而于欣荣被害的时间是 2004 年 3 月。

整整三个月的时间差，吴自立的谎言不攻自破。

让吴自立细看大坝建设时间的时候，赵光明显感觉到他浑身在抖。

但他依然垂死挣扎。他说："人扔辽河里了。"

赵光问："怎么扔的?"

他回答："走到河中间扔的。"

赵光立即怼回："3 月辽河开化，连个两岁孩子都经不住，你拖个尸体，怎么走到河中间?"

他又辩解："是从河边扔的。"

赵光同样怼回：“辽河每年都有浮尸，咋没有于欣荣？被鱼虾吃的就剩骨头了？”

吴自立被封锁得无处可逃，再次沉默。

赵光当然不给他喘息的机会。他义正词严地说：“吴自立，我告诉你，于欣荣的家人要求很简单，就是想每年清明节的时候有个坟头，可以给亲人磕个头。给你做人的机会你不要，非要当畜生吗？”

审讯现场静得出奇，几乎能听到所有人呼吸的声音。

这给了吴自立难以承受的压迫感。

赵光刚才的态度，让吴自立第一次感到了害怕。

赵光字字见血，步步紧逼。

终于，他说道：“人，我杀完之后，埋在自家南侧的菜地里了。”

吴自立交代，通过别人介绍，他认识了也在卖保健品的于欣荣。2004 年 3 月 26 日晚，他和于欣荣一同来到大洼县西安镇桑林子村。当晚，两人发生了口角。他说，再吵吵，就打死你。可于欣荣并未停止吵吵。他捡起一块石头便向于欣荣扔去，但并未砸中。于欣荣大呼救命。他再次捡起石头，向她的头部砸去，一下子将她打昏在地。此时，于欣荣已经停止了呼喊，但身体还在动。他又猛砸了几下，将她打死。之后，他将她身上的 4000 多元钱拿走，并将尸体埋在村子附近。后来，埋尸处有人种庄稼，他又将尸骨转移到别处。

为了争取时间，支队租借了一台小型抓钩机。但当大部队浩浩荡荡来到吴自立家，按照他指认的地点开挖时，整整花了一天的时间，仍没有找到于欣荣的一块衣角。

案子是有时限的，赵光开始着急。

他干脆跳进沟里，一寸土一寸土排查。

在被掘起的土块中，他终于发现只有几厘米长的一段人骨。经验告诉他，那是一小段指骨。

赵光向沟坝上的战友打了个“OK”的手势。

可是，这个地点除几块零散的人骨外，并无其他斩获。

赵光现场突审吴自立。

吴自立说，怕被人发现，他在埋尸第三年的夏天，又将尸体挪了地方，是在村头河沟边上。

赵光立即移师村头。

然而在这里，赵光带着民警和老乡几乎翻遍了整个河沟，也没有发现一块尸骨。

是吴自立又在耍花招吗？

不应该。赵光相信他的直觉。有的时候，赵光要是轴起来，谁也劝不了。那段时间，赵光放下手头所有的工作，天天到河边挖掘。因为如果找不到尸体，之前所有的工作就都白干了。

这一挖就是九天。

那是盘锦最炎热的季节，挖掘现场没有一点儿遮拦，赵光和同事们每天泡在汗水里。大家慢慢开始失去信心了。

可是，赵光没有。

一天中午，赵光说：“我请大家吃点儿饭吧。”吃过午饭回来后，大家继续工作。

抓钩机刚刚启动，就熄火了。

赵光心想，刚刚请你吃了饭，就耍滑。

这时电话响了起来，还没等赵光说话，电话那头就传来抓钩司机的哭腔：“领导，你快来吧，我不知道挖着啥了，刚才吃的东西都吐了。”

赵光一激灵：“该来的终归来了！”

12 年的时间，一个活生生的生命，只剩下一堆白骨。如此漫长的等待，终于等到了重见天日的这天。

为了让于欣荣既体面又有尊严地回家，赵光和战友们在市公安局法医室门前，搭建了一个简易的灵堂。按照当地风俗，将于欣荣的尸骨置放在黄布包裹中，等待亲人接她回家。

上午 10 点，于欣荣的儿子白晓川在亲人陪同下来到盘锦市公安局。

当看到灵台上妈妈含笑的照片和那盛着妈妈尸骨的黄布包裹，他“扑通”一声，双膝跪地，仰天喊道：“妈，终于找到你了！”

那一刻，在场所有人都无法控制住情绪，泪流满面。

白晓川亲吻着妈妈的遗骨，跪在妈妈的遗像前，放声痛哭。

12 年未解的寻母谜团，终于在刑警赵光和他战友的帮助下得到破解。

九个多月的时间里，赵光一直在苦苦地寻找真相，就是为了让冤屈的于欣荣魂归故里。

刑警不一定有伟岸的身影、无敌的功夫、英朗的面庞，但一定要有对案件坚持不懈的执着、对真相孜孜以求的追问、对百姓不求回报的坚守。

泡在现场，锲而不舍地寻找，是刑警赵光最重要的一种工作状态。

盘锦刑警赵光，无疑是中国刑警的一个典型代表。当人们遇到劫难的时候，中国刑警是最可信任的人。只要有中国刑警在身边，再难解的密码也终将会得到破译。

扫描二维码即可观看
相关视频等

护佑羌塘

沈 雪

银光闪烁的雪山，深蓝的湖水，蜿蜒弯曲的河流，绿色的草场，成群的野生动物，世代生息着的逐水草而居的藏族游牧民……这里是世界屋脊的藏北高原，藏语称“羌塘”。它是世界海拔最高的内陆湖区，平均海拔4500米以上。

藏民们相信万物有灵。如果有人残害羌塘的生灵，一定会受到神灵的惩罚。

扎西，就是羌塘这片土地上的百姓心中如神灵般的护佑者。他现年54岁，黑黑的，是西藏那曲市公安局刑侦支队正科级侦查员。

一、高山擒魔

“我一定要抓到他!”侦查员扎西看完案卷，猛地一拳砸在桌上，惊得喝水杯都跳了起来。案卷中那一桩桩罪行，简直令人发指。

色林措是藏北草原上仅次于纳木错的咸水湖，意为色林魔鬼湖。据传色林是以前居住在拉萨西面堆龙德庆的大魔鬼，他每天要吞噬千万生灵，包括人和所有的禽兽，对他的淫威谁都束手无策。在一阵雷雨过后，一路降妖除魔的莲花大师终于找到了色林。色林被追得逃到岗尼羌塘南面的那个浩瀚混浊的大湖里。莲花大师下令，色林永远不得离开此湖，只得在湖中虔诚忏悔。由于色林虔诚忏悔，湖水一天天变得清澈起来，最后明净如镜。

格珠小时候，阿妈经常给她讲莲花大师降魔的故事。莲花大师长什么样？格珠好奇地问阿妈。

黑黑的，一脸威严……阿妈回答。

有一天，格珠正在放牧，从远处草原上策马过来一名男子。不知怎的，她全身突然泛起了一层寒意，一种不祥之感涌上她的心头。

男子40有余，身材高大，一脸凶相。他来到牦牛群边，从身上取出一把明晃晃的藏刀，绕牦牛转了一圈后，指着其中两头肥壮的牦牛说："这两头我要了。"

"阿爸！"格珠吓坏了，转身就往家里跑。阿爸闻声走出帐篷，一见来人，吓得直哆嗦。

此人便是整个藏北草原无恶不作的粗多。他赶人家的牦牛，没人敢不同意，更不敢反抗。有时，他嫌赶牛麻烦，挥刀就将牦牛宰杀掉，牦牛还呼哧呼哧挣扎着喘气，他便残忍地剐下想要的那块肉扬长而去。

"粗爷，饶了我们吧，那几头牦牛，我们就靠它们生活呢。"格珠阿爸连忙求情。

"那行，我不要牦牛，把你姑娘给我当媳妇。"粗多说毕，乜着眼朝格珠瞅了瞅，眼里透出一股淫光。

"粗爷，使不得，闺女还小，请放过俺闺女。"父亲急得脸色煞白。

"呵呵，这小女子挺娇嫩的，爷算是看上了。"粗多跳下马，手里晃着明晃晃的刀，一脸的淫邪，朝格珠走过来。

格珠惊恐地朝后退着。听到声音赶来的阿妈连忙把格珠搂在怀里。

藏民们都知道粗多犯下的恶行，他的老婆都是他持枪抢来的。有一次，他看上了一牧民家的女儿，其母亲出来阻拦，粗多用随身携带的猎枪将她打伤后，强行将女孩掳走。他还霸占过几个牧民的妻子或女儿。

格珠才 16 岁，之前听闻过粗多这个魔鬼般的名字，但没见过本人，此时已被吓得瑟瑟发抖。

粗多猛地推开她阿妈，掳起格珠便往帐篷里去。

"粗爷，求求你放了她!"阿爸呼天抢地，一把抱住粗多的腿，却被粗多一脚踹在地上。阿爸长号一声，晕倒在地。

"闺女呀!"阿妈撕心裂肺地哭喊着。

可在这无垠的牧区，地广人稀，很远见不着一个人影，任凭他们怎么呼喊，都没人能帮他们摆脱恶魔的侵害。

粗多走出帐篷，转身牵过马，把格珠掳到马背上，策马而去。那是 2003 年 4 月。

粗多居住的索县，隶属于西藏那曲地区，是藏北高原与藏东高山峡谷的接合部，地处怒江上游的索曲河流域，与昌都及周边多县接壤，地势西北高，东南低，在羌塘大湖盆区属较特殊的地形。

粗多原本也是赶着一大群牦牛放牧的主儿，在这片土地上生活了四十余年，对这儿的地形和气候了如指掌。一米八几的粗多，身材魁梧，性情凶戾。

有一次他在山里闲转，看到一户人家刚挖回来一筐虫草，便伸手去抢，遭到了拒绝。恼怒的粗多将村民推搡倒地，正要施暴，村民的家人出来将他团团围住。

"等着瞧!"粗多丢下一句狠话，策马而去。

第二天，粗多再次出现在村民家门口，身上一把长长的藏刀在晃荡着。

女主人一看，吓得赶紧缩了回去。没多久，她便将那筐虫草轻轻放到了门边。

粗多用刀把筐挑起来绕了一圈，筐里的虫草撒了一地。他狞笑着，将脚踩在散落的虫草上旋转着……

半晌，他没有要离开的样子。

男主人只好怯怯地走到屋外。原本身材高大的他因为畏惧，身子自然矮了半截，说："粗爷，家里没其他可以给你的东西了。"

粗多用明晃晃的藏刀将男主人双手合十的手掌划了一道口子，鲜血一滴滴地流到了草地上。

"这刀够锋利的，不知抹一下脖子会怎样？你老婆和孩子的脖子估计要嫩一些。"他朝男主人的脖子上比画了一下。

"粗爷，求你别伤害他们，你需要我做什么，尽管吩咐。"男主人的眼泪一下子涌了出来。

"哈哈哈，终于开窍了。以后就跟着爷干，爷给你吃香的喝辣的。"粗多放肆地大笑起来。

男主人不敢吱声，只能服从他，从此成了任他调遣协助他强取豪夺的帮凶。

如出一辙，粗多又胁迫拉拢了另四名年轻力壮的村民加入他的圈子，形成了臭名昭著的黑恶势力团伙，称霸一方。

很快，粗多的身上配齐了随身携带的装备：一支小口径步枪、一支短猎枪，还有睡觉都放在枕边的四把长长的藏刀。

2002 年 5 月的一天，色章乡某村委会召开村民大会，粗多带着他的弟兄气势汹汹出场了。

他早看不惯这个村委会的存在，他得让大家知道，他才是这片土地上的主，以后大家得听他的。

平时对他的暴行就十分反感的村民出来阻挠他。

没想到，粗多抬起手中的枪便扣响了扳机。包括村长弟弟在内的两个村民倒下了。

"听着，以后大家得听我的。我是这儿的主。"他扬了扬手中的枪，特意指向村长晃了晃，然后带着弟兄扬长而去。

粗多团伙枪杀无辜村民、强奸妇女、抢劫牦牛、敲诈勒索、非法拘禁等横行乡里的暴行，在整个西藏自治区造成了极其恶劣的社会影响。自治区党委政府和那曲地委、行署及公安处党委震怒了。2004 年“5·11”专案组正式成立。专案组从地区公安处、武警支队和索县公安局抽调了二十名精干力量。扎西便是该专案组的主要业务骨干，承担了调查取证、案件侦办、组织抓捕等环节的重要工作。

扎西的家在日喀则。15 岁那年，他当兵入伍，到索县武警县中队当了四年武警。19 岁那年，那曲地区公安局因工作需要，到武警支队特招了四名战士，扎西因身体强壮和个人综合素质较好，被招到刑侦支队当了警犬驯导员。八年后，他成了刑侦支队一名侦查业务骨干，办理过许多大案要案，亲手抓获犯罪嫌疑人达二百余名，多次立功受奖。

粗多居住的地方在索县的色章及毗邻的拉美乡一带，属索县西北地段，高山峡谷，沟壑纵横，河流交错，地形复杂。一座座高山像波澜起伏的曲线，山与山之间隔着深深的峡谷。有的谷底海拔仅一千米左右，但山顶海拔却能达到五千米以上。山多路险，气候十分恶劣。一年中，居住在山里的牧民们能与外界联络的时间，一般只有一个月左右。那一个月里，牧民们会翻山越岭，赶上他们赖以生存的牦牛，到县城或其他有商店的地方，换取可备一年所需的盐、青稞、衣物等储备物资。过了那个黄金时段，大雪便封住了进山的路，牧民们只能窝在山里，基本上走不出那一座座绵延起伏的大山。

罪行累累的粗多，就是依仗这里恶劣的自然地形和气候环境，躲过了索县公安局的一次次抓捕。

5 月份，还没到进出山的季节，要想抓到粗多，必须打破常规，另择路线，翻越无人翻越的山，走无人走过的路。专案组成立后整整半个多月，扎西和专案组的同志几次翻高山，越沟壑，查勘地形，规划行走路线，绘制详细地标，为进山抓捕做积极的准备。因粗多身上有武器，必须制订一套周密的抓捕方案。

这是一次只许成功不能失败的抓捕。半个月后，这支由二十人组成的装备精良的特别行动抓捕组，从索县公安局秘密出发了。组长由那曲地区公安局任副处长的援藏干部李建民担任，副组长是索县公安局局长大扎西，组员有十名武警战士，生于斯长于斯的扎西自然是队伍的主心骨。

路特别难走，从索县到色章乡的车程，就耗去了整整一天。再从乡里徒步出发，翻山越岭过沟壑，行动组马不停蹄，按预定时间路线往前赶。

在翻越最高的那座山峰时，已经是出发后的第三天下午了。

一步、一步……

风雪裹挟着细小的冰凌，狠狠地抽打在扎西和特别行动抓捕组成员的脸上，像一刀一刀剐肉般疼痛。

他们每向前迈出一步，气温就像降了一度，空气中能够呼吸的氧气越来越少。

头痛、喘气、无力……

高反在强烈地折腾着每一名队员。

“我实在走不动了。”有人几乎是带着哭腔央求。走在扎西身后的两名战士痛苦地抱着头，身体直往下滑。

“要么走，要么死在这儿。”扎西回过头，十分干脆地告诫他们。

扎西对这里的每一寸土地，刮过的每一阵风的风向，都几乎已熟稔于心。在这气候恶劣的海拔六千多米的高山上，每说一句话，都是在耗体力，甚至耗生命。

扎西带着特别行动抓捕组一行二十人，从出发到现在已经是第三天晚上了。

他的身上，除了自己的枪支、弹夹外，还替身后两名战士把冲锋枪、弹夹和防弹衣全扛上了。

他们走的是没有路的路，翻越的是没人翻过的山。

此刻，大家都喘着粗气，顶着狂风，在没膝的雪窝里试着一步步踩稳前行。稍不注意，那被雪覆盖着的松动的泥石便会滑动，一下子把人抛出去，跌落山谷。

再难，也要挺下去。扎西心里十分清楚，在这极寒缺氧的山峰上，大家的体力已经一次次超越了身体的极限。

天黑前如果不翻过去，除了体力透支和严重缺氧外，这山上还有更可怕的东西直接威胁着生命，那就是夜晚出来觅食的棕熊、野狼等。

可这短短的几百米，却成了缺氧的两名战士无法翻越的屏障。他们的身子再次滑向地面，痛苦地跌坐在雪地上。

扎西想，不能落下任何一个兄弟，但也不能让他们用生命去冒险。他心疼而又沉重地看了看他们，知道他们是真走不动了。他转而环视了一下四周。

“你们俩，到下面那个避风处待着，等着我们回来。第一，坚决不能睡觉。第二，任何时候，枪不能离手。第三，遭遇野生动物袭击，一定要用枪保护好自己。”说罢，扎西把替他们背在身上的枪支递还给了他们。

“记住，一定要挺住，不能睡觉!”他再次叮嘱。

此刻，山峰上的气温是摄氏零下二三十度，一旦睡过去，就可能被冻死，也可能会因缺氧而醒不过来。

“好!”两名战士哽咽着，接过枪支，相互搀扶着向扎西手指的方向走去。

“我们继续出发!”白茫茫的雪地里，扎西带着队伍几乎是匍匐着朝几百米外的山峰一步步爬去。他们必须赶在第二天天亮前到达抓捕地点，大白天容易暴露。

“跟着，别掉队。”他们没敢打开电筒，在雪山上相互搀扶、推拉，有的台阶十来米高，且是绝壁，爬不上去，得迂回绕道上百米。

风雪交加，狂风嘶鸣。

此时的粗多，正搂着他霸占来的格珠，沉睡在他搭建的简陋帐篷里。这帐篷是他在这高山峡谷中为自己设计的第四个藏身之处。

在这片雪域高原横行五年之久的粗多做梦也没有想到，那一座座他认为无人能翻越的山，扎西竟能带着人翻越。

根据之前摸排获取的情况，凌晨时分，特别行动抓捕组已翻过雪峰下到谷底，到达粗多为自己搭建的另三个藏身之处。组长李建民下令突击抓捕。可粗多不在，只逮住了平时跟着他的另两名团伙成员。

就地审讯，两人交代，粗多带着他抢来的格珠当晚住在半山腰的帐篷中。

时间紧迫，组长立即安排特别行动抓捕组朝半山腰急行。到达粗多住的帐篷外时，天刚蒙蒙亮，四周悄无声息。

扎西和其美次仁政委轻轻挪到了帐篷的入口处，等待组长下令。其美次仁政委轻轻拽了扎西一下，示意自己在前。扎西则将他挡在了身后，用眼神制止他别乱动。

一切就绪，组长朝扎西打了一个手势。只见扎西端着枪，一下子便撩开了门帘，以迅雷不及掩耳之势冲到了炕边。其美次仁政委紧随其后。

当他们的枪口指住粗多的头时，粗多还沉睡在他的美梦中。作恶多端的他被死死摁在炕上，枕头边是他平时随身携带的枪支和刀具。

“莲花大师救我来了！”格珠看到黑黑的扎西出现在面前，喃喃地说了一句，眼泪便哗哗地流了下来……

二、哑巴之谜

“道路迷离，终日暝行，无里程，无地名，无山川风物可记。但满天黄沙，遍地冰雪而已。”这是湘西王陈渠珍在《艽野尘梦》中描述当年兵退西藏，误入羌塘地区时九死一生的惨烈旅途。

2003年6月1日中午，位于羌塘高原的色吾岗根雪山下，骤然响起一阵密集的枪声。枪声中，尼玛县林业公安派出所民警罗布玉杰倒下了。

这个季节是藏羚羊的产羔期。母羚有成群产羔的习性，它们会选择羌塘高原北部的无人区繁育后代，处在生产期的母羚会生长出丰厚的羊绒以护养后代。藏羚羊的羊绒由于轻柔温暖，是“羊绒之王”，波斯语称之为“沙图什”，用它织出来的披肩，在国际市场是奢侈品，价格高达数千美元。一条“沙图什”女式披肩需要300克至400克羊绒，这意味着要牺牲三只藏羚羊的生命；而一条男式披肩则要五只藏羚羊的羊绒才能织成。1993年，西藏自治区人民政府批准成立羌塘自然保护区。2000年4月，经国务院批准，羌塘自然保护区晋升为国家级自然保护区，总面积2980万公顷。

6月1日那天中午，民警罗布玉杰他们驱车巡逻至色吾岗根雪山下，与一伙盗猎分子相遇。盗猎分子仗着人多武器精良，疯狂地朝他们的越野车扫射，子弹穿透了挡风玻璃。而罗布玉杰他们只有一支长步枪。为了掩护战友，他抱着枪打开车门，跳到有土坎作掩体的土坑里还击，但不幸被击中……愤怒的司机次仁顿珠不顾一切打开车门，滚到罗布玉杰身边，拿过枪将对方火力压住后，把罗布玉杰背回车里，迅速掉转车头撤离。这片无人区，只有荒漠、草原、丘陵、沟壑……没有通信，没有人烟，更没有医院。战友们抱着罗布玉杰，不停地呼唤着他的名字。可是任他们如何呼喊，罗布玉杰再也没有睁开他的眼睛。

罗布玉杰为保护藏羚羊而英勇牺牲，震惊了公安部等国家部委和自治区党委政府。西藏自治区公安厅牵头成立专案组立即展开侦查和追捕。

专案组分三个小分队，分别由森林公安局、那曲地区公安局、阿里地区公安局抽出精干力量组成。

扎西为那曲小分队队长，他和刑侦支队的其美次仁带领五名武警战士和索县公安局八名民警，开着三辆北京吉普和一辆备有汽油等物资的东风车，向羌塘深处的无人区出发。

荒漠、河流、草地、沼泽、流沙、狂风、雨雪……昼夜近四十度的温差，他们全遇上了。原本晴朗的天，突然狂风大作，雨雪飞舞，风沙夹着雨雪，有时还会夹有雹子。茫茫荒原，辨不清方向，车辆走着走着，会突然陷进沙里。扎西他们只得不时下车，拼尽全身力气去拉和推。还要特别注意避开危险的沼泽地，过不去的河流、险滩……

白天还好，一到晚上，气温会骤降至零下二三十度。车内空间太小，累极了他们想伸展一下四肢，便下车去支帐篷。入睡时看到满天的星星在闪烁，到了半夜却被冻得冰凉，醒过来时才发现，不知何时已突降雨雪，帐篷和全身都已湿透了。

按预定计划，扎西他们这一组是去现场查找歹徒逃离的踪迹。

走了两天后，扎西仔细琢磨了起来。

索县公安局已到现场勘查过了，证据该固定的已固定，该提取的已提取，可犯罪嫌疑人是活动的，作案后肯定会尽快逃离现场。扎西判断着。

那会逃到哪儿呢？

扎西想，羌塘几百公里见不到人烟，偷猎者不会轻易涉足这片生命禁区。得改变方向，不能再这样走下去。

望着没有尽头的荒漠，看着疲惫不堪的战友们，扎西显得忧心忡忡。

出发前，扎西仔细了解过案情，次仁顿珠他们与歹徒交战前，只看到过一顶放倒的帐篷，没看到附近有车辆。索县公安局勘查现场时也未发现有车辆驶过的痕迹。

没有交通工具，歹徒是如何进入无人区腹地的呢？

扎西想到了羌塘高原周边几个有人居住的地方。

他首先想到的，是阿里地区的格吉县。那儿离案发现场相对较近，当地藏民全从事游牧业。牧民的生活习性是用牦牛驮东西。如果真是当地人作案，他们极有可能赶着牦牛去当运输工具。

去格吉！其美次仁听着扎西的分析，赞同改变方向。在那曲地区公安系统，扎西是刑侦业务骨干，是破案能手，是主心骨，关键时候，大家都会聚光到他身上。

于是，三辆车一齐掉转车头，朝格吉所在方位驶去。

气候变幻莫测，前方生死未卜。又是三天三夜。车辆陷了无数次，几名年轻战士从未见过无人区，因疲惫和绝望哭了好几次。

“别怕，有我在呢。”每次见到同事绝望的神情，扎西都会过去拍拍他们肩膀鼓励道。

“来，吃肉。”扎西总是把食物让给同事吃。在高原，烧不开水，在荒原上除了草，连一根枝丫也见不到。扎西他们每次外出，能带的只有干牦牛肉，还有灌满水的水壶。因为不知道什么时候能够走出来，食物是能省就省。

五天五夜，他们终于见到了人烟。

当远远地看到了一群牦牛和牧民搭建的帐篷时，大家欢呼了起来。

扎西松了一口气，终于活着走了出来。

接下来，他们就在格吉离羌塘无人区最近的一个乡里，挨家挨户调查取证。说是挨家挨户，其实户与户之间有的隔着一座山，有的隔着茫茫大片草原。

扎西忽然有一种直觉，那群不法分子就在这儿。

调查进行到第五天时，扎西他们碰到了一个哑巴。

哑巴从一间低矮的土坯房开门出来，一抬头看到了全副武装的扎西他们，一脸惊恐，后退了几步。

他想跑，但没迈开脚步，嘴里“哇哇”地叫着，急于要说什么的样子。

扎西朝哑巴招招手，示意他别怕。

“啊，嗯，嗯……”哑巴迟疑了一下，突然举起双手，要投降的样子。但很快，他便把双手分开，手指朝上放在头顶，然后身子前弓，头朝前俯，嗫着嘴，像啃食东西的样子。

他这是要表达什么？扎西一行人站在原地，困惑不解。

“哇，哇……”哑巴见扎西他们没看懂，急得乱叫。他又把双手像刚才那样放在头上，身子朝前做出跳跃的样子。

头上有角？啃东西？奔跑……难道哑巴比画的是藏羚羊？扎西朝哑巴点点头，示意他“说”下去。

哑巴开始拉扯自己的衣服，不停地用力往外扯，一边拉一边用手指着衣服，然后用手比画出用刀剐的姿势。

衣服，皮？难道是剥皮？哑巴像是知道谁杀了藏羚羊。

“嗯，嗯……”哑巴又弯下腰，伸开手掌，掌心向下，左右摆动着伸向前。

没看懂。

“啊，哇……”哑巴急得又叫了起来。他又重复了几遍，见扎西他们领会不到他表达的意思，又用双手做出扒拉的动作，比画了十几下，做出放东西的样子，然后双手又一左一右朝中间聚拢。

那天晚上，扎西整晚都没有睡着。他翻来覆去想着哑巴的表现和动作。这哑巴肯定是个知情人！

“走，去找哑巴！找个村里平时能懂哑巴语言的人来帮忙。”第二天不待天亮，扎西就拉上其美次仁直奔哑巴的住处。

原来哑巴不仅知情，还参与目睹了盗杀藏羚羊的整个过程。他是被村里的盗猎团伙叫去帮忙赶牦牛运输的。哑巴比画的动作代表杀了藏羚羊，运输回来，把皮和头埋到了村里河边的沙滩下面。他还带扎西他们去沙滩挖出了埋藏的皮毛。

根据哑巴的供述，扎西他们一上午就在村里抓获了两名犯罪嫌疑人。另有三人听到警察抓人的消息，骑马逃到了山上。那山很高，终年积雪。乡政府号召所有武装力量搜山，开展了强大的宣传攻势，最终促使三名犯罪嫌疑人投案自首。

政府为纪念壮烈牺牲的罗布玉杰，在他生前所在的那曲地区尼玛县成立了罗布玉杰管护站。这个管护站是羌塘国家级自然保护区36个管护站中的一个标准站，有14个管护员，管护站辖区面积500多平方公里，有藏羚羊、藏野驴等20多种国家一级、二级保护动物。扎西每次到尼玛县，都会去罗布玉杰管护站看看，向英雄致敬。

当看到保护区内一群群奔跑的藏羚羊时，扎西特别欣慰。

这时候，扎西往往会联想到那个哑巴，想起他举在头上的双手。

三、查缉神偷

有一个名叫塔桑的家伙，被当地人称作“西藏一号神偷”。

西藏的民居，在20世纪90年代大部分是土坯搭建的房子，有围墙砌成的院落，每家每户都养有狗。可塔桑却能快速打开别人家的门锁进屋，准确地寻找到行窃目标位置，掐算出房主离家和回屋的时间。且狗对他十分友好，从不发出叫声。因为盗窃太多，数目巨大，他被判处死刑，可还差15天就要被执行枪决时，他戴着脚镣手铐关在禁闭室里竟然打开了锁，避开监狱层层哨所，越狱跑了。

全自治区的公安机关、武警部队立即联动，布控查缉塔桑。

塔桑究竟是何许人也？他出生在巴青县拉西镇。在当地，他的家族算得上是有名望的，十分富有。可他却习惯了偷东西。这习惯从十几岁时就开始了。

扎西说，偷东西这个习惯，他已经改不了了，除非死亡。

盗窃罪一般被判死刑的很少，除非涉案金额特别巨大或情节特别恶劣。塔桑被判死刑，是因为他盗窃太多，长期流窜在拉萨、日喀则、那曲和青海的格尔木、玉树等地区，盗窃虫草、天珠、珊瑚、黄金首饰、枪支等。

20 世纪 90 年代，西藏交通十分不便，信息不发达，加上自然环境恶劣险峻，塔桑越狱后，凭着对地形的了解，一溜烟儿躲到山上去了。这一跑就是三年多。

扎西没少研究塔桑。

塔桑懂得开锁技术，随身带有起子之类的撬锁工具。他会事先观察，从住户房屋装修、户主衣着等来确定盗窃目标，掌握户主出行时间，快速作案。他随身携带有干肉之类的食品贿赂户主看门的狗，偷了东西后从不走原路返回，而是前门进，后院翻墙逃走。他右脚后跟走路是斜的。他的胆子特别大，逃跑期间曾去巴青县他之前认识的朋友家借钱，那朋友没借给他，他知道朋友会去报案，就躲在附近，待朋友一出门就把他家给偷了……

2002 年秋天，塔桑来那曲了。那一段时间，那曲的牧区和市里相继发生了十几起盗窃案。

扎西当时正在市里协助破一起保险柜被盗案。听说连续发生多起盗窃案没有线索，他立即和时任二警区警长其美次仁去看现场。

撬锁进门，翻墙逃离，行窃目标准确，不走重复路线……

“塔桑干的，他还会继续作案。”看过现场，扎西十分肯定地说。

“下一个目标会在哪儿?”其美次仁问。

“他在那曲肯定有落脚点，回去研究。”两人回到警区。

当时那曲市城区常住人口有 2.4 万余人，街道星罗棋布，很不规范，居民住户基本上是自建的民居，要找到塔桑，还真不是一件容易的事。

扎西和其美次仁把报案笔录一一梳理，画出一张图，标出被盗住户地址，制作出一张发案地点分布图。

"他应该在这一带落脚，部署警力重点布控。"扎西用笔指着圈出来的范围。

两人正在商讨，报警电话响了。医药公司一个经理家刚刚被盗。

扎西和其美次仁赶紧起身，带上警区五名民警，没有直接去现场，而是去了他们两人商定要实施布控的地段。那是那曲镇一条相对偏僻狭窄的巷子。

还真遇上了。来人一米七左右，中等身材，右脚走路有点儿斜。

扎西早看过塔桑的照片，熟知他的长相和走路姿势。

塔桑刚把盗得的东西放到他临时租住的那间民居，正洋洋得意准备出去逛逛，一出门便遇上了扎西他们。

见是警察，他转身撒腿就跑。在海拔五千多米的高原上，剧烈跑动是要命的，但那也得跑哟。脱逃三年，他不就是一次次不要命地跑才逃掉的吗？

这次不能再让他跑掉了。扎西他们拔腿就追，边追边鸣枪警告。一百米、两百米……

塔桑没能跑过扎西。脱逃三年多的塔桑最终让扎西给抓住了。

被抓住的塔桑，一股脑儿把他脱逃三年多又重操旧业实施的盗窃，一桩桩全交代了个干干净净。

扎西问他，为什么偷？

他反问，我不偷我干什么？

他想逃跑的念头，跟偷东西一样，似乎也无法改变。

扎西说，塔桑被关进那曲看守所后又故技重演，弄坏了脚镣手铐的锁，正要跑便被发现阻止了。

看守所民警赶紧把他连同案卷送往拉萨看守所。到拉萨看守所履行交接手续，刚把他从车上押下来，他又演了一出猫捉老鼠游戏，戴着手铐没命地狂奔，最终被拽了回来。

因抓获塔桑有功，西藏自治区公安厅专门给那曲地区公安处发了贺电，扎西荣立三等功一次。

塔桑脱逃了三年多，由于法律修改和调整，原来被判死刑的他最终被判了死缓，后来减刑，在2014年出狱。

“他改不了啦！”扎西说。

果然，出狱后的塔桑仍不思悔改，又重操旧业。

2016年他在巴青县盗窃了价值二百多万元的虫草，被巴青县公安局抓获。审讯时，他看到审他的是年轻民警，谎称口渴，要民警给他买瓶矿泉水喝。

年轻民警没经验，不知道面对的是有着超强逃跑本领的“西藏一号神偷”，便真的帮他买水去了。

极短时间内，塔桑又弄坏手铐跑了。没多久他窜至青海玉树作案，被玉树警方抓获判了十三年，现仍在监狱里服刑。

扎西深有感触地说，塔桑偷了几十年，蹲监狱又蹲了几十年，他已经老了，我也快退休了，真希望他这次出狱后，金盆洗手，不再干了。

扎西说话时，一脸的真诚。现在老百姓的生活条件多好啊，他应该认真忏悔，改过自新，好好享受平安幸福生活的滋味。

四、扎西的天空

那曲没有风的7、8月份，扎西常常去大草原的山丘下。那儿有石头堆砌的悬着七彩的经幡台。

扎西常常坐在那儿，凝神仰望天空。天空离地面是如此的近，近得一伸手便可以摘下飘过的云朵。

扎西常常回忆起刚工作时的艰苦日子。

那时候那曲全是土路，甚至没有路。四周全是草原，没有树，一棵都没有。下雪的时候，一片白茫茫，没有可以辨识的标志，经常走着走着就迷路了。迷路了，找不着返回的方向，雪和大风很快扫平了走过的痕迹。那曲最主要的交通要道，就是过境的青藏公路。可有时等一天也等不来一辆货车。如果是冬季，完全是人迹罕至。去一趟西宁，要花上整整一周时间。

现在条件变好喽，有火车，还有很多来旅游的人。扎西不由自主地感慨道。

刑侦支队也从原来的十来个人，发展到现在已经有三十余人了。公安局配有很多车辆，大部分是越野车。

那曲办一起案子的成本很大。扎西说，有一次嘎木乡死了一个人，要勘查现场和检验尸体。现场在山峰沟壑地段，又恰逢冬季刮风下雪，他们在狂风暴雪中走了两天还是到达不了现场。没办法，受害者亲属只好翻山用人工把遗体运送过来。遗体冻得跟石头一样，无法解剖，他们就去牧民家烧雪水化解。检验完毕，法医戴的塑胶手套却跟手冻在一起了，无法摘下来，手指也冻得弯不了，缝不上针了，只得让旁边的同事帮忙缝。

在那曲出差或出现场，千万别带水，水会被冻成冰，喝不了。如果口渴了，就抓雪来吃。扎西说，早些年如果生病了，去卫生院看病，如要输液，得烧水把输液瓶烫热了才能进行。

那些年取暖，只有烧牛粪。办公室也烧牛粪，还给民警发牛粪，算是福利。扎西比画着那时候办公室的样子。那曲的房屋都是低矮的土坯房，砌有围墙。因风太大，冒出的烟时常顺着烟筒倒回屋内，熏得眼都睁不开。每个人身上包括煮的饭菜里，都是浓浓的牛粪味道。

现在好了，有空调，有暖气，还盖了高楼。政府统一规划，整个那曲地区要建新城。那曲会越来越漂亮喽。扎西的眼睛里充满向往。

早些年那曲的治安状况不好，伤害、杀人案件特别突出。那时候没有禁管制刀具，很多藏民身上都佩有藏刀，稍有矛盾，便伤人、杀人。公安局几乎每天都加班，没日没夜的。现在人员多了，办公条件也好喽，重大案件尤其是命案也少了，这是以前想都不敢想的。扎西感到十分欣慰。

扎西很黑，是那种具有高原色的黑。8月，在内地是酷暑季节，但在那曲最高气温也就二十度左右。这个季节，是扎西一年中穿衣服最少的时候。不着警服时，扎西最喜欢穿一件黑色运动外套，里面是一件纯白色T恤，整个人看上去十分精神。

好得很。这是扎西最喜欢说的一句话。“很”字的发音，说得很重。扎西的牙齿很白，但他不太喜欢笑，总是一副很认真的样子。

扎西是属于藏北高原的。扎西的天空纯净而一尘不染。

黑黑的扎西，在蓝蓝的天空下，在明亮的阳光里，身影是那么地坚定和高大。

扫描二维码即可观看
相关视频等

打拐女警骆敏

王方泽

四川凉山彝族自治州公安局，有一个叫骆敏的教导员，彝族名字叫阿呷。如同大凉山春天绽放的索玛花，她身上总是透着一种朴实清新的自然美。

骆敏在刑侦支队重案大队专门负责打拐。

她长期辗转在山东、河南、河北、福建等地，不是在经营案件，就是在出差办案的路上。她有一股案件不破不罢休的犟劲儿，而女性与生俱来的那份柔情、耐心、细致，则被她在案件侦破中发挥得淋漓尽致。二十余年来，她组织或参与侦破了13起公安部督办的打拐专案，11起省厅挂牌督办案件，打掉数十个拐卖团伙，抓捕犯罪嫌疑人上百人，解救被拐婴幼儿上百人，帮助多个丢失孩子的家庭找到了亲人……她先后荣立一等功1次、三等功6次、突出贡献奖2次；2017年被评为全国公安“百佳刑警”，同年度被评为四川省十大法治人物。

谁是亲生儿子

赵梅来找骆敏，是她整个人快接近崩溃的时候。或者说，是所有的希望都破灭了之后，她找到了骆敏。

一次次从希望的巅峰跌落到失望甚至绝望的旋涡，使她对骆敏能否帮她找回丢失25年的儿子已不太抱希望。所以她隐瞒了她自己费尽心血找到一个她认为就是自己儿子的人。她倾尽所有母爱要领其回家，但最后科学鉴定却排除了她跟那个“儿子”的血缘关系。她不甘心。

她几次去过那个“儿子”的家。“儿子”在浙江那边的家境很好，已结婚成家，一大家人生活非常幸福。有人对赵梅说，“儿子”家有钱有势，浙江的生活和经济条件凉山哪能与之相媲？“儿子”被人家养了25年，养父母怎能轻易就让他回凉山？肯定是鉴定机构收了“儿子”养父母的钱，把采的血掉了包，或出了假鉴定。

赵梅不死心，这毕竟是25年来自己找儿子直觉最准的一次。儿子出生时右耳旁长有一只小耳朵（肉瘤），她记得很清楚，这个“儿子”右耳旁的相同位置也长有一只小耳朵，而且这个“儿子”也是林姓人家抱养的，不知道自己的亲生父母是谁。

这明明就是自己的儿子，为什么DNA鉴定不是？

赵梅这25年来找儿子的钱，全是她打工做生意卖苦力捡垃圾，真是拼着命一分一厘挣来的。为找回儿子，她不怕花钱。她亲自带上“儿子”的血到了成都华西医院，申请医学鉴定。

鉴定出来那一天，她早早就守在鉴定中心门口。然而拿到鉴定书的那一刻，她全身僵住了，“儿子”不是她的儿子。

她怀疑是鉴定的哪个环节出了问题。于是，她倾其所有，揣着“儿子”的血踏上了去上海的路。结果还是那个结果。

她不死心！本想再去北京，可鉴定和往返已经花光了她所有的钱。

“儿子”和他的家人只相信鉴定结论，认为赵梅搞错了，对她的态度也表现出了冷淡和不耐烦。

赵梅想带“儿子”回家的愿望破灭了。

于是，她到凉山州公安局找到了骆敏。

她不知道，她面前这个漂亮的骆警官，是凉山乃至全国打拐战线叱咤风云的专家，成百的失散家庭和丢失孩子在她的帮助下得以与亲人团聚。

因为寄予的希望太多，失望也太多，赵梅变得十分敏感。她见到骆敏时，回避了她已跟“儿子”做过DNA鉴定的环节，一把鼻涕一把泪地诉说了自己25年来找儿子的艰辛，说自己找到了“儿子”，浙江那边不让带回来。

没想到两个多小时哭诉，骆警官竟然陪着她一起流泪，很认真地记录了她丢儿子和找儿子的经历。

她更没想到，骆警官很快便着手开展工作。

请你配合我们采一下血。我马上跟浙江那边联系，让他们去采集对方的血样，入库跟你比对。你要相信现代科学，对的错不了。骆敏轻言细语地说。

“需要交多少钱的鉴定费?”赵梅小心翼翼地问。她实在是拿不出什么钱来了。

“不用交钱，这是公安机关的职责。”骆敏十分肯定地回答。

哦！赵梅有些不相信地舒了一口气。

把赵梅领到法医室采集血液后，骆敏转身便跟浙江公安机关联系，请他们协助采集对方的血液样本。

看到骆敏有条不紊地着手开展工作，赵梅感动了。她相信这个态度和蔼、做事果断利索的骆警官，一定能够帮助她要回她认定的那个“儿子”，便放心地回家等消息。

接待赵梅后没几天，因之前经营了三个多月的两起贩婴案被公安部列为部督案件，需要进一步开展工作，骆敏出差去了山东。

途中，骆敏接到了浙江警方的电话，告诉她医学鉴定排除了赵梅和“儿子”的亲子关系。由于赵梅数度失声痛哭，还有她确信那个“儿子”是亲生儿子的种种理由，让骆敏也相信她和这个“儿子”之间，只不过是差了一纸科学的鉴定而已。现在的结果出乎了她的意料。

一直不愿意接受这一事实的赵梅，希望公安机关尤其是骆敏的介入能够扭转乾坤，帮她把“儿子”带回来，现在这唯一残存的一点儿幻想破灭了。

她顿时崩溃了，在电话那头号啕大哭，听得骆敏的心都碎了。

骆敏安慰道：你放心，只要你儿子还活在这世上，我一定帮你找到他。

挂掉电话后，骆敏的心情久久不能平静。她打算办完案件后，直接从山东去浙江，亲自见见赵梅认定的“儿子”，查清此事。

案件还没办完，她便接到了河北邢台警方的电话：赵梅夫妇的 DNA 跟河北一个名叫史俊的青年比对成功了。

原来，史俊被拐走时已 4 岁多，卖到养父母家后，他始终记得自己的名字，记得家门口有一条铁路，有涵洞，有一棵大树。养父见他聪明，怕他长大后找回家落得人财两空，便一直没送他去读书。2011 年，他结了婚，生了孩子，初为人父的他想到自己被拐后，父母肯定很心痛，便有了要找到亲生父母的念头。妻子也很支持他。他便通过网络发布寻亲信息，得到了志愿者的帮忙，于 2014 年到公安机关采集血样入了库。

等了一年多，他终于等到了好消息。赵梅夫妇在骆敏的安排下采集血样入库后，他们的 DNA 在上万条信息中很快便成功地碰撞在一起。

为稳妥起见，骆敏没有立即把这一天大的喜讯告诉赵梅。这是她一贯做事的原则，她要百分之百的把握。

骆敏亲自跟史俊取得了联系，详细地询问了他的情况；又和史俊所在地的派出所联系，请史俊配合他们再采一次血做一次鉴定。从 12 月份采血到 1 月份出结论，骆敏的心一直悬着，生怕再出意外。

结论出来后，确定史俊跟赵梅系母子无疑。

骆敏这才告诉赵梅，她的亲生儿子找到了。

赵梅接到骆敏的电话，身子一下子软了。半天，她没说一句话。她不相信这是真的。她含辛茹苦找了二十多年都没有找到的儿子，骆警官竟真的帮她找到了。

她在电话那头，给骆敏跪下了。

赵梅说，整整一个多星期，她都没有睡着觉。这时候的赵梅，不再像以前那样冲动了，变得格外听骆敏的话。她相信骆警官。

马上快要过春节了，骆敏没一刻闲着，一直张罗着史俊回家认亲的事。

一开始，生性善良的史俊有些顾虑。他寻找亲生父母，是瞒着养父母的。毕竟是他们把他养大，他怕伤了养父母的心。再则，他现在的经济条件也不好，无法报答亲生父母。

骆敏推心置腹地跟史俊聊了很久，告诉他，这些年母亲寻找他受的苦，劝他早点儿回去认门。她说，其实父母不需要他做什么，只要让他们看到自己的儿子一直好好活着，知道他在哪儿就放心了。

说服史俊后，骆敏又替他张罗行程，安排赵梅他们接待等，整个春节她都没有消停过。

2016 年 2 月 15 日凌晨 2 点，史俊带着妻儿，从河北乘火车到达西昌市火车站。

骆敏安排同事罗平到火车站把他们接到宾馆住下。天亮后，骆敏自己开车送史俊及妻儿回家。她知道史俊经济困难，又自幼离开，完全不知道彝族的传统和风俗，便到商店替史俊买了看望父母的东西和彝族祭祖的物品。

丢失 25 年的史俊回家，是山里彝家人共同的喜事。他们自发组织举行了隆重的仪式，上千彝族同胞穿上节日的盛装，拉起“欢迎史俊回家”的横幅，敲锣打鼓，放起鞭炮。场面非常感人。

赵梅夫妇紧紧抱住史俊号啕大哭。

骆敏也跟着流下了眼泪。她说，这泪是喜悦的泪，是为他们的团聚感到高兴。

这样的泪，骆敏流过很多次。这些年，她帮助多个丢失孩子的家庭找到了亲人，仅中央电视台《等着我》栏目组，就先后做过六期凉山州的寻亲节目，团聚的六个家庭都是在骆敏的帮助下回归的。

只有一个电话号码

2008 年 9 月，骆敏接到工作指令，只有一个电话号码，要求核实涉嫌拐卖的犯罪事实。此案是公安部督办的“9・13”专案，是新中国成立以来罕见的拐卖儿童大案，涉及全国七个省。

只有一个疑似涉嫌犯罪的号码如何破案？

骆敏有些犯难。

2008 年的时候，电话卡没有严格实名制。

骆敏平时有记笔记的习惯，办案时会把未破的线索，涉及的可疑人员的信息，一一记录在工作笔记本上，备查备用。

她已记了满满几个大笔记本。这一条条的信息，是犯罪行为发生时留下的痕迹。她经常会盯住这些信息，去思考，去挖掘，去分析，去发现。

骆敏着手查这个号码。

如她所料，这个号码像海水退潮时留在沙滩上的一只小贝壳，短暂的停留后涨潮时又被海水卷走一样，有过一两次通话记录，随后便消失了。

号码消失了，人不会消失。骆敏知道犯罪嫌疑人就隐藏在这个号码后面。在有关部门配合下，她一头扎进一串串的号码中，破解着由11个数字组合成的密码。

这是一张庞大的社会关系网。网络中有故友，有新交，有亲人；有固定的，有随意的……错综复杂，要辨别哪一条有价值，哪一条能关联，需要仔细地分析。看似简单的落地，背后却是骆敏与一串串数字的博弈，分析、梳理、排除、关联、扩线，她一趟趟在相关部门之间往返，一趟趟去疑似对象所在地了解核实情况。

近两个月的努力，多条数据分析指向，骆敏通过这个电话号码最终锁定了凉山籍的三名犯罪嫌疑人，分别是布拖县的苏聪、吉鬼、阿土。

支队从布拖县公安局刑警大队抽调民警欧和协助骆敏。

有了得力助手，骆敏轻松了许多。布拖县离西昌市有一百多公里，道路蜿蜒崎岖，交通状况很差。为了摸清嫌疑人的准确地址，骆敏带着欧和马不停蹄，一次次往返，查三人的现实情况、家庭关系、活动轨迹等。

三名犯罪嫌疑人是亲戚关系，用彝族话说，苏聪、吉鬼是老挑（姨姐夫的意思），阿土是这俩人的舅子。三人长期纠集在一起，在西昌市租有房子出入。

根据搜集的信息，骆敏跟领导汇报，研究制订了几套抓捕方案，明确了抓捕组人员和工作目标。

11月18日，公安部下达命令，指挥案件所涉的云南、广西、广东、四川、河北、河南、山西七省，于上午9时准时开展收网行动，抓捕涉案人员，解救被拐婴幼儿。

集中统一行动的命令一下，西昌市和布拖县抓捕组同时出击。

行动开始不久，布拖抓捕组很快反馈信息，布控已久的阿土被抓获。西昌行动组却出师不利，骆敏带的抓捕组赴宁远小区出租屋扑了空，去滨海小区出租屋的抓捕组也没有发现嫌疑人。

是打草惊蛇了？还是嫌疑人有所觉察逃走了？骆敏冷静分析，可能是其他省市的联系人或布拖阿土的亲戚传递了消息。

西昌市交通不复杂，除飞机外，成昆线是主要交通要道。为防止几人乘火车逃走，火车站和汽车站均已安排警力守候，出城的交通要道也设置了卡点盘查。此时的西昌，像一个封了口的袋子，嫌疑人已插翅难逃。

但如何发现他们的踪迹？骆敏认为，如果是受到惊扰临时外逃，那他们就不会走正常的渠道，可能会临时搭乘或包车。当时面包车是市内载客的主要交通工具。

开面包车巡查！

骆敏扮成收费的老板娘，侦查员小梁扮成驾驶员开着面包车在街上走走停停，四处招揽客源。

果不出骆敏所料，像两只偷食后受惊的老鼠，苏聪和吉鬼听到阿土在布拖落网的消息，便开始仓皇出逃。两人战战兢兢，分析了一下出逃方式，认为包车逃走是最安全的选择。

于是，他们撞上了骆敏。

在主城区街上溜达了几圈后，骆敏和小梁把车子开到“彝海结盟”塑像附近停了下来。

骆敏摇下车窗，大声吆喝：要坐车的，走了啊。

嘿嘿，来了！骆敏看到一个胖胖的彝族男子从旁边的小巷子走了过来。

是苏聪！骆敏早已把几个人的体貌特征牢牢记在了心里。

只见男子左右环顾了很久，确信周围无可疑情况后，来到车前，说道：“师傅，我要包车到成都。”

“去成都？太远啰，你出得起价不嘛？我们得收双倍的价钱，因为车子回来是放空的。”骆敏吊他的胃口。

“钱不成问题，走吧。”男子道。

“哎哟，今天遇上大方的人了嗦。你这么爽快，没问题，上车吧。就你一个人呀？”骆敏给小梁递了一个眼色，不动声色地周旋。

“前面还有一个人等着哪。”苏聪回答。

这不正是期盼的结果吗！骆敏心里一阵暗喜，装作斤斤计较地跟男子谈好价钱，小梁便按男子指定的路线把车开到火车站。

面包车缓缓停靠在路边后，苏聪下车朝附近山上一彝族男子招手，头上裹着白帕子、身披黑色擦尔瓦在山上观察动静的吉鬼，便从山上跑下来上了车。

两名主要犯罪嫌疑人已到位。骆敏不动声色，低着头装成玩游戏，给前方设卡组发了一条信息。

面包车行驶至西昌与冕宁交界处时，设卡组民警正张网以待。

仅有一个电话号码，历时两个多月苦心经营，凉山州涉案的三名犯罪嫌疑人全部被抓获了。

然而，三人由于近期无新的犯罪记录指向，加上特殊的亲戚关系，早已订了攻守同盟，审讯时要么缄口不语，要么全盘否定到过河南、河北等地，拒不交代之前的犯罪事实。

审讯进行了整整三天，毫无进展，骆敏很是焦急。

怎样才能撕开审讯的口子？骆敏躺在床上辗转反侧，难以入眠。

看着窗外高挂的圆月，她仔细把几人这几天来的表现和性格特征及之前了解到的家庭情况进行了分析，认为当小舅子的阿土是三人中的突破口。

“对，重点就审他。”天不见亮，一夜未眠的骆敏早早就起床到了办公室。刚一到上班时间，她便叫上民警欧和直奔看守所提讯。

像前几天一样，审讯开始，阿土仍然摆出一副死猪不怕滚水烫的样子，拒不搭理骆敏。

让他奇怪的是，骆敏没有跟他谈案件，而是轻言细语地同他聊起了他的家庭，聊他的母亲。

阿土见骆敏不提案件，渐渐消除戒备，倒也乐意跟她聊了起来。他说母亲去世后，他生活很艰辛，到西昌打过零工，后来又到了甘洛县赤普矿山甘沟矿区打工。矿山老板子田和他是同一个家支（家族）的，待他很好。他白天在矿山上打工，晚上就住在子田家里。

“哟，原来我俩还是亲戚哪。”阿土提到的子田，恰好是骆敏的二舅。

一听骆敏跟他是亲戚关系，阿土有些动容，露出些许期待的神色。

他脸上一丝一毫的变化，都被骆敏捕捉在眼里。

骆敏微笑着对他说：“法律是有尺度的。虽然是亲戚，但我是一名执法者，必须严格依法办案。俗话说，雁过留声，如果不掌握证据，我们也不会找到你。你说是不是？”

阿土低着头，沉默不语，若有所思。

骆敏并不急于求成，继续打她的亲情牌。她自己掏钱给阿土买烟和牙膏等生活用品，逐渐取得他的好感和信任。

过了一天，骆敏再次到看所守提审阿土，语重心长地说：“你要对法律、对家庭、对自己负责，争取立功赎罪。”

她打了一个比喻：“你们现在好比三匹马在同一条起跑线上，谁跑在前面对谁就有利，谁就能得到从宽处理。但必须坦白交代。”

阿土低下头。半晌，他抬起头试探着问：“如果我说了实情，真的能从宽处理吗？”

骆敏十分肯定地答道：“能。”

接着，她趁热打铁，拿出事先准备好的法律书籍，将有关从轻减轻处罚的条款念给他听；又像大姐姐一样，把自己多年来经办案子的当事人获得从宽处理的案例说给他听，如数家珍。

阿土不时摸着脑袋，嘴唇翕动着，欲言又止。他的思想显然出现了激烈波动。

骆敏洞若观火，继续道："咱们彝族人有很好的传统和族规，从不干伤天害理的事，讲诚实，讲担当。你血脉里流淌的是彝族人的血，也应该有彝族人传承的精神。做了错事不怕，怕的是执迷不悟，不晓得悔改。孩子是生来爱的，不是生来卖的，你想想，要是你没在母亲身边长大，你会是什么样？你好好考虑一下再回答我。我还会来找你摆谈。"

言毕起身，她准备结束审讯离开。

这时，戏剧性的一幕发生了。只见阿土头上虚汗直冒，突然说道："我要交代。"

原来骆敏迂回、柔性、软硬兼施的审讯技巧，已摧垮了阿土的心理防线。经过一番激烈的思想斗争，阿土一口气交代了他贩卖六个婴儿的犯罪事实。

六个婴儿中，其中有五个卖给了河南新乡的色尔，剩下那一个卖给了河北邢台的老刘。

审讯完时，阿土一脸轻松，抬手比了一个手势："这些娃儿现在都这么高了，都背起书包上学了噻。"

骆敏收好笔录，招呼欧和："赶紧去开车，咱们去河南。"

"骆姐，这天气，路上可能会冻起哟。"跨出看守所的欧和抬头看了看天气，天上阴沉沉的正在下着冻雨。

"事不宜迟，下刀也得走。"骆敏一边给领导汇报，一边安排欧和准备车子，驱车从西昌城沿国道 G108 线向北出发。中午时分，当车行至冕宁县境内拖乌山地段时，天空纷纷扬扬下起了鹅毛大雪。厚厚的积雪让行驶在湿滑路面上的车辆堵成了蜿蜒的"长蛇"阵。

雪越下越大，为了行车安全，前方已封路，实施交通管制，一封就是十个多小时。

由于出行时间仓促，骆敏他们没有做好充分的准备，在车上又冷又累又饿，十分焦急。

两天后，骆敏他们到达河南新乡，与当地警方取得联系后，才知抓捕色尔也是一场持续的攻坚战。色尔很狡猾，从 11 月初就不见了踪影。

骆敏他们工作了十多天，没查到色尔的任何踪迹。当时快春节了，特别冷。因为走得匆忙，骆敏连擦脸的护肤品都没带上，每天就用清水洗一把脸，脸上手上的皮肤被冻皲裂了，风吹着很痛。

我不信抓不到你！撤回西昌后，骆敏暗暗发誓。

一转眼到了 2009 年春天，骆敏再次研判色尔的信息，发现他在河南新乡一带有活动的踪迹。于是，支队安排骆敏和欧和等一行四人再次驱车到达河南新乡。

通过暗中调查，骆敏发现色尔经常在凉山籍人聚集较集中的几处场所活动。排查准确后，她请求当地警方协助抓捕。然而，实施抓捕那天，色尔这只狡猾的老狐狸嗅到了不同的味道，在骆敏他们到达前一小时，他把手机交给聚集的一个彝族老乡后便溜走了。抓捕计划再次落空。

2009 年 4 月 29 日，公安部发布 A 级通缉令，部署抓捕色尔等十名涉嫌拐卖妇女儿童的犯罪嫌疑人。

我一定要抓到你！通缉令下来的那天，骆敏拿起通缉令，看着色尔的头像，怒目圆睁，拍桌发誓。

通过多方布控和不懈努力，6 月的一天，骆敏获得一条线索：色尔躲藏在布拖县浪珠乡呷哈村妹妹家。

骆敏立即带着欧和往布拖县赶。布拖县离西昌市有二百多公里，驱车需要三个多小时。到达布拖县后，县公安局立即抽调警力组成抓捕组，由骆敏带队指挥。

当天晚上，天上下起瓢泼大雨。骆敏带着抓捕组民警冒雨前行，驱车三十余公里到达浪珠乡政府后，因呷哈村地处偏僻，山路崎岖凶险，车辆无法前行，只能徒步。陡峭的路段，又湿又滑，爬不上去。抓捕组民警推前面拉后面，途中不知摔了多少次，于次日凌晨3时许才摸到大山深处的呷哈村。

色尔的妹妹家住的是一幢四周有围墙的瓦板房。围墙有两米多高，院门被碗口粗的圆木闩着。

进不去，只能搭人梯翻进去开门。民警小吴被送上围墙，“咚”的一声跳进院子里把院门打开。

骆敏和抓捕组民警冲进院子。

突然，一个虎背熊腰、光着膀子的壮汉，提着一把寒光闪闪的砍柴刀从正房里冲了出来，狂叫道：“你们要钱还是要命？我跟你们拼了！”

骆敏赶紧用彝族话制止：“放下刀，我们是公安局的，前来抓捕色尔，请配合我们执行公务。”

“哦。”听骆敏这么一说，原以为是强盗前来打家劫舍的壮汉顺从地放下了刀，不敢再多言。

“搜！”骆敏指挥民警挨个房间搜查。屋内屋外、院坝都搜遍了，却不见色尔的踪影。

难道情报有误？正在大家纳闷儿时，骆敏抬头看到院坝左侧四米多高的阁楼。

有鬼！她略一思忖，安排民警去找梯子，搜羊圈阁楼。

民警迅速找来木梯，从正面爬上去。

刚上到一半，突然响起一阵窸窸窣窣的声音，只见一个黑影从阁楼背面顺着一条粗绳猛地滑了下来，一落地便朝院门外冲去。

刚跑到门口，这黑影便被民警擒获，正是多次抓捕多次逃脱的色尔。

这是骆敏从事专项打击拐卖工作以来，成功经办的第一起公安部督办的专案。此案在公安部的统一指挥下，各地警方合成作战，雷霆出击，打掉了多个拐卖儿童犯罪团伙，抓获涉案犯罪嫌疑人203名，解救被拐卖婴儿192名。

经营的线索成了部督专案

2016 年 1 月 18 日，从成都开往西昌的 T8865 次列车的最后一节车厢，乘载了一车厢特殊的旅客。有荷枪实弹一脸威严的警察，有耷拉着头一脸沮丧戴着手铐的犯罪嫌疑人，有嗷嗷待哺的婴儿，有细心照顾孩子的女警等。

骆敏就在这节车厢里来回奔波，张罗着一车厢上百人的吃喝拉撒，不停地联系接站、汇报情况等。

公安部督办的“6·18”拐卖案件收网行动开展以来，山东临沂、四川凉山两地警方联合行动，在临沂抓获 66 名犯罪嫌疑人。这是凉山警方押解本籍 36 名犯罪嫌疑人、解救 12 名被拐婴幼儿回凉山的最后行程。

36 名犯罪嫌疑人就像 36 枚随时可能引爆的炸弹，一旦疏忽，后果将不堪设想。自 1 月 16 日从临沂上火车，到郑州再转成都到西昌，骆敏已经整整两天两夜没敢合眼。

解救出来的婴儿，最小的才刚出生四天，要是出了什么意外，怎么交代？骆敏的心，一路上绷得紧紧的。

这起案件，是凉山警方主动经营，从平时掌握的线索顺藤摸瓜，确定犯罪嫌疑人，层层上报，最终被公安部列为督办案件。

2015 年 8 月，骆敏在分析研判时，喜德县的哈马虎和阿俄子夫妇引起了她的注意。这夫妇在山东临沂租有房子，长期往返西昌和临沂之间，行踪十分可疑。

进一步调查发现，这对夫妇每次出去，都带有婴儿，回来时却空手而归。

孩子从哪儿来？又去了哪儿？一串串疑问出现在骆敏的脑海里。

继续扩线，骆敏发现哈马虎在凉山有着广泛的人脉，关系遍及喜德、布拖、普格、宁南等地，并且阿俄子经常到这些地方打听婴儿的事。

一定要查清楚。骆敏一头扎进了数据中，在现实和网络中核查一条条线索。通过三个多月的长线经营和落地核查，骆敏厘清了以哈马虎和阿俄子为首的一个特大贩婴团伙的构架和犯罪脉络。

该团伙涉案人员44名，涉及山东、河北、福建三省。哈马虎、阿俄子夫妇物色有之布、阿达、且沙等十名彝族妇女打下手当马仔，与多名在临沂的彝族人相互勾结，干着贩卖婴儿的勾当。团伙成员分工明确，由阿俄子负责从凉山组织孕妇和购买婴儿到临沂，哈马虎负责在临沂联系下线和买家，阿达等人负责照料婴儿，活动范围主要在临沂市的兰山区、河东区、费县等。

随着侦查的深入，骆敏掌握了该犯罪团伙涉案的更多细节。比如他们将婴儿分为大货和小货，大货指男孩，小货指女孩。贩卖时会层层转手，利益最大化。除了直接从父母手中“收购”婴儿，他们还组织怀孕妇女直接赴收买地分娩，生下孩子后直接出售。

这一条条线索，浸透着骆敏辛勤的付出和汗水。摸清案件情况后，她给支队领导作了汇报，支队立即向局党委汇报，案件线索最终呈报至公安部。

2015年11月11日至19日，公安部在临沂召开专案工作会，将哈马虎案件挂牌为“6·18”专案，要求在前期工作的基础上，查清所有线索，时机成熟后统一行动，集中收网。

遵照公安部的指示，凉山立即成立专案组，指派骆敏带专案组一共四人留在临沂，对照线索查实犯罪嫌疑人的落脚点，查清被拐婴儿的去向。

这一留就是整整两个多月。在临沂警方配合下，骆敏他们开始了没日没夜的排查，足迹遍布兰山区、费县、平邑等地。

时值冬天最寒冷的时候，面对异地气候及饮食的差异，骆敏和同事很不适应。

再难，也要坚持。骆敏时时鼓励自己，也鼓励战友。她说，我们多一份努力，就少一些孩子受到伤害。在专案组里，骆敏是主心骨，也是贴心大姐。

在大家的努力下，他们又新查出四个有交叉又独立的犯罪团伙，主要团伙成员有 29 人，查清买家 14 个。凉山州涉及喜德、布拖、普格、宁南等地，临沂则涉及兰山区、费县、平邑、河南区、营南、罗庄等地。

情况全部查清，抓捕条件成熟，公安部把开展集中抓捕解救行动的时间定在 1 月 14 日 22 时。

行动前夕，骆敏参与指挥部制订工作方案，对抓捕解救和安置等工作进行了周密部署。

行动当晚，时任公安部刑侦局局长杨东亲自担任指挥长，统一号令，集中收网，四川凉山、山东临沂两个主战场梯次打响战斗。

临沂主战场，凉山抽调了 30 余名精兵强将，与临沂警方通力合作，300 余名警力荷枪实弹，兵分四路，直赴兰山、河东、费县、平邑四地进行抓捕。

主犯哈马虎租住在平邑县城乡接合部一处单家独户的院子。大铁门和三米高的院墙拦不住抓捕的民警，120 余名警力早已将房屋团团围住。一声令下后，民警搭梯子翻墙而入，打开院门。卧室里，三个满嘴酒气的男人正睡在床铺上打鼾，全部束手就擒。

哈马虎落网的捷报传到指挥部。各路抓捕组四面出击，如神兵天降，66 名涉案犯罪嫌疑人相继落网，12 名被拐婴儿顺利被解救。

凉山主战场，凉山公安局 50 余名民警迅速出击，成功抓获涉案嫌疑人 12 名，现场解救婴儿 2 名。

列车驶入西昌，“咣当”一声打开车门。

骆敏开始将被押解的犯罪嫌疑人与前来接站的同事进行交接。直到顺利交接完毕，她那颗一直悬着的心才落了地。

不抓到她案子不圆满

2014 年 5 月 14 日上午 8 点多钟，骆敏接到信息，称有两人从布拖县带了一个小孩要到郑州去卖。

骆敏马上给领导作了汇报。经批准，她随即带上罗平和侦查员莫色伍千从西昌出发追击。

想到嫌疑人从布拖县到西昌，要经过昭觉县，骆敏便电话联系了昭觉县公安局，请他们拦截从布拖过来的中巴车。

不料那两人十分狡猾，中途下了车，打“野的”（拉客的面包车）去了越西县。

选择去越西县的目的，只有一种可能，因越西的普雄镇是成昆铁路的主干道，他们可能是去搭乘火车。

直奔普雄。当时整个凉山正在搞交通大会战，路面坑洼不说，还到处堵车。骆敏他们从西昌到昭觉，再从昭觉到普雄，花了近六个小时。到普雄一查，发现带孩子的俩犯罪嫌疑人在车站旁边的小旅馆开了一间房。这家小旅馆位置很特殊，环境复杂，每一层楼都有能直接到一楼的通道，不利于抓捕。

骆敏电话请求当地派出所协助，自己和罗平分别守住一个出口等待警力增援。

可是搜遍了整幢楼的房间，却只发现了马仔黑木和小孩，主要犯罪嫌疑人果立尾不见踪影。

黑木也说不清楚她去了哪里。

骆敏他们只好带着黑木和解救的孩子，一路颠簸，于凌晨两三点钟回到西昌。黑木交代是果立尾雇她当马仔带孩子去郑州的，其他一无所知。

审讯完黑木，已是15日清晨。骆敏顾不上休息，立即收集果立尾的所有信息进行分析研判。必须尽快抓到果立尾。

果立尾，51岁，甘洛人，因为拐卖被判过刑，刚释放不久。她在甘洛有一个儿子，居住的地方十分偏僻。她极有可能逃去那儿躲藏。

“罗平，咱们还得赶去甘洛。”骆敏看着困乏的罗平，有些不忍。

“好的，骆姐，你不困吗?”罗平之前在DNA室做鉴定，还不太习惯这样的奔波，这一天一夜，已被折腾得够呛了。

“困哟，可一想到果立尾没抓获，就不困了。”骆敏笑答。

西昌到甘洛二百多公里，当时的路况开车走了近十个小时。骆敏他们到达甘洛跟县公安局取得联系后，研究制订了抓捕方案。

果立尾儿子家住在前进乡的植物村，山高路远，当地人称是拿起筷子就可以把月亮打下来的地方。为了摸清情况，县局安排人前去打探消息。据反馈：果立尾确实到了她儿子家。

骆敏决定把抓捕时间定在17日晚上。

从甘洛县城到前进乡需要四个小时，从乡里到植物村还要两小时，而且只有一条盘山的羊肠小道，地势险要。

5月正是雨季，山里经常下雨。骆敏他们刚进山，天上便轰隆隆响起了雷声，紧接着下起了倾盆大雨，把他们浇得全身湿透。

因为湿滑，又是夜晚，他们在向导的带领下，连爬带走，凌晨4时才到达目的地。

果立尾儿子家住的是一幢土木结构的平房，房屋不大，但搜查时却没有发现果立尾。

细心的骆敏看到屋子西边的床铺堆放了些杂物，她伸手一摸，还有温度。

她判断，果立尾就睡在这床铺上，放杂物是她使的障眼法，人肯定就藏在附近某处。

搜遍了地窖、羊圈、猪圈、阁楼等可能藏匿的地方，骆敏他们最终在房屋外面堆的几堆玉米秸秆中将她拎了出来。

抓获果立尾后，骆敏他们又一路颠簸赶回西昌审讯。

果立尾供述了她雇黑木运输孩子准备到郑州贩卖的犯罪事实，她的上家系郑州的奶古么。同时，她也交代了5月14日漏网的经过。

那天她和黑木带着孩子进旅馆后，在二楼看到旅馆不远处停有一辆警车，预感不妙，便抢先一步离开了旅馆，悄悄躲藏在附近观察。不一会儿，她就看到了增援的派出所民警，赶紧走小路逃到了甘洛。

这起案件，按理说该抓的抓了，孩子也解救了，应可以结案了。可当时在郑州等“货”的上线奶古么，在预约的时间没等到“货”，而且联系不上，预感出了事，便断掉了跟外界的所有联系，消失得无影无踪。

一转眼到了6月，因参与办理另一起打拐专案，骆敏和同事到临沂办完案准备回凉山时，听到河南新乡警方刚收网的一起盗窃专案，抓获的人员里面有三十多名凉山籍的人。

骆敏凭直觉感到，奶古么肯定在这些凉山籍人员里面，或者这些凉山籍人肯定知道她的行踪。

她给领导汇报，说要亲自去新乡，要不心里不踏实。

于是，6月3日，骆敏只身一人来到新乡，找到配合办过多起案件的新乡市公安局刑警大队大队长薛国征，请他协助查一下抓获扣留的人里面是否有奶古么。

薛大队长立即打电话给具体经办的原阳县公安局。对方反馈信息，没有这个人。

“她一定在。”骆敏很肯定地说。

“骆教，你这是不信任我哟。”忙得不可开交的薛大队长半开玩笑地跟骆敏说。

“除了名单外，还有什么能证明他们身份的东西?”骆敏问道。

“他们都采集了信息，照有相片。”薛大队长回答。

“那请他们看看相片，看有无这人。”骆敏仗着熟人好办事。

信息反馈回来，相片上也无这人。

“薛大，跟他们说一声，我自己去。”骆敏再次跟薛大队长提要求。

看她如此执拗，薛大队长知道她是不到黄河心不死，赶紧给她联系。

于是，骆敏到了具体办案的原阳县公安局刑侦大队。正忙得不可开交的办案民警见她亲自上门，腾出时间将抓获的嫌疑人的相关资料、图片信息提供给她，让她自己挨个儿查找甄别。

就是她，当看到第三组照片时，早已把嫌疑人相貌特征铭记于心的骆敏，一眼就认出其中一张照片上的人是奶古么。

但奶古么举的牌子，写的不是她本人的名字。

原来，狡猾的奶古么同其他一大帮人被抓获后，初次筛查询问时，她报的是别人的名字。采集相片时，她举上写着别人名字的牌子照了相。

她人呢?骆敏马上要提人。可办案民警说，因为当时抓的人多，查到那个名字的人未涉嫌盗窃案，就将奶古么当成那人给放走了。

煮熟的鸭子飞了。骆敏没有泄气，分析奶古么被惊动后可能会逃回凉山，立即赶到新乡火车站查购票记录。

她发现有三名凉山籍女性购买了当天从新乡到凉山普雄的火车票。其中一个名字，恰好是奶古么举牌照相写的那个名字。

“我买到普雄的票!”骆敏迅速掏钱购买了同一列车的火车票。

上车后，骆敏装扮成一般乘客在车厢秘密查找。

在9号车厢，她发现了奶古么。同行的共三人。

为了核准身份，骆敏请求乘警协助，专门对嫌疑人乘坐的车厢进行查票。如她所料，奶古么系冒用他人身份坐车，自己的身份证藏在包里。

身份确认了，但骆敏是千里走单骑，如何抓捕，得考虑周全。

她和乘警商量，决定等列车快到普雄站时实施抓捕。

一路上，骆敏不露声色，把位置换到 9 号车厢，紧紧盯着奶古么及同伙。

当列车行至峨边时，在乘警的协助下，骆敏成功将奶古么及同伙控制。车到普雄，早已等候多时的普雄分局民警协助将犯罪嫌疑人带回。

离抓捕时限只剩十分钟

骆敏破案抓人总能撞到点子上。有人说她运气好，其实运气只是巧合，真正起作用的是她的执着和认真。

2012 年的“4・19”专案，是一起以凉山盐源籍季方方、杨小花为首，涉及四川、河北、内蒙古等七个省区的贩卖婴儿案件。凉山州涉及甘洛、西昌、盐源等重点县，刑侦支队由骆敏具体负责案件侦办。

7 月 2 日晚 22 时，公安部下达集中抓捕解救的行动指令，时间截止到 7 月 5 日中午 12 时。

盐源县的季方方是此专案的主要犯罪嫌疑人。命令下达的当晚，凉山州公安局组织召开专门会议研究制订抓捕方案。

通过前期的经营摸排，骆敏发现，季方方近几日的活动轨迹均在盐源县。但其家所在的村子，在金河南岸盘山老鹰顶的山上，地理位置比较特殊。山大不说，视野还很开阔，一眼能把进山的人看得非常清楚。如果不是熟人，白天很难靠近。

一定要在公安部规定的时间内完成抓捕任务，否则会影响整个案件的进展。局领导指派副支队长马玉松和骆敏前往盐源，请盐源县局配合抓捕。

原计划4日晚上山抓捕，可途中遭遇了狂风暴雨冰雹的袭击，猛涨的山洪阻断了进山的路，马玉松和骆敏他们只得撤回金河派出所。

凌晨5时，雨停了，抓捕组成员重新出发。

时间一分一秒过去，已是上午10时了，季方方的身影还没有出现。

骆敏在山下装成要买东西的样子，把人家背出山到集市上卖的山货都翻了一遍，一分一分地跟别人砍价。把卖蘑菇的老乡给讲急了，白了她几眼，忍不住私下嘀咕：看你这穿着就像城里人，想买东西却舍不得花钱，真小气，问了还不买，耽搁我上街叫卖的时间。他们不知道，骆敏的心里比他们更急，虽然在热情地看货砍价，她的眼睛却紧紧地盯着下山的路。

快11点了，离公安部规定的抓捕时限只有一个小时了。

超过中午12点，不计算成绩不说，还会被通报批评。这落到谁的头上不急哟？

骆敏看到同事脸上焦急失望的表情在一点点叠加。她用手遮住额头，抬头看了看天空，环顾了一下四周，跟一起参与抓捕的盐源县公安局副局长王定伟、副支队长马玉松商量：去河边看看。

马副支队长说："河边有一组守着哪。"

骆敏指了指河面上下的距离，说："河面这么长，万一他们在另外哪个渡口上船呢？我们去租个船巡查一圈嘛，要不这心里不踏实得很。"

离收网时间只有四十分钟了。他们同意了骆敏的建议，几人到河运处租了一艘快艇沿河面驶去。

老远，骆敏看到河边有一男一女在张望，女的戴着一顶遮阳帽。

是季方方！骆敏从体形上判断。

慢一点儿！她给驾船的同事说。船减下速度向目标方向驶去。那两人貌似要搭船，在向他们招手。

骆敏随即吆喝：要坐船的走了哈！

船越来越近，目标越来越清楚。不会错，是季方方。

骆敏告诉马玉松副支队长他们，做好船靠岸就抓捕的准备。

船离岸只有二三十米远了。正在等着搭乘的两人，突然意识到不妙，像踩着地雷一样，转身撒腿就朝山上狂奔。

追！船刚靠岸，骆敏一个健步跳下船，就朝季方方追去。

季方方哪里是骆敏的对手，不出二百米，骆敏就把跑得气喘吁吁的季方方抓住了。

一看时间，离公安部规定的截止时间只剩下十分钟。

季方方抓到啦！骆敏给指挥部打完电话，押着季方方，走路都有一种要腾飞的感觉。

从接到抓捕命令，到成功抓获的六十个小时的时间里，骆敏就像有一块沉重的石头压在身上，一直喘不过气来。突然间这块石头卸下了，她打心底里感受到了一种无比轻松的幸福。

柔情、泪水与荣光

2014 年，公安部挂牌督办“5・21”特大贩婴团伙案。此案涉及凉山州的线索有六条。

7 月 30 日，公安部在石家庄召开案件协调会，要求八个涉案地公安机关强化侦查取证，时机成熟立即实施抓捕。

凉山州公安局成立专案领导小组，抽调西昌、布拖、盐源的精干警力专案侦查，由骆敏牵头组织侦办。

骆敏带着专案组没日没夜地经营摸排，最终查清了凉山州的犯罪嫌疑人涉案的证据、活动踪迹等。

公安部把收网和解救时间定在 10 月 10 日。局里决定由骆敏带队赴石家庄抓捕和解救。

然而，就在骆敏收拾好东西准备出发时，生病多日的婆婆去世了。在彝乡，老人去世是大事，彝族人有很多风俗和仪式，骆敏不得不向领导请假延缓两天出发，让同事们先行。

12 日，骆敏和爱人赶回甘洛县新茶乡老家，长跪在身穿盛装“端坐”在木椅上的婆婆面前。

想到因为自己太忙，婆婆病重的时候都没有照顾她，骆敏不禁悲从中来，放声痛哭道：“阿波（彝族媳妇对婆婆的称呼）！我对不起您啊！您病重的时候，我都没回来照顾……”

14 日早上，毕摩念完经，骆敏看着婆婆的遗体在烈焰中升天，泪眼婆娑地在心中默默念道：阿波，一路走好！

按照当地彝族的风俗，老人火化后，家里还要做一场“毕摩文化”的仪式，求到天堂的老人护佑家人儿孙平安幸福。但因骆敏公务紧急，深明大义的爱人 16 日便把骆敏直接送到了火车站。

骆敏噙着泪，直接从甘洛北上去追赶先行的同事了。

跟同事会合后，他们到河南新乡、河北石家庄和邢台等地移交线索，足迹遍布两省四个市、六个县、九个村寨。抓捕加解救，整整一个月，行程几千公里，相继抓获贩卖婴儿的主要犯罪嫌疑人吉古日子、张某福等十四人，破获案件六起，成功解救六名被贩卖的婴儿。

在河北省宁晋县一个偏远村庄，他们几经周折解救出一个被贩卖的孩子，一路颠簸从乡下返回县城已是凌晨。

骆敏抱着孩子住在宾馆。正准备上床休息，突然传来一声响雷，接着又是几声，窗外哗哗下起了大雨。

一直睡着的孩子惊醒了，开始撕心裂肺地哭闹，喂奶粉也不喝。没办法，骆敏只好轻轻拍着孩子的背，抱着他在房间踱来踱去。

熬了几天了，骆敏好想躺下来休息一下。可孩子太小了，放下任他哭闹真不忍心，她只好一直小心呵护着。

踱着踱着，骆敏看着孩子的小脸，仿佛看到了自己儿子小时候。好久没有这种感觉啦，她突然想念起儿子来。又想到婆婆刚去世，她都没有尽到守孝的责任，眼泪禁不住哗哗地往下流。

骆敏的两个儿子在西昌上到小学三年级后，就被送到千里之外的成都读寄宿制学校。她很少能见到他们。小儿子上高一的时候，她整整一年时间没去成都看过他。一转眼，大儿子子承母业，当上了警察。儿子一天天长大的过程，她没留心过，他们就像一瞬间长大了一样。她感到自己没当好一个母亲，对不起两个儿子。

后来有一次，骆敏经营的一起案件收网抓人。

因为拐卖案件隐蔽性很强，很多是案中案，牵涉面很广，骆敏带着布拖县公安局一位同事，在福建工作了差不多一个月。在当地公安局的协助下，该案共抓获 30 人，其中凉山的有 15 人，共解救回来四个孩子。当她和同事往回带人时，从福建坐 12 个小时火车到成都，再从成都坐局里的车回西昌，可能是坐的时间太久太劳累，她的腰椎间盘突出了。

7 月 30 日那天早上起床时，骆敏疼得下不了床，她禁不住哭了。想到自己年岁大了，手里还经营着许多线索，还有很多案件在等着她，她却一下子动不了了，心里十分难过。

后来骆敏在爱人的搀扶下，去医院包了五六天的药，身体才稍微好了一些。

当警察如此辛劳和不易，但骆敏无怨无悔。

骆敏当警察，是受了父亲的影响。骆敏的父亲也是一名警察，是当时方圆几十里的彝族村寨唯一当警察的人。她一直以自己的父亲为榜样，以当一名兢兢业业时时处处为老百姓着想办事的警察为荣。

大凉山四季如春，气候宜人，尤其是春天百花盛开的时候，一簇簇艳而不娇的索玛花绽放着，把绵延起伏的大山装饰得如诗如画。

驰骋在打拐一线的骆敏，虽已战功赫赫，仍会时常回想起当年那个穿着五彩百褶裙的少女阿呷，跟着一群小伙伴唱着彝族歌儿，在花丛中奔跑。清脆的歌声在山谷中传得很远：

妈妈的女儿哟，
长到十三四岁后，
鸡鸣起床来，
出门天没亮。
不怕大雪漫天飞，
一天要打三背柴；
不怕天冻冰棱响，
一天要挖三亩地；
不怕暴雨泥泞深，
一天要背三桶水。
……

扫描二维码即可观看
相关视频等

“影子”蒋彪

孙丽萌

昆明，四季如春，阳春三月更是满城飞花，五彩缤纷。属羊的蒋彪，1967 年生人，个头儿敦实，浓眉大眼，满脸都是春天般的真诚微笑。

属羊的男人往往开朗大方，聪明睿智。蒋彪正是如此。而作为一名出类拔萃的优秀刑警，他则当之无愧地获得了全国公安“百佳刑警”称号。

笔录三次没过关

“彪哥”，是人们对蒋彪的昵称。长青派出所地处昆明闹市，但四层简易办公小楼显得很陈旧。不大的办公室里有些拥挤而凌乱。蒋彪的两个徒弟已经等在了那里。

徒弟副所长来吉宝黑黑瘦瘦的，但眼睛炯炯有神，透着侦查员特有的机警与果断。另一徒弟是禁毒大队侦查员赵锦华，一个帅小伙子，安静地不苟言笑地坐在边上。

因事先打过来采访的招呼，副所长来吉宝待我进来坐定，便打开了话匣子。

“彪哥”是我师父，当年我和锦华从警校毕业分配到这里，就是“彪哥”带着我们的。

他可厉害了。记得第一次做询问笔录，我们觉得没什么难的，别人怎么问，我们怎么记。嫌疑人怎么说，我们把重点记下来就是了。这些我们在警校都是学过的，非常简单。

可是没想到，当我们把做完的笔录拿到“彪哥”面前时，却傻了眼。

“彪哥”看完，什么话都不说，用笔在上面打了个叉，要我们重做。

那一次真的是把我们整惨了，一个笔录做了三次都没有过关。

没办法，我们两个人只好关起门来，悄悄地把“彪哥”做过的笔录拿出来，一字一句地研究。

果然不一样，不仅做得规范，并且经得起时间的考验。

后来，“彪哥”告诉我：犯罪嫌疑人抓回来，只是第一步，要想让他们的罪行在法律上得到认定，就必须认真做好笔录。特别是初始笔录，更加来不得半点儿马虎。不然的话，在检察院、法院的程序中，都会遇到很大的麻烦，发回重审都是小事情。我们警察不仅仅只是抓人，还得让犯罪嫌疑人受到法律的公正裁决，更要经得起时间考验。

师父就是师父，有句老话：“一朝为师终身为父。”“彪哥”对我们不仅仅是业务上言传身教，在做人上，更是毫不含糊，有原则，有道义，有担当。

有一件小事，我觉得，最能看出“彪哥”的人品。

那次，我们利用业余时间和地方单位联谊，踢足球。就在踢足球的时段，我新买的手机丢了。那个时候，我刚参加工作不久，工资也不高，好不容易买了个手机，没用几天就丢了，非常闹心。好在那个单位听说之后，要买个手机赔给我。

我当时觉得无所谓，对一个单位来讲，一部手机算不得什么。可是“彪哥”说什么也不让，弄得我心里很委屈。

可是第二天，“彪哥”自己掏钱买了个新手机给我，我不要还不行。

“彪哥”说，单位给你买手机，是违反纪律的。即使现在没事，将来也会影响你的前程。我给你买嘛，你收了没关系。

直到现在，无论是做事做人，我都非常非常感谢“彪哥”当年的教导。

“彪哥”确实把我们当成亲人一样。一直没说话的帅小伙子赵锦华十分感慨地说。

他对我们要求非常严格，曾经和我们约法三章，公共娱乐场所、夜总会歌厅什么的，坚决不允许我们去，就是自己花钱都不可以。所以这么多年来，我们都没有受到这些方面的污染。赵锦华的脸上洋溢着自豪的神情。

电影《湄公河行动》里的“影子”

蒋彪参加过非常有名的湄公河大案的预审，其环节之重要，关乎侦破成败，功不可没。

当我问起他，电影《湄公河行动》里有没有关于他的桥段，他笑着对我说，其实他在湄公河那个案件中就是个“影子”，是那个负责把碎片似的信息、线索、证据缝补拼接到一起的人。

为什么领导让他来负责预审糯康的情报官员依莱？

大毒枭糯康，虽没有直接参与湄公河惨案，但却是这次惨案的主犯。查明主犯的犯罪事实，关系到整个案件的审理和判决。作为这起惨案的主谋，糯康从落网那天起，就非常清楚自己的处境，所以一直不承认参与了这起案件。

那么，拿下案件的直接指挥者依莱，以印证糯康的犯罪事实，就成了至关重要的一步。

追溯历史，当年解放大西南，国民党军队溃逃到了缅甸，盘踞在缅甸跟中国交界的山区，建立了三个训练营。每一个营地，用大队编制，一个大队相当于一个团的兵力。当时玉溪市新平县有一个清朝皇帝任命的世袭土司叫李润之，蒋介石授予他少将军衔。李润之盘踞哀牢山，杀光县里的共产党员，占领了县城。国民党那三个团的兵力里应外合杀了进来，先是版纳，后是临沧，然后是普洱，先后占领了六个县。形势非常危急，中央军委立即调兵先打新平，把李润之围在哀牢山活捉了。接着，回过头来收拾国民党那些残兵败将。国民党兵只得再次退回缅甸。可是国民党这次退兵，却裹挟了中国不少的边民出境到了缅甸。

蒋彪负责审讯的这个依莱，很小的时候，差不多就是一岁大，他的父母带着全家就跟着国民党退兵去了缅甸。他就是在那里的军营中长大的。

依莱的军衔是少校，糯康最后的军衔是上尉。他们所谓的部队本来就不正规。糯康比依莱年纪小，出生在缅甸。金三角非常有名的坤沙在 1996 年投降后，要遣散部队。遣散过程中，依莱就跟一支叫约瑟的部队，来到了比金三角还远的缅北。那里比较贫穷，生活非常艰苦。当时糯康也在那里。没多久，糯康就带着几个人南下来到了金三角，其中就有依莱。

糯康一开始只有那么几个人，要想生存下去，就只能尽快扩张自己的队伍。他们参加了一个当地民族武装。那些民族武装都是散兵游勇，说白了就是土匪。随着时间推移，军事素质较高的糯康地位越来越高，最后不但把当地的武装吞并了，还把周边其他武装也收拾过来。

从金三角那个河段的湄公河往上游走，在缅甸跟老挝交界的河中间，一个长年被河水冲击形成的小岛上，糯康他们停了下来。那个小岛大概有一百多米长、三十米宽，是一个腰子形的核心地段。那里地形四通八达，易守难攻。糯康就盘踞在那里，开始收保护费。过往船只只要是运输毒品及毒品原料的，都要交保护费。一克毒品要交四泰铢。交了保护费，在糯康控制的河岸河道上便绝对安全。因他比较守信用，从没出过问题，久而久之就在毒品走私这个行当中形成了势力。

糯康的财富非常多，势利也非常大。不知从什么时候开始，和他们隔河相望的地方，也就是老挝地界上，有一个中国人开了一个娱乐场所，引起了他们的注意。那是一个赌场，叫金木棉赌场。眼见着这赌场每天热热闹闹地从湄公河的船上上货卸货，可他们从没有收过这个赌场的钱。哪个赌场里没有毒品呢？就像是发现了偷税漏税的，糯康他们眼前一亮。那年 4 月，糯康派他的手下拦截了金木棉赌场的运输船，把船长扣到河岸旁边缅甸境内的大山里严刑逼供，要挟赌场老板赔了四百万泰铢，算是补交了之前的保护费。

可到了 9 月份，糯康的这个据点就被缅甸政府军和老挝人民军给端了。在逃跑过程中，糯康被两个国家的部队打得抬不起头来，差点儿丢了性命。当时正巧有一艘插着中国国旗的货船开了过来，两边自然就停火了，让中国的货船过去。糯康他们趁机逃脱。

被端掉了大本营的糯康对这件事一直耿耿于怀。他怀疑这是金木棉赌场的中国人为了报复他干的，并怀疑是中国人通过缅甸军方买通了老挝军方。

也就是在这个时候，他产生了报复计划。在策划过程中，糯康觉得老挝他是搞不定了，缅甸他也搞不定，若想实施报复计划，必须得有一个政府武装配合才好。于是他选择了泰国金三角。金三角是联合国重点缉毒区，每年都会对缉毒禁毒有功人员进行表彰，当地政府对得到表彰的泰国军人都会有相应的提拔和奖励。这对泰国军人有着很大的诱惑。

糯康有了报复中国人的想法之后，就把这想法告诉了他的情报官依莱。依莱在坤沙那个年代就是搞情报的，一个情报官肯定跟周边国家关系密切。依莱于是开始为这次报复行动做准备。

首先他们开始监视中国的船只什么时候来，来的都是什么船，船上有多少人，拉的是什么货。然后呢，就是找到可以合作的泰国军人密谋达成一个勾结计划。

依莱找到了泰国某军分区一个少校，把计划和这个人说了。那人一听就说行啊，两人一拍即合，并密谋设计了一个方案……首先拦截一条中国的货船，然后把中国船员捆起来，眼睛蒙住，集中到一个地方；再由糯康提供毒品以栽赃陷害的方式放到中国船上；接下来就是把船开到泰国的地界，交由泰国军人来围剿，将毒品查获。泰国军人因为缉毒成功而获利，他们也达到了报复目的，两全其美。多么阴险的计划啊。

行动那天，他们先后在湄公河上泰国境内截停了两艘中国的船只，然后把所有船员捆绑后蒙上眼睛集中到一条船上，让两个船长把船开到了和泰国军人约好的地点——泰国一方的一棵歪脖子树下。这个过程当中，他们有充分的时间悄悄地把毒品塞到其中一艘拉着苹果的船上。

那棵生长在湄公河畔的歪脖子腰果树，全程见证了这次血腥的屠杀。枪声响起，所有的船员纷纷倒下……

要不要杀人？其实在这次谋杀策划中已经决定了。但毕竟是那么多条人命，凶残的依莱在动手前还是给糯康又打了一个电话。

糯康说：你留着干啥用呢？这句话源于依莱后来的口供，可信度有多少现在已经不重要了。当所有船员成了冤魂，这帮土匪便跳上之前准备好的快艇消失在湄公河上游。

可他们没有想到，整个过程都被金木棉赌场的一个摄像头拍了下来。

接下来，泰国军人如约而至。他们开着一辆白色面包车，九名军人从车上跳下来，冲到歪脖子树下站成一排，二话不说冲着两条中国货船疯狂地扫射。他们当然知道那两艘船上已经没有活着的生命。M16 美式步枪的子弹全部打完，又用一挺

M40 重机枪打了一遍，枪声激烈得就像打了一场小型的歼灭战。

枪声停止，湄公河畔陷入死一般的寂静。那个泰国军官在一旁开始打电话，后来证实，他是在通知泰国警察过来，说是截获了一批毒品。泰国警察到了之后，泰国军人不让泰国警察上船，而是由他们先上船，他们还需要走最后一步……实际他们上船的目的就是在找毒品。

上船之后，大概是太慌里慌张，一下子没有找到毒品，他们就打电话给依莱。其实这个时候，依莱就站在泰国军人驾驶的汽车后面二十米的地方。依莱自己也开了一辆白色的面包车。

依莱做梦也没有想到，自己的影像会被等在一旁的泰国警察无意中拍到了手机里，成为了他犯罪的铁证。

在依莱的指挥下，泰国军人终于在船员休息室底下找到了一包事先放置的毒品，又在苹果箱里找到了另一包。至此，泰国军人完成了他们的使命。

录像还远远地记下了他们下船前隐藏罪恶的过程。他们把船员的尸体全部扔到了湄公河里，只留下一名船长的尸体在驾驶舱，旁边放了一支 AK47 冲锋枪，制造出所谓跟泰国军方交火的假象。可愚蠢的是，这支枪竟然是坏的，根本无法射击。

泰国军人查到了毒品，一阵欢呼之后，泰国警察进场……

第二天，曼谷邮报在第一版大篇幅报道：中国两艘货船在湄公河上和前来缉毒的泰国军人发生激烈枪战。在泰国军人强力还击下，中国人弃船逃走，泰国军人在船上缴获了一大堆毒品。交战中，一名中国船员被打死。

蒋彪回忆到这里，感慨地说：这个故事乍一听简直毫无破绽。开始的时候，我们掌握的，都是经过大数据研判整合出来的一些案件信息的碎片，要把这些碎片拼成上面这个过程，是非常不容易的。要靠强有力的证据，把这些碎片严丝合缝地织补拼接到一起，形成完整的证据链。不然的话，就无法名正言顺地让凶手为自己的罪行付出代价。更何况这是一个跨国案件。

我是怎么把这些碎片织补到一起的？

我没有参加抓捕，也没有参加前期的调查。我的任务就是拿下依莱。只有攻下依莱，才有可能砸实糯康的罪行。因为当时糯康是零口供。

把依莱分给我的时候，有人开我的玩笑，说我中奖了。我倒不以为然。但说实话，那时候压力是很大的。毕竟是第一次上跨国案件，并且是中央督办的。没有成功失败的选择，只能全力做好。

但我确实一开始什么都不掌握，也不知道该从哪方面入手。就是上面那段国民党盘踞缅甸跟中国交界山区的历史，也是我临时恶补的。

对依莱的审讯，我还真有点儿煞费苦心。因为我知道，他是一个老奸巨猾、经验丰富的家伙。他是伺候过好几拨大毒枭的情报官，可以说身经百战。

我们俩第一次交锋时，我面无表情地看着他被带进来，既不打招呼也不说话。旁边配合我的那个年轻民警又是拉凳子又是递毛巾。

我慢吞吞地用毛巾擦手擦脸。然后，我接过一杯水来，又拿出一支烟。旁边民警马上给我点上。

当时我那个谱，摆得蛮大的。他不是少校吗？我是两杠三星，加上这阵势，怎么着也像上校吧？这些都是我们在审讯之前演练过的，传递的信息就是我比他的官大。因他们那边很讲究这个。

我说的汉语很简单，但要翻译给他听，这个审讯就变得复杂了许多。因为我们要全程录音录像，之后提供给四国政府交流。

我告诉翻译，你一定要翻译准确。首先你告诉他，我是从泰国回来的。这句话一定要说得非常准确，让对方确信我是在境外工作了一段时间。

接下来，马上给他一个悬念，就是我去见过泰国军方了，泰国军方非常配合。

然后告诉他，我去了清盛码头。因为依莱就是在那里和泰国军人接上头的。

再接下来，按说我应该问他与案件有关的问题。可是我没有问，也不打算问了。

我开始和他聊天。我对他说，依莱啊，好像你是出生在中国，应该也算是中国人吧？我问了他跟着国民党军队去缅甸的一些事情，夸他在坤沙手下混得不错，还是个少校，不知道他们的少校有没有勤务兵。

这个闲话扯完了之后呢，我就站起身来，慢慢悠悠地上厕所去了。

为什么在这个时候起身上厕所？就是要使他产生一个错觉，让他知道我并不着急要他的口供。

其实，预审在很多时候，是靠谋略、靠智慧打心理战的。急于求成肯定不行，不能让他猜到你的底牌。

我上厕所这个过程中，再让翻译有意无意地告诉他，你要跟我们的长官好好地说，这个长官是上面派来的专家，对这个事情你说不清楚，会很麻烦的。

翻译用另外一种口气来传递的信息，其实是我们做的一个套。能不能套住他，这就要看下一步我们的斗智斗勇了。

等我从卫生间回来之后，依莱做了一个动作，双手合十。这是对比较尊敬的人才会有的。

那就开始聊吧。聊什么呢？当然还是没有聊案子。

像依莱这种经历复杂、见过大世面的，怎么可能轻而易举地交代问题呢？这个时候的聊天，其实就是双方互相探底的过程。

他讲小时候的故事，我就耐心地听着，也挺感兴趣的。

最后呢，他甚至都说了他个人的爱好。他不吸毒，也不抽烟，唯一的爱好就是喜欢女人。当年他骑着一辆摩托车这个村那个寨子转，发现漂亮姑娘就收来做小老婆。我问他有几个小老婆，他得意地说挺多的。但是他大老婆给他立了一个规矩，就是不管他跟哪个小老婆生了孩子，都必须带回来，由大老婆养。

就这样，开始几天都是这样不着调地聊着天。

聊天中我发现，大概是因为语言不通，又关在中方的看守所，他的安全感在逐步降低，情绪也变得焦虑不安。我发现他对我产生了依赖性，每天都希望我能去提审他。每次提审结束让他回去的时候，他都有些不愿意回去的感觉。

我想，该给他加把火了。一连几天，我都没有去见他。开始还让那个配合我的年轻人去，后来干脆晾他两三天。

果然，依莱的情绪越来越不稳定，就像是热锅上的蚂蚁。

我们这么憋着他，我们自己又何尝不是度日如年呢?

终于，当我再去提审他的时候，我就直接告诉他：给我说说，你是怎么杀中国人的吧。

依莱的话匣子早已经打开，现在听到这个问话，自然无法闭嘴。

他于是开始交代。可他毕竟有着丰富的反侦查经验，虽开始交代，却避重就轻，推脱责任。

他说，是糯康打电话给他下的命令。他说他本来也不想杀人的，更何况有那么多条人命，一旦暴露肯定活不成。

其实这时候，专案组根据大数据分析和详细的调查研判，掌握的线索已经非常充分了。因为糯康没有口供，依莱的证词可以作为法律上提供的糯康的犯罪证据。但关于糯康打电话让他杀害那些船员，仅靠“糯康电话里说”是远远不够的。

可以利用电话这个线索，来印证我们已经掌握的证据。怎么做呢?

我们已经掌握在案发这个时间段，依莱总共打了很多个电话。那么，第一个电话是什么内容？依莱你交代……好，对上了。

第二个电话又是什么内容？好，也对上了，就这样。

第三个、第四个……忘记了？那就好好想，直到讲清楚。

关于我们采取的侦查手段，依莱只是源于听说，并没有清晰的认知。所以他常常被我们摆出的证据惊得目瞪口呆。

再加上我们搜集到的录像，虽然距离非常远，图像也模糊不清，但根据依莱的口供可进行合理推论。经过几天的努力，就像是用一根绳子，慢慢地一点一点地把那些碎片似的证据串起来，进行相互印证，形成了一条完整的证据链。

比如，在录音证据里听到第一次枪声、第二次枪声和相对零星的枪声，如果没有依莱的口供，只靠我们掌握的录音和录像，就连缅甸和泰国政府都说服不了，更别说上法庭了。

这是整个案件的关键。

记得当时笔录出来时，已经是第二天夜里 11 点多钟了。我们厅长看完非常激动，立马复印，一下子冲到省里，交给部里的首长看。

这就揭开了究竟是不是泰国军方杀害了那些船员的真相。当时社会舆论非常关注，搞不好会影响两国关系。

现在说得轻松，但那时候压力真是大得睡不着啊。

审讯时，虽然听不懂他的话，但要看着他的表情，死盯着，一分钟都不敢放松，耳朵要听清翻译的每一句话。

当时真的很累、很紧张。我心里那根弦是越绷越紧。

这也起到另一种效果，就是依莱越来越怕我，越来越胆虚。

蒋彪说，他在湄公河案件中就是这么一个"影子"，是负责把碎片似的信息、线索、证据缝补拼接到一起的那个人。

晋宁扫黑除恶

晋宁，原来是离昆明不远的一个县，如今是昆明的一个区。它坐落在滇池边上，环境非常优美。云南扫黑除恶第一案就发生在这里。这是中央下达扫黑除恶专项治理命令之后的第一案。

“垃圾”这个词，无论是词义还是字面上都似乎和黑恶势力沾不上边。但是垃圾清运呢？每天几千吨垃圾的清运权呢？每吨十几块钱，算算是不是一块肥肉？

哪儿来那么多垃圾呢？原来晋宁是全国重要的蔬菜基地。全国大部分娃娃菜都是这里生产的，每天产生的垃圾就有上千吨。城里人见到的娃娃菜都是经过加工的，晋宁有成百上千的冷库，每一车娃娃菜拉到冷库门口先就地加工，然后入库。加工后剩下的菜叶子，就变成了垃圾，需要每天清理。一天不清理，第二天就会烂掉，臭气熏天。

过去都是各家自己找清理队伍，相安无事。后来一个东北人叫张世忠的，看到清理垃圾利润可观，就跳出来收编那些“散兵游勇”人员和车辆，强迫各家冷库把垃圾清运权交给他们。

经过一番吞并，垃圾清运权基本归到了三家势力最大的手里。谁都想要以自己为主成立垃圾清运公司，坐收管理费。但谁肯让别人从自己的碗里分一杯羹呢？想要垄断这个行当不是那么容易的，几家势力都不可小觑。

按最低标准来说，每清理一吨垃圾也就挣个十来块钱，加入别人的公司，平白无故要交两块钱或不等的所谓“管理费”，大家当然不愿意了。几股势力互不相容，谈不拢就打，打不过就杀。一山不容二虎，更何况是多股势力相争。最后在一次火并中，以张世忠送命为代价，结束了这场垃圾清运争夺战。

这就是“7·01”案件，也就是“扫黑除恶第一案”的起始。

蒋彪那阵子一直在晋宁，分析布阵，指挥若定，使"7·01"案件办得十分漂亮。

另几起涉黑案件，蒋彪同样办得非常出色。其中，有一起是组织妇女卖淫的涉黑案件。

晋宁的美容院和普通美容院截然不同。通常意义上，美容院做的是皮肤保养、排毒养颜、微整形之类的业务，而晋宁一些所谓"美容院"，却是实实在在的地下"妓院"，给当地治安环境带来很大的不稳定因素。而这些美容院为了扩展自己的势力，在暗地里成立了一个"美容协会"，形成了一股不小的势力。当地公安机关早就想打掉这些做皮肉生意的美容院，但苦于取证复杂，一直在寻找机会。

一次一个美容院老板跑来报案，说是有人向他们收保护费，还砸了他们的美容院。

公安机关出警后发现，这家美容院就是已经被列入侦查范围中的美容院。一直以来都有一伙人每月上门去向各家美容院收保护费，由于做皮肉生意拿不到台面上，美容院就勉强交了这笔费用。也许是被这帮人抓住了软肋，他们保护费越收越多，如果不给，那些人就到美容院进行骚扰，打砸抢。最后美容院不堪其扰，只好向公安机关报案。

蒋彪和刑侦大队商量，决定将计就计。

他们开始跟前来报案的女老板周旋，对她们的遭遇给予同情。这便使得更多被收取保护费的美容院老板前来报案。这样一来，女老板来得越多，说得越多，公安机关掌握的证据就越充分。

最后，当收保护费的黑恶势力落入法网之后，美容院老板们也被拿下。一举两得。这是晋宁扫黑除恶的一个小插曲。

定性“8·29”跨国跨境案

大约从 2016 年开始，缅甸边境一带赌场盛行。云南省德宏州瑞丽市公安局一连破获了数起“非法拘禁”案件，基本上都是偷渡人员在缅甸边境的赌场里欠下大量的赌债，被赌场方面“非法拘禁”。

让人匪夷所思的是，赌客多数都是被人从网上邀约到赌场的。网上邀约的确有着很强的诱惑力，只要愿意到缅甸豪赌一把，有人提供机票，有人帮助越境，有人提供筹码，只要去，连本钱都可以不出。

有人能提供这么好的条件，谁能经得住诱惑呢？但他们无论如何也没有想到，一进入赌场，便是他们噩梦的开始。天下没有免费的午餐。赌徒们认可那些中间人从中收取一部分筹码作为回报，两手空空的赌徒们相信这无本的买卖稳赚不赔，然而，没有一个赌徒是以赢钱为结局的。这原本就是个陷阱，赌博不过是一个充满诱惑的噱头而已。有的人甚至连赌场都没有进，就被关进“单房”，遭受非人的虐待，他们的家人则会收到他们欠下赌债的消息，以及需要偿还的金额。

蒋彪的手机里，有一个“美篇”做成的资料，需要用密码解锁才看得到。那里面所呈现的现场照片简直惨不忍睹，那些深陷“单房”的赌徒们所受的非人折磨，令人发指。无法相信那些遍体鳞伤、瘦骨嶙峋的人，就是赌徒。

当时情况十分紧急。2017 年 8 月 29 日，缅甸方面送来我国三个人，其中一个抢救无效死亡。到了 9、10、11 三个月，事态发展变得令瑞丽警方有些措手不及。这种“非法拘禁案”竟呈井喷式出现，日均发案 8.5 起。每天滞留公安机关等待营救的家属比警察数量还多。据不完全统计，前前后后被缅甸赌场关押的赌徒达到一千余人。而这个时候从全国各地涌向瑞丽、保山、腾冲等地准备偷渡出境的赌徒还在源源不断前来。瑞丽市公安局刑侦大队赶忙分出一部分人进行拦截与营救，从而阻止了许多人重蹈覆辙，落入陷阱。

2018 年 3 月，蒋彪被云南省公安厅抽调到瑞丽“利剑”专案组，参与侦破中政委重点督办的“8・29”跨国跨境绑架中国公民系列案件。那时候案子的性质还是“非法拘禁”。

蒋彪到位之后，认真地分析了所有案件的性质和发展过程，研究了法律条款，首次提出“8・29”案定位性质不准确，需要对案件性质重新界定。

经过反复研究，专案组最后同意按蒋彪的意见，将“非法拘禁”变更为“8・29”涉黑跨境系列绑架案。

蒋彪除了每天阅读案卷、查法律条款、分析案情外，还要协调检察院、法院工作。

因为第一起案件已经以“非法拘禁”的罪名进入到起诉环节。凡是熟知法律的人都知道，非法拘禁和涉黑绑架有着多么大的不同。

“8・29”案件，涉及缅甸木姐的十余个境外绑架团伙。他们在不到三年的时间里，勾结境外赌场和地方武装，对中国公民非法拘禁、残暴殴打、折磨污辱，威逼受害人亲属交纳赎金，造成 17 人死亡，数十人重伤，百余人轻伤，受害人数高达千余名，遍布全国 31 个省区。查明的涉案犯罪嫌疑人多达 400 余人。

因犯罪实施地均在境外，跨境侦查存在诸多不便，蒋彪这一干就是九个多月。

时间长了，境外犯罪团伙也知道了有个省厅来的专家在瑞丽指导办案。从安全角度考虑，领导多次让蒋彪转移住地。

蒋彪没日没夜地指挥着破案，并根据一段时间的案件侦查经验和教训，主导编写了《侦办涉黑涉恶势力境外绑架中国公民系列案件办案指南》。

他把有限的侦查力量，整合成十余个战斗单元，创新出

“流水线”办案模式，大大提高了侦办效率。

2018年11月24日，全国首例跨国跨境黑社会性质组织犯罪案件，即“利剑”专案系列中的“陈伟团伙绑架中国公民案件”，在德宏州中级人民法院公开审理。在大量事实证据充分证明下，最终确定陈伟团伙为跨国跨境黑社会性质组织。

内心最柔软的部分

蒋彪的夫人因身体健康原因，一直在家休养。而蒋彪长期在外办案，游走于各个专案组之间，工作专注而投入，无法照顾她。

那天下午，蒋彪领我去见他的夫人，一个典型的古典美女。

虽已中年，她依然身材婀娜，长发飘飘，说话的声音非常温柔，举手投足间，散发出迷人的淑女气质。

她和蒋彪有着完全不同的感觉。很难想象，当初这么一个美人是怎么嫁给蒋彪的。

两个人是经人介绍认识的。第一次见面，他给她留下的印象很一般。但那个年代，警察在女孩子的眼里有着一定优势，最起码有安全感。至于能不能继续交往下去，她当时也没有往深里想。

见过两次面后，发生了一件事儿，使他们的关系发生了变化。

那天她和一个男同事推着自行车在马路边上说话，蒋彪不知道从哪里冒了出来。

他开着辆吉普车，“唰”地一下停在她的身边，黑着张脸从车上下来，二话不说，把她推上了吉普车，然后把她的自行车拉上就走了。

后来他们就结婚了。这完全是抢婚嘛。恋爱这么霸气的蒋彪，看她的眼神却非常温柔。那种从内心涌出的喜欢，十分感染人。

每个月他的工资都如数上交。那年，他追逃得了一万元奖金，自己一分没舍得花，给她买了个钻戒。

她望了蒋彪一眼，满脸掩饰不住的幸福。

那一次，蒋彪在"利剑"专案组整整待了九个多月，她从昆明到瑞丽去看他。去之前她没有告诉他，说是要给他一个惊喜。

没想到那天正好局里有事儿，大家都说他很长时间没有回家了，正好在昆明开会，可以顺便回家看看。他也想给她一个惊喜。

结果，他们俩就在飞机上擦肩而过了。

他到了昆明，她到了瑞丽。

在机场，她给他打电话，还让他猜她在哪里。

他们结婚都快三十年了，仍然有如此浪漫的情怀。

她是蒋彪内心最柔软的那一部分。

虽然身体欠佳，她却一直在用自己的心，温暖着每天忙于破案的丈夫，为他分担家庭责任，为他分忧。

多么可敬可爱的警嫂啊！

扫描二维码即可观看
相关视频等

脚　印

郝振铧

三亚市设立早期，只有河东、河西两区。

“三十年河东，三十年河西”，常用来形容环境巨变或一个人命运跌宕起伏。可对从警三十年的郑春光来说，无论在河东十一年，还是河西十一年，以及后来刑警支队八年，他只有一个身份——刑警。

这三十年，他破案超三千起，抓捕罪犯上千人，获得一等功、全国公安“百佳刑警”、海南省十佳刑警、三亚市优秀共产党员等五十余次立功受奖和荣誉称号。

从普通刑警到支队长，他脑子里翻腾的只有破案，如他心中偶像福尔摩斯一样破案。只有真正的刑侦人懂得，那是一种令人着魔、欲罢不能的“瘾”。

上篇：河东一只脚

这人天生就是干刑警的料，不管有多辛苦、多危险，从来没想过要离开，一直钉在刑警岗位上。

——与郑春光同一天参加工作的局领导孙令文说

一个差等生的逆袭

1984 年央视春晚，一曲《请到天涯海角来》传遍大江南北，这一年崖县更名为三亚市，也是这一年，15 岁的郑春光以总分不足一百分初中毕业。

做过记者和公社书记的郑汉青，对这个调皮捣蛋、不求上进的儿子极度失望，他抽出一根藤条，对着郑春光劈头盖脸一通猛抽。

以往寒暑假，郑春光不等成绩出来就躲到琼山姨娘家，既为躲避父亲的打，又能和武功深厚的姨父习练武术。

这顿打，郑春光挨得心甘情愿。

丢人现眼，考这么点儿分数，将来能干什么？父亲打累了，依然余怒未消。

当警察。郑春光倔强地说。

别以为看了本“福尔摩斯”就能当警察。父亲以为他只是口不择言胡乱说说，又是一藤条，要真有能耐，就当个我看看。

郑春光没有食言。三年后，他以三亚市二中第一名的成绩，考入广东省人民警察专科学校。在警校期间，本就有武功底子的郑春光，经过系统的警体训练，实战水平极为出色，平时对抗比赛鲜有对手。在一次考核中，按照规则，对抗双方能坚持三分钟即为合格，三分钟内击倒对方即优秀。与郑春光对抗的是警体委员，实力自然不俗。考核开始不到十几秒，郑春光即用一套连续组合拳把对方击倒，连他的绝招“连环脚”都没用上。

可在三亚市河西派出所实习期间，郑春光却因为“脚快”出了一次“糗”。

那天他正下楼，碰到匆匆上楼的所长。

出事了，水产码头上有两伙子人要火拼。所长说，我上去拿枪，你，还有在家的警力都过去。

当时海南刚建省不久，又刚刚成为首批七个经济特区之一，大量外来人口涌入三亚，给社会治安带来极不稳定因素。

郑春光一听，立刻两眼放光，喊了一声“我先去侦查一下情况”，便骑上三轮摩托，直奔水产码头而去。

水产码头上已经聚集上百人，要火拼的两伙各自几十人，手拿柴刀（黎族传统刀具，类似于砍刀，前端为锋利的弯勾，又称开山刀、勾刀）、山猪炮（自制手雷，内装硝胺炸药和铁钉）、砖头等凶器，正在互相叫阵。

大战一触即发之际，郑春光飞车赶到，把车停在两伙人中间。在众人惊讶的目光中，他站上车座，大喊一声：都别动，我是警察！

人群安静了几秒钟，然后一齐举刀朝他砍过来。郑春光一看大事不好，跳下车，撒腿就往回跑。两伙人穷追不舍，四处围堵，眼看就要砍到这个“毛芽子”，所长带领民警及时赶到。“砰砰砰”，所长冲天连开三枪，才把疯狂的人群震住。

事后，郑春光挨了所长好一顿剋，不过，最后还不忘表扬一句：小子胆量可嘉，要不是把注意力引到你身上，两伙人一旦干起来，后果不堪设想。

一记连环脚踢倒仨“劫匪”

工作第二年，郑春光又摊上事了。

小红是发廊小妹，租住在电视机厂附近，每晚回住地时间都很晚。一天晚上，在往家走的路上，一个着绿色警服的年轻男子拦住了她。

我是河东公安局的，把身份证、暂住证拿出来看看。男子说。

我、我没带在身上。小红胆怯地回答。做她这种工作的，都是偷偷摸摸，最怕有警察查证件。

没带？我看你是大陆过来做小姐的，跟我到公安局走一趟。男子说着，抓着小红胳膊，连拉带拽地朝更黑暗的夜里走去……

次日，经过一夜挣扎的小红，来到河东分局报警，吞吞吐吐说出昨晚被人劫持到一中，在操场边的草丛里把她强奸了，而作案人就是分局的一个警察。

怎么可能？你没搞错吧？小红的话让分局领导大吃一惊。

肯定没错。小红说，他穿着和你一样的警服，我认得，他自己还说是河东分局警察。

能不能是冒充警察呢？

是真警察。小红愈加肯定。他压在我身上时，有个东西顶得我生疼，我一摸，是一把手枪。

分局领导气得直拍桌子，立即把全分局符合年龄段和基本体貌特征的十几个年轻民警召集起来。小红一个一个辨认，又一个一个否定。当目光盯在郑春光脸上时，小红明显多停留了几秒。而这几秒，瞬间让郑春光心跳加速。他明白，只要小红一点头，他就是跳进黄河也洗不清了。好在，小红摇了摇头，说，没有，不在这些人里面。

几天后一个晚上，郑春光正在值班，一名市委女干部报警，称在回家路上，有三个着警服的年轻男子自称公安设卡，查验身份，并表示她出示的市委工作证不好使，只看身份证、暂住证，幸好有他人路过，才得以脱身。

郑春光一听，立刻联想到小红被强奸的案子。拦路地点也大体相符，加上被辨认时的屈辱，一直让他耿耿于怀，他立即飞奔现场。

三个着警服的男子拦住着便装前来的郑春光，要求出示身份证、暂住证。

我是警察。郑春光压着火说。

警察？深更半夜的，我看你是冒牌货。其中一个男子说。

少跟他废话，押回去审查审查，没准儿是个强奸犯。另一个男子不耐烦地说着，一手扣住郑春光手腕，一手搭肩，要把他胳膊反拧到背后。

郑春光借力一个“鹞子翻身”，挣脱对方控制，随后使出一记连环脚，把围拢过来的三人全部踢翻在地。

事后才弄明白，这三人是电视机厂保安，值班期间闲得无聊，上街查验行人身份证件，想体验一下当警察的滋味，没想到碰到了真警察。

事情没完。自己职工挨打，电视机厂不干了。那时这家电视机厂生产的“威牌”彩色电视，在岛内岛外畅销，财大气粗，要求分局必须处理郑春光。分局以保安过错在先，把电视机厂的无理要求怼了回去。正你来我往之际，又一名夜总会小姐遭到强奸，受害地点同样在一中操场边的草丛里。

郑春光和同一学校毕业同时参加工作的周劲、孙令文（后成为三亚市公安局主管刑侦工作副局长），因为年龄相仿，工作出色，时称河东分局“三小虎”，都憋着一股劲儿，开始每晚在那片草丛里潜伏。一个月后，假警察再次劫持一名在夜店上班的女性，进入草丛准备强奸时，被一跃而起的郑春光一脚踢翻，现行抓获，并从其身上搜出电击手枪一支。后证实，该人身份也是电视机厂保安。

郑春光“河东一只脚”的绰号不胫而走，一时成为佳话。

那时还没出生的90后刑警梁杰，在二十多年后的一次抓捕行动中，亲眼见证已经是刑警支队支队长、年近五十的郑春光，在同事几次踹门都纹丝不动后，凌空飞起一脚，“咣当”一声，坚固的防盗铁门轰然洞开。

一个黑乎乎的东西砸在地上

1992年大年初三，海南省临高县发生一起冲击国家机关的恶性群体事件，造成一死两伤的严重后果。事后，“带头大哥”黎某与另外三名涉案嫌疑人，潜逃至港门下村渔港附近海域的渔船上躲藏起来。

获得这一线索后，郑春光与几名同事奉命擒凶。

面对一大片海港里漂浮不定、进进出出的渔船，郑春光与同事隐蔽在码头，死蹲死守。

三天过后，他接到一名混迹渔民中的线人信息，嫌疑人准备乘坐小舢板船，上岸采购一些生活用品。

果然，四名嫌疑人一起离船上岸，警觉地四处张望一番，没发现有什么不对劲儿。尽管都是渔民出身，三天三夜船上生活，还是让他们感觉脚下发软，身子发飘。几个分散的“渔民”，撂下手里正织着的渔网，或晾晒鱼虾的耙子，快速聚拢过来。前面三名嫌疑人等反应过来已经来不及了，迅速被侦查员们摁倒在地。走在最后、年轻力壮的黎某眼见大事不好，后路又被切断，只好撒腿就往下洋田方向逃窜。

负责点对点抓捕的郑春光，立即朝黎某追去。

“河东一只脚”不是白叫的，一公里过后，郑春光距离黎某已经越来越近。

突然，黎某左手从腰间拔出一把匕首，回身向郑春光直直刺过来。

抓捕经验丰富的郑春光，已经提前把上衣脱下，卷在左臂，待黎某匕首刺过来，便用左臂快速一搪，同时飞起右脚，一下子将匕首踢掉。紧接着，郑春光一手抓住黎某左腕，一手箍住其脖颈，将其手臂反剪在背后。

黎某不想束手就擒，一边喊“你再不放开，老子和你同归于尽”，一边拼力挣扎，抡起的右臂猛地甩了一圈，一个黑乎乎的东西从手里脱出，“砰”的一声砸在地上。

竟然是一颗没拉响的拉环式军用手雷。

中篇：沙滩上的脚印

荣誉是一种光荣，更意味着责任、进取和担当。当我接过荣誉的那一刻，它已经成为过去，就像沙滩上的脚印，只是成长中的一个符号。

——屡获殊荣的郑春光说

新年枪声中的股东情仇

凌晨3点，久违的鼾声终于响起来。

这小子睡熟了吧？邢大对邢二说。

呼噜打得山响，估计这会儿放个炮仗都醒不了。

那就动手吧。

三亚的7月天，晚上和白天差不多热。邢大和邢二趁天黑溜进乐东县莺歌海盐场，躲在氯化镁车间楼顶大气不敢出，浑身冒汗。从那个角度，他们能看见值班经警老李舒适地吹着电扇，小口嗞嗞啜着甘蔗酒。酒桌上，是一盘炒花生米、一盘盐渍的海虾米，还有一把货真价实的铁家伙——军用五四手枪。

六年后，也就是2006年。

新年的钟声刚刚响过，一辆黑色本田轿车从某夜总会驶出，沿春园路开至解放四路黄金道大酒店门前停车场。泊好车后，一名颇有老板派头的中年男子和一名外表靓丽的年轻女子从车上下来，两人相拥着朝医药广场方向走去。

此时医药广场尚有几个夜宵摊点在营业，但路人稀少，客人寥寥无几。

一个黑影从高大的椰子树后闪出，几步窜到两人身前，举枪便射——“砰”，枪声划破夜空，中年男子应声倒地。随即，黑影在年轻女人尖厉惊恐的“啊”声中，迅速钻入刚刚停住的一辆轿车，飞速逃离现场。

从河东分局至河西分局，郑春光从侦查员提升为刑警大队副队长、大队长，背后则背负着一长串久侦未破的命案：“1993·5·24”抢劫杀人案、“1997·4·22”故意伤害致死案、“2002·7·25”故意伤害致死案、“2003·8·11”故意致死案、“2004·3·18”抢劫杀人案，以及刚刚发生的“2006·1·1”持枪杀人严暴案件——海南某园林环艺有限公司总经理、法人代表，三亚鼎鼎有名的富豪岳东被人一枪击中颈部致死。岳东被杀案是海南全省乃至全国2006年新年第一案，加之被害人特殊的身份背景，引起全国人大、公安部重点关注，被列为部督命案。

事情发生得太突然。与岳东伴行的阿英惊魂未定地说，除了一个黑影什么都没看清。

岳东临死前说了什么？郑春光期待地问。中枪后，岳东还活着，被送往人民医院抢救无效后死亡。

只说了一句“快打120”，然后脖子开始喷血，嘴里鼻子里也不停地冒血，再什么都没说出来。

在夜总会里，岳东都接触了什么人？

当晚就我们俩，约在一起跨年夜。其间有个电话打过来，约岳东去医药广场一家茶馆谈事情，我就跟着他一起去了。

那人声音你听到了吗？

是个男的，本地口音。

在案发现场，提取到一枚直径7.62mm弹头；在街道对过二楼一家幼儿园教室里，提取到一枚变形的子弹头。

郑春光根据各路汇总来的信息分析，凶手采取一枪毙命方式，可见其心狠手辣，手法老练，很可能有犯罪前科。一人作案，一人接应，二者配合默契，可见是早有预谋。从射击角度和目击者提供信息看，凶手是一个身材较瘦、身高在一米七左右的左撇子。

这个左撇子到底是谁？

在对经济利益方面矛盾排查中，警方发现，公司股东之一方挺，在2004年年初公司发起成立时，便以合伙人方式投资五百多万元，可谓公司元老级人物，二人还是同学关系。

岳东从小家庭贫困，上初二时，为了一百二十元学费，母亲把家里种的花椒和积攒的鸡蛋拿出来卖了五十元，而剩下的七十元怎么也凑不上来。他不得不辍学打工。为了不再让村里人瞧不起，让饱经风霜的父母亲过上好日子，岳东什么活儿都干，什么苦都吃，勤奋加经商天赋，让他很快积累了人生第一桶金——两套房产，三种品牌白酒三亚总代理，成了名副其实的千万富翁。岳东并没有满足，经过反复考察，他看好了一个生态项目，需投入两千万元，于是他想到了同学加死党的方挺。

方挺的经历与岳东相似，也是靠个人奋斗。他从旅游公司起家，又成功转型为房地产开发商。两人在生意场上经常相互支持，拆借资金，使各自企业渡过不少危机，逐渐走向强大。

什么意思，你怀疑岳东是我杀的？方挺一把打掉郑春光递过来的纸杯，热水和茶叶溅到他身上。

郑春光弹掉沾在衣服上的茶叶，慢条斯理地说：方总，别激动，我只是了解些情况。

方挺缓和了一下情绪，这才说：你有什么想知道的，问吧。

我了解，公司一直由岳东把持，你作为二股东，合伙人之一，挂名副总经理却毫无权力，有这回事吗？

胡说八道。我和岳东这关系，三亚商圈里谁不知道？他爱出头，我爱当甩手掌柜，岂不两全其美？

我怎么听说，你该得的利润分红，都成了向岳东讨要小钱，每次跟挤牙膏一样，要十元给一元？

没有的事，我们这是节约办大事，把蛋糕做大，争取几年内上市。

方总牌玩得不错，彩头也大吧？

随便玩玩，十万八万的，小赌怡情。不过，我可都是在澳门玩的，人家是合法娱乐活动。郑队长要是有兴趣，下次我带您去。

可是，据郑春光了解，方挺经常去澳门豪赌，没钱时便在赌场借高利贷，几百万不够一天输的；短短两年时间，这位风光无限的富翁便成了“负翁”，差点儿连命都赌上。

种种迹象表明，方挺有重大作案嫌疑。但他有不在场证明，也不符合目击人提供的体貌特征。

郑春光由此推断：雇凶杀人！

这时，省公安厅传来好消息，经对弹壳和弹头检验，认定作案枪支系乐东县莺歌海盐场经警老李被盗的五四手枪。

郑春光迅速赶往乐东，调阅当年盗枪案卷宗，了解到当年乐东县公安局在侦查中发现，乐东县莺歌海镇某村人邢大及同村人邢二有重大作案嫌疑，但因证据不足被取保候审，致使案件搁浅。而目前，邢大因吸毒一直处于劳动教养状态；邢二于2002年1月8日因抢劫罪被判刑三年半，于2004年4月被保外就医。邢二不仅有作案时间，在年龄、体貌特征上也与凶手基本相符；且有人还见过他曾经用一支五四手枪威胁过他人。

方挺与邢二、邢二与岳东都是背靠背的关系，互相并不认识，他们之间到底是如何建立起的联系？

郑春光通过查询邢二的银行账号流水，从中找到了答案。

自案发以来，邢二银行账号先后收到多笔大额存款，分别来自三亚农行的多个营业网点，而六名不同存款人均系方挺身边亲朋好友及马仔。

经深入排查，一名山西籍人士马辉进入郑春光视野。马辉曾在乐东做生意，知道邢二在当地是有名的社会人，且风闻他手上有一把五四手枪，于是重金雇请为保镖。后来因为生意失败，马辉进入岳东公司，成为方挺的专职司机。

由此，郑春光理顺了所有人物之间的联系，案件真相也开始浮出水面。

2008年3月23日，经过两年多苦心经营，三亚警方在江苏南京将雇凶杀人嫌疑人方挺抓获归案。同日，邢大（已解除劳教）、邢二（受雇于方挺，枪杀岳东）、刘某（邢二朋友，曾多次帮其藏匿枪支）、陈某（知情人）四人在乐东某酒店落网。25日，在刘某朋友处起获五四手枪一支，子弹二十八发。4月2日，马辉在山西运城落网。

以侦破“2006·1·1”案件为发端，2008年9月至2009年年底，在海南省政法委组织开展的侦破处置积压命案专项行动中，郑春光带领他的团队，一马当先，又连克上述五起积压四至十五年不等的命案。

河西乃至整个三亚市，一时间拨云见日，气朗天清。

逃不出天涯海角

1996年起，武汉人马汉庆先后在武汉和乌鲁木齐等地持枪抢劫作案六起，致七死五伤，2004年11月11日在三亚市落网；

2004年2月13日、14日、15日，云南大学生化学院在校学生马加爵，三晚共锤杀四名同学，3月15日在三亚市落网；

2009年11月23日，北京市大兴区黄村镇人李磊持刀杀害六位亲人，11月28日在三亚市落网……

天涯海角，曾一度是逃犯梦想中的藏身之所，最后却无一例外成为他们的落网之地。

作为经验丰富的老刑警，郑春光参与了对其中大部分逃犯的布控、抓捕和审讯。特别在2011年5月至12月开展的全国性大追逃“清网行动”中，他亲手擒获逃犯十九人，规劝投案自首七人，被公安部荣记个人一等功。

2009年1月3日，三亚市河西区一出租屋内。

死女仔，去哪儿疯了？何春燕大早上见到一夜未归的小花便破口大骂，和你那个死爹一个德性。

13岁的小花咧了咧嘴，想努力做出一个讨好的笑脸，却比哭还难看。和几个临高老乡吃饭、唱歌，忘了看时间。她说，好累，困死了。说着，有点儿蹒跚地进了卧室，一头扑倒在床上。

何春燕老家是临高人，离婚后带着女儿小花，来三亚市租房子、打工。望着女儿瘦小的背影，还有叉着两条腿别别扭扭的走路姿势，她咽下几乎要冲口而出更恶毒的咒骂，尾随小花进了卧室。

屁股上怎么有血？

小花嘴里发出含混不清的“嗯嗯”声，迷迷糊糊要睡着了。

何春燕粗鲁地掀开女儿裙子，拽下内裤……啊，疼！小花突然喊起来……

这群畜生！一贯冷静的郑春光听完小花母女的叙述，忍不住拍桌怒骂。

就在昨晚，一名曾经与小花熟悉的临高青年仔阿真，喊她一起出来吃饭、喝酒。无所事事的小花欣然前往，没想到阿真还带了十一名青年仔。酒足饭饱后，他们带小花回到位于河西区跃进路某宾馆，轮流对她实施强奸行为，暴行持续近三个小时。

郑春光立即召集警力赶到事发宾馆，直接飞起一脚踹开客房门。房间里，只剩两个贪觉或被同伙忘记叫醒的嫌疑人，其他十人已经提前仓皇逃跑。

嫌疑人均为当地渔民，多数以打鱼为生。逃回临高后，他们不敢回家，直接驾船出逃海上。

面对茫茫大海，郑春光一言不发，在沙滩上愤怒而焦急地走来走去。

在他身后，留下一串串深深的脚印，但迅速被翻滚而至的海浪抹去。

十年前，郑春光与前妻离异后一直未娶，那是埋在他心底无法言说的遗憾和痛。他与前妻是高中同学，上警校期间两人通过书信传情，慢慢走到一起。郑春光是那种案子不破就放不下的人，他 1969 年 5 月 2 日出生，按照星座说法属于金牛座，认准一件事就一直做到底，九头牛也拉不回。外出办案，他几个月毫无音讯；女儿出生，他不在身边，完全没有照顾妻子的感受。女儿 3 岁那年患上痢疾，严重到便血住院，郑春光还在外地抓人，等他回来时女儿已经住院两天。他想表现一下，趁女儿打上点滴睡着了，赶紧让两天两夜没合眼的妻子回家好好睡一觉。可妻子前脚刚走，传呼机就响了：一个久捕未获的逃犯现身。他看了看熟睡的女儿和大半瓶输液，又把点滴调慢，觉得自己快去快回，一个小时之内能赶回来。

一个小时后，点滴打完了，血液顺着滴管开始回流……

“清网行动”开始后，郑春光将“1·3”案件中的十名逃犯作为重点攻坚，多次到临高蹲守，陆续将其中上岸返家的三名逃犯抓获。以阿真为首的七名逃犯，依然躲在渔船上，四处飘荡，行踪不定。

守株待兔虽然有一定效果，但警力有限，时间紧迫，再耗下去不是办法。这七名逃犯，都是家里顶梁柱，有的刚下过聘礼还没结婚，外逃两年多，让原本不富裕的家庭更加贫困。

时值2011年中秋节前夕，郑春光利用这个难得时机，带着月饼、粮油、队员们的捐款，还有常用药品，多次登门拜访七名逃犯家属，用法律政策、血肉亲情来打消他们的顾虑，唤醒他们的良知，让他们配合警方，规劝亲人早日投案自首。

十五了，月圆了。

几台轿车安静地停在深夜里，这是郑春光和队员们在临高过的第二个中秋。

阿真家里，5岁大的女儿咬下一大块月饼，来不及嚼碎就咽下去，噎得哗哗流眼泪。年轻的妈妈不停地拍打着女儿后背，既心疼又心酸，慢点儿吃，慢点儿吃。

妈妈，是不是等爸爸回来就天天有月饼吃?

对，爸爸打了很多鱼，就快回来了。

郑春光和队员们的真诚，换来了家属们的信任。在老人们、妻子们、孩子们的感召下，2011年9月14日，中秋节过后第三天，七名逃犯终于结束海上两年多的漂泊，弃船上岸。

福尔摩斯微信群

初中时就因迷恋福尔摩斯立志报考警察学校的郑春光，通过多年刑侦工作淬炼，血脉里融入了“忠于党忠于人民”的红色基因，逐渐成长为共和国最优秀的刑警之一。在他办公室的墙上，贴有一幅硕大的剪影——穿着考究的西装，戴着猎鹿帽，叼着大烟斗，这个全世界都熟悉的神探形象，成为了三亚市全体刑警作训服上醒目的Logo。

八八级中国刑警学院毕业生，时任副市长、市公安局党委书记、局长陈晓昆，也是一位不折不扣的福尔摩斯迷。为了能在处理繁忙政务的同时，随时掌握刑事发案、侦查动态，他建议郑春光建一个涵盖刑侦、刑事技术、网警等部门的微信群，同步上案，发挥各自优势，实现“主动侦查、积极串并、深度研判、强化经营、集中打击、尽力追赃”的侦查新模式。

这与郑春光的“大刑侦”梦不谋而合。作为群主，郑春光顺势为这个群起了个响亮名字——福尔摩斯微信群。

各刑侦部门负责人和业务骨干五十八人，被郑春光一一邀请进群。他们各自为战时，每一个都可独当一面；合在一起时，就组成了“福尔摩斯”的超强大脑。

2014年7月9日，一个低压区在西北部太平洋海面上生成，美国海军研究实验室给予扰动编号92W；10日升格为热带低气压，评级由“Low”逐步提升至“High”；12日升格为热带风暴，命名为“威马逊”（泰语：雷神）。中央气象台预计，18日其将登陆海南省，风力达到台风五级，为新中国成立以来的最强风力。

收音机里播报的红色预警，让在海棠湾景区捡拾矿泉水瓶的刘根停了下来。他抬头看了看，依然是蓝天白云，丝毫看不出台风即将来临的征兆。一向循规蹈矩的刘根，还是听从气象部门的温馨提示，去超市买了些生活必需品，又给在郊区农村的父亲转去一万元。

从老家出来时，刘根拖家带口，不算漂亮但很有女人味的老婆、6岁的女儿、4岁的儿子。他本想在三亚找个与旅游相关的体面活计，比如导游、餐饮或接送游客，慢慢发现这些活儿都不如捡矿泉水瓶来钱快。

“威马逊”即将来临的前夜，刘根在简陋的出租屋里喝着劣质白酒，过去的生活场景如猛兽一般扑面而来，疯狂咬噬着他的心。身为“丐帮”，刘根时常能捡到游客遗失的贵重物品。他秉持侠义心肠，悉数归还失主。这天，他“捡回”一个还没找到工作的年轻男同乡阿东，就让老婆做了几个小菜，两人边喝边聊。两个都爱喝点儿的男人越聊越投机，一时引为“好兄弟”。

出租屋里异常闷热，刘根不知不觉已经喝了半斤白酒。好像那天也是要来台风吧，他不放心，从景区匆匆赶回来，一推门看见他一辈子也忘不了的场景：他的“好兄弟”与老婆正赤裸裸地纠缠在一起……

离吧。老婆以攻为守。

看着两个幼小的孩子，尽管他愤懑异常，又于心不忍。勉强维持了几个月，难以消除的芥蒂还是让两人离婚了：老婆净身出户，两个孩子归刘根抚养（送到乡下由孩子爷爷带）。他对她提了唯一一个要求：不能再和阿东来往，传回村里，全家人都抬不起头。

“威马逊”台风裹挟着暴雨，在岛上肆虐一夜后刚刚过境，福尔摩斯微信群里就刮起一阵更猛烈的“台风”：海棠湾一栋烂尾楼内发生恶性杀人案件，一男一女被人用柴刀砍杀。

也是中国刑警学院毕业生、内蒙古人樊弘伟，2008 年入职三亚市公安局刑警支队，因侦办案件能力出色，长年被省纪委、省厅借调搞专案，与 2011 年年底调任刑警支队副支队长、次年 6 月升任支队长的郑春光仅打过几个照面，互相并没有过多的直接了解。

樊弘伟此时人还在海口，通过微信群，他看到一张张惨不忍睹的现场照片，以及各部门汇总的信息。这期间，他随时关注着案件侦破进展，思维始终与参与案件侦破的同事保持同步。

杀人现场被台风、暴雨破坏，案件侦破进展缓慢。此时专案刚好结束，樊弘伟回到三亚，立刻向郑春光请战。

好啊，郑春光说，这几年总听总队领导表扬你，现在案件正是关键阶段，先熟悉一下案情。

案情在群里已经熟悉了，您就直接指派工作吧。樊弘伟自信地说。

刘根那晚喝了不少酒，因为几天前有人说看见他前妻和阿东在一起。

看了看时间，已经将近午夜，刘根于是将一把锋利的柴刀掖在腰间，骑上电瓶车冲入台风即将来临的夜里。

那栋烂尾楼不难找，楼下刚好停着一辆货车。爬上车顶的时候刘根还想，如果这次传言与以前一样不准，他就求前妻搬回家来住。二楼阳台窗户用一片铁皮封着，撬开时发出砰砰响声，他松了一口气——估计里边不会有人。等他钻进屋里时，在雷电的爆闪中，曾经有过的一幕再次出现……

樊弘伟很快查明，案发前一天，刘根曾经给父亲转过一万元钱。

循着这条线，他来到刘根老家，见到刘根的父亲和两个孩子。

刘根的父亲蹲在墙角，表情木然，只顾吸着一根长长的水烟袋，对樊弘伟的问话充耳不闻，让人不禁怀疑他是个聋哑人。

俩孩子反而特别欢实，对樊弘伟带来的饮料特别喜欢，喝完一口咂巴咂巴嘴，露出无限幸福的表情。

爸爸前段时间回来看你们没有？樊弘伟问。

回来啦。俩孩子争先恐后地回答。

爷爷“吭吭”地干咳两声，似乎被水烟呛到。

爸爸说什么？

没有。俩孩子一前一后拉着长音回答。

临走前，俩孩子一边一个拉着樊弘伟，问，叔叔，你什么时候还来？还能给我们带甜饮料吗？

樊弘伟鼻子酸酸的，嗓子说不出话。第二天上午，他和同事买了一大袋小食品，专门又给俩孩子送过来。

临走时，小姐弟俩出来送。樊弘伟看见弟弟胸前多了一条长长的挂绳，吊坠垂在肚皮上。

这吊坠谁给你的？樊弘伟问。

是爸爸给的。

爸爸给你吊坠，姐姐没有，会不会生气？

不会，爸爸把手机给姐姐啦。

6 岁的姐姐忍不住哭了，她突然冲着樊弘伟喊了一句：

爸爸说，要是爸妈都没了，一定照顾好弟弟……

樊弘伟在福尔摩斯微信群里@了一下郑春光：报告支队长，嫌疑人家属吐口了。

下篇：踏遍青山人未老

> 他的自律、勤勉、坚韧，像一面镜子，能照见别人脸上的灰尘。
>
> ——与郑春光共事多年的刑警张红英说

风起于青萍之末

尖峰岭下的某镇，2014 年改为某生态区，下辖十个行政村，贫困的某村便是其中之一。2017 年正月十一，某村笼罩在浓浓的年味里。夜幕刚刚降临，十几处篝火便迫不及待地升起，一些喝过酒的村民开始聚集，伴着八音合奏的优美旋律，跳着欢快的叮咚舞。

原村书记符有法的儿子符大志，在丈人家与大舅子、连襟等人从中午一直喝到晚上，舌头都喝大了。

不喝了，出去看看热闹。符大志晃晃荡荡走出丈人家，骑上摩托车七拐八拐便上路了。“吧唧”一声，没走出多远，摩托车摔倒在一段斜坡上，符大志被甩了出去。

几个路过的村民看到这一幕，兴奋地拍手大笑，竟没有一个人上前帮忙。符大志自己爬起来，冲几个村民破口大骂，然后开始发生撕扯。大舅子、连襟持械闻讯赶来，很快与几个村民混战在一起。

正围着篝火唱歌跳舞的村民，听到这边打起来，立刻跑过来支援落了下风的村民。符大志一看势头不好，丢下摩托车趁乱溜了；大舅子、连襟也且战且退，回到家里不出来。

但战事尚未完全平息，对符家父子积怨已久的村民有气无处发泄，依然群情激昂不肯散去。

今晚打地主！有人喊了一句。

好，打了地主好过年仔（当地年俗，正月十二为年仔节）！有人附和。

拔了地主家的地瓜藤（亲属）！有人又喊。

对，一个不留。几十个村民高声齐喊。

一个火把丢在符大志躺倒的摩托车上，大火轰然而起。借着火势，失控的村民砸开符大志丈人家大门，冲入屋内，一边打砸一边要人。符大志的丈人在村中尚有威信，村民没伤害他，在打砸一番后，开始奔向位于村头的符有法家别墅。

路上，越来越多的村民举着火把，带着柴刀、汽油、砖头加入打砸队伍。一时间，几条“火龙”在某村上空游走。在连砸五家别墅后，几条“火龙”汇聚在符有法家别墅前。

符有法、符大志，别做缩头乌龟，快出来！村民齐喊。

大门紧闭，只传出狼狗狂吠声。村民很快失去耐心，砸开铁门冲了进去。除了几个女家属，没发现符家父子。不甘心的村民开始到处泼洒汽油，别墅、粮仓被扔进一支支火把。冲天火光照亮了某村夜空。

符大志从丈人家逃出来后，见情况不好，躲到姨姥家不敢出来。而符有法受邀正在镇上喝酒，接到家人电话后，他借了个灭火器，开着客货车赶回来灭火。

这火太大了，一个小小的灭火器如何能灭？

符有法气愤之下把围观的一个村民打伤。

还敢打人？打死狗日的！情绪本来得到一定宣泄的村民再次激动起来。人群拿着柴刀、棍棒朝符有法围拢过来……

一辆辆警车在尖峰岭崎岖的山路上疾驶。刑警支队、特警支队、天涯分局、武警部队共二百余名警力，在“2·8”专案组组长孙令文、副组长郑春光带领下，奔赴案发现场。

某村昨晚发生三亚市有史以来最严重的聚众打砸烧杀事件：死者之一为原村书记符有法，死亡地点距离村委会不到百米，刀口集中在面部、颈部、上身，颅脑复合型开放性骨折。死者之二为其弟符令法（一条腿有残疾），面部已被刀剁得血肉模糊，死亡地点在符有法家别墅附近。另有符有法亲属四人受伤，七栋居民住房（别墅六栋）被砸、烧，一辆客货车、两辆摩托车被烧。

郑春光坐在车里，看着窗外连绵四百多平方公里的尖峰岭，陷入沉思。这注定是一场异常艰苦的战斗。

“2·8”案件指挥部临时设在村委会。

某村共有村民千余人，案发时段自2月7日晚8时至8日凌晨2时，参与行凶人员与围观村民混在一起，确定嫌疑人身份成为摆在专案组面前第一道难题。

经过两天大范围摸排，刑事技术筛查，及在村委会、党员、家在本村的协警、治安员及部分群众大力支持下，最终确定“2·8”案件系以主犯路远平、吴春想、杨明为首，利用村民长期对前任村书记符有法及其亲属的不满情绪，煽动其他七十三名村民进行打砸烧杀的群体性恶性刑事案件。

七十六名犯罪嫌疑人已纷纷逃进大山。某村一面是大隆水库，另三面被尖峰岭环绕，原始森林密布，地形极为复杂。

案发当日，按照陈晓昆指示，已经对某地区通往外界、尖峰岭路口进行全面设卡，扎紧口袋。孙令文、郑春光则一面布置熟悉村里情况的警力、村干部及进步群众，做涉案人员家属思想工作，争取涉案人员下山投案自首；一面组织大批警力，进行二十余次围村抓捕、十四次大规模搜山。

每一次搜山，对民警来说都是一次毅力和胆量的考验。除了要防备嫌疑人袭击，攀爬一座座连警犬都累得瘫软的险峰，还要随时对付爬到身上的蜈蚣、蜘蛛，以及横在面前或已经踩到脚下的蛇。

截至3月25日，七十三名涉案嫌疑人被陆续抓捕或投案自首，案件取得阶段性成果。而涉嫌杀害符令法的杨明，涉嫌杀害符有法的吴春想、路远平三名主犯，自知罪行严重，继续藏匿在深山中。

三人均在山里长大，杨明、路远平有犯罪前科，杨明还是广西某边防退役军人，要抓住这三人，绝非易事。

要做好下大力气、吃大苦头的准备。孙令文不无忧虑地对郑春光说。

是啊，敌明我暗，他们手里还有鸟铳（自制火药枪，具有较强杀伤力）、柴刀。郑春光说，不过，我们“两只老虎”难道还怕斗不过“三只猴子”吗？

孙令文会意地笑了。

高难度潜伏的围山困兽

为便于秘密开展工作，专案组把指挥部转移至镇上，租下一栋四层民宿的顶层。经营民宿主人的儿子，是派出所一名优秀协警阿要——熟悉地形，曾在云南某野战部队服役，具备极强的野外生存能力，为前期搜山和即将开展的围山困兽行动发挥了重要向导作用。

在前期多次进山搜捕嫌疑人的同时，孙令文和郑春光两位老刑警已经提前瞄好十二个埋伏点，每点派两名警力实行二十四小时蹲守，以期锁定嫌疑人活动路径；派出六个化装成夜钓、打猎、采药、电信基站维护等小组，进山摸排、搜查嫌疑人可能的藏匿地点，提取吃剩的食物、矿泉水瓶、烟蒂、粪便等，由技术部门进行DNA比对检验，以及采取物色耳目、监控外出船只（车辆）、外调三人社会关系、发布悬赏通告等措施，全方位展开侦查、抓捕工作。

小樊，交给你个艰巨任务。在梳理各项措施落实情况中，郑春光发现一个漏洞，他点着布控图上一个位置：吴春想父亲家位于村口，离山不远，白天5点到半夜12点有武警在附近执勤把守，他很可能趁半夜12点之后这段空窗期潜回来取补给，你带上两个弟兄，专盯这段时间。

小樊就是樊弘伟，他在侦破海棠湾双尸案后不久被提升为四大队副大队长，也是最早一批进驻专案组成员。到达指定位置后，樊弘伟发现，吴父家东南方向不足二十米有一簇草丛，可以作为近距离监控地。

三人趁着月色匍匐进入草丛，才发现这是两座坟墓——墓碑显示墓主为吴春想爷爷和奶奶。两名年轻兄弟比较忌讳，卧在坟外侧；一百七十斤体重的樊弘伟勉强可以趴在两坟中间——这是最有利于观察的位置。他左右拱了拱手，心说，两位老人家千万别怪我，是你们没教育好孙子呀，不然我也不会遭这罪。

人刚隐蔽好，吴家的狗走过来，嗅了嗅樊弘伟。

去，去。樊弘伟压着嗓子撵。

狗退了几步，开始汪汪叫。屋里灯亮了，吴父拿着手电走出门，冲着草丛方向照过来。

樊弘伟心想完蛋了，还没五分钟就被发现，回去没法和郑支队交代啊。吴父压根儿没想到墓地会藏着三个大活人，对狗呵斥两声，解了个手回屋了。狗大概感觉自己尽了责任，也乖乖回窝睡觉了。

这一夜，过得惊心动魄：吴父估计上了年龄，又起了两次夜。狗过来三次，没叫。墓地下返上来的潮气把肚皮、膊了盖儿（膝盖）拔得冰凉。每人肚里还憋着一泡尿，起来方便怕暴露目标，就地解决又对死者不敬，只能强忍。

山中十二个埋伏点同样难熬。每组二人，刑警武警各一人，武警每天可以轮换，而刑警限于警力，至少三天能轮换一次。进山时，刑警每人配备一把枪、一个爆震弹、两个弹夹，带足至少三天的饮水、干粮，以及望远镜、夜视仪、雨衣等装备，足有二十公斤。在这里，雨衣是一大神器，白天穿着避雨、避蚊虫，晚上当被当褥子当枕头；还有更不能少的硫黄，丛林里露天睡觉，睡前必须在周围撒上一圈，以驱赶毒蛇野兽的侵袭。

为便于熟悉整体环境，各组之间要定期交换埋伏点。老家是湖南农村的重案大队副大队长肖周祥，有丰富的山里生活经验，开始被郑春光指派化装为电信基站维修工。一次在信号塔连续观察一个小时返回地面时，他一脚踏空从塔的半身腰跌下来，头部、腰部受伤，被送回市里医院治疗。一天后，腰上贴着膏药、鼻青脸肿的肖周祥不顾医生和家人劝阻，要再次回山。

你不要命了，摔成这熊样还逞能？妻子按着他说。

不是逞能，你是没看见，孙局长、郑支队急成啥样，还有兄弟们受的那些辛苦，我躺不住啊。

肖周祥归队后，被安排与阿要一组进山，埋伏在一处山坳里。两人都是爬树好手，于是选择在一棵高大茂密的古树上潜伏。

“唰唰”……肖周祥背后传来声响，他以为是阿要聚过来。

有什么发现？他问。

没人回答。

“唰唰”声越来越近，他预感不好，猛然回头，一条将近两米长、人手臂一样粗壮的银环蛇，正张着大嘴，吐出的“丫”形细长红信子几乎要触到他鼻尖上。

“啊”的一声，肖周祥又一头从树上折下来。

郑春光白天化装成打猎者或采蜜人，与民警们一起进山搜查，晚上则汇总各路信息，研判当前形势，制订下步措施。这期间，郑春光几乎不眠不休，只要微信群里收到前方任何信息，他都要第一时间回复。

指挥部彻夜长明的灯光，温暖和激励着潜伏在各个点和所有参战的兄弟们——连续九天九夜没下山、创下最长时间潜伏记录的侦查员陈旭东，趴在山坡上与眼镜蛇对视十分钟、最后把毒蛇逼退的侦查员邢孔奖，一直随队作战、随时检验比对遗留物的刑事技术人员何宝富，为保障后勤供给、险些人车坠崖的梁杰，以及五大队大队长萧帅宪、协警阿要、武警小赖……真正是上下同欲、“此案必破”（海南省委常委、市委书记严朝君语）的信念，让“2·8”专案组全体成员紧握成一只无坚不摧的铁拳。

除了抓获嫌疑人，最让人期待的，就是换防补给时可以回到民宿痛痛快快冲一个澡，吃一顿郑支队提前安排好的炖羊肉。

山间潮气大，墓地阴气重。多吃羊肉啊，能去去湿气，补补阳气。每次郑春光都这样说，然后把大块的羊肉夹给樊弘伟、陈旭东……

三名嫌疑人的顽固超出预期，两个月过去，依然音信皆无。

为了大造声势，敲山震虎，4 月 15 日，专案组组织三百警力，出动警犬、无人机，对高度怀疑嫌疑人藏身的孤岛山包山，进行地毯式搜索。搜索行动从日出持续到日落，热带原始雨林茂密的植被和复杂多变的断裂、峡谷等地形地貌，让先进的科技设备失去用武之地，警犬在半途中即四肢发抖，只能靠驯犬员背着行进。这次包山行动，除了发现一些矿泉水瓶、人类粪便，一无所获。

随着 5 月临近，气温升高和雨季到来，潜伏难度越来越大，队伍里的消极情绪开始出现和漫延。

郑春光内心充满焦虑，他知道，行百里路半九十，越是困难的时候越要挺住。

5 月 2 日，又一批潜伏人员下山轮换。晚上聚餐时，一名年轻队员看看胡子拉碴的郑春光，又看看另一桌的孙令文，说，郑支，你比咱们孙局大不少吧?

郑春光哈哈大笑，对，论级别他是局长，论年龄得叫我一声大哥。

孙令文听到后立即反驳：谁说大不少? 你们郑支也就大我几天，不信，亮身份证看看。

这一亮不要紧，有眼尖的队员惊呼：今天是郑支生日啊!

喝酒! 喝酒!

好吧。孙令文说，今晚大家就开怀畅饮，为咱们郑支过一次战地生日。

那晚大家喝了多少酒，郑春光不记得，但每个人对他说过的话，至今记忆犹新。尤其当孙令文慷慨激昂朗诵起唐代边塞诗人王昌龄的《从军行》时，大家齐声唱和，泪流满面，把连日来压抑在心头的阴霾一扫而光。

“黄沙百战穿金甲，不破楼兰终不还。”这两句千古名句，后来被镌刻在刑警支队墙上，成为三亚刑警不屈不挠、敢打敢拼的精神写照。

阵痛过后的瓜熟蒂落

谁走漏了风声? 是梁杰。在“战地生日”祝酒时，他大声对郑春光喊了一句“早生贵子”，引得大家哄堂大笑。

但什么都逃不过老刑警的眼睛，孙令文看着郑春光幸福的表情，心中有了数。

什么情况? 第二天，孙令文“逼问”郑春光。

嗨，没什么，就是你嫂子要生了。郑春光见没法再隐瞒，只好实话实说。

怎么不早说? 女人生孩子等于过鬼门关，你赶紧回去看看，安排一下，这儿有我盯着。

女人生孩子是瓜熟蒂落的事，再说离预产期还有半个月呢。

郑春光进山已经三个月，其间除趁回市里开会、汇报案情，抽空回家看一眼外，所有精力都扑在“2·8”案件上。他清楚，这起案件侦破与否，不仅关乎某村乃至全市社会稳定，更关乎三亚刑警的荣誉。

离婚后，郑春光把刑侦事业当成唯一的精神寄托，无暇再顾及个人感情生活，这种状态一直持续到2015年年底。

年近三十的李惠坚，是农村进城的务工人员。在租住的房屋对面，她经常能在清早看见一个出门的中年男子——个子不高，仪表整洁，走起路来一阵风。谁先开口打招呼已经无法考证，合理的推断应该是这样：某天，李惠坚看见着警服的郑春光，知道了他身份，于是她说，她想改名字，不知道派出所给不给办？

怎么改法？郑春光热心地问。

我原来叫李惠娟，上户口时登记成李惠坚，好难听啊。

郑春光笑了，坚有什么难听？坚强、坚毅、坚定，都是我们必须具备的好品质啊。

元旦前晚，郑春光在单位吃了饭，又忙了一会儿才回家。在家门口，碰到刚下班回来的李惠坚。

吃了吗？他问。

没呢。她答。

哦，要过新年了。他看了看夜空燃放的礼花，住了这么久的邻居，我请你吃个饭吧。

好啊。

在附近一家小饭店，郑春光点了四个菜。他一筷子没动，眼看着李惠坚把四盘菜、一大碗米饭吃得干干净净。

行了，就她吧。他想。

专案组步步为营，公开与秘密相结合，几条线同时作战，极大地压缩了嫌疑人的活动空间。

5 月初的一天，吴春想、路远平虚弱不堪地从一处割胶工人废弃的工棚里钻出来。

这些天，他们在山里频繁更换藏身地点，几次心惊肉跳地躲过搜山警察的围剿，内心已经接近崩溃边缘。由于供给线被切断，两人已经三天滴米未进，只好冒险窜入山中的苗寨，乞讨食物。几天后，两人迫于无奈想再次进入苗寨乞讨，赫然发现寨门口张贴着悬赏通告——每抓获一人奖励十万元，于是调头仓皇逃回藏身之处。

5 月 14 日凌晨 1 点，吴春想、路远平在深山里逃亡九十六天后，相互搀扶着前往专案组投案自首。

吴、路的投案，让专案组一片沸腾，也印证了围山困兽、敲山震虎的策略是正确的，在这场比拼意志力的较量中，三亚刑警又胜一城。

春光，你现在可以下山了吧？孙令文又一次督促道。

就在半小时前，郑春光接到大姐电话，说惠坚突然腹部疼痛，有早产征兆，已经被送进医院待产。

在大家的欢庆声中，郑春光悄悄走出民宿，启动汽车，像箭一样驶向夜幕笼罩下的尖峰岭。

凌晨 4 点，郑春光赶到医院，这时妻子已经进入产房。

在郑春光焦急等待三个小时后，产房里传出一声响亮的啼哭——儿子降生啦。

最后一个逃犯

早在 5 月 8 日，根据先期物色的线人信息反馈，杨明曾在雅林岭扎营水库附近山上出现过，专案组立即安排萧帅宪、阿耍及刚从另外一个埋伏点撤下来的肖周祥等八名警力进山搜索。

雅林岭临近乐东县，不通公路，热带雨林植被比起尖峰岭更原始、更茂密。走在前面的阿耍，不停地挥动柴刀开路，后面人踩着前面人的脚印紧跟。如稍有不慎，就可能滚落到崖下。

走着走着，一条断崖横在前面。阿要在周围转了转，发现如果绕到谷底再爬上来，至少要耗费一天时间。他爬上一棵三十多米高的通天树，又很快顺着一根从树上垂下的藤蔓滑下来，脚一蹬地，“嗖”地一下就悠到崖对面。

一个、两个、三个……

啾啾……几声清脆响亮的鸟叫声，在山谷的上空响起。

啾啾……从另一个方向，又传来几声回应。

这是什么鸟？叫得声音蛮大的。萧帅宪问。

是海南山鹧鸪。对鸟类颇有点儿研究的肖周祥说，这种鸟叫声特别大，只有咱们海南有，数量不多，被列为世界濒危物种。

它们在说什么？

现在是鸟交配繁殖季节，肯定在说情话喽。

不对。一直没吱声的阿要开腔了，海南山鹧鸪成对生活，夫妻关系比较稳定，不会这么大声说情话。看来……

看来什么？大家急切地同声问。

看来是有人在发信号。

果然，在发出鸟叫的大概方位，经过几个小时的反复搜索，在茂密丛林下发现一处用树枝、芭蕉叶搭成的窝棚。在窝棚上下两侧，各自有被踩踏过的痕迹。窝棚里空空如也，只在地面杂草间发现几颗米粒。

看来此处极有可能是杨明的一个食物供给点。

5 月 14 日下午，郑春光返回专案指挥部，人还没坐定，就接到扎营埋伏点报告：经过七天七夜监控，终于发现有一陌生男子正骑一辆电瓶车进山，朝窝棚处驶来，极有可能是前来给杨明送补给。

考虑到杨明一直没有现身，且持有枪支，郑春光经过慎重思考，做出先稳住不动、待陌生男子返回时再秘密抓捕的决定。

陌生男子原来是杨明表哥。

自案发后，杨明没有和吴春想、路远平一起逃进尖峰岭，而是独自逃到与某村相隔数座大山、十几公里外的雅林岭。他与表哥约定，每周上山送一次食物，把食物放在窝棚里，然后学几声鹧鸪叫，待听到杨明回叫后就下山。而狡猾的杨明通常在晚上或第二天才去取食物。

为了不惊动杨明，指挥部决定组织刑警支队、特警支队及附近几个派出所警力，集结在外围待命；由埋伏点的萧帅宪等人就地组成八勇士抓捕组，在窝棚里外潜伏，伺机实施抓捕。

15 日凌晨 4 点 40 分，穿着人字拖、蓬头垢面的杨明身影终于第一次出现在抓捕组视野里。

他异常警觉地观察着周围环境，在丛林里弓身前行，一步步靠近窝棚。

在窝棚外潜伏的萧帅宪，紧握着手枪，手心里全是汗。他身边，是拿着电击枪的同事。根据郑春光指示，只有在杨明持枪拒捕情况下，可以直接开枪击毙，否则要抓活口。

杨明快走到窝棚时才想起，一早装满火药、铁砂的鸟铳，竟忘了拿。

在窝棚前，他站直身子，四处看了看，然后转身似乎要钻入窝棚的一刹那，突然闪身向窝棚一侧灌木丛奔去。

砰，电击枪响了。杨明晃了一下身子，向前跌出。几乎与此同时，萧帅宪不顾一切腾空扑出，一只手正好抓住杨明脚踝。杨明拼命一挣，脱身后就势滚入窝棚后深谷里，只留下一只破烂不堪的人字拖。

懊恼过后，萧帅宪才感觉到右脚钻心地疼痛。原来在他身体落地时，这只脚结结实实打在一块石头上，造成踝骨骨折。

接到消息后，在外围守候的全体警力、警犬，迅速赶到现场，以窝棚为中心，向四面树林进行声势浩大的搜索。

在半山腰，警方发现一处十分隐蔽的山洞。洞口被一块与山体连接、向外倾斜的巨石完全遮挡，左右两侧各有仅能通过一人的出口，也被灌木丛遮挡得严严实实。洞里地上，散放着几个捕捉山鼠的笼子，一个焖锅，及几个椰子、酱料；半空中架着一根藤蔓，上面晾晒着一些干野菜；在紧靠山体形成的夹角位置，有一块天然平整的大石板，上面铺着一层竹席。很明显，这里就是杨明一直栖息的老巢。距离山洞后山坡十几米，发现一处茅草房，里边墙橛上，挂着那把上了膛的鸟铳。

5 月 16 日，陈晓昆副市长在孙令文、郑春光及区维稳工作分管干部、某村委会等人员陪同下，再次来到某村第三小组杨明及妹妹家做思想动员工作，明确指出杨明是某村“2·8”案件通缉犯，现仍然在逃，对社会危害极大；家属如果知道下落或有联系，要规劝其赶紧回来投案自首，争取获得宽大处理。

在三亚警方层层布下的天罗地网和步步紧逼之下，身负重伤、已成惊弓之鸟的杨明，终于放弃逃亡和抵抗，于 5 月 20 日上午一瘸一拐走出丛林，向警方举手投降。随后，杨明因肾衰竭，被紧急送进医院 ICU 抢救。

102 天的丛林作战，给“2·8”案件所有参战人员留下了一生难忘的野外艰险生存体验，很多人已经能分辨出多种毒蛇类别，哪些野菜野果树根可以充饥解渴。

返程途中，郑春光摇下车窗，深深地呼吸着这片热带雨林散发出的清新气息，深情地眺望着云雾缭绕中的三亚最高峰——1412 米的尖峰顶。从山峰上源源不断地流出的清泉，汇入亘古长流的宁远河，哺育滋养着鹿城的一方水土、一方人。

扫描二维码即可观看
相关视频等

"放鸽子"的人

蒋海云

越过刀锋

"阿标，七星区发生了劫持人质案，在职教中心家属区佳润服饰公司。你马上过去，无论如何给我拿下来。"电话那头，孔副局长未留半分商量余地。

电话这头，正在公安干校培训的陶群标干脆利落地回答："是。"

挂机，起跑，上车，发动引擎，路上完成人马调集。

陶群标的脚刚伸出车门，六队的装备车和地方车已到了。强攻组四人，狙击组两人，六条矫健的身影先后下车，迅速集结到陶群标身边。

负责外围警戒的分局民警迎了上来，引导陶群标一行进入警戒区，直奔中心现场。

中心现场是佳润服饰公司三楼顶头的一间办公室。透过玻璃窗，能看到分布在楼梯上的警力，但办公室里的情况站在楼下却无法窥见。两名狙击手向陶群标点头示意后，快步跑向中心现场对面的大楼。

陶群标朝守在楼口的分局副局长背影喊了声："谢副局。"

"阿标，就等你呢。"谢副局长转身招呼。

"情况怎么样？"陶群标走到谢副局长近前。

"持刀劫持案，嫌疑人和人质是夫妻关系。男的怀疑自己老婆跟公司的老板有染，提刀上门。我们已经联系上了当事人，不巧的是，这个吴老板人在广州。他声称自己不认识嫌疑人。两名民警一直在跟嫌疑人谈判，三个小时了，对方油盐不进，就认死一条——见人要钱，情绪越来越激动。"

"我上去看看。"

"走。"谢副局长带着陶群标拾级而上。

强攻组成员跟在两人身后。守备在楼梯上的民警自动闪开一条通路。到达三楼楼梯口，大家不约而同地停下脚步。

陶群标只身摸到办公室外。

"妈的，怎么还不来！"嫌疑人在喊叫。

"从广州回来，就算坐飞机也没那么快。你先坐下，喝点儿水。"谈判民警道。

"你们少忽悠老子。"嫌疑人火药味儿十足，像枚随时可能引爆的炸弹。

办公室有前后两个门，后门是锁死的，门上方恰好有通风窗。分局民警在窗下放置了椅子，以便观察室内情况。

陶群标踩着椅子，慢慢站直身体，动作轻巧而敏捷。

中年男人，一米六的小个儿，四肢壮实，脸铁青，眼通红，双手攥刀，架在人质的脖子上。为防止凶器脱落，他左手垫着毛巾，右手戴着手套。

"让他带五十万给我，少一个子儿都不行。"仇恨削弱了时间对体力的消耗，相持三小时，嫌疑人的情绪仍处于高度亢奋的状态。人质则正相反，神情木然，身体反应迟滞、被动。两名谈判民警站在尽可能靠近嫌疑人的地方，直线距离不过几米，行动意义上的距离却远得多。

桌椅、衣架、货箱……陶群标在最短时间内记住了关键物品的摆放，及其与嫌疑人和人质之间构成的位置关系。

从椅子上下来，陶群标陷入沉思。

杂物制造的迂曲，为嫌疑人提供了最好的保护。越过障碍需要时间，而强攻取胜的关键，是出其不意攻其不备，是一击而中，是跟锋刃比速度。

慢一秒，生命就可能变作刀锋上的冤魂。

分局的兄弟们之所以不敢采取行动，绝非单纯源于经验不足。同样的条件，换六队来强攻，胜算能提高几成？具体行动方案怎么定？

陶群标的脑子在飞速运转。

案发中心现场对面的大楼里，两名狙击手正在寻找最佳狙击点。

snipe，一种活动在沼泽区的动作特别敏捷的小鸟。猎获它们，需要精湛的射击和潜行技术。长于猎获 snipe 的猎手，即被称为 sniper。第一次世界大战时，sniper 成为军事上狙击手的通称。出色的狙击手在特殊行动中，有时候能起到逆转乾坤的作用。

六队共有三名狙击手，是陶群标从全体队员里挑选出来的。每一个都集精准的枪法、灵活的身法、稳定的心理素质、快速的反应能力于一身，在以往十数次解救人质行动中，表现得都可圈可点。

此次，陶群标调用了两名狙击手，不需要任何语言交流，两人行动极为默契。

测距、选点，嫌疑人的脑袋进入狙击镜……枪人合一，迅速就位，推算前置量……完成最后那个动作前，他们必须跟陶群标进行信息沟通。

同一时刻，陶群标已对现场进行了客观评估，否定了直接强攻的想法。

现在，他急需了解狙击组那边的进展，以便确定有效方案。如果那边找不到狙击点，就得考虑利用后门的通气窗。那将意味着进行一次小规模搭高，且不能被嫌疑人发现。

“他妈的，搞了我老婆，又不敢露头。你们告诉他，他不来，我就要她死。”男人的吼叫，打断了陶群标的思索。

“我要去机场。起来！你们让开！”又一声吼叫，男人的脑袋移出了狙击手的狙击镜。

嫌疑人没有给陶群标和狙击组留出联络时间。

陶群标一愣神的工夫，嫌疑人已押着人质走出了办公室。

四目相对，相距几步之遥，彼此甚至能听到对方的呼吸声。这个场面，非但让嫌疑人一哆嗦，也让陶群标汗毛倒竖。

“走开！走开！”男人的喊叫声变得尖细刺耳，架在人质脖颈上的两把刀，磕碰出瘆人的声响。

陶群标立刻贴墙而立，并主动张开双手，以示自己未带武器。

“你别过来！”男人瞪着血红的眼睛，警告陶群标。

“好，需要什么，你说，我们尽量满足你。”陶群标道。

“我要去机场。”

“可以。”

“我要车。”

“没问题。”

“现在就要。”

“马上给你调车。”

陶群标的“顺从”，令嫌疑人失去了反弹力。男人陷入片刻沉默。

陶群标全神贯注，寻找行动时间口的出现。可架在人质脖颈上的两把刀，却没有让开哪怕一丝一毫的罅隙。

“不！我坐出租车。”男人突然说。

对方没有中招，陶群标暗道一声不好。

“走!”男人推搡着人质——那个跟他同床共枕很多年，却又同床异梦的女人。女人的迟缓，招来男人一脚狠踹。

经过陶群标身边时，男人特意侧开身体，将女人推至他和陶群标之间。

目光交接，一方是凶残之下的紧张、焦躁，另一方是锐利之下的沉稳、坚毅。

过了陶群标身边后，男人意识到了麻烦。他不光要注意前面被他逼退的警察，还要防范身后的陶群标和那两名从办公室跟出来的谈判民警。这让他不得不松开环绕女人的右臂，时而挥刀向前，时而挥刀向后。尽管如此，他手上的人质仍令警方处于被动。

“让开！别过来!”男人一边推女人下楼，一边冲身前身后叫嚷。楼梯上的民警一步步后撤。

陶群标竭尽所能一点点缩短和嫌疑人之间的距离，继续寻找出手时机。

楼梯狭窄，内侧栏杆的高度，只能满足正常通行的安全。一旦在抓捕过程中与嫌疑人发生冲撞，难保人质不会意外翻落。倘若决定出手，之前必须提醒人质注意，达成默契。无奈，锋刃下的女人早已形同虚壳，两眼空洞，意识混沌。

陶群标想借助眼神向人质传递信息，这一尝试失败了。

时机！两个字如同闪电，在陶群标的脑海里不断闪现。

他紧盯着嫌疑人手中的两把刀。除非它们永远风雨不透，否则，只要有罅隙出现，哪怕细同发丝，他也一定可以越过它，将人质解救出来。

陶群标的胸口扎过一根刺。

那是一次协同作战，六队协助兄弟部门抓捕在银行取现的三名嫌犯。现场指挥由兄弟部门一位领导担当。当时，一个不当举动导致对方“醒水”，三个走向柜台的家伙立时转身向外走。要跑！六队队员的目光齐刷刷看向现场指挥。后者又犯了第二个错误——关键点上哑火。时机稍纵即逝，抓捕行动以一名嫌犯落网、两名嫌犯逃脱败兴收场。

类似情况在六队的办案史上绝无仅有。全局上下，六队素以百下百全、弹无虚发著称。市局机构调整前，反恐、防暴、处置突发事件等皆由六队一力承当。机构调整后，特警支队正式成立，六队的工作重心也随之转向刑事案件侦破。既往的赫赫战功，让六队威名长在。每逢重大要案收网，局领导仍然会点六队的名完成现场抓捕。有人开玩笑说，这叫姜是老的辣，酒数陈酿香。可现场抓捕既不是姜也不是酒，而是跟世上最危险的人展开生死博弈。跟锋刃、子弹打交道，眼力、体力、反应力、硬功夫，节骨眼儿上缺了哪一样，慢了哪一拍，都将功败垂成。

老的辣、陈的香，拼速度却得靠年轻。七八个人在场，愣让两名嫌犯从眼皮子底下跑了。一时间，“廉颇老矣，尚能饭否”的说法在局里流传开来，到底是一帮三十好几的人了，腿脚老了，跑不动了。

这是六队的耻辱。六队队员从上到下憋着一肚子气。他们不善口舌之战，更不屑妇姑勃溪。与其掰扯矫情，不如拿实事说话。那段时间，全队上下铆足了劲儿，索迹追踪，没多久便将两条漏网之鱼缉拿归案。

“廉颇老矣，尚能饭否”的质疑不攻自破。六队用实力证明，他们还是“金戈铁马，气吞万里如虎”的六队。外人都说六队干得漂亮，扎在阿标胸口的刺拔了。只有六队的队员知道，刺拔了，“标哥”胸口的伤并未痊愈。

没错，在陶群标看来，后续追捕再漂亮，也只能算亡羊补牢。

如果行动当天把握好时机，嫌犯压根儿没有逃脱的机会。那根刺留下的伤，必须用一剂正儿八经的虎口拔牙才能治愈。

“走！快走！你不是跟姓吴的好吗？我现在就带你去见他。

走！走啊你！"男人将女人推下最后一级台阶，来到了院子里。

"等等，我们给你调车。"

"用不着。老子不傻。"男人回答警方的建议。

他推搡着女人，朝服装厂后门方向走去。女人一路趔趄，拖鞋掉了，只能光着脚底板走。周围的民警通过对话来稳定男人的情绪，尽可能拖延他的脚步，为营救人质创造条件。

职教中心地处交通要道，嫌疑人一旦走出职教中心大门，危险性势必成倍扩大。

男人似乎察觉到了警方的意图，不停地呵斥女人："快走！"

陶群标一直紧紧尾随着嫌疑人，几次靠近都被嫌疑人察觉。直到嫌疑人劫持人质来到街面，他也未能寻找到出手的时机。

此时，时针指向下午 3 点。街面上车流不断，行人众多。警方对人、车进行了紧急疏散。嫌疑人劫持着人质一路前行。走到交叉路口，他停了下来，四处观望，准备叫车赶往机场。

桂林两江机场，属于4F级民用国际机场，是国内重要国际旅游航空枢纽、西南地区最大的国际航空港、广西区内干支结合的航空枢纽机场、对外开放的一类航空口岸和国际航班备降机场，年旅客吞吐量数百万人次。嫌疑人如劫持人质抵达机场，后果不堪设想。

决不能让他上车！陶群标边想，边再次尝试贴靠。

因为要叫车，男人的注意力略有分散。

趁一名民警站在嫌疑人对面与其对话，陶群标和另一名民警分别迂回到了嫌疑人的左后和右后，成功完成了隐蔽贴靠。

男人突然转身走向另一个方向。

期待已久的锋刃上的罅隙出现了。

陶群标果断出击，豹子般跃向嫌疑人，从身后控制住了男人的双臂。锋利闪亮的刀应声而落。

男人情知不妙，疯狂反抗。另一名民警及时扑上去，将吓傻的女人拽到一旁。众人一拥而上，嫌疑人被彻底制伏。

拿人归队，连夜突审。

当陶群标拖着满身疲惫回到家时，已时值半夜。他小心翼翼地用钥匙开门，生怕吵醒老父亲和妻子、儿子。然而推开房门的那一刻，他看到躺在沙发里打盹儿的老人。

“回来啦？”听到动静，老人起身，揉了揉惺忪的眼睛。

“嗯。”陶群标简短地答应。

“饿了吧？给你带饭回来了。快吃，吃饱了去睡。”老人说完，弓着背走进卧室。

陶群标还真饿了，一屁股坐在沙发上。目光扫过饭菜和半块蛋糕，他猛然想起，今天是老父亲的生日。生日宴他一早就订好了，还在电话里反复叮嘱两位哥嫂和侄子、侄女今天天大的事都得搁一边，一个都不能少，都来为老人庆生。结果，他自己倒成了缺席者。

没人给他打电话，没人催他，没人问他人在哪儿，也没人责怪他，一家老小早就习惯了他的“出尔反尔”。老父亲和妻子也早就习惯了他的没准点和彻夜不归。

卧室里传出老人的咳嗽声，一下下锤着陶群标的心。

他起身走到老人的房门口，侧耳听了一会儿，又推开主卧的门，看了看睡梦中的妻子和儿子，踮着脚返回客厅，坐了下来，端起蛋糕，轻声说道：“老爸，生日快乐！”

夜伏九婴

呼！毒焰飞窜。夜幕“哔啵”作响，最终灰烬将夜埋入更深的黑暗。恶兽韬伏，声销迹灭。2011 年 1 月 17 日凌晨 4 点，灵川县汽车总站，一辆海洋乡到灵川的中巴焚毁于大火中。

时任桂林市公安局刑侦支队六大队教导员的陶群标，接到上级指令，便带着两名侦查员，会同技术大队几名现场勘查人员赶赴灵川县城。上午 9 时，市县两拨人马在灵川县汽车总站会合。现场勘查、外围调查全面铺开。

汽车总站的监控设施，数月前出现故障，一直未加修理，影像资料一片空白。中巴烧毁程度严重，现场勘查没能提取到对起火有定性作用的物证，也未发现可疑引火装置。被毁中巴自带汽油，是否存在外来火源和引燃物难以判断。仅从技术层面分析，不能完全排除自燃的可能。

这个可能性的大小，结合时节、案发时间、气温、湿度等环境因素，陶群标有自己的数。

外围调查显示，海洋乡至灵川县城一线共有三辆中巴在跑，中途经过大圩镇。从大圩镇到灵川还有五辆中巴。八辆车到达灵川前，皆取道桂林市七星区路段。中巴司机之间因效益竞争互有矛盾。

被毁中巴的司机，向警方提供了一名跟自己发生过冲突的司机名字。深入调查证实，该人在案发时段有不在场证据，嫌疑随之排除。

由于没有明确证据支持和更多线索提示，陶群标建议，县局继续围绕利益纠纷进行摸排。

3 月 1 日凌晨 4 点多，又是灵川县汽车总站，两辆中巴同时起火。

一辆由海洋乡到灵川，一辆由兴安县高尚乡到灵川。两辆中巴之间，没有火势蔓延牵累的迹象。两车同时发生自燃的概率极低。

陶群标认为，蓄意特征明显，可以定性：人为纵火。

可令陶群标恼火的是，汽车总站的监控设施一直没有得到及时修理，影像证据为零。破案固然重要，防范更不容小觑。再漂亮的侦破，也弥补不了案件发生造成的生命、财产损失。该有的线索没有，直接导致无谓的警力资源浪费。

恼火归恼火，案子该办还得办。前期围绕利益纠纷进行摸排没有收到效果。

陶群标建议，从调查公交总站内部工作人员工作状态、继续扩大外围走访、梳理近些年同类案件、了解近期刑满释放人员动态等几方面着手。

仿佛是有意向警方挑战，3 月 13 日凌晨 4 点左右，一辆停放在灵川县灵西路边的中巴车起火。中巴的车行路线为九屋镇到灵川。

三起案子，四辆车，案发时间相近，车型选择明确，作案地点固定——第四辆车虽不在汽车总站，但很明显是汽车总站的监控设施恢复功能后的主动调整，这恰恰说明案件之间的关联性。

陶群标感到几起案件具备一定的串并条件。嫌疑人即便不是本地人，也是对灵川极为熟悉的人，工作或生活应该跟中巴有关，且反侦查意识比较强。

警方的侦查力度遽然加大。

嫌疑人却似乎已人间蒸发。

“5・17”、“7・6”抢劫案，“5・21”、“6・22”伤害致死案，“3・12”持枪抢劫绑架案……案子一件件接踵而至，陶群标像满了发条，忙得不可开交。

每次案子成功告破，换来片刻闲暇，陶群标就会想起灵川县的纵火案。

他有时候直接打电话问县局王副局长案件进展情况。王副局长回复，没进展，倒也没有新发案。

任何一个罪犯，一旦开始系列犯案，很难主动收手。沉寂背后，往往隐藏着更大的阴谋。嫌疑人在哪儿？陶群标总是忍不住问自己，而后便陷入沉思。

跟怀孕的妻子讨论即将到来的孩子时，陶群标也常常说着说着走神了。

每当陶群标陷入沉思，妻子唐丽萍都会安静地坐到一旁去。

怀孕好几个月了，无论晴天雨天，唐丽萍都是独自一人去人民医院做产检。临近预产期，一项检查结果突然出现问题。关系到胎儿健康，医生建议唐丽萍最好去医专进一步检查，明确诊断。

唐丽萍将此事告诉了陶群标。

陶群标心里一咯噔。他这才破天荒向领导请了假，第二天陪妻子赶往医专。

大厅里乱嗡嗡，就诊队伍排成了一字长龙。半天过去了，还没排上。

口袋里的手机一会儿一响，陶群标每接一次电话，都像做了错事的孩子，冲妻子不好意思地笑笑。

“得啦得啦，你回单位吧。我自己等。”

“你一个人能行?”陶群标不放心。

“有什么不行？又不是第一次被你‘放鸽子’。忙你的去吧。”唐丽萍说。

唐丽萍说得没错，她已被陶群标放过无数次鸽子了。

选择嫁给警察，就等于选择了独自担当。家属们常常自嘲，警察的老婆，十八般武艺样样精通，左肩扛老右手牵小，高处修灯泡，低处通管道，上得厅堂下得厨房，前不怕豺狼后不惧虎豹。婚前像雾像雨又像风，婚后赛铜赛铁赛钢钉。唐丽萍认了。

等到下班，检查还是没排上，只能第二天再跑一趟。唐丽萍心一横——不做了！

这都快生了，就算孩子有问题又怎样？不生了？不可能！她已经做好了迎接这个可爱小生命的准备。她将用一生一世陪伴他、呵护他、守候他、爱他。

自从嫁给陶群标，小他好几岁的唐丽萍从没撒过娇，耍过赖。眼看离预产期只有几天了，她才喃喃地问：“孩子快出生了，你能不能回来住?”

妻子商量的口吻，让陶群标心头一颤。他使劲儿地点头，说："能！能！争取每天回来。"

许诺像之前一样沦为空头支票。案子说来就来，人照样说不回来就不回来。

预产期前一天晚上，陶群标赶回了家。

半夜，睡梦中的陶群标被妻子推醒："阿标，我好像要生了。"

陶群标一骨碌从床上爬起来，迅疾开车带妻子赶往医院。

车到医专，满床。车到妇幼医院，满床。车到人民医院，还是满床。看着后视镜里辛苦异常的爱人，陶群标的心又疼又急又愧。他一肚子话想说，出口却只有"快到了"三个字。跑了大半个城市，最后总算住进了一八一医院。

妻姐得到消息，第一时间赶来。这才让陶群标那颗悬着的心安稳了不少。

晨曦初露，手机响了。陶群标到病房外接完电话回来，一副欲言又止的样子。

只消一眼，唐丽萍就全明白了。她轻声说："我没事。医生不是说了吗，孩子一时半会儿还生不了，让我姐陪着就行了。你去忙吧。"

"那我先回队里，办完案子马上回来。"

唉！明知又是空头支票，唐丽萍还是用开心的口吻说："好！"

陶群标这一去，就没了影。

时近正午，妻姐打电话给他："阿标，中午做点儿好吃的送过来，给丽萍补充补充体力。"

"队里有事，走不开，要不，叫外卖……"陶群标在电话那头回答。

妻姐挂了电话，嘟囔道："嫁这老公干吗？"

"叫外卖吧。"唐丽萍平和地说。

妻姐气乐了，说："你们还真是心有灵犀啊。"

当陶群标再次匆匆赶到医院时，孩子已经顺利降生。男孩，哭声大而响亮。"头发好长。头发好长。"看到孩子第一眼，陶群标开心地嚷嚷道，高兴得手脚都不知怎么放了，想抱不敢抱，想摸不敢摸。好容易抱在怀里，他又紧张得大气都不敢出。

眼见护士推着妻子从产房出来，陶群标小心翼翼地将孩子交给妻姐，跨步到妻子身边，附身说："你辛苦了……"话刚出口，一米八的大男人就眼圈儿红了。

唐丽萍想努力给陶群标一个微笑，想对他说："我没事。"可她结果什么也没说。她实在太累了，只想好好睡一觉。此刻的唐丽萍，心里暖暖的。从今以后，她再不是孤单单一个人了，儿子会陪着她、伴着她，跟她一起等眼前这个她深爱的人。

呼！毒焰再次窜向夜空。

2012 年 1 月 13 日，灵川县某小区内，一辆摩托车起火，具体起火时间不详。发现摩托车被烧毁已是第二天早晨。

市局技术大队进行了现场勘查，发现毛巾残留物。经辨认，车主否认毛巾是自己的。除了毛巾，现场还发现一处疑点，即摩托车油管处于拖出状态。毫无疑问，此案是人为纵火。案发点处于监控盲区。

陶群标因忙于侦办一起命案，没有介入此案。

1 月 15 日，临近天亮，灵川县另一个小区内，一辆桑塔纳轿车起火。起火点在轿车尾部。因为起火不久恰有小区居民经过，进行了扑救，轿车烧损程度相对较轻。现场再次发现燃烧过的布质纤维残留物。据报案人说，当时忙于救火，没有注意周围是否有形迹可疑的人。

3 月 22 日，凌晨 4 点前后，灵川县路边，一辆吉利轿车起火。现场没有任何发现。

县局王副局长给陶群标打电话，忧心忡忡地说："阿标，这案子影响越来越大，你得帮把手。"

"好！手上的案子一结束，我马上过去。"陶群标答应。

还没等陶群标腾出工夫，3 月 28 日凌晨 5 点，又一辆停放在灵川路边的轿车起火，同时起火的还有旁边一辆摩托车。

陶群标驱车赶到案发地。从现场痕迹看，轿车起火是摩托车火势蔓延所致。

陶群标找到摩托车车主，详细了解情况。

“我的车被动过。”车主说。

“动了多远？”陶群标追问。

“不远，也就几米。”车主回答。

陶群标仔细查看烧毁的摩托车，油管不在原位。嫌疑人的真正目标是轿车。

嫌疑人神出鬼没，灵川县的空气里飘散着烧焦的气味，车主们人人自危，鬼知道明天谁的车会遭殃。

警方摸排历时数月，未见成效。案子像只在原地打空转的陀螺。

县局一筹莫展，希望市局接手侦办。

就在这时，嫌疑人再次人间蒸发。

空气中烧焦的气味渐渐淡去，大家呼吸开始变得顺畅。可谁也没有料到，毒焰又毫无征兆地复燃了。

8 月 13 日、28 日，两辆轿车先后被烧。

9 月 6 日，一个晚上连续发生三起轿车被烧案。两起位于临桂县（现桂林市临桂区），起火时间大约在午夜 12 点，两辆轿车相距约一公里。仔细核查两起案件目击证人提供的起火时间，两起案件之间存在时间差。另一起发生在叠彩区，起火时间为凌晨 4 点。距离轿车十米远的地方，停有一辆摩托车。摩托车未遭火烧，但油管脱出，油箱内汽油不翼而飞。

从临桂县案发地到叠彩区的案发地，步行大约一小时。就时间条件分析，具备单人多地连续作案的可能性。

毒焰已从灵川县烧到了桂林市区周边。案子由市局刑侦支队六大队正式接手。

“恶兽”在长大，胆子越来越大，胃口越来越大，气焰越来越嚣张。狡猾的家伙精心寻找着监控盲点，毒焰烧掉了一切可能的物证。现场勘查一无所获，而令人费解的是，其他侦查工作同样一无所获。

九婴，水火之怪，九头、九命，九口齐张，喷毒焰，吐浊流，为人害。它在哪儿？什么时候出来？没人知道。恶兽暗伏在黑夜的最深处。

2013 年 1 月 16 日凌晨 3 点至 4 点间，桂林市秀峰区太和里，两辆轿车先后起火。毒焰烧进了市中心。

4 月 3 日，凌晨 1 点，叠彩区锦绣乐园一辆轿车起火。

孔副局长把陶群标叫到办公室，说："阿标，再这样烧下去，整个桂林市就千疮百孔了。"

陶群标说："拿不到生物学证据，对嫌疑人的身份，我们也一无所知，人员排查就是大海捞针，猴年马月未必捞得到。"

"看来，客观条件对我们极为不利。"

"发案在凌晨，作案时间由四五点提前到了一两点，我们出现场却得等天亮后，这么跟在嫌疑人屁股后面转，很难有突破。"

"你是想？"

"我想请您跟 110 指挥中心协调，请他们在接报警后，第一时间通知六队或我本人。从现在起，六队全体队员 24 小时待命，接到消息火速出击。"

"在现场抓嫌疑人？你觉得嫌疑人作案后不会马上离开？"

"从系列案的情况看，这家伙的犯罪心理日趋成熟，作案后留在原地欣赏自己的战果不是没可能。我认为值得一试。"

"就这么办。"

5 月 10 日凌晨 4 点，秀峰区九岗岭一辆轿车、一辆摩托车同时被烧。

陶群标第一时间接到消息，当即率队赶到现场，下令封锁九岗岭一带所有路口，车巡、步巡同时展开。

当陶群标驾车搜索，来到一个路口转弯时，车灯晃到几十米外一个穿深色短裤、打赤膊的男人。等车转过去，人已不见了。

陶群标立即通过微信传达命令：可疑目标出现，男性，瘦，穿短裤，打赤膊。全体人员两人一组，开始严密搜索。

网撒得快，鱼却没捞到。只有一个解释，目标非常警觉，主动躲藏了。

6 月 11 日凌晨 3 点 20 分，叠彩区清风小区一辆轿车被烧。

陶群标带六队抵达中心现场前便开始在外围进行布控，以缩小包围圈的方式逼近中心现场，结果还是没堵住嫌疑人。

动作慢了？陶群标调看了案发时段清风小区南侧虞山桥桥头和北侧北极广场的监控，均未发现可疑人员。嫌疑人作案后的确滞留在清风小区。那么，他的落脚点在哪儿？

陶群标的脑海中，突然跳出车巡时经过的两所网吧。查！

网吧监控视频上，一个穿花上衣、大短裤、戴棒球帽的男人进入陶群标的视线。

此人在网吧登记所用身份证上的姓名为李某某。进一步核实发现，李某某的户籍地恰为海洋乡。他曾因流氓、盗窃等罪多次入狱，案件办理地正是灵川。李某某未做流动人口登记，无法找到他在桂林市区租住地。

陶群标火速赶往海洋乡。为避免打草惊蛇，陶群标请海洋乡派出所出面进行外围调查。

李某某与亲人关系不睦，住房跟父母只一墙之隔，却互不往来。因为获罪入狱，老婆跟他离婚了，带孩子一去不回。出狱后，李某某破罐子破摔，终日游手好闲，四处惹是生非，与乡人交恶。后来他因告发乡人赌博犯了众怒，乡人见他都白眼相向。小卖部不卖他东西，中巴司机不让他搭车……李某某在乡上生活不下去了，游荡到了灵川、桂林市等地，隔段时间回家待上一半天。他回来还是一副羸形垢面相，穷得连手机都没有。乡上人嘲笑他，他也笑乡上人，充满憎意的笑。看到谁家盖新房、买新车，他的笑容就变得更为古怪。

陶群标来海洋乡前，李某某已经很多天没回来了。

他去李某某家转了一圈，院门虚掩，杂院、破屋、一条瘦得只剩皮包骨的土狗，再没有其他发现，陶群标当即返回桂林。

从烧中巴开始，进而烧轿车，没有找到丝毫线索……一切都得到了解释。陶群标认定，李某某就是系列纵火案的犯罪嫌疑人无疑。可推理不能定罪，需要证据。

陶群标返回桂林的当天下午，技术部门通过数据分析，掌握了李某某经常上网的几家网吧。只要李某某触网，即刻就能锁定位置。

但警方掌握的李某某的影像资料极少，在极少的资料中，要么监控设备辨识度不够，要么受帽子遮挡，始终未能得到李某某清晰的图脸像。唯一可供参照的就是身份证上的照片。所以，即便锁定位置，当场辨识李某某仍然存在很大难度。

还有一个更不利的因素，就是嫌疑人在犯罪现场从未留下任何可以认定其为罪犯的直接性和实质性证据。因此，现场抓获至关重要。

陶群标结合网吧位置，以及李某某出入网吧的时间，全面梳理分析了案发地点的轨迹，制订了新的布控方案，严阵以待。

狡猾的嫌疑人仿佛真的具有恶兽的神力，察觉到了警方的意图，一直再未上网。

6 月 24 日凌晨 1 点，七星路新火柴厂宿舍附近，毒焰飞窜。正在三里店盘查的陶群标得到消息，一边命令正在七星区巡逻盘查的六队民警及警犬队快速实施围捕，一边和另一名民警驾车赶往案发地。

车到将军塘，一个打赤膊、穿短裤的男人进入陶群标的视线。

"就是他，抓！"话音未落，陶群标已冲下了车。

当年无线电测向赛的全国冠军，仿佛又回到了赛场。速度、力量、技术全面调动，嫌疑人还没来得及反应，就已经被陶群标摁倒在地上。

恶兽九婴落网。

一网打尽

“你们得救我。有人想杀我。”报案人脸色煞白。

没仇家，没欠账，没侵财，没放贷，没富得流油，没知道不该知道的，没当绊脚石，没让谁吃不下睡不着，没动别人篮子里的菜……可为什么却招来一枪呢？是一枪！不是一棍子、一砖头、一巴掌，或其他什么。

光天化日，朗朗乾坤，七星体育馆前面的广场，好几个人证可以证明响了枪。报案人轿车车身上有子弹留下的痕迹。擦？蹭？总之从痕迹看不出瞄准的目标是车的哪个部位。分析子弹飞行轨迹，有效射程内，向上根本没有建筑。除了吓得魂不附体的车主和他的车，并没有其他人和物受到枪击。

“咔嚓”脚镣一上，眭小强的脸都绿了。“你……你们……干干干……什么……”

小黎眼一瞪：“干什么你不知道？”

“不……不知道……”

“自己干过什么知道吧？”

“我……什么都没……没干啊。”

陶群标大声道：“别跟他废话。带走！”

“去……去哪儿？”

没人回答。眭小强嘴唇哆嗦，还想说点儿什么。陶群标和小黎给了他说点儿什么的时间，可最后，眭小强还是咬住了后槽牙。

陶群标和小黎交换了一下眼色，“呼”，黑头套蒙住了眭小强的脑袋。眭小强的腿触电似的抖了起来。

小黎朝陶群标挤咕挤咕眼，捅了下眭小强的腰眼，呵斥道：“走!”

眭小强险些吓尿。

一招见效。眭小强被带到六队审讯室摘掉头套时，胆已经怯了。

小黎、小何打先锋。审到节点，陶群标、老彭插上。不出一小时，眭小强全撂了。

5月8日，秀峰分局禁毒大队和刑警大队联合办案，收到叠彩区某宾馆内有毒品交易的线报后，协同出击，成功抓捕毒品交易双方，并在卖方眭小强的本田轿车车座底下搜出一把自制仿六四式手枪和二十发子弹。

这个意外收获令警方很振奋。没想到在接下来的审讯中，眭小强只承认贩卖毒品，对于手枪和子弹，咬死了不知情，是别人栽赃陷害他。

问谁会陷害他。眭小强耍无赖说，那得警察去查，替他洗刷不白之冤。

万般无奈，秀峰分局向市局请求支援。局领导决定将犯罪嫌疑人移交刑侦支队六大队。

支队长问陶群标能不能拿下，陶群标说争取。

眭小强心里门儿清，自己是在交易现场被抓的，买方也在，贩毒的事想抵赖也抵赖不了。枪和子弹不一样，只要他抵死不认，警方拿不到口供，又找不到其他人证，就没办法坐实他非法持有枪支弹药的罪。

眭小强在打什么小九九，陶群标心里也门儿清。你想脚底抹油，我让你穷途末路。

第一招，虚声恫吓，于是就有了上脚镣、戴头套。眭小强一上来就被这阵势吓毛了。

第二招，趁热打铁，不给眭小强缓神的时间，提到队里即刻审讯。

第三招，红脸、白脸、黑脸、蓝脸轮番上，唱蒙他。

说起来容易，真要唱蒙嫌疑人，火候、时机得准。什么时候抛哪样证据，不能错，错了，就前功尽弃。审讯是门硬功夫，也是门巧功夫，每个审讯高手都经历过千锤百炼。

眭小强交代，枪是从他女朋友干爹张财神那儿买的。不过真正的卖主，是一个叫阿龙的人，女朋友的干爹只是二传手，给过他阿龙的电话。

陶群标问眭小强买枪后干过什么。

眭小强指天发誓什么都没干。还说拿到枪的当天，一不留神走了火，吓得他再没敢动过。

陶群标问在哪儿走的火。

眭小强说在七星体育馆附近。

原来如此。2017 年 4 月，那不着调的一枪终于有了答案。

找张财神和查证手机号同时展开。

张财神好找，这家伙因为犯了其他事被羁押在看守所。可他也不清楚阿龙的实底，只知道阿龙贩卖枪支子弹不是一两年了。

手机号核查后，发现机主是个女的。陶群标推断，不是阿龙的亲戚就是他的女朋友。顺藤摸瓜，不信摸不到这家伙的蛛丝马迹。

“阿龙，兵仔在会所让人打了。龟孙！打狗还要看主人哪，这帮家伙，老子锤扁了他们。”

“要不要我带两个美女过去？”

“带厉害的，猛的。”

“没问题。”

这家伙叫四条，第一个冒头的家伙。

小黎问陶群标，要不要带四条回来问话。

陶群标说，四条既不是上家，也不是下家。先搜集证据，摸清阿龙的真实身份及其人际关系。

“兄弟，有没有美女?”

“风大，没办法过来。”

“着急用。”

“忍着。”

这家伙叫九哥。小黎纳闷儿，怎么净是围着女人打转的?

陶群标让小黎少安毋躁，继续盯。

滴滴……短信的声音，阿龙咕哝着骂，闭眼摸手机。

“能不能送三个美女过来?”

看到短信，阿龙眼亮了，回复:“可以。什么时候要?”

“现在。老地方。”

这家伙叫大头。

小黎说，阿龙干皮条客的生意比卖枪火。

陶群标说，未必关女人的事。

小黎问，什么意思?

陶群标说，查查就知道了。

“阿龙，我买的两个美女有一个出了毛病。”

“那你带给我好了。”

这个家伙叫小雨。

“阿龙，来点儿花生米。”

“要多少?”

“有多少要多少。钱你不用担心。”

“那下次见面我带给你。”

这家伙叫五缸。

小黎一头雾水，怎么阿龙还做这类生意?

陶群标说，此“花生”非花生。

“小四你熟不熟?”

“认识。怎么了?”

“他个卵仔，半夜让我带美女给他看看。后来俩美女他全带走了，说好让他小弟开车带我去取钱，妈的，路上他小弟说没带卡，回去找老大拿，让我在车上等。结果这小子肉包子打狗一去不回。我没得办法，先把他车开回家了。”

“你管那么多，车先用着。两个美女换一辆车，阿龙，你赚了。”

“赚个屁。我找人查了，车来路不正。要不那个卵子能舍得丢下？你帮我捎话给小四，要么给钱，要么把美女给我乖乖送回来。别等我崩开他脑壳。”

这个叫小四的家伙，是一个团伙里的马仔。

“三个美女。”

“没那么多，手上只有两个了。”

“两个就两个，先带过来。”

“价钱要高一点儿。”

“不够意思吧？讲好的。”

“随便你喽。”

对面挂断电话，对着手机骂：“王八蛋，敲竹杠。”

“花生米。”

“没货了。”

“尽快再给我搞一些。”

九哥、大头、小雨、五缸、小四、阿飞、新疆客……一个个名字记在了陶群标的笔记本上。随着调查的展开，证据的获得，一个个名字后面被打上了勾。

阿龙的真实身份落实了，在官桥村租房住，未婚，跟一个叫阿红的女人同居，并生有一个小孩。

正如陶群标推测的，阿龙所用手机的机主就是阿红。

官桥村为城中村，居住人员杂乱，村风比较野，不便展开外围调查。故只知道阿龙在哪栋楼住，不知道确切的门牌号。

“美女”、“花生米”的真面目，已水落石出。

小黎请示陶群标要不要动手。

陶群标说，这才哪儿到哪儿，上家还没出场呢。陶群标相信，“花生米”已经断货，阿龙一定会有所动作。

“花生米什么时候能弄好?”

“最近天气不好。药都湿了。没办法弄。”

“先要二三十个。”

“没有那么多。我这里只有十几个。”

“先给我。”

不出陶群标所料，“花生米”的上家李树冒了头。

“给我盯住!”陶群标说。

“抓吗?”小黎问。

“不抓，免得惊到阿龙。美女的上家还没登场呢。”陶群标十分果断。

“有没有美女?”

“你要几个?”

“两个。”

“那你要等十几天。”

这家伙叫肥仔弟。

阿龙要他等，说明阿龙手上没“美女”了。等十几天，就意味着这段时间阿龙要和上家交易。

六队气氛紧张起来。

马脸说：“我老大现在搞大了，在兴平做工程。有人想惹事情，我老大想搞两个美女。”

阿龙问：“几个?”

“五个。这个月要两个。下个月要三个。”

“真的假的，用得着这么多吗?”

“多了还不好?他多要，你多挣。”

“现在没有。”

“不是吧?阿龙，这么好的生意你不做?我老大说了，价钱随你讲。”

“有人屁放得响，肚子里是空的。”

“怕我老板不给钱啊？”马脸说着，拿起桌上的手包，掏出个信封在另一只手掌上“啪啪”拍了两下，推到阿龙面前，“喏，这是定金，一万块。”

阿龙叼着牙签，腾出右手，拿起信封捏了捏，又打开看了看。

“怎样？够有诚意吧？”马脸说。

阿龙将信封对折，塞进口袋：“行。不过你要等几天。”

“说好了。别让我在我老大面前丢脸。”

两单生意在等。“美女”的制造者，即将从幕后走到台前。

出击前的气氛越来越浓。六队全体箭在弦上，蓄势待发。

“急等美女！”

“几个？”

“至少七个。”

“赶不及做那么多，只能带四个给你。”

“也行。快点儿过来。”

“下大雨。发水了。这几天过不去。”

接着，对方发了一段微信视频。“哗哗”的雨声如在耳边，地上积水如流。这之后的又一段视频中，警方确定了一辆从画面中一闪而过的摩托车的车牌号。

两段视频，最终锁定了吴大在广东惠州的落脚地。

吴大，贵州同仁人，在广州打工。当然，打工只是幌子，他真正在干的是私制枪支。摩托车车主为吴大的二弟。

陶群标怀疑，他是吴大的制枪同伙。

“明天过去。”

随着吴大抵达桂林的时间敲定，陶群标下令收网。

陶群标将人马分为三组。一组在官桥村蹲守，二组在桂林郊区接应，他自己带三组赶往阳朔，抢先一步跟住目标，再尾随大巴回桂林。如果出现意外情况，导致三组前期跟踪失败，则二组在吴大进入桂林市区时及时跟进。如果没有意外，二组、三组会合后一起赶至官桥村，与一组形成夹击，对阿龙和吴大实施现场抓捕。

阳朔县国道隧道口，这是广州方面过来的客运车的必经之路。陶群标带着三组提前就位。

一小时后，吴大乘坐的大巴钻出隧道口。两辆民用车悄然跟上。

大巴抵达桂林市郊，二组、三组在无声中完成了会合。事情似乎比预想的顺利。

车到象山区瓦窑十八中，大巴提前停了。车上下来了三个男的。这个意外情况的出现，令陶群标神经高度紧张起来。

三个人中有没有嫌疑人？虽然大家看过吴大的照片，但照片毕竟和真人不同，而且照片只见五官，不见体型身量。再加上人处于运动状态，在不惊动对方的前提下，快速完成辨识的难度可想而知。大巴是不会停在原地等着警方完成判断的，乘客下完，车马上就开走了。而确定位置需要时间。

陶群标决定先带三组跟上，让二组暂留原地待命。如果侦查发现目标在三人当中，二组可先一步就近跟踪，三组尽快折返。

侦查的结果是，目标还在车上。二组收到陶群标发来的消息，立刻加速赶上。

车到终点站，乘客全部下车。两组人的眼睛像十数盏探照灯，刷刷扫过几十张脸。

背包客？凭借经验和直觉做出的判断，陶群标不太敢确定。

继续采取分组跟，陶群标通过手机向距离背包客最近的小何下达了指令。

背包客上了一辆出租，小何和另一民警驾车跟踪。辨识、判断还在继续……

稍后，技术部门确定了嫌疑人的移动轨迹，正是背包客。

“快！”陶群标一声令下，全体组员上车。

这时，小何打来电话：“陶大，车跟丢了！我们正在找。”

陶群标指示：“不用找了，直接到官桥村。”

出租车司机不绕道的话，吴大肯定先一步到达官桥村。

陶群标不免有些着急。好在事先他考虑到了意外情况的发生，让蹲守在官桥村的四名民警再分为两小组，小黎、小胡在楼下，大蒋、小蒋在村口。万一二组、三组没能及时赶到，他们四个仍可以用夹击的方式实施抓捕。但嫌疑人手上有枪，亡命之徒一旦狗急跳墙，抓捕的危险等级不言而喻。

陶群标不敢耽误，马上通告一组吴大的动态。

小黎刚收到消息，就看到阿龙走出了楼道口。他这是去迎吴大。

安全起见，也为了避免打草惊蛇，小黎、小胡采取了分开行事。小黎前跟，小胡断后。

深夜，路静人稀。这种情况下，要想不引起对方警觉，跟踪必须拉开距离。城中村道路迂回，阿龙始终处于小黎的视线之外。小黎既不敢走太快，也不能走太慢。

走到一个 Y 字形路口，突然，阿龙和吴大一块儿拐了出来。

小黎心脏一阵狂跳，没想到阿龙和吴大这么快就遇到了。镇定！小黎提醒自己，若无其事地与两名嫌疑人擦肩而过。背后，两双阴森森的眼睛在盯着他。不能回头！哪怕此刻枪口指着后背。估摸两名嫌疑人已经拐过第一个拐角，小黎佯装系鞋带，借机往后看，不出所料，阿龙和吴大不见了。

小黎疾步回追，在 Y 字路口，看到从村口赶来的小蒋。他朝小蒋招手示意。两人一前一后跑步前进。必须赶在阿龙和吴大上楼前跟小胡形成夹击之势。

拐出最后一个拐角，小黎、小蒋和小胡相互看到，阿龙和吴大正处在他们之间。

动手！不能再犹豫了。

三人像三头猎豹，小黎冲向阿龙，小胡和小蒋冲向吴大。

阿龙和吴大一时间发蒙。几秒钟后，两人反应了过来，开始反抗。

万分危机时刻，等在村口的大蒋和陶群标率领二组、三组人马及时赶到。

警方从吴大的背包中搜出四把枪。

完成证据固定，陶群标让人先将吴大带离，然后问阿龙：“还有一把放在哪儿?”

阿龙装傻，反问：“什么?”

“出毛病的那把枪，小雨交回给你了。带我们去你家。”

十分钟后，警方在阿龙不配合的情况下，找到了那把藏匿的枪及四十发子弹。

所有分控点开始全面收网，前后共收缴 17 支枪，102 发子弹。

可案件并未结束。

根据吴大的交代，2017 年 7 月 28 日，陶群标带着几名民警马不停蹄赶往广东惠州，在当地警方协助下，查缴了吴大在惠州市惠阳区出租房的制枪窝点，搜出半成品自制枪六支、枪管一批及机床、电焊机等制枪工具。8 月 14 日，陶群标再次带民警赶赴安徽铜陵，与当地警方携手，在倚绿山庄小区查获了一个子弹头窝点，缴获各种类型半成品弹壳和弹头 35000 余发。

这时候，收网才真正完成。

“泓铸，长大了想做什么啊?”

“像爸爸一样，当警察。”

“当警察很危险哦。”

“我不怕。我最勇敢。”

“当警察很忙很辛苦，总也回不了家。”

“老妈，你不是说，那是为了让更多人回家吗?”

“但是剩老妈一个人，好孤单的。”

“不会啊。到时候老爸老得跑不动了，就可以陪着你等我啦，就像我现在陪着你等老爸一样。”

“对啊，对啊，泓铸真聪明。”

窗内，做母亲的搂着天真无邪的儿子笑了。

窗外，漓江的江面上亮起点点渔火，一灯，一影，一竹排，鸬鹚开始捕鱼了……

扫描二维码即可观看
相关视频等

鹰　眼

袁瑰秋

引子

他有一双神奇的眼睛。那双总在闪烁的眼睛，被人们誉为“鹰眼”，是全国公安图侦战线的“国宝”。多少个深陷困局的疑案，都因为这双“鹰眼”而拨云见日。

然而15岁那年，这个从广东罗浮山下石坝镇走出来的少年，却仅靠着携带的八颗煮鸡蛋只身闯荡成都街头，以摆摊作画方式学会了人物炭精素描；上大学时，一个黑色胶袋里两件内衣是他的全部行囊；大学第一学年过去，他靠着熄灯后打着手电筒在被窝里画插画挣了九千元当学费；大学期间父亲不幸得了上颚癌，高昂的治疗费全靠他的画笔来解决。生活的磨难，使他变得比同龄人早慧和坚韧。

他叫曾素明，是广州市公安局越秀分局刑警大队三中队中队长。

作为广东公安的一面战旗、广东省公安厅视频侦查技术特长专家、广州市公安局首批影像技术专家，他被吸纳到公安部“全国刑事技术青年人才库”和省公安厅“青年人才库”中。

他多次在公安部、省厅、市局督办的特、重大刑事案件中发挥关键作用，参与侦办的多宗案件被评为广州市乃至广东省的“十大经典案例”；他还参与过公安部《视频人像检验技术规范》的起草，撰写的论文曾获公安部“十大优秀论文奖”；他多次应公安部及多个省、市邀请向公安同行传授视频侦查知识，为全国各地公安机关培养了大量视频侦查技术专业人才；他先后荣获“省优秀人民警察”、“广州十佳卫士”等称号，继 2017 年 5 月被评为“全国特级优秀人民警察”后，9 月当选全国公安“百佳刑警”。

以后你就干这个了

视频侦查技术，简称图侦。近年来，突飞猛进的图侦技术，在公安工作打击违法犯罪斗争的一线迅速占据了半壁江山的重要地位，成为了继刑事技术、行动技术、网侦技术后的第四大技术支撑。仅刚刚过去的两年，2017 年广州公安利用视频侦查技术，直接破案率达到 65%，2018 年达到 67. 8%。从半壁江山到一枝独秀，到如今一线的侦查破案，可以说离开图侦技术寸步难行。广州社会治安的今天，就是内地的明天。进入新世纪以来，广州警方推出的“全面取缔摩托车”与“视频监控全覆盖”的杀手锏，让以广州火车站为代表的广州社会治安迅速扭转局面。

广州市现有视频监控超过 50 万个，光是曾素明所在的越秀区就有 7. 2 万个摄像头。曾素明带领一支 17 人组成的越秀公安图侦队伍，昼夜奋战在刑侦一线，成为一支攻坚克难的奇兵，并以其赫赫战功，赢得了“梦之队”的美誉。

可是，谁会想到，这支身手不凡的“梦之队”，十几年前起步时，仅仅就曾素明一人。

2001 年，越秀分局辖区的广东大厦发生了一起抢劫现金 15

万元的案件。越秀区是广州的主城区，政治、经济、文化中心区。广东大厦与省政府仅几步之隔，破案的压力之大可想而知。

曾素明那时候还只是一个从警不久的毛头小兵，没有人会把他和这起案件的关键性突破联系在一起。

当专案组在电梯录像中提取到一帧图像时，市局主管刑侦的副局长如获至宝，指示赶紧送市局刑侦部门的专家研判。

这时，越秀刑侦大队一位领导指了指坐在后排的曾素明，说："让他试试吧，他是学画画的。"

领导从曾素明的眼光中看到了某种热切的期待。另外，最近这类案件飙升，市局刑侦技术专家也的确分身乏术。

那是一帧十分模糊的图像，一般人肉眼看上去，毫无辨识价值可言。

那时候的电脑像素也不高，曾素明将之放大到最大倍数，还是没有收获。

他读书时，专攻水彩、工笔，画风苍劲而灵动，深得师友器重；可这一次，他要攻克的是模糊像素里隐约可见的人脸五官的比例与结构的关系……

连续十多个小时俯身电脑前，曾素明最终完成了嫌疑人的画像。

专案组同志接过他画出来的嫌疑人头像，半信半疑。

最终嫌疑人落网了。

市局分管刑侦的副局长指着犯罪嫌疑人的脸，对照着曾素明画的像，大腿一拍，"嗵"的一声站起来，指着曾素明说："行啊你，就是你了！以后你就干这个了！"

就是这句"以后你就干这个了"，一下子便把曾素明推上了图侦之路，一晃竟走了快二十个年头儿。

追踪“红衣男”

位于广州流花湖畔的广州火车站，因年年上演人口大迁移的春运奇观，一度成为全中国乃至全世界聚焦的新闻眼。

2006 年 7 月 26 日 14 时许，一位 68 岁的阿婆报案称，一名男子给她五元报酬，让她帮看守行李箱，他转身便去买票，但等了四个小时，不见回来。阿婆于是将行李箱交给保安，打开后发现，是一具被肢解的女人尸体。

尸体从何处运来？这成为侦破此案的首要突破重点。

曾素明接案后，查看了火车站广场的视频，通过阿婆的位置找到抛尸男子。但当时视频是标清视频，只能看到男子上身穿红衣，下身穿白色裤子。再追踪其轨迹，发现他是从火车站旁边的广州市汽车站过来的。

当时广州火车站恰逢改造，车站内没有视频，只有站外有视频。凭借多年的办案经验，曾素明用调取的站外视频继续追踪，发现男子上了天桥。

天桥前方有一个岔路口：一个方向去广州市汽车站，一个方向去广东省汽车总站。

他会去哪个方向呢？

曾素明在视频中反复查找，终于在广东省汽车总站的站内外视频中，又找到了那个“红衣男”的身影。他进站买了票后，已乘汽车逃离……

发现这一点时，曾素明正因重感冒发烧咳嗽在医院的走廊里打着吊针。他就是猫在人头攒动的过道里，埋头连续看了一个星期的视频。

临床病友不明就里，指着曾素明对来探视他的孙子说：“你千万不能再玩电脑游戏了，不然你长大了，就变成他这个样子，一天到晚抱着个电脑，太可怕了……”

正教育着孙子，只听曾素明这边突然兴奋地喊了一声：“就是他!”

接着，曾素明叫来护士迫不及待地拔掉吊针后，跑到医院门口，跳上一辆出租车，从越秀区追到天河区的省汽车总站售票柜台。

当班售票员一口咬定嫌疑人购买的票是到“韶关”的。但购票窗口的视频截图模糊不清，无法读取票面信息。

曾素明抚摸着吊针的血痕，手背的血脉还在肿胀。

他不停地在售票窗口来回地转，显得有些焦虑。

忽然，曾素明的脚步戛然而止。因为他发现，售票窗口的透明玻璃刚好可以折射出打票员打字时的影像。经过反复分析打字员的习惯手势，最终断定其敲打的是“珠海”两字。

曾素明和同事立刻赶往珠海香洲区汽车站。从当地视频中，他再度发现了“红衣男”。

随后，他们根据女子尸体照片发布协查公告。受害女子的弟弟看到协查公告后报案。

由此警方发现，女子的租住处是第一现场。

顺藤摸瓜，警方一举抓获涉案男子，正是那位给五元钱让阿婆看守行李箱的“红衣男”。

“公交车爆炸案”嫌疑人轨迹调查

哪里出了大事件，哪里就有曾素明。近年来，曾素明带领“越秀图侦”频出重拳，破获了多起重大敏感案件，还有多家媒体追踪报道、公众舆论压力巨大的案件，一路凯旋。

这是一起震惊全国的“公交车爆炸案”。2014 年 7 月 17 日 19 时 45 分，广州市公安局 110 台接报，海珠区辖区内广州大道南墩和公交车站有一辆 301 线路公交车着火，现场数名市民受伤。公安部领导要求做好伤员救治及现场处置工作，尽快查清情况，及时对外发布信息，以消除社会影响。广东省公安厅、广州市公安局立即成立指挥部，迅速展开侦查。

初步侦查表明，一名男乘客有重大作案嫌疑。指挥部迅速组织对该男子的轨迹调查。

该名男子是在301路公交车流花车站总站上车的，携带了一个高约80厘米、宽约40厘米的蛇皮袋。

曾素明立即带领越秀图侦组成员赶赴流花公交总站现场，调取周边视频监控资料。

但由于时近傍晚，光线较暗，视频质量较差，又正值下班高峰期，人流量大，给图侦工作造成很大困难。

流花公交总站附近，交通四通八达，天桥、地铁、公交车、出租车，还有电动车，车水马龙。

嫌疑人究竟通过什么方式到达流花公交总站301公交站台的呢？

曾素明先近后远开展追踪。从海量视频中排查得知，嫌疑人是从地铁站出来走到流花总站的。

每逢关键时刻，曾素明不断闪烁的眼睛、疾驰的脑电波总会为他聚焦起一道灵光。徘徊在挑灯夜战的战友身后，曾素明指出：先把地铁入口的视频都看一看，排除其“借道”。

果然，在地铁另一个出口，发现嫌疑人从火车站西广场入口进入地铁隧道，而非乘坐地铁。

正是曾素明这灵光一现，让视频侦查找到了新方向。看一只摄像头，节省了几个小时的破案时间。

继续追踪，曾素明发现嫌疑人是从东广场走到西广场的。但再向前追踪，发现关键地区都没有视频摄像，无法确定嫌疑人以何种方式到达火车站。

曾素明开始运用排除法，扩大排查范围。

他先对出租车落客点及四周天桥各个口进行排查，排除该嫌疑人乘坐出租车及从相近地点步行到火车站广场的可能性，从而推断他是乘坐公交车。

至此，案件的第一手资料清晰详尽。

通过对火车站广场实地勘查，曾素明发现火车站约有 50 条公交线路，人流量非常大，从而大大地增加了视频侦查难度。

他从嫌疑人携带行李的特征入手，从一个个不足五毫米的人像中，锁定嫌疑人是从某辆公交车下车的。

但由于摄像头位置较远，同时靠站的公交车线路较多，相互阻挡了线路信息，导致无法确定嫌疑人是从哪一线路哪一辆公交车下车。

曾素明没有丝毫泄气，又经过两个小时对该公交车站的公交车进站分析比对，发现嫌疑人出现在画面前后有三辆公交车停靠在其附近。

西北侧一个摄像头，使他排除了其中一辆公交车。

对比西南侧摄像头，以及车靠站与嫌疑人出现时间差，曾素明推断：嫌疑人应该搭乘了 B2 或者 840 公交车。

最后根据东侧一个摄像头，曾素明确定，嫌疑人携带行李袋是从 840 公交车下车的。

案件由此出现了重大转折。

曾素明当即联系该公交车公司，并提取固定好公交车视频。

通过对公交车视频追踪调查，他发现该嫌疑人从白云区冶金技校公交站上车，并携带了作案时的行李袋。又通过对车站四周视频录像调查，他发现嫌疑人携带行李袋是从鹤边村里走出。

至此，越秀图侦组确认，嫌疑人住在广州白云区鹤边村，来路轨迹清晰详尽。

就这样，曾素明带领越秀图侦组连夜作战 12 个小时，调取分析涵盖社区、治安、地铁、私人等监控摄像头超过 150 个，第一时间完成了专案指挥部下达的视频追踪轨迹调查，为该案快速成功侦破提供了最为关键的信息，创造了必要条件。

曾素明带领的“越秀图侦”在举国关注的大考面前，交出了完美答卷。

“十万救命钱”与涉外案件

白血病患者林先生一家，至今还记得他们与曾素明之间永难忘怀的“十万救命钱”的往事。

2013 年 6 月 3 日 5 时 12 分左右，林先生一家六口人从家乡揭阳赶来广州，准备做骨髓移植手术。在广原客运站下车后，他们分别搭乘两辆出租车。5 时 25 分许，到达陆军总医院时，他们猛然发现十万元“救命钱”及身份证、病理证件等物品不见了，遂报警求助。

报案时，林先生已惊慌得语无伦次，只记得两辆出租车均为绿色，其他的都说不清楚。

广州多家媒体跟踪报道，呼吁全社会合力帮助事主找回“救命钱”，引发巨大反响。

曾素明受命率队展开侦查。

三天连续作战，曾素明成功找到了其中一辆出租车，但却不是遗失“救命钱”的那辆车。

曾素明继续循线追踪，根据出租车的细节特征、卡口数据，以及轨迹比对分析，最终确认了那辆嫌疑车。

据此警方成功排查出当班司机，最终将遗失的十万元及其他财物完璧归赵。

六年过去了，对此事刻骨铭心的林先生一家，仍然对“鹰眼神探”曾警官感激不尽，由衷敬佩。

广州是国际化大都市，外籍人员稠密，在充满着商机的同时，也交织着治安问题。

2015 年 1 月 15 日 16 时许，暂住越秀区洪桥派出所辖内的也门籍男子 A 某在先烈中路搭乘出租车时，不慎将一个蓝色行李箱遗失在后备厢内，内有总价约人民币 200 万元的蜜蜡及面值100万美元的提货单等重要物品。

A某一时间心急如焚，声泪俱下，呼天喊地，捶胸顿足。

一旁，他的客户却异常冷静，怀疑是他侵吞财物，装疯演戏。

也门男子几次想跳楼寻短见以证清白，所幸都被身旁人救下。

从案件性质看，本案属于“失物求助”，而非传统意义上的“刑事案件”。但由于涉及外籍人员，且涉案金额巨大，一旦处理不当，极可能导致严重后果。

初查中，技术员发现出租车GPS系统数据库内没有吻合的车辆轨迹信息。追查陷入僵局。

曾素明鼓励技术员不要轻言放弃，用传统的分析加视频辅助开展追踪。

尽管截取到了目标车辆的图片，但是画面像素过低，且曝光不足，所以无法确认车牌信息等。侦查再度陷入僵局。

曾素明仍不放弃，随队赶赴位于广州岑村的广州市公安局交警支队调取相关数据。

围绕着车辆行驶的时间和路段，曾素明调阅排查卡口照片三万余张。

比对之前截取的目标车辆外观特征，他最终锁定某集团出租车粤A××具有重大涉案嫌疑。

追查工作至此取得突破性进展。

通过车辆信息找到司机王某后，虽然他一度谎称没有见过该行李，但在确凿的证据面前及技术员的普法教育下，最终还是将失物全部还给外商。

案子破获后，也门男子长跪不起，在祷告真主的声声告白里，充盈着他对中国刑警的深深感激。

“曾素明视频侦查三要素”

曾素明生于1976年，但现已两鬓斑白。那双不停闪烁的眼睛，原本是5.0的视力，在干了图侦一年不到就变成了0.5。几天几夜连续对着雪花点点的视频里密如蝗蚁的人流琢磨，对常人而言是随时都可能发狂的事，而18年过去了，他却依然甘之如饴。

中科电子员工李先生家住30楼，竟然被“倒挂金钟”的蟊贼入室盗窃。家里损失惨重，一地狼藉。

曾素明去勘查现场。

一见警察进门，李先生一肚皮火气，像机关枪一样扫在曾素明身上：“你们干什么吃的，看了也白看，你眼睛闪什么闪，一看就是个吃干饭的……”

后来，案子破了。

李先生为自己的态度感到愧疚。他终于明白曾素明这双眼睛是“干什么吃的”了。随后他出差去国外，专门买回了一种眼药水，送去曾素明单位。

2016年8月，曾素明又一次在医院打吊针，与十年前惊人相似，他总是要到病得不行了，才去医院。

还是在医院嘈杂的走廊上，他一边打着吊针，一边看完了20多个小时的视频——两名伪装成快递小哥的男子，骗开了事主的房门，持刀抢劫了家里的老人和小孩儿。

当下几乎人人都已离不开快递，如果这种行为被仿效，后果不堪设想。从警以来，类似的压力和挑战一直伴随着曾素明。

他一共调看了30多支摄像枪，最后锁定了那个帽子戴得过低、作案后一路化装逃窜的嫌犯。

案子侦破后，广州市民奔走相告。

曾素明的眼睛总是忽闪忽闪的，说话语速很快，一般的速记员都很难跟上。曾素明的确与众不同。

很多人看视频，只望着某一个点不动，故看到的视频里的人基本雷同。而曾素明看视频则不同，他会先看整个画面。因环境会影响人的行为动态，整体看完后，再看每一个人身上与众不同的细节和点。这或许就是学美术出身的曾素明的专业优势，画画讲究从整体到局部，再从局部到整体。

曾素明刚接触视频侦查的时候，是从模拟画像入手的，他跟很多新手一样遇到了各种各样的问题。他经常一个人外出提取视频，接触了无数品牌、样式的监控设备，其中有很多款“老爷机”，单单提取视频就需要耗费大量的时间，很多甚至无法提取。

由于视频数据压缩方法不同，提取回来的视频格式多得让人眼花缭乱。曾素明的电脑里常备有上百种播放器，最多的时候达到400多种。那些年江湖上传闻，在广州市就没有曾素明打不开的视频。

当时的录像视频时间，因为万年历的显示混乱，和北京时间差异巨大，他见过最长的时间差居然慢了20多年。

由于关键位置视频监控覆盖不到位，视频资源断档，很多案件线索中断，只能另辟蹊径。有些案件，由于基层技术手段严重不足，浪费了大量的时间，还走了不少弯路。曾素明渐渐意识到，视频侦查领域必须改革创新，打破僵局。

他发现，原来在没有视频监控的时候，是可以通过逻辑思维拓展空间轨迹的；在嫌疑人反侦查的时候，是可以通过行为动态辨识对象特征的；在动态不明显的时候，是可以挖掘排他属性来推进侦查节点的。

这就是曾素明独创的以“侦查假设”、“动态识别”、“细节整合”为核心的视频侦查三要素。三要素中，逻辑推理是前提、行为动态易识别、细节特征是关键，将三者有机融合、灵活运用，往往能够打破侦查僵局，获取关键线索。

2015年，“曾素明视频侦查三要素”作为重点项目被推荐参加省厅举办的“粤警创新大赛”，在该重大赛事中一举夺得银奖。

从此，“越秀图侦”迅速成为侦查破案一线的核心战斗力。自“越秀图侦”队伍组建以来，破获特、重大刑事案件1276宗，抓获犯罪嫌疑人1490人，挽回经济损失超过人民币3.9亿元，出具可作为证据使用的视听资料5000多份。侦破故意杀人、故意伤害致死、强奸、贩毒、绑架、纵火、盗窃国家军事机密、寻衅滋事、猥亵儿童、拦路抢劫、抢夺、巨额入室盗窃、巨额诈骗等一系列重、特大案件，内容涵盖涉疆、涉藏、涉外、维稳等敏感领域，成功串并结伙作案、流窜作案、多次作案的若干大型团伙系列案。

曾素明在视频侦查领域的突出贡献，令全国公安同行们无不钦佩。他多次应公安部及多个省、市、地区邀请在全国范围内向公安同行传授视频侦查知识，多次被抽调参加一系列特、重大跨区域刑事案件的视频侦查工作。重庆、广西、山东、安徽、江苏、宁夏等多地同行多次到“越秀图侦”观摩取经；辽宁、福建省公安厅更是专门派员至“越秀图侦”跟班学习；省内的深圳、佛山、惠州、河源、肇庆、河源、梅州等地市更是多次邀请他前往传道授业。

如今的曾素明已桃李满天下，为全国各地公安机关培养了大量视频侦查技术专业人才，被人们称为“鹰眼神探”。

排查“A级通缉嫌犯”

那一刻，曾素明一直紧紧盯着电脑屏幕，聚精会神。

“等一等，停下再放一遍!”曾素明突然发声。

又看一遍。

“就是他!”曾素明十分果决地断定。

他盯上了屏幕里一个穿短袖短裤的男子。

怎么回事？

此人肩上搭一条毛巾，从案发地某公园北门进入时形态悠闲，后来却急匆匆地从西门离开。

这是任何一个图侦新手看了都完全可以忽略不计的举动。可是“老司机”曾素明却一眼看出端倪。

视频追踪、排查寻访、技术鉴定……一步步侦查下来，警方最终锁定这名男子的身份，并将其抓获。

他叫刘纪平，一手制造了轰动一时的“河源客家文化公园杀童案”。

那是2015年10月24日下午。事发现场杂草丛生，两名身着夏装的男孩儿浑身是血，躺在草丛里，已遇害；另一名身穿T恤的男孩儿已被医护人员放上担架，正准备送医急救，他的衣服已被鲜血染红。三名被害儿童都是小学生，还未满十周岁。

这起恶性案件，因破案条件极为不利，侦查工作曾一度陷入困境。现场没有视频，公园面积有八万平方米左右，相当于11个足球场，而且有一半是未开发的荒山，现场就在荒山处。

案发一周后，曾素明受广东省公安厅指派，到河源协助当地警方办案。

曾素明到河源后，准备和当地专案组打持久战。他要求对当天进出公园的所有人员截图，保存相关视频，并且对每个人都追踪出他从哪里进、哪里出的轨迹。

他和专案组分成五组，每组五人，每天都在看视频，看了有半个月的时间，光视频就有20T，664名于案发当日进出公园的单身男子全被列为可疑人员。

看到第六个人时，一个行为异常的男子进入曾素明的视线：该男子上身短袖，肩上一条毛巾，下身格子短裤，脚上一双拖鞋，从公园北门进入时形态悠闲，而一个半小时后却急匆匆地从公园的西门离开。

接着，专案组通过视频继续追踪该男子踪迹，发现其从公园门口的站台上了一辆公交车，在 20 公里外的河源市新风路市委党校站下车，此后拐进一条巷子。

再从巷子出来时，男子已穿着另一身衣服。该男子在巷子里面的公寓住，但排查时，居民都说不认识他。

专案组成员在公寓周边转了一下，看到一个教堂，认为该男子有可能杀人后去教堂祈祷，于是就向教堂走去。

教堂门口铁架上搭着一条格子短裤，与“肩搭毛巾”男子穿的相似，短裤上还粘着草籽。经检验，草籽和案发现场的一样，短裤上还有受害儿童的生物检材。

河源警方根据该男子视频截图照片，发布协查公告。经群众举报，确认该男子名叫刘纪平，系河源市连平县人。

原来他进入小巷后，偷了一套衣服换掉，第二天逃离了河源。

2016 年 1 月 22 日，公安部对其发出 A 级通缉令，悬赏金额从最初的 10 万元提高到 35 万元，这一金额创下广东省新高。四天后，刘纪平在江西落网。

这名“A 级通缉嫌犯”无论如何也想不到，自己会栽倒在神探曾素明的“鹰眼”下。

“鹰眼神探”，是民间口口相传的给予刑警曾素明最朴素的荣誉称号。多年来，他参与破案逾千宗，经他的“鹰眼”认定的嫌疑人，从未出过错。

2017 年 4 月 27 日，“河源客家文化公园杀童案”经广东高院复核，核准被告人刘纪平犯故意杀人罪（案发时患精神分裂症），判处其死缓，并限制减刑。这起轰动一时的案件得以终结。

做父亲的眼神

曾素明侦办的重案，多次入选广东“十大经典案例”。“流花湖沉尸案”是其中之一。

2015 年 9 月 14 日 17 时许，流花湖公园粥城附近湖中发现一具女尸。经家属辨认，死者为广州医科大学失联两天的大四在读学生。该案件迅即引起学校和媒体关注。

17 时 30 分许，曾素明第一时间赶到流花湖公园现场，调取视频监控资料。

据死者同学反映及学校视频显示，死者于 12 日 17 时 48 分在饭堂吃饭后就独自在校内走动，17 时 51 分经广医北门离开学校，沿人民北路往北行走。流花湖公园门口及园内视频监控证实，死者离开学校后便进入了公园。

检测死者手机号码，发现手机约在 12 日晚 22 时 30 分左右关机。以此推断，死者应于 18 时至 22 时 30 分内在园内被害。

时间节点及死者活动轨迹掌握后，视侦技术员立即开始对流花湖公园内的所有视频监控进行调取排查。

勘查发现，抛尸地点周边为流花湖公园内餐厅。

可是，该餐厅已经停业，周边没有视频监控可以看到。另外，流花湖公园为半开放式的公园，群众可以从任意路径进入公园，这便给视频侦查带来了巨大困难。

唯一的线索是，凶手在抛尸时压了一块铁板、一块塑料板以及一块石头在死者身上。估计凶手应会有多次走动的轨迹。

为此，曾素明将图侦组兵分两路，一路调取离抛尸地点最近的园内标清视频监控，对案发当天 18 时至第二天清晨 6 时共 12 个小时的视频进行排查；另一路对公园几个主要入园口进行封锁，看是否能发现死者或者可疑人员轨迹。

流花湖公园的人流量非常大，入夜后标清视频像素质量非常差，只能隐约看到发光点的移动，要想在这海量的视频材料中发现嫌疑人轨迹，真有如大海捞针。图侦组连续看了十几个小时视频，光排除对象就是几万人。

当晚看着办公室里一个个疲惫不堪的队友，曾素明也有些顶不住了。但他偏不信这个邪，又泡了一杯浓茶，继续查看视频。

连夜排查的同时，侦查员从现场遗留的一双蓝色运动鞋上提取到的生物检材跟死者信息一致。通过进一步比对，发现该生物信息曾在多起强奸案中出现。虽然2006年该嫌疑人被抓获过，但是信息库中显示该人员为流浪人员，没有固定住所，没有真实身份资料。也就是说，该嫌疑人作案累累，但一直未掌握其身份信息，案件侦查陷入僵局。

曾素明耐心地与技术侦查部门沟通，发现该嫌疑人于2015年年初曾在佛山顺德作过一起强奸案。

与顺德刑警部门取得联系后，确定当时有视频监控录像，曾素明立即带队赶赴顺德。他调取该案件录像，截取了嫌疑人多个行走步态信息。通过对步态信息的分析比对，从之前的排查中筛选出一个与之高度相似的男子。

视侦员辨认后确定，两者为同一人。

至此，嫌疑对象浮出水面，使侦查工作出现重大转机。

曾素明迅即对该嫌疑对象进行轨迹追踪。

这时，一个将手上的东西往肩上一搭的动作，让曾素明心中一惊。他当即断定，这是一个流浪汉拾荒者的习惯性动作。

他死死地盯住这只有零点一秒、稍纵即逝的视频，果断锁定目标，大呼一声："就是他！"

这时已累得昏昏欲睡的战友们一下都惊醒了，兴奋地围过来。

曾素明说："就是这个3号目标。看，他分三次扔垃圾，很有可能丢弃的就是死者的衣物用品。"

那一刻，是凌晨5时。

视频监控显示，嫌疑人在13日凌晨1时50分许从离抛尸点最近的一条小道离开流花湖公园，沿人民路转入流花路。他最初手上拿着三个塑料袋子，离开公园后，将其中一个扔在公园边上的垃圾桶内，行至流花路时扔掉第二个，到流花路转入站前横路后扔掉最后一个。

嫌疑人进入站前横路后，下一个治安监控中却没有再发现他的踪迹。

这条路只有一个岔路口，难道他转入了陈岗路？还是就住在站前横路附近？

曾素明立即赶赴现场勘查。他发现嫌疑人消失的地方，有两家酒店和一个网吧。警方逐一对酒店、网吧的视频进行地毯式排查，最终锁定嫌疑人落脚点为那家叫“安其”的昏暗网吧。

他当时正在浏览流花湖女尸案的消息。曾素明冷不丁地突然冲了上去，将他扑倒抓获。

通过信息比对发现，这个化名“阿狗”的流浪汉，是一个曾因强奸罪被判刑十年出狱后仍多次作案的惯犯，经常潜伏在公园等僻静场所作案，手段极其残忍，连孕妇都不放过，简直是一个变态恶魔。

阿狗之所以屡屡得手又屡屡逃脱，是因为他有作案后绝不在同一个地方停留三天的铁律。而这一次不同，曾素明和战友们从发现尸体到将他抓获前后没有超过 30 个小时。

此案已过去四年多了，回首往事，曾素明的眼睛里，除了智慧闪耀，竟还闪烁着晶莹的泪花。

曾素明深情地回忆道：“这是一个很有艺术天赋的大四女生，正准备参加‘中国好声音’的选拔，天天去学校后院的流花湖公园练歌。

“这个案件，让我最难受的，就是受害人家属的那双眼睛——

“那一天，女孩儿的尸体被捞起来，她父母从粤北山区老家赶来确认身份。她的父亲穿一身黑衣，远远地站在一边，始终不敢走近、不敢触碰他那洁白无瑕的女儿，更不敢相信他的天使般的孩子，生前曾遭受过惨无人道的性侵害……

“我站在他们中间，如同一道墙壁，隔开了黑白的世界。那一瞬间，我突然看到了她父亲的眼神……

“我想，人世间没有什么语言能够描绘此时此刻那个做父亲的眼神……

“那具白布里裹着的尸体，是他养育了21年的女儿、他们唯一的骨血！

“他那无意间投向我的眼神，让我的心，顿时像被雷击了一样。

“说实在的，我这辈子当刑警，可以说从没有怕过什么，可我真的被那个做父亲的眼神震撼了，我真的怕看那种眼神！

“我当时本能地转过身去，面对着流花湖水，眼泪不知不觉就哗哗地流了下来……

“我当时只有一个念头：一定要抓住他，把他打残废，谁也别拦我！”

阿狗一审已被判处死刑。

尾声

任何一项事业，想要做到极致是异常艰难的。然而，在视频侦查领域，可以说，曾素明几乎已经做到了极致。

只要案件来了，曾素明几乎就是到了不破案就不吃饭的地步。而除了破案，他便总是行进在协助全国各地办案或讲课的路上。

曾素明的妻子也是警察，彼此理解。而他们的女儿，直到十岁那年，才知道自己的父亲也是警察。

要说曾素明自己的憧憬，那就是等退休了，再拿起自己心爱的画笔，悠闲地画上几笔……

而民间流传的那首诗《致敬曾素明》，则是人们对曾素明发自内心的感动和崇敬：

天赐你一双鹰眼
把人间风云阅遍
高空盘旋
只为守护一方平安
为什么你干涩的双眼
不知道疲倦
只因百姓的血泪
早已流进你的心田
为什么你如风的双翼
总是急如闪电
只因你深知正邪之争
可能长到一万年
但输赢的结局
只在一秒间
你说你的画笔
可画尽佛国千手千眼
却难以描画
一个警察的苦乐酸甜
所以你选择
以旗帜的姿态
闪耀你生命的色彩

扫描二维码即可观看
相关视频等

晋江刑警陈金超

米　可

背包精神

我是陈金超，一名普通的晋江刑警。

时间坐标回拨到1999年8月9日下午，距离8月3日国务院授予晋江刑侦大队“特别能战斗刑警队”荣誉后仅仅六天。一通报警电话不仅让刑警队，甚至让整个晋江市都炸开了锅。某公司领导黄华栋和他的妻子，以及两个女儿，被残忍地杀害在其住所内。

我是第一批到达凶杀现场的刑警，随身带着的，还有背了九年的背包：铺盖、餐盒、洗漱用品、换洗衣服一应俱全。那时候的我没有想到，这个背包一打，就是创纪录的162天。

黄华栋死在距离房门不远的一个房间，颈部有三处致命刃器伤，鲜血流了一地。他的两个女儿，黄雅、黄丽姐妹死在进门左侧的房间内，均属勒颈窒息而亡，身边还留有勒颈所使用的煤气软管。而黄华栋的妻子王兰则死在里间儿媳的卧室，头部有撞击伤，现场遗留有勒颈使用的毛巾。

虽然那时候我已经在重案队工作了许多年，但是一闭上眼，脑海中还是能浮现出四名死者生前最后的绝望。我倒吸一口凉气，让自己冷静下来。因为我需要的是整个犯罪过程的回放。为此，任何蛛丝马迹都不能放过。

慢慢地，混乱开始变得有序。技术民警反馈过来的信息是：正门没有破坏痕迹，凶手疑似和平进入；卧室房门上提取到一个脚印，疑似凶手踹门留下；死者黄华栋的手机下落不明，钱夹内现金被取走，部分衣柜、抽屉有被翻动痕迹；客厅桌上有散落的麻将、水杯、台布。此外，现场并未发现明显打斗痕迹……

对外部环境勘查发现：死者住所位于大楼五层，一梯一户，四室一厅。这栋楼是公司管理层人员集中居住的生活区，最贴近黄华栋居室的四楼的住户，其时正举家外出。六楼的住户正在装修，尚未入住。事发当天，没有人听到异常响动。

走访民警也有了初步发现：黄华栋的妻子王兰平日在家操持家务；两个女儿均在父亲公司工作，案发当日正常出勤上班。黄华栋当天上午参加了一位亲友母亲的葬礼，整个过程肃穆庄重，并没有和他人有过多交流。葬礼结束后黄华栋就乘车回家，从一个死亡现场赶赴另外一个死亡现场。黄华栋死时还穿着皮鞋，可见连鞋都没换，便遭遇了凶手……

关于皮鞋的场景，是我推断的。是的，面对已经发生的犯罪现场，刑警要做的，就是对犯罪现场的重构，像电影回放一样，把现场发生的一切全方位呈现出来。凶手有几个人？如何进入案发现场？使用了什么样的凶器？如何对被害人控制并将其杀害？在这个过程中都触碰了哪些东西，留下怎样的痕迹？而这些痕迹又是否可以锁定未知的凶手？

这些疑问盘踞在大家的脑海中。

在那个缺乏视频监控的年代，刑警只能依据有限的线索，提出假设，认真考据，验证或否定假设。

当天，“8·9”专案组成立。我和一百多名刑警在该公司专门开辟出来的厂房内打好地铺，就地开展案件侦查工作。

我是1991年参加公安工作的，第一站就是晋江市公安局刑警大队。彼时的晋江已有人口一百多万，每年还要接纳三十多万名外来流动人员。大量人口分布在各个镇、村的民营企业中，而作为打击犯罪主力军的晋江刑警大队不过百人。为了更加专注破案工作、更好深入群众摸排走访、更多节省办案经费，晋江刑警提出了“背包工作法”，案子发到哪儿，地铺打到哪儿，不破案不收兵。当地群众感叹佩服之余，将这份拼劲誉为“特别能吃苦、特别能奉献、特别能战斗”的“背包精神”。

虽然案件看似是由入室侵财犯罪转化为抢劫杀人，但公司内部安保措施严格，外人一般难以进入，且由于房门没有被破坏痕迹，凶手可能是和平进入房间。因此，我们倾向判断凶手和死者相识。

只是，认识黄华栋的人实在太多。

黄华栋生前是该公司的股东之一。且随着公司系列产品畅销全国，黄华栋也成了一名商界精英，游历全国，社交广泛。故而案发后，各种传言、阴谋论甚嚣尘上。各界人士都将目光聚焦在我们晋江刑警身上，希望警方早日对这起灭门案有个定论。

除了蜂拥的社会舆论，我们更在意的是那份荣誉——毕竟距国务院授予晋江刑侦大队“特别能战斗刑警队”荣誉仅过了六天，考验来得实在太快。

我们顶着压力，先围绕死者黄华栋的社会关系展开摸排调查。不管是他的同事，还是他的亲友，抑或是他在商业上的合作伙伴，只要是和他有交往的，全部背靠背走访排查一遍。这样的排查采用背对背，互相印证的方式开展，对于重点人员更要进行AB两组分别走访盘问。目的就是对每一名走访对象定人、定位、定时间，像是挤脓疱一样，把可能的谎言给挤出来。

但是，排查了几天，所有可疑的情况全部查销。侦查回到了原点。

原点也就是圆点，是以作案现场为圆心，继续画一个更大的圈，将更多的村庄、街道、企业圈入走访范围。这对于负责走访排查的我和同事们来说，意味着数倍增加的工作量。

东南沿海的盛夏，漫长且难熬，充斥着炙热的暴晒和窒息的潮湿，但我们还是偏好在正午、在夜晚，一家家敲开走访对象的门。因为只有在吃饭或睡觉的时候，才能够把人见全。

我走进一片片民工宿舍，询问那些来自全国各地的农民工，审视他们充满防备，甚至是威胁的眼神。我来到一户户农舍，翻找着鸡笼猪圈，希望能够撞见可疑的刀具或死者的物品。我追逐那些消失的人员，不管是回乡，还是流浪，必须见到本人。总之还是那句话，定人、定位、定时间。只有这样，才能够提高嫌疑，或是消除嫌疑。

每天的生活简化为两个部分：走访，以及走访之外的专案会。日子久了，不免昏昏欲睡。有的夜晚，我会突然从村子的道路摸出来，走到一片无人的海滩。但海也是压抑的。我睁大了眼睛，想去寻找黑色的浪花，好像那就是凶手的模样。但我看到的，只是无比沉默、黝黑如墨的大海。

生活在海边的人都知道一个词：离岸潮。涨潮的时候并不可怕，即便如山呼海啸，总还是会把人推到岸边。真正可怕的是退潮，是隐藏在平静海面之下的暗涌，能够将人吸到大海的深处。

日复一日的走访也是如此，当一千次的走访都被排除嫌疑后，大家很容易陷入到一种疲惫和麻木中。而真正的线索，可能正好埋伏在第一千零一次的走访中，隐藏在那些沉默的、不知名的角落里。

每每想到此，我只能给自己提醒，给自己提神，然后背对大海，重回到越括越大的人海之中。

犯罪现场还在重构。最大的争议是有几名凶手？

这么一个简单，却又最核心的问题，专案组反复争执了许多天。有的人认为是单人作案，因为受害人先后回到家中，一个人完全可以挨个儿控制并将其杀害。有的人认为是多人作案，捆绑、抢劫、杀害，如此复杂的作案过程一个人似乎很难完成。

所有的推断都需要验证。为此，公安部首批八大特邀刑侦专家乌国庆来了，他再次勘验现场，对比凶手在每个被害人身上留下的痕迹，尤其是捆绑的绳结，认为一名凶手是可以完成全部作案过程的。此外，经过对大量无关指纹的排除，技术人员也只提取到一名凶手的指纹。只可惜，这枚指纹并没有比中任何前科人员。

侦查的重心，又回到我们走访摸排组上。

夏去秋来，大规模的走访已经持续近百天，我们专案组成员踏遍全国 16 个省、市，136 个县，行程近十万公里，排查甄别三万多人，比对指纹 40 多万枚，却还是没有找到嫌疑人。

我是走访小组的负责人，我必须要给自己的组员们打气，保持队伍连续作战的斗志。

在对灭门案的走访中，我们搂草打兔子，带破了其他案件，抓了潜逃已久的其他逃犯，掌握了辖区治安和人口状况第一手的基础资料；还抽空连续破获了社会影响恶劣的系列轮奸案、持枪抢劫银行取款人案。

秋去冬来，寒风渐起。有时候我蜷缩在地铺的被窝里，一边抵御着四下的寒气，一边听着风声，心底默念：案件也该破了。

真正的那条破案线索，起先并不是很明显。受害人公司将破案线索悬赏金额提到了一百万元时，成千上万的举报电话打了进来，希望自己的臆断能够赌赢那一百万元。

这其中包括一个女人的电话。她大概描述了犯罪现场的情况，并提供了嫌疑人模糊的体貌特征。

犯罪现场早已通过媒体被广大群众周知；嫌疑人的大致画像，也由专家绘制并向社会公布。女人没再打来电话。她或许认为警方会把这通电话当成一次对于悬赏奖金的贪婪试探，不予理会。

专案组要求每条线索都必须见底。抱着这个念头，侦查员来到深圳，找到了这个女人。

女人供述：她是受到男友李良指示，打了这通举报电话。李良就是晋江人，家住案发现场附近，此时正在河北石家庄打工。

为何李良对这起案子这么关注？为何他不自己打举报电话，反倒指示远在深圳的女友打电话？

一丝怀疑就像是一道光，照亮了一小片侦查空间。我和同事们追着这道光，发现了更多的问题：案发时，李良就在案发地附近居住；李良和黄华栋的儿子是同学；李良在案发前生意赔本，债台高筑……

一组人员立刻赶赴李良所在的石家庄市，而技术民警很快确认李良的指纹和犯罪现场凶手留下的一模一样！

李良被抓获后，开始了他的有罪供述：

1999 年 8 月 9 日上午，李良携带一把匕首及一卷胶带，进入公司生活区。李良以推销塑料为由，敲门进入黄华栋家，持刀架在王兰的脖子上勒索财物。王兰认出李良是儿子的同学，李良遂起杀人念头。李良持刀强迫王兰进入卧室，用胶带反绑她的双手、双脚，并封住她的嘴巴，又从案发现场取得一条毛巾勒住她的脖子致其昏迷。当李良窜到其他房间搜劫财物时，王兰发出呼喊。李良回到卧室，抓住她的头发将其向墙壁猛击数下，然后用毛巾勒住王兰的颈部致其当场死亡。

杀死王兰后，李良坐在桌边，喝了一杯水，让自己冷静，将指纹留在了杯壁上。然后，他听到了两个女孩上楼的笑声。

黄华栋的两个女儿黄雅、黄丽姐妹进入房间后，被躲在门后的李良持刀架在黄雅的脖子上，将两人逼进左侧第一个房间。在搜刮两人身上现金后，他从房间里取出一条领带，胁迫被害人黄丽用领带的一端反绑黄雅的双手，他用领带的另一端反绑住黄丽的双手。而后，李良用刀割下卫生间里的液化气管，将两被害人的身体及双脚捆绑在一起，又找来白色背心布块分别堵塞两被害人的口腔，用胶带封住两被害人的嘴、眼部，最后用窗帘绳将两被害人勒死。

当李良关上房门欲离开现场时，发现他所携带的手提包遗留在该房间里，他没能打开这扇门，便用脚踹开该房门取出手提包。

就在此时，黄华栋从奔丧现场回到了家中。黄华栋进门后，李良用刀架在他的脖子上，搜刮完现金后，将他捆绑，蒙住双眼，封住口腔。然后取来一床棉被，覆盖住他的口、鼻，企图闷死他。由于黄华栋极力挣扎反抗，李良掀开棉被，拔刀朝他的颈部猛刺数刀，致其当场死亡。

现场一切的一切，在 162 天的走访调查，抓获真凶后，都得到了印证。

破案后，我和同事们又一次来到海边。潮平两岸阔，风正一帆悬。面对大海，我们回想起背包的日子，想起那些沉默、压抑的委屈。

从内心深处，我感受到："背包精神"的实质在于坚忍，它像一粒种子，在地面之下，沉默地壮大根系，等待着在沉默中爆发的那一刻。

爱拼才会赢

人生可比是海上的波浪/有时起有时落/好运歹运/总嘛要照起工来行/三分天注定/七分靠打拼/爱拼才会赢……

在晋江的大街小巷，你总会听到这首用闽南话唱的《爱拼才会赢》。歌词反映了闽南人始终坚持的顽强拼搏精神，是新时代“晋江精神”的最佳注脚。而这种精神，又在晋江刑警身上有了很好的体现。

我刚入警那会儿，就被分到了重案队。重案队，顾名思义，意味着敢打敢冲，倍儿精神。有时候会遇到那种不要命的犯罪分子，怎么办？我们比他们更加不要命。

抢劫摩托车团伙，就是一群不要命的主儿。

彼时，摩托车还是个金贵物件，是穿行在各村、各厂的高档交通工具。一拨劫匪打起了摩托车的主意。说是一拨，因为那些劫匪分分合合，组织松散，手段却极度凶狠。他们大多提前埋伏在村里的小路两端，等摩托车驶近，两边拉绳，先把摩托车绊倒，然后拿着木棍一顿捶，把人捶得七荤八素后，再不慌不忙地把车骑走。最猖狂时，这拨人一天能作案好几起，伤好几号人。一时间，摩托车车主们人人自危，在路上行驶时不得不眼观六路、耳听八方，就怕和这伙劫匪撞见。

案件接连发，我们重案队也招架不住。群众的报警是全天候的，我们赶赴现场也是全天候的，但不管怎样，总是步劫匪后尘，只能看群众的白眼。在 20 世纪 90 年代初，视频监控、DNA 检测等先进技术都是没有的，人员流动又那么频繁，可供调查的线索很少。

大伙儿一商量，与其在后面穷追，不如让劫匪主动上门。当然，这样做是要咬后槽牙的。我找来一张晋江地图，将所有案发地标注在地图上，然后是时间、车型、作案人数、手法。确定了案发高危地区后，我便和战友们分骑两辆摩托车出发了。

我骑在第一辆摩托车上，戴着厚厚的头盔，裹着厚厚的衣服，行驶在小路的中央，随时准备人仰车翻，被劫匪一顿胖揍。两名同事骑着另一辆摩托车跟在后面，他们一人拿警棍，一人拿枪，随时准备和劫匪开战。

摩托车头盔太闷，呼出的水汽蒙在面罩上，很快看不清前面的道路。

我不得不一次次把水汽抹掉，又任凭水汽一次次地糊满。

连片的村落，逼仄的街巷，我们和劫匪，如两伙信号欠佳的对手，互相找寻。

遭遇战并没有按剧本演绎，劫匪发现了我们扎起的口袋，便骑着摩托车，冲破前方设置的关卡夺路而逃。

我加大油门儿，在后面紧追不舍。说起来有趣，嫌疑人摩托车是抢来那一批中性能最好的，像一条小白龙似的，分分钟便把我甩出很远。但当劫匪驶入一段路况奇差的上坡路段时，他的速度慢了下来。反倒是我骑着那匹“驽马”追了上来。眼见着下坡在前，劫匪一骑绝尘，我做了那个给我留下一生印记的决定，从自己的摩托车上飞身跳起，将“小白龙”上的劫匪扑倒在地。

我和他一同摔在了路边。同事们赶了上来，把劫匪制伏。

我拍了拍脸上的灰，掌心有点儿黏，打开，才发现上面糊满了鲜血。原来，我的半块左耳也随着这一扑永远离开了我的身体。

年轻，就是热血，就应该像大海一样波涛汹涌，无所畏惧。我喜欢到海里游泳，大海的咆哮激荡着我的内心。那种澎湃，可能只有在行动最危险的时候，才能够感受到。

是的，刑警就是要冲上前去：在我翻墙跳进院子，遭遇躲在门后身负几条命案的凶手偷袭时，我必须冲上前去，贴身肉搏；在我抓捕躲在山洞里的抢劫犯时，我必须冲上前去，死死扣住他的双手，才能避免他拉开绑在身上的炸弹引线。

生活有时就是这样，该咆哮的时候，绝对不能退缩。

受市局党委信任，2012 年，我调任刑警大队大队长。我发现，此时要直面的，已经不是一起起个案，也不是一个个团伙，我也不再是单枪匹马，我的身后，有着一支两百多人的刑警队伍。我希望这支队伍能够像齐头并进的海浪，形成矩阵的力量。

彼时的晋江，刑事发案处于高点。两抢犯罪、盗窃犯罪、暴力犯罪严重威胁着人民群众的人身和财产安全。面临严峻的治安形势，我不能胡子眉毛一把抓，必须集中优势警力，开展专项打击。

我们第一个聚焦的，便是街面两抢犯罪，特别是一天作案高达几十起的飞车党。群众对这类案件反映最为强烈：有的老婆婆耳垂连同耳环被生生拽下，血肉模糊；有的母亲项链被拽走，怀抱中的婴儿也因惯性摔在地上；有的女青年为护住自己的提包，被摩托车拖拽了十几米……

我代表刑警大队向市局党委立下誓言：在一年内，将每天几十起的发案数降为零。

很多人都认为我疯了。

我们成立了打击专班，不仅着眼于两抢团伙，更把重心放在了打击销赃渠道上。的确，没有买卖，就没有伤害。正是那些销赃人员的快速销账，助长了两抢刑事发案。为此，打击专班注重案件深挖，形成证据链条，在和检法两院充分沟通的基础上，将销赃人员定为抢劫同案犯，这就大幅提升了销赃的犯罪成本，从而压缩了犯罪的市场。

与此同时，我们还协调各地派出所开展联合公开查缉，形成打击声势。本着打击三分之一、经营三分之一、赶走三分之一的方针，我们在短时间内就使得街面两抢犯罪大幅下降，从日发案几十起，到日发案二十起，再到十起以内。到了农历大年初一，两抢犯罪终于实现了当日零发案。

我拨通了局长电话，假意拜年，却大说特说当天没有发生两抢案。

可电话那端，局长呵呵一笑，泼了一盆冷水：大年初一，贼也要过年休息。

我想，局长说的也有道理，只能再接再厉。那段时间，整个大队像疯了一般，只要有线索就一追到底，只要有团伙就一打到底。以至于后来落网的劫犯供述：同行们都说要离晋江远点儿，那里被抓的可能性太大。

就这样，到了阳春三月，春暖花开，本是两抢犯罪抬头之时，再一次出现了当日零发案的情况。更不可思议的是，这样的情况延续了许多天。

我和同事们终于兑现了对市局党委的誓言，也是对晋江老百姓的誓言。

自2012年以来，我们晋江刑警以警情为中心，坚持分类打击，专项整治，什么突出就打击什么，从抢夺抢劫到暴力犯罪，到入室盗窃，到盗窃三车，到打击电信诈骗，到扫黑除恶。全年刑事发案从最高峰的三万一千多起，下降到2018年的九千多起。其中，现发命案下降了61%，两抢犯罪下降了98.8%，各类盗窃犯罪下降了79.7%。

晋江刑警的打击刀锋刀刀见血，真正打到犯罪分子惧怕，打到人民群众满意，打到刑警自己也满意。因为我们已经不再被犯罪分子牵着鼻子走，可以腾出手来更好地去打基础。

是的，刑警就是要外练筋骨皮，内练一股气。

在技防方面，全市六万余个公安视频探头，全部由刑警大队和属地派出所踏勘布点，照亮了晋江的大街小巷。

2018年12月31日，市内发生一起现行命案，杀人犯江某杀死自己妻子后逃跑，扬言还要去杀自己的儿子。

我们闻风而动，一方面派出警力保护其子，另一方面通过视频天网配合一线民警实施搜捕。可是江某却如人间蒸发般，将极度的危险隐藏在繁华的城市中。

我反复问图侦民警：从各视频卡口分析，凶手是否已经逃出警方的包围圈？

图侦民警很明确地回答：没有。

此外，图侦民警还反映了凶手的一个逃跑特征：弯腰去摸窨井盖。

依据这个特征，我对实施一线抓捕的民警下达了挖地三尺的指令。果然，在案发后 15 小时，我们从下水道揪出了这个极度危险的凶手。

技术的进步，为刑事破案提供了更多的可能。

2015 年 1 月，晋江刑警率先在全省县级公安机关建立了全套高标准的 DNA 实验室，将更多的亮光照进那些尘封已久的命案积案。

其中，在 2000 年发生的一起蒙面入室抢劫杀人案中，侦查民警提取到凶手用于蒙面的丝袜，并将这只丝袜妥善保存在物证袋中，这一存就是十几年，静待罪恶昭彰的那一天。

2016 年，我们的技术民警借助高科技仪器，成功在丝袜上提取到嫌疑人遗留的微量物证，锁定了真凶。

的确，科学技术的背后还是人。同样的技术，在不同人的操作下，结果也会大相径庭。

没有图侦民警发现凶手触摸窨井盖，就不会有一线搜捕民警去下水道搜寻凶手。没有当年老侦查员对丝袜的妥善保存，技术民警也不可能在十几年后从上面提取到凶手遗留的微量物证。破案不是单打独斗，不同岗位上的刑警，不能只顾好自己的一亩三分地。优秀的刑警是战略大师，要想许多步，甚至去预测对手的行为。比如一起杀人碎尸沉尸案中，我们的法医从河里打捞出 134 块尸块，将其拼凑出大致形状，完成了对死者年龄、性别和死因的分析后，他的任务就完了吗？没有！法医们还买来许多猪肉，按照包裹尸块的分量，分装在不同的塑料袋中，做好标记，再从不同的河道抛下，然后在下游打捞。唯一打捞起的那包猪肉，是从主河道抛下的那包。侦查员进而在主河道周边进行搜捕，发现了凶手驾车停留在桥上抛尸的线索。

案件破获后，法医和侦查员都得到了绩效的加分。

这种战果分享的机制，也是我们晋江刑警科学绩效考评的一部分。

仅从 DNA 实验室民警来说，其完成的工作量只能算作基本分，真正决定成绩的，是有效提取和比中率。这样一来，不仅杜绝了队伍中的懒人，也消减了队伍中的庸人。

我相信：没有人是生来平庸的。

八仙过海，各显神通。因此，在每周二晚间组织刑警课堂时，我会邀请一名大队的刑警，包括辅警走上讲台，讲授自己在打击破案中的专业所长，不管是图侦、网侦，还是微量物证提取、DNA 检测，又或是盘查要点、审讯技巧，只要说的是干货，都会得到大家的掌声。

要做到强者恒强，就要凝聚队伍的集体智慧，发挥队伍的集体力量，就要让每一名刑警都成为咆哮的、齐头并进的波涛，扫平一切的混乱和无序。

在晋江治安环境持续改善，人民群众不断安居乐业的前提下，我们将目光放远，放到大海的深蓝，放到目光所不及的地方，因为那里可能潜伏着更加汹涌的暗流。

搏击大海深蓝

2013 年 8 月 15 日，又是一个盛夏。辖区一服装厂出纳请了事假，偌大的办公室内只有会计值守。

手机来电，一个操着闽南本地口音的男人自称是医保中心的工作人员，他告诉会计：她的医保卡涉嫌购买管制类违禁药品，已经被上海公安部门立案调查。

会计连忙否认，她连上海都没去过。

男人思忖片刻，要会计想一想自己的医保卡有没有离开身边，被别人复制。这是一个会计无法回答的问题。对方抱着同情和善意提醒的口气，要会计联系一下上海警方，随即便替会计把电话转到了上海公安经侦支队的线上。

会计看到对方电话的区号是021。

一个操着不标准普通话的警官证实了医保中心工作人员的所说，并进一步透露了购买的违禁药品就是毒品。末了，警官言辞俱厉地要求会计早日投案自首，通缉令已经由当地检察院下达。

会计只是一个家庭、工作、孩子三点一线的普通职员，此时的她早已吓得双膝发抖。

好不容易集中起理智，她要求看一看通缉令。警官一边训斥她执迷不悟，一边将电话转到了检察院。当然，还是021开头。电话转接过程中，会计的记忆已经说服自己：自己的医保卡，不，甚至连同身份证确实离开过身边。

电话又一次接通，检察院工作人员的声音要宽厚许多，耐心也更足，他由着会计自我辩白了一大段，才宽慰她，可能事实真如会计所说，个人信息被盗用了。但通缉令确实已经发出，而相关的资产冻结程序也即将开始。

对方让会计登录QQ账号，加其为好友，然后发来一个链接，会计点开链接后，果然看到了那张填有自己名字的通缉令。

也就是那一瞬，会计的电脑全部黑屏，陷入瘫痪。她的利用价值已经结束，现在成了个局外人。

与此同时，位于老挝电信诈骗窝点的犯罪分子已经远程控制了会计的办公电脑。他们复制了电脑里保存的银行账户和密码，通过仍然插在电脑上的U盾，将账户上的830万元全部从公司账户转到另外一个账户上，随即层层拆分到二级卡、三级卡、四级卡等无数个银行账户上。紧接着，位于台湾的车手如一群嗅到血腥的鬣狗，到各个银行网点将拆分卡中的现金迅速提走。

一块大蛋糕，就这样被迅速分而食之。

老挝的电信诈骗窝点一片欢腾，而晋江的这家服装厂却陷入了瘫痪。

在此之前，我们没有遇到过这种类型的电信诈骗，更何况一次就被骗走830万元。

不安的企业主们将目光聚焦在我们身上。

但我们也是两眼发黑，不知道骗术流程、不知道后台运作、不知道嫌疑人位置。有太多的问题要回答。但最麻烦的是，这一切都发生在不可见的网络，看不见的远方。

电信诈骗不像传统犯罪，那些犯罪分子不需要攻到晋江城下，不需要现出真身，却能够实施侵害人民群众财产安全的行为。随着移动网络的普及应用，这样的案件还会一发再发，成为一种主要的犯罪形式。

为了有效打击此类犯罪，我们必须转移战场，从熟悉的辖区走向陌生的网络，进入到未知的蓝海。

我相信，一切皆有痕迹。只要紧盯不放，便能捕获成功。

全新的犯罪类型，需要全新的侦办方法。我让熟稔电脑技术的年轻人就破案提出大胆假设，然后找到网络高手、金融专家进行科学论证，目的就是找到那个得以实施电信诈骗犯罪的漏洞。一句话，就是穷尽了一万种可能，也要再尝试第一万零一种可能。

看到年轻的侦查员一次次尝试、失败、再尝试时，我想到了十四年前灭门案时的走访摸排，不也是一次次的努力、失败、再努力吗？

我欣慰地意识到：虽然破案手段发生了巨大变化，磨损破线的背包已经收进了柜中，但那股子精神却被年轻人继承和发扬。只要有这种精神，案子就一定能破。

果然，一组侦查员打通了技术壁垒，查到这伙人位于老挝，通过电话卡和转号软件向境内拨打诈骗电话。

而另一组则追踪这批电话卡来到了上海，找到了售卖这批电话卡的卡贩子。卡贩子提供了一个住址，一个将这批作案电话卡快递到晋江本地的地址。而收货人是王某龙和王某玲。

至此，转了大半个中国，我们第一次将嫌疑人拉回到一座城的距离。

我们迅速查实了王某龙和王某玲两人前往老挝的出入境记录，找到了团体订票时留下的二十多人身份信息。这二十多人同机出境，又同机回国，不是旅行团，那就只能是诈骗团伙成员。在这其中，还有两个有电信诈骗前科的台湾人。

干了一票大的后，这个电信诈骗团伙凯旋回国，就地解散。

8 月 30 日，我对 13 个抓捕组发出了统一收网的指令。在晋江、在福州、在厦门，在机场、在宾馆、在饭店，65 名电信诈骗分子全部落网，其中就包括为首的两个台湾人。

原来这两个台湾人在国内招募诈骗人员来到老挝窝点，进行电信诈骗手段和话术培训后，将他们分成假冒医保中心工作人员的一线、假冒公安民警的二线和假冒检察院检察官的三线。此外，他们还制订了公司化流程，奖优罚劣，并在扣除人员工资和运营成本后，将诈骗所得转入位于台湾的账号。

这起案件破获后，兄弟单位纷纷取经效仿，学习晋江刑警的侦破技术。

可是，电信诈骗分子是每三个月优化一次诈骗话术，每半年更新一次诈骗手段，机票退改诈骗、刷单诈骗、杀猪盘，等等；他们的反侦查措施更是在不断修补和完善，单说取款方式，就从雇佣车手进化为第三方支付，再到隐蔽度更高的对公账户。

我们明白，网络那端都是高手，只有把自己练成高手，才能做到主动出击，以打促防。

因此，近年来，晋江公安先后成立反诈中心、合成作战中心，专业化的机构和队伍正在不断成长壮大，到更深的蓝海与电信诈骗分子进行战斗。

和电信诈骗一样隐蔽的，还有一些新型涉黑涉恶团伙。

2018 年 1 月 23 日，中央政法委召开全国扫黑除恶专项斗争电视电话会议，全国扫黑除恶专项斗争开始。五天后，也就是 28 日，一个脑袋斑秃的女孩报案：一家叫作金辉小额信贷公司的催债人员将其带到一个住所内，以剃光头发的方式逼迫其还债。

是非法拘禁？时间好像不够。

是寻衅滋事？暴力特征似乎也不明显。

当大家在讨论案件定性时，我想到一个词：软暴力。

我们调取了涉及金辉公司的接处警记录，发现了更多的以软暴力实施催债的警情。比如贴大字报、用橡皮泥堵锁眼儿、在欠债人身上绑具有倒计时功能的假炸弹，甚至威胁要将欠债人扔到鳄鱼池中……

彼时，全国扫黑办还未对软暴力的特征进行定义，两高也没有出台相应的司法解释。但我们认为：虽然这些案件单独来看，都达不到刑事立案标准，有的甚至连治安案件都够不上，但全盘来看，这个团伙对社会危害非常之大。有的欠债人不堪其扰，举家外逃，甚至试图自杀。另外，公司一起又一起标准化的放贷、催债以及相附着的软暴力行为，又使我们窥见了其组织架构的严密性。

水能载舟，亦能覆舟。如果我们对这些团伙听之任之，不予打击，将会极大地影响人民群众的幸福感和获得感。

因此，我们决定不等相关解释出台，先行先试，成立专案组秘密侦查。

这一查不要紧，一下子便揭开了金辉公司更多的有组织犯罪特征：比如高达 20% 的砍头息、以家访为名义收取的手续费、组织内部对于暴力和非暴力界线的培训、放贷员和催债员相应的提成，还有公司团建，到寺庙烧香拜佛并集体拍照留念。

而就是那张集体照，将公司全部人员曝光。从照片上的站位分析，专案民警很清楚地辨识出公司的一、二、三号头目。专案组只需要对着照片抓人就行。

可也就是这张照片，漏掉了一个关键人员。当2018年3月底，专案组统一实施抓捕后，通过审讯才发现，整个组织还有一位大嫂。而这位大嫂既是总经理王某的情人，还承担了公司会计的职能。

专案组迅速行动，在这位大嫂销毁公司账本之前将其抓获，同时起获大量财务数据。正是这些财务数据，牵出了金辉公司幕后的金主林某及其代理人庄某。

专案组没有止步于此，又继续深挖，连带破获了贩卖公民个人隐私等相关联的上下游犯罪。

这是晋江公安在整个泉州终审宣判的第一个涉黑涉恶团伙。没有先例可循，没有意见指导，但整个案件证据充分，定性准确。

在我们持续打击黑恶势力时，我们发现有的团伙定下了攻守同盟，有的犯罪方式极为隐蔽，有的头目还设置了多层防火墙，以此来规避侦查。但晋江刑警不畏艰难，最终将这些案件成功办结。

成绩的背后，反映了我们不拘泥教条，敢于尝试，敢于到深水区搏击的精神。

比大海更广阔

大海是肆虐的，瞬息万变。

2001年夏天的一个夜晚，台风登陆广东沿海，狂风掀起巨浪，大雨漫天倾泻，整个世界混沌一片。

无人的公路上，只有一辆警车亮着大灯，兀自前行，目标是一名潜逃许久的命案逃犯。

车内气氛压抑，司机瞪大了眼，盯着雨刷开辟出来却又转瞬即逝的前方，副驾已经疲劳入睡。我刚在电话里和妻子道过晚安，抬起头，看到道路中央的隔离带。一声喊刚发出，更大的金属撞击声已取而代之，然后整个天地复归到风声、雨声。

不知过了多久，我苏醒过来。接着便感到了肩膀的剧痛。我立马查看前面两位同志的伤势。副驾的小施抱着大腿嗷嗷叫痛，驾驶位的小高则捂住了胸口。半晌，小高才吐出一句话：超哥，我可能要死了。

我的脑袋一下子就炸了。

我赶忙拨打120，急救车将小施和小高分别送往不同的医院。我则托着肩膀，辗转于两个医院间，脑袋里一直回响着那句话：超哥，我可能要死了。

万幸的是，医院诊断小施是大腿骨脱臼，而小高则是两根左肋骨折，差一点儿就扎到心脏。

时至今日，我还会梦到那个台风夜，梦到小高的那句话。

也就是在那时，我深刻意识到，晋江刑警不能抛弃任何一名战友。

不能抛弃的，还有思想。国务院授予晋江刑侦大队“特别能战斗刑警队”已经过去二十个年头儿。在这二十年间，没有任何一个人被党纪国法追究，没有任何一个人掉过队。

这是因为我们能够直面问题，实事求是。比如在推行如实警务时，有一名同事在破了一起偷狗案之后，才回头补立案。当然，他在侦查之初也没想到被偷狗的价值能达到立案标准。但大队还是启动了问责，目的就是提醒大家要如实、及时地将警情反映上来。而这种如实警务，也关系到社会综治保险的赔付。

如今，晋江刑警脑子里都有一个警钟，那就是如果案件在两个月内破不掉，将会由保险公司赔付被害人的损失。这样一来，保险公司有赔付的压力，晋江刑警更有破案的压力。制度实行一年来，保险公司的赔付压力大大减轻，因为晋江市刑事案件 24 小时破案率已经达到了 60.2%。天下武功唯快不破，只有打早打快，才能以进攻来巩固防守。

我很喜欢游泳，但如今却几乎不下海了。因早年经常打背包破案，睡在地上，我的膝盖患上了风湿痛。

现在我每每来到海边，看到孩子们在沙滩上堆起城堡，很快这些沙堡又被海浪夷为平地，我就会凝视着大海，凝望那海天交接地方。

我闭上眼睛，仿佛那潮起潮落正如我搏动的心跳，澎湃起伏，生生不息。

我的普通的刑警生涯，使我深深意识到：每一名刑警的心中，都有一片比大海更广阔的天地。只要不断拼搏，就一定能够到达理想的彼岸。

扫描二维码即可观看
相关视频等

“拼命三郎”叶英

艾 璞

四年磨一剑

文成县，浙江省温州市下辖六个县之一，1946 年从瑞安、青田、泰顺三县边区析置而成，以明朝开国元勋、大明军师刘基（刘伯温）的谥号“文成”作县名。

叶英出生的文成县峃口乡九山村，和刘伯温故里距离十公里，毗邻江边，山清水秀。下河摸鱼，上树掏鸟蛋，爱看小人书，小时候的叶英特别崇拜刘伯温，学其文韬武略，苦练强壮身体。随父母来杭州读高中时，隔壁是浙江警察学院，叶英看到学生拳击、散打训练，打心底羡慕。

1994 年高考，叶英一口气填了五所公安院校志愿，如愿进入浙江警察学院，专业刑事技术，成了村里首位大学生，被奖励 1500 元。

1997 年 8 月 2 日，寸发、皮肤黝黑、大眼睛、粗脖子的叶英来到文成县公安局报到，刑侦大队副大队长潘振达一眼就喜欢上了这个虎头虎脑的小伙子。

问到打算，叶英开门见山：“想到一线搞侦查。”

潘振达自有打算，队里技术人员青黄不接，勘查现场需要新鲜血液，高才生也需锻炼打磨："到技术组，发挥专业水平，那里更需要你，也是侦查。"

叶英一开始自然有些闷闷不乐。但从此他开始潜心研究技术，业余时间则到侦查组帮忙。领导看他主动加班加点，也不说啥。

叶英头大，工作中不时有智慧闪现。战友们把雅号"大头"赐予他。他则乐呵呵和伙伴们打成一片，全身心投入火热的侦查。

不料这一下麻烦来了。因叶英醉心破案，他杭州女友的感受被忽视，交流沟通不畅，误会频频，浪费不少话费，差点儿分手。

师父潘振达赶忙电话解释。女友来文成，潘振达又请他俩吃饭，为叶英说案释情。

一天后半夜，叶英和特警设卡盘查。叶英来到一夜宵摊子，开始盘问。

被盘问那人不肯说名字，被叶英盯得发虚，实在没办法随口一编："我叫詹冬青，住峃口乡。"

这不撞到枪口上了？峃口乡是叶英老家。

叶英的"鹰眼"死死盯住他，突然喝道："冬青早移民国外，你敢报假名字！"

那人扭头就跑。可哪里跑得过叶英的飞毛腿，瞬间便被叶英的铁手抓住。

审讯中，队里老民警来得早，路过审讯室一瞥："这不是在逃八年的强奸犯吗！"

那人彻底傻了眼。

叶英初露头角，潘振达拍着他的肩膀："好好干，有出息。"

叶英破获的第一起案件，是发生在刘伯温故里的系列盗窃工地钢筋案。

此案让他懂得了和基层打成一片的重要性。如不懂当地方言，侦破便寸步难行。文成有许多方言，隔十里就不同音。叶英开始勤学苦练，迅速融入当地语言体系，直至文成所有乡镇方言都能听懂，还说得像模像样。天才就是付出。叶英相信勤能补拙。

不久，发生一起1500万意大利里拉被抢案件，案值折合人民币50万元。犯罪嫌疑人白天在银行旁踩点伏击，警方卡口设卡，迅速抓住两名聋哑人。审讯中他们打哑语企图逃避打击。叶英于是请来聋哑学校老师协助审讯。办案一个月后，他连哑语也学会了，口供顺利突破。

叶英还打得一副极佳的感情牌。

一回，队友办一起贵州籍犯罪嫌疑人盗窃案，口供突不破，那人还绝食。队友急得像热锅上的蚂蚁，向叶英求救。

叶英前一晚加班，一早又下乡，连中饭也没吃便赶来。在交心中，嫌疑人获悉叶英早、中饭都没吃，又见叶英现场协调帮助他把没人照顾的小孩安顿好，被感动了，便十分爽快地做了交代。

叶英接着安排看守所食堂煮一份荷包蛋面。

嫌疑人吃得津津有味，又主动交代了警方还没掌握的犯罪事实。

两年后，叶英成为文成县公安局有史以来最年轻的刑侦大队副大队长。

自1999年3月起，文成城关镇陆续发生小店洗发水、硬币、饮料被偷案。接着小偷小摸发展成撬门、撬窗，有时一晚好几户被偷。

潘振达带着叶英勘查现场，发现嫌疑人作案手法特殊，别人撬窗门两个栅栏，他要撬四根，空窗面积大，为逃跑留后路。显然是个作案经验老到的胖子。

叶英分管的城区发案占全县60%。他勘查现场后，将案件串并侦查，并由此推断，硬币和饮料都要，说明极度缺钱；连续后半夜撬窗爬楼偷居民家财物，表明胆大妄为，应是老手，受过打击。

隔三岔五地发案，整个县城已被"飞天大盗"搞得人心惶惶，谣言四起。有传小偷会飞檐走壁，有说是二郎神下凡。

叶英作为主办民警，急得嘴角起泡。

按照当时的技术，最佳破案办法之一，就是走访和守候，抓现行。定点守候，靠的是运气。你城西守候，他城北作案，和你躲猫猫。夏天，蚊子叮咬厉害；冬天，冻得直打哆嗦，叶英和兄弟们吃尽了苦头。

2002 年 2 月 22 日，家住文成永定路的周胜文已进入梦乡。凌晨 3 点，二楼突发响声，周胜文被惊醒后爬起，发现小偷在爬窗户，于是大喝一声。小偷吓得从窗台跳下。周胜文顺着楼梯追下去，昏暗的路灯下依稀看到那人中等身材。

叶英在小偷掉下的香烟盒上提取到一枚残缺指纹。

现场勘查结合侦查分析判断，作案手段特点及画像慢慢清晰：本地人，有前科，对环境熟悉，作案时蒙面，凌晨 2 点到 3 点撬窗，就地取材，力气大，作案工具钢筋、木棒、扫把、拖把木柄；高 1.65 米左右，30 多岁。

警方迅速在全县筛查，共有三十多个嫌疑人符合，需要一个个排查。可很多人找不到，有的是人户分离，需一个个寻找核实。

大队长潘振达回忆道："有一天，我加班，凌晨 5 点回值班室，发现叶英和衣横躺床上，头和脚耷拉在下面，腰上垫着棉被睡着。我以为出事了，吓得半死。一推，才知他守候刚回，太累了，没洗澡就躺下，一下就睡过去了。"

叶英开始绘制案发地图，并在发案地上标注，试图找出规律。守候和排查仍在继续。

这时，又一轮夜盗案开始了。

当年夏夜，张老师听到家有异响声，拉开关，灯没亮，摸到手电筒打开，顺着光源，隐约看到一背影，他立即赤脚去追，没追上。

刚守候回单位的叶英接到报警，迅速赶到。他发现小偷把电源拔掉了。

现场有一枚指纹被叶英采集到。经鉴定，和2月22日采集到的指纹为同一人所留。多方比对，犯罪嫌疑人吴正平浮出水面。

吴正平，1965年生，小学文化，木工，两次因盗窃被判刑，好赌，1999年年初出狱，指纹才入库。

吴正平是圈入三十多人的嫌疑人之一，之前一直没找到。他神出鬼没，狡兔三窟，当务之急是找到他的落脚之地。

警方撒下大网后，吴正平和警方捉起了迷藏，有两个多月没露面。

叶英判断，他钱花光，还会铤而走险。

9月11日后半夜，蒙面人到刘先生家偷盗时被发现，从二楼跳下来，一拐一瘸躲进了玉米地，逃跑中用木棍打伤一守候队员。

经勘查，作案手法与吴正平一致。

吴正平出狱后从不回家。有人说他老婆到邮局取过款。叶英一查，汇款人用的是化名，数额不大。

再到他老家走访，了解到附近小店有公用电话，吴正平的老婆常来打。到邮电局调取数据后，叶英分析了三天三夜，确认一部尾号88的小灵通可疑。小灵通的开户地址是编的，可见开户人心虚。

叶英决定正面接触吴正平的妻子。在她破旧的老家一个不起眼的墙角落上，发现一个用铅笔写的号码，尾号也是88。经多方分析求证，确认吴正平在使用。

11月1日，叶英获悉一位朋友传来的情报，吴正平要去某酒楼赌博。

叶英一番乔装打扮，戴上眼镜，赶到酒楼，以结婚名义订酒席，和老板谈价格。隔壁很热闹，果然有人在赌钱，他凑近一看，却未发现吴正平。

难道情报有误？叶英突来灵感，下楼到路边公用电话，装成混社会的人，拨通吴正平的小灵通，用小流氓腔调喷道：“正平傻×，在哪儿？今天你怎么没来啊（指赌博）？”

吴正平一时大脑没转过来：“我在公安局一楼大厅办护照啊。”

叶英顿时心中大喜。他加大油门儿，桑塔纳直奔公安局。

停车，百米冲刺，只见一名男子正一拐一瘸地从公安局办证大厅走出来，体貌特征和叶英大脑里记挂一万次的吴正平完全对上。

叶英直扑目标。

对方惊慌失措，吓得睁大惊恐的眼睛：“你谁啊？”

叶英并不理会，冲上去，稔熟的擒拿动作，干净利索把对方摔压在地，铐上手铐。

原来，吴正平已如惊弓之鸟，冒险到公安局办护照，准备随时逃到国外避风。

局长叶望庆听到叶英传来的好消息，指令立马审讯。

可吴正平死猪不怕水烫，死不承认偷盗的事。

几个回合交锋，叶英将计就计，突然问：“你的脚是怎么摔断的？”

吴正平大吃一惊。自己脚怎么摔断的外人并不知情，配药是托人（给三轮车夫钱让他跑腿）去的医院。

于是，他假装镇定：“我11日到宁波和情人去玩扭伤的。”

“从楼上跳下来摔的吧？”叶英不露声色。

吴正平脸色大变，不语。

叶英开始下套：“你小灵通随身带吗？”

“是。”吴正平脱口而出。

“小灵通又不能漫游，难道你的小灵通有特殊功能，到宁波都能打通?”叶英突然抛出一颗炸弹。

“这个是偷来的，都是我偷的。”话刚出口，吴正平立刻意识到自己说漏了嘴。

一个谎言需要用百个甚至千个谎言来掩饰。吴正平手忙脚乱，败下阵来，不得不交代了近二百起盗窃案件。

吴正平恳求叶英：“有件事，能否帮忙?”

“只要合理合法，可以!”

“真是报应啊，我的儿子也开始偷东西了！能不能让民警教育教育，让他走正道，防止走我的老路，不要毁了他的人生。”吴正平发自内心地忏悔道。

“好，我们不仅要破案，还要救人。”叶英爽快地答应了。

吴正平盗窃作案179起，案值12万元，被温州市中级人民法院判处无期徒刑。

守候系列案四年的工作狂刑警叶英，赢得了“拼命三郎”的雅称。

黑鱼两吃

作为优秀人才，叶英在2003年2月被引进到杭州市公安局下城分局。

2005年春节前的夜晚，杭州市石桥一家偏僻洗浴店，两名犯罪嫌疑人冲进来，把三名服务员绑住再蒙面，抢走其身上钱财及手机，各自强奸一名女服务员。

第三名服务员被蒙面后丢在一边，她乘机把蒙面布拉开，记住了其中一个人的面部特征。

两人作案后，匆匆清理现场，又用布擦了一些痕迹后才逃走。其中一犯罪嫌疑人拿着抢来的银行卡和逼出的密码，到附近取款机上取钱。

刑侦中队中队长叶英循线视频追踪了好几天，从茫茫人海中捞到此人线索，落地后发现其住在杭州余杭，曾在余杭区仓前街道打工。

取到照片，让洗浴店服务员辨认，正是作案人之一的山西运城人孙运。他平常习惯用手在头上挠痒痒，抓头发。

事不宜迟，叶英带着侦查员陈敏和司机开车连夜赶往山西运城，第二天下午到达。

叶英联系上运城当地警察，一同去乡下排摸，发现孙运是个迷信的人，他作案后到某道观算了一卦，说是正月十五前不能外出，不然有刀光之灾。

看到警察进屋，孙运一个人正在烧菜，很平淡地说道：“我老爸和弟弟出去吃喜酒了，我就自己在家里搞点儿菜喝酒。”

得知来的是浙江警察，孙运只和浙江警方对话，对运城警察问话不理不睬，还要求他们离开。

运城警察在晚上把孙运移交给叶英后，随口说道：“最近我们都在忙着侦破杀死两人的案件，这人交给你们，我们晚上还要忙碰头会。”

得知运城警察离开，孙运爽快地交代了在浙江作的案子。

叶英和同事商量好，马上赶回浙江。

车子离开运城不久，沉默的孙运很轻松地和叶英主动聊天，还唱起《何日君再来》、《小城故事》，看来是个邓丽君的粉丝。

叶英觉得有些反常。可为了路上押解安全，他硬着头皮，欣赏着他五音不全的歌声。

按说，被抓是一件非常不爽的事。叶英起了疑心。

孙运的案子最少判刑 15 年，为何他还那么开心？其中必有蹊跷。

叶英的脑海中电光火石一闪：会不会山西杀死两人是他干的？

在和运城警察的简短交流中叶英得知，他们在侦的两人被杀现场痕迹，都被处理掉了，很多特点和杭州的案件相似。

想到这里，叶英一阵激动。

孙运的“演唱会”还在继续，他边唱边用被铐的双手磨蹭头皮。

叶英想起他有抓头发的习惯性动作，便手指着他的脑袋说：“看样子，你每天要掉三百根头发，都快往后面秃了。”

孙运好奇心重，和叶英谈起了头发的事情：“怎么会有那么多啊?”

叶英敲山震虎：“你在杭州作案的现场掉了很多头发，在其他现场也要掉下来的。不要做无畏的抵抗了。”

打蛇打七寸，叶英击中了孙运的要害。

他停止了唱歌，一直沉默到杭州。

有戏。叶英判断，种种迹象表明，此人有更大的案件没有交代，只要找到证据，不怕他不交代。

第二天晚上到杭州，叶英问了运城同行那边的破案情况，最后神秘地说：“我们已安全抵达，感谢你们的大力支持，可能不久，我们也会送给你们一个惊喜。”

留在杭州现场的头发的DNA和孙运的DNA比对成功。

提审时，叶英提醒孙运：“有些事情还是早点儿承认好，可以吃得香睡得安。如果只是从犯，判刑时法院会考虑的，早点儿交代同案犯，也是算立功的。”

叶英的策略起到了作用，慢火攻心，奇效无比。

孙运考虑再三，交代了杭州和山西的案件。

原来，孙运从山西来杭州余杭区仓前街道打工，以为这里遍地黄金。但因好吃懒做，他干了不久就辞职了。之后他开始冒充老大，闯荡社会。在电子市场打游戏时，他认识了张祺。此人曾是特种兵退役。两人混吃混喝几天后，囊中羞涩，就想起做一票。两人先到杭州通信市场准备作案，因为安保严密，未遂。后两人转到洗浴店作案，这回成了，之后马上潜逃回山西。

孙运告诉张祺：他在老家卖过热水器，到水泥厂厂长家装热水器时，厂长打开保险箱，拿出一袋钱，抽出几张，付他工钱。他感觉这家有大钱。

于是两人准备好作案工具，乘着黑夜，孙运带路，潜入厂长家。刚好厂长出差不在，他老婆和女儿当场被杀。杀人时刀是从受害人脊椎空隙进去的，现场惨不忍睹，一度误导山西警方排查杀猪的嫌疑人。

运城警方派人带走了孙运，局长特地来电话表示感谢。接着张祺被抓获。

退休金被骗案

新世纪到来，电信诈骗层出不穷，手段多样。此类非接触性诈骗，让派出所在侦破上耗费了大量的人、财、物，时间还长，破案率不高，大家都有畏难情绪。

但叶英不信邪。

已是下城分局朝晖路派出所所长的叶英，经常对民警说：“现在嫌疑人犯罪时都会用到手机，大家务必要学会分析看话单，对高发的电信诈骗，更要学会多种破案手段。”

2014 年 6 月 22 日下午，80 岁的钱阿姨带着哭腔跑进朝晖路派出所，向所长叶英哭诉：“我和老伴儿两人的退休金被骗走了，那是救命钱啊！帮我破破案，钱要不回，我也不想活了。”

叶英了解案情后，安慰她，一定破案。随后，他召集办案民警会诊。

原来，钱阿姨老伴儿被查出得了癌症，积蓄已花得差不多了。她有炒股爱好，一天 QQ 聊天加了一好友，对方吹嘘拥有内幕消息，做蔬菜期货，赚钱快，他帮助买卖，不仅保证本金安全，获取的收益还对半分成。钱阿姨便将剩下的十万元投入对方提供的账户，账号和密码自己掌握（其实被骗子下套）。钱阿姨看着账户上的钱慢慢多起来（登录骗子做的假页面），一心期待着发财。可好景不长，两周后网站她便进不去了，电话也联系不上。她这才知道被骗。

派出所为此成立专案组。银行止付、资金追踪、网站 IP 深挖、嫌疑人位置固定等有条不紊地开展。

叶英夜以继日地对反馈的各路信息线索综合研判。

从钱阿姨提供的对方 QQ 号码、空间里，叶英分析判断了两个整夜，分析出来其团伙构成。结合其他信息，三天后，叶英判断嫌疑人的位置在深圳市宝安区。

收网条件成熟。第二天，叶英带领七名办案民警飞往广东。一下飞机，热浪扑来。南国的夏天炎热异常。

在当地公安机关配合下，叶英迅速锁定了嫌疑人的准确位置。

深圳市宝安区有很多没电梯的高层民房，犯罪分子窝点隐藏在民房五层顶楼。抓捕需一网打尽，如贸然行事，极易发生证据被销毁、罪犯跳楼逃跑或者不在场等突发情况。

叶英与民警蹲守一线，在闷热的天气里，忍受着蚊虫苍蝇的叮咬。

经过三天的守候、跟踪，摸清了这批人的大概人数和上下班时间等活动规律。

中午，有可能是最佳收网时机。叶英的大脑在高速运转，随时等待着最佳抓捕时机到来。

午饭时间到了，看着几个嫌疑人走进五楼。根据判断，房子里共有十五人，和预期的人数基本一致。

叶英黝黑的眼睛里似乎要冒出火来。这是个机会，他准备下令强攻。

突然，有一人从五楼开门出来，对面用望远镜监视的队员马上报告叶英。

叶英判断，此人可能是下楼叫外卖。因为之前五楼没人出来过，只有进来的。

此人果然慢悠悠下来了，直接到楼下的大排档点了外卖，共十五份，让他们烧好送上来，打好票子，就自己上了楼。

化装在旁守候的叶英，正在吃着大排档的盒饭。他和深圳的带队民警对了眼色，不约而同地有了妙招。

两人找到大排档老板，亮出工作证，说明理由，要求他配合警方抓捕。大排档老板连忙答应。

叶英随即发出抓捕指令。两地警方的四名民警迅速换了大排档服务员的服装，等盒饭装好，提着就上了五楼。

深圳民警用本地话对着门叫道：“盒饭来了。”

里面的人从猫眼儿看了一下，确认无误，打开门。

先进门的便衣民警放下盒饭，掏出手枪，大喝一声：“都蹲下，不许动。”

埋伏在四楼的民警一冲而上。

房间里的五女十男看到一下子涌进这么多警察和便衣，面面相觑，束手就擒。当场扣押电脑十台，查获大量培训资料、电话记录、资金流水账本等犯罪证据。

在派出所的办案区里，警方笔录做了一个通宵。第二天，杭州派出的增援力量赶到，押着十五名犯罪嫌疑人安全返回。

通过账本，叶英分析团伙上家为赵飞韬，钱阿姨被诈骗案的行骗人叫钟伟。

之后，叶英先后出差云南、陕西、四川，抓捕二十多名犯罪嫌疑人，追回八十万元赃款。

钱阿姨和老伴儿送来“执法为民、匡扶正义”的锦旗。

叶英由此更加感到肩上沉甸甸的责任，他告诉派出所民警：“老百姓的小事就是我们的大事！再小的案子，我们也要想办法破。积少成多，破小案可汇聚大平安。”

这几句话，也几乎成了所长叶英的口头禅。

尊慧公司诈骗案

2015 年 7 月底，叶英调任分局刑侦大队大队长。可不料他上任伊始，就在光天化日之下发生了“8 · 8”德胜东村二人被杀特大命案。

叶英挂帅专案组，经过四个昼夜不间断的侦查，最终在西湖区转塘镇抓获了犯罪嫌疑人。

杭州市下城区一直有“杭州之心”、“城市之眼”的美誉。但美誉之下也有暗流涌动，一些骗子在漂亮外衣的掩饰下，干着不可告人的勾当。

当年夏天，朝晖派出所经常接到针对武林时代大厦七楼杭州尊慧文化艺术有限公司的 110 报警。有好几次报警人都感觉被尊慧公司骗了，急得要跳楼，动用了不少派出所的警力。

警情都是有关古董鉴定费用的纠纷。一开始，出警民警将之仅作为普通经济纠纷调解。

8 月初，浙江电视台电视栏目“1818 黄金眼”对发生在尊慧公司的一则纠纷进行了报道。

刚好叶英回家看了此新闻。他从中嗅出了犯罪分子的气息。

他马上打电话到朝晖派出所，让民警将与该公司有关的全部报案记录拉出来。接着，他赶到派出所对该事件进行详细了解。

原来，报警人是河南人刘敏，收破烂的。2015 年他在余杭某地打工，捡到一面宋代铜镜，用黄绸布包起来，以为是个宝贝。不久他在网上浏览时，发现有家尊慧公司是搞拍卖的，就和他们联系。该公司对铜镜估价五百万，外地人需交鉴定费五万，公司帮助拍卖时展销。然而快五个月了，没消息，刘敏要求退回五万元，无果，他便求助媒体。新闻报道中提到，经西泠印社几个专家鉴定，铜镜不值钱，最多几百元，收藏价值不高。

“叫网格民警先去摸一摸这个公司的规模。”叶英告诉派出所所长。

当日下午，社区网格民警以楼宇排查的名义搞来该单位的花名册：“公司现有在册员工 85 名，加上离职的有 120 人。”

叶英又派民警到杭州收藏协会、浙江收藏协会找专家，鉴定铜镜，他们的结论也是该铜镜不值钱。

叶英和几名报案人联系，通过初步掌握的证据，断定这是一伙以骗取所谓古董鉴定费为目的的大型诈骗团伙。

“不摘掉这颗毒瘤，辖区不会安定，会有更多的群众受骗，财产受损。擒贼先擒王，看来得来个黑虎掏心，直捣虎穴。”叶英道。

经上级批准，叶英开始带队初查。

通过大量外围秘密侦查，走访被害人，叶英发现，自 2014 年 7 月起，谢维在尊慧公司任职副总经理期间，伙同其他犯罪嫌疑人，以尊慧公司名义广泛招揽业务员，在全公司就行骗方法、行骗流程等内容进行培训。他们通过网络、报刊等渠道联系被害人，虚构事实吸引大量被害人到公司洽谈，由赵国华等充当鉴定人员对被害人的藏品进行虚假鉴定，诱骗被害人签订售卖藏品服务合同，骗取鉴定费、高额服务费，并指使其手下员工，虚构有买家看中藏品等事实，向被害人推销办理鉴定证书，骗取高额证书费用。

当年年底，又以华城（北京）文物鉴定有限公司、香港佳士得艺术品评估检测中心（谢维出资到香港注册）等名义出具虚假鉴定证书，骗取尊慧公司被害人钱款，布置手下发送被害人藏品信息、接收虚假鉴定证书。

其间，谢维等人不时筹办虚假拍卖会、私洽会。在拍卖会上，他们故意抬高价格，其实从来没有卖出一件，都是空心汤团，托。还投入巨资，在杭州洲际酒店搞拍卖会，从北京华晨公司花四万请来有执照的拍卖师，印刷精美邀请函，邀请潜在客户，并让公司员工装作客户。最多的一次，他们从上海猎头公司雇来五百名群众演员，在拍卖时给每个人安排举牌角色，演双簧戏给受害人看，营造拍卖会有大量藏品高价成交的假象。每人吃喝以后，给一百元辛苦费。

私洽会则花重金请来一男一女。两人上过中央电视台鉴宝栏目，出场费五万。私洽会主要是讲课，现场和客户互动，答疑解惑等。

叶英在尊慧的网站上，看到了网站虚构拍卖会、私洽会等藏品交易业绩。那些为虚假交易拍卖会和私治会拍摄的照片，都挂在网站上。

越来越多的被害人发现被骗，前往尊慧公司讨要被骗钱款。

谢维等人决定让个别业务员留守尊慧公司接待被害人，稳定被害人情绪，巧舌以尊慧公司即将装修、天气湿潮不宜保存藏品等为由，寄还或者要求被害人取回放在公司的藏品。

感觉到公安盯上了自己，谢维为方便继续诈骗，将公司搬走了。

2015 年 7 月，谢维等人出资在杭州市江干区财富金融中心成立杭州国尊文化艺术策划有限公司，继续以尊慧公司的诈骗方式骗取更多被害人的鉴证费、服务费、证书费等。

案情已查明，该收网了。

9 月 7 日晚，下城公安分局集结八个派出所、多部门共计 120 多名警力，由分局副局长巢震宇和党委委员、刑侦大队大队长叶英坐镇指挥。

一夜之间，警方在尊慧公司杭州两处主要办公地点及周边县市同时出击，抓获 62 名犯罪嫌疑人，起获大量交易合同、交款凭证、认定文书等证据，还有大量真假难辨的古董。

当晚，下城公安机关办案区内灯火通明。

大队长叶英直接审讯主犯谢维。

“你们公司的主营业务是什么？”叶英单刀直入。

“给客户的古董、文玩鉴定啊，收取鉴定费。如果对方将古董放在公司转手拍卖，收取委托费。我们是正规公司，合法经营。”谢维似乎十分有理。

“怎么确定古董是真是假?”

“公司聘请了赵老师、李老师等多名古董专家。”

“什么专家，这几个人我们都调查过，三无人员。我们还与香港佳士得公司联系过，你注册的那家佳士得是李逵冒充的，你们出具的《鉴定书》全是伪造的。”

说着说着，叶英禁不住气愤道：“你们太没有底线了，连收废品的老汉也骗，一面破镜子居然敢说值五百万，还收五万元委托出售费。一块普通银元你们都能估出一百万。你们这样信口开河，四处骗钱，太无耻了。”

谢维沉默了，渐渐低下了不可一世的头。

此案件涉案价值2900多万，受害人遍布全国各地，34名嫌疑人在逃。

随后半年，漏网之鱼全部入网。

叶英跑遍北京、上海等地的文玩鉴定机构，为扣押的古董鉴定真伪，结果都是假的。

“整个案子办下来，我都快成古玩专家了。”叶英调侃道。

接着他发自肺腑地说：“前怕狼后怕虎，我们对案子始终只能雾里看花。对于人民群众的损失，当我们觉得无能为力时，这是刑警的耻辱。我们要知耻而后勇，才能不愧百姓所托。”

最后，案卷被移交检察院，堆了满满一个房间。

太拼了的刑警

东南形胜，三吴都会，钱塘自古繁华。2016年，G20杭州峰会安保工作启动，叶英的工作模式变成“5+2”、“白+黑”。安保责任重大，刑侦首当其冲。

2016 年 6 月，民警开始体检。叶英血压的高压已达 170。

“你这个血压有点儿高啊，平时要加强锻炼，抓紧到门诊配点儿降压药。”医生忠告叶英。

7 月，下城分局接到公安部情报，是涉枪案件线索。

由叶英任组长的“7・9”特大制造、买卖枪支弹药专案组成立。他带领、指挥专案组成员循线追踪，地毯式摸排店铺二十余家，走访调查四十余人，跟踪海量视频，次日晚上将主要犯罪嫌疑人刘某抓获。

讯问中，刘某对持枪、制枪犯罪行为拒不交代。

叶英指导大家对刘某进行网络工具采集，通过数据分析，锁定他匿藏的另三个地点。

兵贵神速，队员兵分三路。刘某隐藏在杭州中心城区一居民楼内的枪支、弹药加工、制造、买卖窝点被查获，起获枪支六支，各类枪支、弹药零部件 1300 余个，以及大量设计图纸。简直就是一小型“兵工厂”。

大家倒吸一口冷气，不禁有些后怕。

叶英通宵达旦地在专案组研判分析着。

派到安徽的行动队员，第三天抓获另两名犯罪嫌疑人。

叶英下达死命令：“用尽一切手段，查找流散到社会的枪支弹药，消除杭州及周边省市的隐患。”

专案组先后从上海、安徽、杭州萧山抓获涉嫌购买枪支的犯罪嫌疑人三人，缴获枪支三支，被公安部授予集体一等功。

8 月 5 日，叶英又有一周没回家了。同事早饭时觉得他脸色难看，劝他去医院。

他边喝粥边说：“可能是这两天太累，午睡一下就好。”

叶英继续召集各作战部门研判涉枪案。

其间，刑侦大队副大队长王峻发现叶英神态有异，嘴角有点儿轻微的歪。

“叶大，去医院看看，吃点儿药，你高血压估计有点儿高。”

王峻劝道。

“我怎么没有感觉出来，不会有事，继续继续。”叶英点燃一根烟摇摇手。

会议一直持续到下午 2 点。吃饭已来不及，泡碗方便面充饥。

没休息片刻，下午 2 点半，“尊慧特大诈骗案”专案组成员来汇报，商讨 96 名犯罪嫌疑人移诉问题。

突然，叶英拿在手上的笔掉到了地上。他弯下身子去捡，此时他的脸色已异常差，整个人身体开始晃悠。

“要不休息一下？”同事劝他。

“没事，没事。”叶英催民警加快进度。

下午 3 点 40 分，叶英想喝水，却几次碰不到杯子，手里的笔再次掉到地上。

他正要弯下腰捡笔，“轰隆”一声椅子倒了。同事上前呼喊他时，发现他已不能正常说话，意识陷入模糊。

大家抬着叶英坐着的椅子下楼，呼叫 120，将其护送到浙江省人民医院进行抢救。

此时叶英血压的高压已达 190，颅内出血面积 4.6 平方厘米，有生命危险，要立即手术。

叶英被推入手术室。

大家默默祈祷，泪水模糊了视线。

经开颅手术，叶英脱离了生命危险。

医生说，叶英倒下是因连续多日加班、积劳成疾引发急性脑出血而晕倒。太拼了，稍晚送来，后果不堪设想。

他一直在战斗

医生妙手回春，叶英从“鬼门关”被拉回。

经开颅手术治疗后的叶英，右脑永远留下一块伤疤，那是无言的奖章。昏迷的一周，是叶英从警以来“睡”得最安稳的。

叶英醒来后第一句话便问：“办公室的墙壁怎么变白了？”

守护在病床前的战友和亲人再次落泪了。

叶英刚醒来，说话不利索，用右手比画一个六，大家没理解。

护士拿出纸，让他写，才知他是要手机，那手势是要打电话。叶英办案离不开手机，老记挂。

手机是叶英的第二武器，他常常边充电还边打电话。有时难得回家，手机一接就半个小时。

G20 开幕前六天，公安部为叶英进行战时授奖，授予其一等功荣誉。

躺在病床上的叶英举手敬礼。这一画面感动了在场所有人，经媒体传播，再次感动无数人。

文成县公安局副局长潘振达带五十名民警来杭支援 G20 安保，抽空赶来看望他。

看到当年的师父，叶英十分激动，挣扎着想从病床上起来，可力不从心。

待病情好转稳定，叶英转入康复治疗阶段。因颅内出血使大脑神经受损，导致他左手和左腿部分生理功能暂时丢失，需不断加强锻炼，让机能逐渐恢复。

炎炎夏日，奇热无比。2018 年 8 月 14 日上午，杭州英智康复医院门口，叶英身着一身运动装备，从车上吃力地下来。他右手握住拐杖，右脚慢慢踩在地上，左脚随后缓缓移动着下来，努力保持平衡使身体站稳。

来到康复区，康复师帮叶英按摩左肩部半小时，再让他趴在按摩床上帮他拉伸双腿半小时，最后练习走台阶，让他双脚在模拟台阶上上下运动。用心用力一个上午，累得叶英大汗淋漓。

“康复治疗就像破案一样，我最终要战胜它。”叶英在康复现场告诉我，激励自己。

叶英最早的康复训练，每天要花六小时坐在轮椅上进行上、下肢训练。

有一天，他对来访的同事开心说道：“今天在医院特殊工作区厨房，在护士帮忙下，我能站着烧菜了，这是一大突破。护士表扬我烧的菜很好吃。以后我有信心可以生活自理。”

叶英记得他懂事后，爸爸告诉他，那年家乡山洪暴发，奶奶被压死，全家逃荒到杭州桐庐县，在那里落了户。不久，爷爷一个人，撑着竹排从富春江开始，回到老家飞云江，走了整整一个月，白手起家，重新开始新的生活。父亲辗转得到消息后，不久也回到家，和爷爷一起克服重重困难，重建家园。叶英的血脉里，流淌着叶家人天生的百折不挠的血液。

每一次康复训练，都是一次痛苦的洗礼，肌肉的疼痛如影随形，意识难以掌控肢体的气馁每时每刻都存在着。在医学允许的范围内进行超越常人的治疗强度，叶英全靠毅力坚持。

慢慢地，叶英从躺在床上，到能坐起来，再到下床艰难地依靠拐杖走路。一个最简单的手指卷曲动作，他要用上做平板支撑的力气，一个、两个、三个……这样的训练每天要坚持四个小时。

躺在病床上的叶英满头是汗，一个接一个地认真做。

他所有的努力，只为一个目标：尽快重回他热爱的刑警岗位。

日复一日的康复练习，虽然枯燥，却孕育着希望。叶英甚至有些乐此不疲。

叶英拍拍脑袋：“很庆幸，病魔没有损坏我的大脑，我还可以思考。”

身体机能恢复，如抽丝剥茧，是一个十分缓慢的过程。叶英如今体重轻了五十斤，他调侃说，要轻装上阵。

很快，康复区有个“拼命三郎”的事迹在病区不胫而走。

可刚开始康复训练的时候，同事、朋友来探望，叶英不大说话，心情有些急躁。

细心的妻子记在心里，向医院建议，让叶英给病友们上一节预防电信诈骗的安全教育防范课程，对他进行心理干预。医院同意了。

于是妻子提醒叶英是否应该备课，叶英指着脑袋说："课程内容都在这儿，忘不了。"

第二天下午，康复医院会议室里，叶英滔滔不绝地讲了一个多小时，受到病友们的热烈欢迎。

妻子也当了回听众，听后感到很惊讶、很激动。叶英的勇气又返回来了。

经过痛苦、艰辛的康复训练，2017 年 5 月初，身体机能有大幅恢复的叶英，达到出院标准。

医生告诫："不要放弃，后续康复过程更为漫长、艰难，需要坚持和耐心。"

家人意见是回家进行康复训练。可叶英不想未来岁月在家中度过，他渴望和战友并肩战斗。那里有他力量的源泉，有他过去的荣光，有他坚守的信念。家人在他的坚持下，尊重了他的选择。

在下城分局表彰会上，叶英深情地说道："相信没什么困难可以击倒一个刑侦人坚定的意志，我要重返岗位！"

不久，叶英向分局党委申请回到工作岗位："让我看案子、分析案子，我觉得身心会愉悦一些，或许有助恢复。"

这理由，使分局领导大为感动，无法拒绝。

叶英太热爱刑侦了，破案已融入他的血脉。

2017 年 5 月 19 日，在全国公安系统英雄模范立功集体表彰大会上，叶英被授予"全国特级优秀人民警察"荣誉称号。

2017 年 6 月底，叶英回归他的警队。他的生活轨迹，由原来未生病前家里、单位二八分，变为康复医院、单位、家里的三三分。

如今，叶英上午在康复医院训练，下午回单位审看案卷，为破案出谋划策，虽不能通宵达旦、四处奔走，仍可分析研判、拨开迷雾，分享破案的喜悦。

在叶英的办公室桌上，那尊全国公安“百佳刑警”的奖杯安静地注视着忙碌的主人。

叶英，一名普通又非凡的共和国刑警，一直在战斗着。

扫描二维码即可观看
相关视频等

女法医孙莉媛传奇

秦　明

小张的答案

滁州市南谯区磨盘山。这里算是滁州市区里最偏僻的地方了，即便是在白天，都是人烟稀少的，更不用说这漆黑的暑夜了。若不是红蓝相间的警灯闪烁，这里就是传说中伸手不见五指的地方。无数的昆虫和动物，在这个寂静的暑夜里贡献着它们的音乐。

杜喆和孙莉媛拎着勘查箱，走下了勘查车，一眼就看见了前来迎接他们的派出所民警小张和分局技术员小王。

"杜哥，这位小姐姐也是法医吗?"好奇的小张问道。

杜喆点了点头，说："你刚入警，还不认识吧，我们大队的孙法医，都已经工作七八年了，是你的师姐呢。"

"真的吗？小姐姐你为什么会当法医？你不害怕尸体吗？那么臭会不会恶心？你经常一个人出现场吗？那遇上这种山里的夜里的现场怎么办？小姐姐你都工作这么久了？真是看不出来啦，还是那么年轻漂亮。"小张像是开了挂，瞬间成了个话痨。

面对这一串连珠炮似的问题，内秀的孙莉媛双颊绯红，竟然一时不知道该怎么回答才好。

“你行了吧。”杜喆微微一笑道，“现场在哪儿呢?”

“车开不上去，离这儿还有点儿距离。”小张转身带路，但依旧是话痨附体，“咱们这一片儿吧，一般是没什么事儿的，所以，也没有大路到山里。这一段小路好歹还有路，再往上，连路都没有。”

“基本案情呢?”杜喆和小张、小王并肩在前面走着，一时间忘记了落在后面的孙莉媛。

“有个村民上山挖药，发现的。”小张说。

“你不都说没有路了吗?怎么发现的?”杜喆追问道。

“臭啊，那种臭气熏天的臭味，毕生难忘。”小张皱着眉头摇了摇头。

一只不小的虫子撞到了孙莉媛的手臂，直接粘在了她的皮肤上，吓得她一个哆嗦，连忙伸手打掉，然后紧追了几步，紧紧跟在三个大男人的身后。

此时，他们已经走出了车灯照射的范围，两眼一抹黑。

小张从单警装备中抽出了手电筒，点亮。光束的范围有限，在茫茫黑暗之中，只能起到一些指引的作用，却很难将脚下的羊肠小道完全照亮。在光束的作用下，树木和灌木周围影影绰绰的，似乎随时都有可能从无尽的黑暗中蹦出个什么来。

随着小张行走中的摆臂，光束不断地摇晃着，带动着周围的光影也摆动着。孙莉媛一步也不敢落下，紧紧跟随着，心想你们这些个粗心的大男人，就不能和我并肩齐行吗?不齐行就算了，还聊什么野生动物，真是要命。

十多分钟的步行，像是经历了很久，终于，小路到了尽头。

孙莉媛知道，自己身上的警服已经完全被汗水浸透，倒是不知道究竟是热的，还是吓的。

一股气味随着山风飘了过来，孙莉媛顿时像是进入了工作状态，不再纠结衣服被汗水浸湿而黏附在皮肤上的不适感。因为这股气味，对于一名有数年工作经验的法医来说，再熟悉不过了。

高度腐败。

“其实并没有到。”小张摊了摊手，拿起勘查铲，强行在一片灌木之中开出一条“小路”，“你们注意点儿，刚才我们的人进去，被荆条划了一身伤，所以我才从你们车上拿了这个铲子。”

眼看着小张和杜喆就要消失在视野之外了，孙莉媛也顾不上周围的荆条多么尖锐，赶紧跟了上去，钻进了灌木之中。

即便有小张开辟出来的“小路”，但走在“小路”之上的孙莉媛依旧能感受到两侧荆条无情地在她的脸上和胳膊上刮擦着，能感受到皮肤上火辣辣的疼。

“我不会被毁容了吧？”孙莉媛感受到汗水刺激着受损的皮肤而带来的灼热感，说道。

杜喆了解孙莉媛的性情，她并不会因为有被毁容的危险而放弃工作，于是干脆来了一句冷笑话：“不伤到真皮不会留疤，三天后可以自我修复，最多色素沉着。”

艰难地走出了几十米，终于看见了另外两条光束。两名辅警兄弟正抱着胳膊、跳着脚，眼神里尽是埋怨：“好久啊，我们快被蚊子吃掉了。”

此时已在一座小山坡的坡顶，眼前是一个约四十五度角向下的斜坡，腐败的恶臭更加浓重了。

孙莉媛略有歉疚地打开勘查箱，从里面拿出勘查装备。

“就在那儿，看到没？”小张和两名辅警手中的灯光光束在坡下二十米处一棵碗口粗的小树下聚集，“我们到的时候天还没有完全黑，还能明显看清楚是一个人。”

“确实能看到是一个人。不过，地面载体限制，我们也没有发现什么可用的痕迹。”小王补充完，继续在附近进行勘查。

灯光聚集之处，黑黝黝的一团隆起之物，体积明显比一个正常人要大。但是，下身处浅蓝色的牛仔裤给出提示，那确实是一具尸体。

杜喆麻利地穿戴上鞋套、手套、口罩和帽子，说："谁和我下去把尸体弄上来?"

小张看着杜喆的眼神，连忙说："哥，我第一次出非正常死亡的警，之前连尸体都没见过!"

杜喆又转向两名辅警，他们躲避着他的眼神，后退了一步。

"我下去，我下去，我装备都穿好啦。"孙莉媛微笑着道。

杜喆见只能这样了，于是一脚深一脚浅地向山坡下进发，说："慢一点儿吧，别摔着了。"

在手电筒的照射下，树下的那团黑影逐渐清晰，果真是一具已经高度腐败呈巨人观化的尸体。

在杜喆和孙莉媛靠近的时候，尸体上黏附的苍蝇、尸体下聚集的虫子"嗡"的一声一哄而散。

孙莉媛赶紧挥舞着双臂格挡着。

"看衣着和头发，是一具女性尸体。"杜喆蹲在地上，首先静态观察着尸体状况，"而且穿着也不邋遢，并不是'路倒'。虽然是女性尸体，好在衣着是正常的。"

"路倒"是法医对死亡的流浪汉的别称。

之所以只能通过衣着和头发来大体判断死者的性别和生活状态，是因为这具尸体根本就看不到面孔，甚至看不到皮肤。

整个尸体上，满满地附着成千上万只蛆虫，尤其是尸体的面部和裸露的前臂，更是沾满了蛆虫。数万只蛆虫犹如"万马奔腾"般在尸体表面不断地蠕动着，伴随着一阵一阵剧烈的恶臭穿透孙莉媛的口罩，刺激着她的嗅觉神经。

不过，这种场面，孙莉媛已经见怪不怪了；这种气味，孙莉媛已经习以为常了。

"现场周围没有什么可疑痕迹，我们还是先把尸体弄到坡顶去再说吧。"杜喆说，"即便是具女性尸体，估计也至少一百多斤，你行吗？”

孙莉媛点了点头，伸手就去抓死者的脚踝。

可是因为腐败，死者的表皮几乎就要脱落，她这一把抓，将死者脚踝处两块表皮抓了下来，湿润滑腻，甚至把手上的乳胶手套都染成了腐败尸体的墨绿色。

“抓紧了。你走前面，前面负重小一些，面朝我，后退着走。”杜喆抬起死者的双手，让孙莉媛抬着死者的双脚，两个人慢慢地向坡顶移动。

这可真是一项力气活儿。

“不错，你比我想象中强壮多了，加油，还有十米。”身高一米八五的杜喆甚至都有一点儿气喘吁吁，他鼓励着比他更加费劲儿的孙莉媛。

后退着向陡坡上方走本身就十分困难，更不用说在满是杂草树桩的山坡上，更不用说手里还抬着一具一百多斤的尸体。孙莉媛咬牙坚持着，豆大的汗珠从她的额头上滚落到睫毛上，遮挡住了她的视线。更要命的是，这时候孙莉媛感觉自己的左臂有一丝痒。难道是尸体上的蛆虫爬到了自己的皮肤上？

一时恍惚，孙莉媛脚下一个踉跄，直接向尸体表面扑了过去。

这具尸体表面，黏附着数万只蛆虫。孙莉媛在向前扑倒的一瞬间，脑子里全是这个念头，可是她没有能力阻止这一切的发生。

关键时刻，杜喆扔下了尸体，用双手支撑住了孙莉媛。

虽然在她的制服肩膀上留下了两个墨绿色的手印，但好歹阻止了她倾倒的趋势。

“感谢杜哥救命之恩。”孙莉媛抱歉地笑了笑。

“要劳烦你好好地洗衣服了。”杜喆也哈哈一笑。

险情过后，孙莉媛再也不敢大意，小心翼翼却更加艰难地和杜喆一起，将尸体抬到了坡顶。

顶着风头都能臭几十米的高度腐败尸体，此时已经被抬到了眼前，恶臭更是数十倍地增加。这种结果最直接的表达，就是坡顶的两名辅警开始了剧烈的呕吐。小张虽然强忍住了吐意，但也退避到二十米开外。

是啊，这不仅仅是嗅觉上的冲击了，还有视觉上的强烈冲击。

可是对于孙莉媛来说，此时工作才刚刚开始。

为了能看清楚尸体表面的状况，及时进行现场尸表检验，孙莉媛要做的第一件事情，就是将尸体上的蛆虫全部清理干净。

可是，现场是在山里，寻找水源几乎是不可能的事情。孙莉媛此时已经适应了极其恶臭的环境，所以她从勘查箱中拿出一支止血钳，不厌其烦地将尸体表面黏附的蛆虫一点一点地赶掉。

这个过程在辅警同志的呕吐声中持续了将近半个小时的时间，总算可以看见死者的“真面目”了。

此时分局和支队的领导都已经赶到了现场，站在孙莉媛的周围，屏气凝神等待着检验的结果。

眼前的景象，不由得让这些老刑警们眉头紧锁。

尸体的面部已经因为腐败和蛆虫的双重作用而部分白骨化了，裸露的眼眶骨里，还残余着被蛆虫啃噬剩下的眼球，因为没有了眼睑的遮盖，显得十分突兀。一缕缕被腐败液体浸湿的头发胡乱地粘在容貌不全的脸上，更是增加了恐怖感。在手电筒光的照射下，这个半膨胀、半白骨的头颅似乎在瞪着前方，幽怨却无助。

“尸体高度腐败，巨人观，面部部分软组织缺失。”孙莉媛一边用止血钳快速操作，一边说道，“口鼻内大量蛆卵和蛆虫，但口唇软组织尚存，未见明显损伤。颈部软组织未见损伤。四肢未见明显威逼伤、约束伤和抵抗伤。”

尸体腐败会在尸表产生大量的腐败液体，这些液体恶臭、呈墨绿色，将死者的白色女式短袖上衣和浅蓝色牛仔裤完全浸湿。同时，尸体腐败导致体腔内的气体剧增，整个尸体呈现出膨胀的状态，使本身就不宽敞的衣物更加紧紧裹在了身上。

既然尸体的衣物无法简单除去，那么孙莉媛只能将其剪开了。

此时，女法医细致的一面就体现了出来。在剪开衣物之前，孙莉媛将手伸进了被腐败液体浸湿、黏附在一起的口袋里，果真掏出了一些东西。

数张百元的钞票和一张身份证。

“有了身份证就好了，小张你赶紧查一查这个人的身份。”孙莉媛将身份证递向远处的小张。小张走了过来，被恶臭刺激得龇牙咧嘴的，却不知该怎么接过身份证。

孙莉媛微微一笑，体谅地将身份证放在地上。

孙莉媛剪开了死者的衣物，检查她被衣服遮盖部位的皮肤，说：“胸腹背部均未见明显损伤，会阴部无损伤。也就是说，从目前掌握的情况看，死者并没有遭受外界暴力。”

“衣着完好，财物尚在，又没有可见的损伤，加之我们痕迹检验专业也没有发现任何可疑的痕迹，基本可以排除是命案了吧？”技术员小王说道。

不一会儿，小张已经通过指挥中心查询到了身份情况，说：“死者是我们市琅琊区的居民，智障，但是家里人一直对她照顾得很好。可是十天前一个不慎，让她走失了，当地派出所一直在协助家人组织力量寻找。”

“如果她走进了山里，没有食物没有水，在这种酷热的夏天，最多两三天就会死亡。根据尸体腐败情况来看，也符合死后七天的尸体征象。”孙莉媛说，“目前没有发现可疑的线索，下一步一是要进行 DNA 检验确认死者身份，二是要完善外围调查，三是要做好善后工作。最重要的，是需要进一步解剖来明确她的死因。”

这一番话，让在场的领导们稍微松了一口气。

原来孙莉媛的工作远远还没有到结束的时候。

一行人驾车随着殡仪馆的运尸车来到了位于滁州市殡仪馆之内的法医学尸体解剖室。这是一座两层小楼，因为修建已经有十年之久，内部设施已经老化，并不像它刚刚建成时的威武肃穆。

尸体被拉进了解剖室，在这个密闭的空间之内，排风设施也已老化，尸体的恶臭更加明显起来。原本已经适应了腐败气味的小张和辅警，此时又开始泛起了恶心，赶紧躲到了解剖室外。

尸体毕竟已经高度腐败，加之没有明显外伤，死因就比较难以寻找。

杜喆和孙莉媛顶着夜色，在解剖室里工作了数个小时，直到把死者的胃、肠全部打开，才最终确定了死者是由于饥饿、脱水而导致的水电解质紊乱加太阳直射而导致的热射病而死亡。

至此，可以排除本案是一起命案。

门外的小张，此时等候到两腿酸痛，他揉着因为熬夜而涨红的双眼，走到孙莉媛的身后，问道："小姐姐，真的不是命案吗？我还以为碰到一起惊心动魄的大案呢。"

"哪有那么多大案。"孙莉媛笑了笑，一边继续手中的工作，一边说，"你别忘了，我们中国是全世界最安全的国家。咱们滁州市区每年两百具这样的非正常死亡尸体，但是命案不超过五起。法医的存在，并不仅仅是要发现、参与侦破惊心动魄的大案，更是守护每一个生命最后的尊严。"

"可是，不破案，感觉还是不带劲啊。"小张说。

"我们做的工作，简单来说，就是让每一个灵魂得以安息。"孙莉媛说，"不管带不带劲，至少是神圣的。"

"确实神圣。"小张点头说，"小姐姐，你这还不结束吗？"

已经连续奔波加之站了近十小时的孙莉媛，并没有因为疲劳或者因为尸体已经严重腐败而放松对工作的要求。她正在一针一线仔细缝合着切开口，顺便还把从体腔内重新爬出来的蛆虫清理掉。

“条件有限，尽可能清理干净一些吧。”孙莉媛依旧埋头工作，说，“无论她是个什么人，她的灵魂和我们都是一样平等的。毕竟是个女孩，不能漂漂亮亮地离开，至少也要干干净净的。”

小张看了一眼眼神中充满了敬佩的辅警，说道：“小姐姐，看完了你工作的全部过程，我之前问你的那些问题，现在似乎都有了答案。”

此心可鉴属法医

2000 年，香港一部脍炙人口的悬疑电视剧《鉴证实录》将当时正在上初二的孙莉媛迅速“圈粉”。剧中女法医聂宝言一身职业装，拎着勘查箱，英姿飒爽地出现在命案现场；聂宝言在解剖室里细致工作，并找出了直接指向犯罪分子的线索和证据；聂宝言出口成章，一串专业术语和推理之后，就让犯罪分子认罪伏法。这一幕一幕，将孙莉媛的心彻底打动。她知道，这就是她长大后想变成的样子。

可是提起“法医”，在绝大多数人的印象中，就是和尸体“朝夕相处”的职业。中国上下五千年，老百姓对死亡都是避讳的。孙莉媛出身一个普通的职工家庭，父母对女儿的选择不甚理解，但是好在这一对开明的父母，仍选择全力支持女儿的志向。

于是，毫无悬念地，孙莉媛考入了皖南医学院法医学系。

不过，在学校的孙莉媛发现自己和普通的医学生并没有什么区别。在一个大班上着一模一样的课程，死记硬背着每一条书本上的理论知识，就连上解剖课，也并没有什么不同。

当然，作为一个女孩，第一堂解剖课之前，还是有着很复杂的心理状态的。略有恐惧却又充满期待，在前一夜脑补了各种状况。可是当她看到尸体标本的时候，却发现求知若渴的精神覆盖了所有的负面情绪。原来尸体并不可怕，他们躺在那里，就是一具一具无语体师，用自己的身体，教育着这些医学生们。

真正让孙莉媛认识法医职业的，是家中的一场变故。大三的时候，孙莉媛的父亲因为疾病突然离开了人世，甚至连一句话都没有留下。这个噩耗像是晴天霹雳，将孙莉媛的心撕碎。失去至亲的痛苦整天在孙莉媛的心头萦绕。那段时间，浑浑噩噩的孙莉媛，也是第一次接触到了法医职业，她似乎明白了一个道理。

在课堂上，老师总是说，法医是死者的代言人，是尸语者，是破译死亡密码的人。其实，法医更多的工作，是为了让活着的人心安。

生命的流逝，无法逆转，我们唯一能做的事情，就是让每一个逝去的人，留住他的尊严。而我们法医，正是在为这个目标不懈努力着。

渡过了痛苦的时期，当孙莉媛重新走出阴霾拥抱生活的时候，她意识到了自己职业的神圣。从那一刻起，她的内心便种下了一颗种子，那是一份对职业的信仰和追求。

孙莉媛知道，传统意义的法医职业在公安系统。而且，更重要的是，孙莉媛从小就有着“制服梦”。有了奋斗目标，眼前的道路就逐渐清晰起来了。不过，作为地方大学的学生，要进入公安系统着实不易。各地的招警考试招收法医，为了防止报名人数不够，并不仅仅限于法医专业，凡是医学相关专业的学生，都可以报考法医职业。这样，就给招警考试增加了巨大的竞争难度。然而，在公务员考试之前，法医专业学生不仅要比普通医学生多学数百课时的专业课，还要承担更重的实习任务。要想在招警考试中脱颖而出，谈何容易。所以，在 2009 年的公务员考试季，孙莉媛埋头苦干，没日没夜地工作、学习。

功夫不负有心人，她以笔试、面试第一名的成绩，拿下了滁州市公安局法医职位。

可是，事与愿违，孙莉媛在穿上警服的那一天却得知了一个“坏消息”。她被市局统一分配至滁州市公安局看守所，当了一名巡控女警。虽然公安系统任何一个职位都是非常重要的，但是对于孙莉媛来说，这一天真真切切是喜忧参半的一天。

不，我是一名法医，我的责任是为生者权、为逝者言，看守所的工作并不是我想要的。孙莉媛想得很明白，所以她多次向领导反映情况，希望可以将自己调去刑侦支队法医室。

接下来的一年时间，孙莉媛一边不懈努力地争取自己的梦想，一边毫不放松地做好自己的本职工作，更是利用网上的解剖视频教学满足自己暂时还没有实现的法医梦。

一年后，因为孙莉媛的坚持，以及她在看守所工作的优秀表现，局党委决定将孙莉媛调至刑侦支队五大队。

她终于成为了一名名副其实的“女法医”。

孙莉媛法医工作的第一天，就遇上了解剖。这是一起故意伤害致死案件，虽然犯罪嫌疑人当场被擒获，但是各方面证据还不够扎实。

根据孙莉媛的带教老师法医陈敏回忆，那一次解剖，第一次面对“新鲜尸体”的孙莉媛丝毫没有露怯。她就像是一个熟手，直接参与解剖的全过程。她的理论功底扎实，虽然能感觉到解剖手法仍然稚嫩，但是绝对不像是第一次上解剖台的样子。可见，这一年看守所工作的时光，孙莉媛丝毫没有将她心中挚爱的法医学放下。这一次解剖，孙莉媛协助陈敏顺利地找寻到了定案的关键证据，为整个案件的起诉、审判立下了汗马功劳。

在解剖的最后，孙莉媛主动申请完成了尸体的缝合工作。虽然此时的她已经站着工作了五个多小时，早已腰酸背痛，但是她依旧一针一线认真地缝合着死者的皮肤。

是啊，这一刻，冤魂最终得以安息，同时这一刻也是孙莉媛事业的开始。

险些被隐藏的命案

毋庸置疑，法医是一项平凡而特殊的职业。平凡是因为它相对于其他警种，并没有什么特殊优势，也没有什么不同的待遇。法医只是最最普通的民警，在机关任职，做着最基层的工作。而特殊之处，也就不言而喻了，这是一项不是什么人都能做的工作。

法医每天和死亡打交道，在中国是非常遭人避讳的；他们进出于恶臭难忍、蝇蛆满地的现场，不能像其他人那样退避三舍，反而要在尸体旁边认真工作数小时；他们必须忍受来源于尸体的嗅觉、视觉和触觉的多重刺激，不仅不能回避，反而要勇敢面对，甚至于利用；他们承受着巨大的心理压力，无处排解，只能依靠自己心中的热爱。

孙莉媛对自己的十年法医路，总结出四个字：痛并快乐。确实，法医这项工作对任何一个男性都是极大的挑战，更不用说对于女性。无论是身体体力上的弱势还是心理承受能力上的弱势，都让孙莉媛比其他男性法医要付出更多的努力才能适应。

孙莉媛虽然是法医专业毕业的，而且天生比其他女孩的胆子要大，但是如果说在十年法医工作中从未有过恐惧，是不切实际的。

让孙莉媛印象最深的，是工作刚刚一两年的时间，她独自去出一个非正常死亡现场。因为事先办案民警没有详细介绍现场的情况，当孙莉媛独自推门走进现场的时候，发现死者悬挂在大门口的房梁之上，着实被吓了一跳。

尸体微颔着首，一双微睁的眼睛向斜下方“注视”，整个面部呈青紫色，眼球微微突出，舌尖顶出了牙列，还有唾液从嘴角流下。尸体悬在半空，随着空气的流动似乎还在微微地颤抖。

毫无准备的她，当时感觉死者就在盯着她。

面目可怖的尸体实在是再常见不过了。因为法医力量严重不足，有的时候孙莉媛需要一个人在大半夜出勘山里的现场。普通的女孩子独自走夜路都害怕，更何况是山里的、有死人的夜路？

尸体检验结束后，在滁州举目无亲的“外地人”孙莉媛，回到自己单独租住的房子里，独自躺在床上，看着窗外缥缈的月光，有的时候是越想越怕。

不过，所有内心的恐惧，孙莉媛都自己默默承受了。她不愿意将这种恐惧告诉别人，怕给别人带来负担和麻烦。

孙莉媛说，法医室是一个超级团结的集体，一旦让陈敏或者杜喆知道了她会害怕，那么这两个大男人会承担起她应该承担的工作。

她更不愿意将这种恐惧告诉妈妈。妈妈一个人在合肥生活，已然不易，自己又怎么能让她平添担心和牵挂呢？

对于孙莉媛来说，默默忍受并消化这种恐惧，是唯一的选择。

很多人说，法医都有洁癖，孙莉媛也不例外。这种洁癖正是因为长期在不洁的环境中工作，自然而然养成的习惯。

2012 年夏天，在滁州市政垃圾站发现了一具尸体。被发现的时候，尸体已经全身尸蜡化了。所谓的尸蜡化，是尸体长期处于潮湿、缺氧的状态，软组织皂化而形成的一种尸体征象。整个尸体呈现出黄油油的外表状态，触感十分滑腻，翻动尸体的时候连下手的地方都没有，关键是尸蜡化尸体散发出的恶臭味比高度腐败的尸体更加让人难以忍受。在尸蜡化尸体的气味之下，垃圾场的腐臭味根本就算不上什么。

刚刚参加法医工作不足两年的孙莉媛，在自我防护上准备不足。她蹲在恶臭的垃圾场环境中，在恶臭的尸体旁边工作了将近两个小时，嗅觉神经几乎麻痹了。

她最终明确了死者是在垃圾场周围生活的一个拾荒者，因为天气炎热，日光照射时间太长，没有人发现施救，最终中暑死亡。因为垃圾场每天都在堆积垃圾，所以尸体也被掩盖在垃圾之中未被发现，直到尸体尸蜡化后，散发出了不一样的臭气，才引起了其他拾荒者的注意。

工作结束后，刚刚松了一口气的孙莉媛马上就发现不对劲儿了。因为只戴了一层乳胶手套，穿透力、黏附力极强的尸臭分子穿过了乳胶手套的防护，牢牢地粘在了她的手上。

孙莉媛洗了半个多小时的手，用尽了各种工具和办法，都无法清洗掉双手的气味，就差直接用钢丝球了。

揉揉鼻子，能闻见一股臭气；洗把脸，能闻见一股臭气；最要命的是端起饭碗，也能闻见臭气，让人顿时食欲全无。

没有办法，孙莉媛几乎两天没有吃饭、没有出门，每天都要洗好几次手，洗好几次澡，洗好几次头发，只能等这些气味慢慢消失。

这个事例，只是法医日常工作的一个剪影。法医工作的艰苦远远不止如此。

法医最害怕炎热的夏天。因为在夏天每每发现尸体都会是不同程度的腐败，而法医不得不在恶臭的环境里一工作就是好几个小时。

法医在解剖的时候，不仅要面对大量的血液和剧烈的血腥味，更要检验死者的胃内容物、肠内容物。这些让人恶心的东西，法医不能躲避，反而要用筛网滤出杂质，仔细观察，分析死者吃了些什么。

法医到达的现场，很多都有蛆虫。法医一边要忍受踩爆蛆虫那令人战栗的感觉，一边还要防止蛆虫爬上自己的身体，爬进自己的鞋子。尸体状态有很多种，除了高度腐败和尸蜡化，其他各种尸体状况也同样刺激着法医的感官。比如遇见被焚烧的尸体，那种焦煳味会在法医的鼻孔里黏附很久，长时间影响他们的食欲。这份艰苦，并不是通过读读小说、看看影视剧就能体会到的，不去亲身体会，永远不能理解这份苦楚究竟有多痛。这就是为什么有很多法医，尤其是女法医在工作不久之后选择离开法医病理损伤岗位的原因。

然而，孙莉媛却仍在坚守。

对于如何克服法医工作异常艰苦的问题，孙莉媛只是报以微微一笑，说："做好防护，就会好很多。比如现在我就知道，解剖高度腐败、尸蜡化的尸体时，要戴两层手套。"

对孙莉媛而言，这些身体上的"痛"，并不能更改自己对这份职业的热爱，并不能打消自己对这份职业的情怀。但是，心理上的"痛"却是十分危险的。

2014 年的一天清晨，琅琊区发生了一起非正常死亡事件。和往常一样，当天值班的孙莉媛接到指挥中心指令后，立即抵达了现场。现场位于琅琊区某小区的一间二居室内，这间二居室内住着一个单亲妈妈和其 14 岁的女儿。据女儿陈述，昨天晚上在她和母亲分别回到自己的房间里睡觉之后，她就再也没有听见任何声音了。直到今天早晨她才发现，自己的母亲在床上已经去世。女儿说，母亲最近一直说自己的心脏不太舒服，但是没有引起她的注意，这将让她抱憾终身。

经过现场勘查，痕迹检验部门排除了有其他人进入现场的可能。这间小小的房子里，确实只有母女二人。

孙莉媛对尸体进行了尸表检验，除了关节部位有一些小擦伤之外，并没有发现任何致命性的损伤。这起案件看起来就是一起普通的因病猝死的非正常死亡事件。按照正常的程序，如果家属不提出解剖申请，是不进行尸体解剖工作的。

看着女儿红肿的双眼，孙莉媛情不自禁地将自己代入了她。

孙莉媛也是一个和母亲相依为命的女孩，母亲就是她在这个世上唯一的寄托和牵挂。失去了唯一的寄托和牵挂，那还能好好地在这个世上活下去吗？更何况，这个女孩只有14岁！她该如何面对她今后的人生道路？她能渡过这一次劫难吗？

在那一刻，孙莉媛的脑海里除了同情，就是共情，这些情绪让孙莉媛不能自已，险些就蒙住了她的双眼。

好在多年的职业经历，让她养成了非常良好的职业素养，对工作一丝不苟，滴水不漏。

她仔细一想，感到这个案子还是存在疑点。死者的尸僵已经形成得比较坚硬了，说明死亡时间在15个小时左右，也就是说在前一天晚上六七点钟，这并不是睡觉的时间。死者的尸体呈现出一种“角弓反张”的姿态，这和心脏病突发猝死的尸体状态也不一致。另外，虽然没有在尸表检见致命性损伤，但是一些小片状的擦伤还是有疑问的。试想一个在床上发病的心脏病人，又是如何将自己的四肢关节和墙壁等硬物摩擦呢？

既然有疑点，就要按操作规程来。

孙莉媛怀着十分复杂的心情，用注射器抽了一管死者的心血。

就是这一管心血，破获了一起险些就被隐藏的命案。

市局理化实验室在死者的心血中，发现了毒鼠强成分。毒鼠强是管制药物，自然不可能是误服，这显然是一起投毒杀人的案件。而现场勘查又明确了现场并没有第三人侵入，那么14岁的女儿就成为了本案的重点嫌疑人。

经过一系列的调查和勘查，警方获取了足够的证据，认定就是这个14岁的女儿作的案。

在证据面前，女儿不得不认罪伏法。因为和母亲总是吵架，一次女儿在无意中发现自己家里有存放了很多年的鼠药，便偷偷收了起来。这一天，她再次和母亲发生了纠纷，母亲打了她，她也推搡了母亲。一气之下，她趁母亲不注意，将藏着的鼠药拿出，撒在了母亲的水杯内。

真相被揭露，对于一名法医来说，应该有着满满的成就感和荣誉感，毕竟，又一次为死者洗冤，让死者得以安息。然而，这件事情带给孙莉媛的，却是巨大的心理压力和足以让她寝食难安的震惊。

巨大的心理压力来源于险些被隐藏的案件真相。

虽然滁州市区每年的命案不足五起，但是却有着两百多起非正常死亡的事件。在两百多起非正常死亡中，是否能找出那些隐藏着的命案呢？他杀、自杀还是意外？这是所有非正常死亡事件发生后，领导们首先要关注的问题。

虽说案件定性是需要综合多警种、多角度、多方面得出结论，但是作为唯一接触尸体的警种——法医来说，自然要为办案部门提供最重要的依据。如果不是命案被误判成命案，会带来大量的警力被浪费，会造成后患无穷的不良社会效果；如果是命案被误判为不是命案，那就是渎职了。误判的法医被追责、被处分都是小事，但是能逃脱让死者蒙冤的愧疚之情吗？

孙莉媛说，这起案件之后，她整整三天夜不能寐，脑海里像放电影一样，把她这些年出勘的现场全部过了一遍，寻找自己过去有没有可能在工作中出现纰漏。

除了巨大的心理压力，这起案件带给孙莉媛更多的，是无以言表的刺痛感。

她说，这起案件之所以自己险些就出了错，是因为以己度人、先入为主了。同样作为单亲家庭的孩子，在她的心里，母亲是她人生中最重要的人。而这个凶手，却无视亲情，将自己最亲的人残忍杀死。这根本就是无法理解、无法接受的一件事情。她回想着 14 岁女孩的言行，回想着曾将自己代入她的情感，她的心被深深刺痛了。我们的世界充满了阳光，但是作为一个法医，却不得不在那极少数阴暗的地带工作。这个长期在阴暗面里工作的职业，会不会令人变得铁石心肠？变得麻木不仁？

在孙莉媛的十年法医路上，无论是恐惧、恶心、艰苦、疲劳，还是危险，都未曾动摇过她的信仰和职业追求。如果一定要说有过，那就是这一起杀亲案件，曾让孙莉媛的内心对这份职业产生过芥蒂。

身体上的“痛”可以防护，心理上的“痛”可以克服，但是法医工作中遇到的危险则是四伏的，有的时候甚至无法避免。职业危险，是孙莉媛的亲戚、家人最为担心的一点。

2014 年，滁州市南谯区发生了一起亡人火灾事故，孙莉媛受命赶赴现场进行勘查。

现场是一座自建房，此时已经被焚烧得十分严重。在自建房内的灰烬之中，消防员发现了一具尸体。因为尸体被大量灰烬掩埋，又烧毁得十分严重，消防员为了防止破坏现场证据，没有将尸体移出现场之外。

孙莉媛到达现场后，戴上安全帽，一脚深、一脚浅地踏入了中心现场，对尸体进行初步检验。

然而，在检验的时候，意外发生了。

因为大火的作用，自建房的木质房梁已经炭化变脆，在消防水枪的冲击下，更加岌岌可危，可是这种危险是无法预料和辨别的。在孙莉媛正蹲在中心现场进行尸体检验的时候，一根木质房梁终于承受不住自身的重量，坍塌了下来，重重地砸在了距离孙莉媛不足五米的地方。

一根桶口粗的木料，从几米高的地方坠下，一旦砸中了人，即便戴着安全帽也是于事无补的。不仅如此，因为一根房梁的坍塌，引发了连锁反应，数根房梁纷纷咯咯作响，整个房顶随时都有可能坍塌。

幸亏经验丰富的消防员迅速进入现场将孙莉媛拉出，不然后果不堪设想。

危险不仅仅来源于现场，更来源于尸体。

2016 年，滁州市开发区发生了一起非正常死亡事件。一名成年男子从高处坠落，砸烂了楼下的大块玻璃而身亡。

孙莉媛到达现场后，发现现场虽然拉起了警戒带，但是有大量围观群众正在周围摄录。尸体俯卧在大量的碎玻璃渣上，身下有大片殷红的血迹。

为了尽快完成现场尸表检验，防止扩大社会影响，孙莉媛麻利地穿戴完毕后进入中心现场，准备将尸体翻转过来进行初步检验。

可是，一个成年男子的尸体非常沉重，作为一个弱女子，孙莉媛将其翻身可真不是一件容易的事情。

听着警戒带外“咔嚓咔嚓”的快门声，孙莉媛的心里着急万分。

一个不慎，尸体下方的碎玻璃渣刺破了孙莉媛手上的乳胶手套，扎破了她的手指。

法医工作中伤手，是一件非常严重的事情。死者是否患有烈性传染病，在进行尸体检验的时候，法医并不知道。很多烈性传染病的病菌可以在死者的血液中存活很长时间，这时候法医一旦伤手，就有着被感染的风险。

孙莉媛立即对自己手指的伤口进行了清洗和消毒，并且在简单处理之后继续完成了尸检工作。

此事发生不久之后，孙莉媛可能是因为伤风感冒而咽喉肿痛。恰恰又是在此时，她得知这名坠楼的死者是一名吸毒人员，可尸体已经火化，其是否患有艾滋病不得而知。

孙莉媛不敢将此事告知家人，只有自己独自去医院进行检查。可是艾滋病检验诊断是需要数个月时间的。这几个月的时间里，孙莉媛一直承受着巨大的精神负担，等候着医院的结论，同时手上的工作又不能有丝毫懈怠。

好在几个月后诊断结果显示孙莉媛安好如常，这才让她放下心来。

对于职业风险，孙莉媛自己也表示过担忧。如果只是自己的危险，倒也没什么，既然选择穿上了这身警服，就要有足够的勇气。可是，法医的风险不仅仅是自己的危险，烈性传染病是有可能波及家人的。不过，担忧归担忧，孙莉媛并不会因为危险而放弃理想与情怀。

“我以后一定会保护好自己，保护好家人。”孙莉媛说。

让逝者安息生者安心

每个人对自己职业的关注点非常重要。当一个人总是关注这份职业的苦、累、不公，自然会“干一行厌一行”。但是如果他的关注点是放在这份职业的荣耀之上，就会深深爱上自己的职业。

孙莉媛说：“我也是个正常的女孩，遇见可怖的事情，我也会害怕，遇见恶心的东西，我也会呕吐。我热爱法医职业不假，但并不是热爱它与众不同的噱头，而是热爱它的精神内涵。职业的荣耀，真的可以让我快乐，很快乐！在这份荣耀之下，脏、累、苦、不公都不值一提。”

孙莉媛认为，挑战性和成就感是法医职业荣耀的精髓。

2014 年，定远县某河内发现一具男尸。孙莉媛作为滁州市公安局刑警支队的法医，不仅要直接出勘市区内的现场，也要指导所辖县公安局法医出勘命案现场。她在第一时间赶赴了现场。

死者是一名男性，手脚均被捆绑，且在四肢关节处可以看到捆绑的生活反应，应为生前捆绑。死者的死因是头部遭受重击导致的重度颅脑损伤死亡，而死者的面部被人用塑料袋遮盖。死者全身可以见到多处的威逼伤、虐待伤和抵抗伤。

孙莉媛果断推断，死者在生前遭受了约束和虐待，在死后被遮盖面部，说明凶手应该和死者是比较熟悉的人，很可能因为纠纷将死者殴打致死。

这个推断非常重要，这意味着一旦查清死者的尸源，案件就可以很快被侦破。可是，查找尸源又谈何容易？死者全身赤裸，没有任何随身物品；尸体也高度腐败，根本无法根据体貌特征来进行排查。最要命的是，这条河流贯通了多个市、县，跨了如此大的区域，甚至连协查都非常不容易。如何缩小协查的范围，重担落在了孙莉媛的肩上。

孙莉媛胸有成竹，在学校学习的法医人类学的各项知识要点她牢记于心。她拔下了死者的牙齿，又不辞辛苦地锯下了死者的耻骨。用高压锅煮了耻骨将近三个小时，她强忍着恶心，剥离了耻骨上的软组织，暴露出耻骨联合面。又经过两个小时的观察和测算，孙莉媛得出了结论：死者男性，身高175cm，体重70kg，约40岁左右。一系列的工作之后，孙莉媛仍记得细心地剪下了死者的双手指甲。

有了这些线索，侦查部门很快查明了死者的身份，并根据他的社会矛盾关系排查出了犯罪嫌疑人。而DNA检验部门也在孙莉媛提取的尸体指甲里，找到了犯罪嫌疑人的DNA。案件顺利破获。

孙莉媛说，类似这种案件侦破后，因为破案的关键点是咱们法医推断出来的，或者破案后印证了法医的一系列推断，那种破案时抽丝剥茧的挑战性和破案后硕果累累的成就感，就足以让我们爱上这份职业。

孙莉媛接着又说，不可否认，破案的感觉确实是最好的，但并不仅仅是破案才会有成就感。我们通过自己的工作明确因病猝死的人的死因，让家属得以心安；我们通过自己的工作确定一具一具无名尸体的身份，让灵魂找到归宿；我们通过自己的工作查明冤死之人的案件真相，让冤魂得以安息；我们通过自己的工作查清逝者的复杂死因，让责任得以明确。我们做的每一件事情、检验的每一具尸体、出勘的每一个现场，都是意义重大的。人死了，他的尊严还在，我们就是守护生命尊严的最后一道防线，我们要做的就是让逝者安息，让生者安心。

孙莉媛认为，自己生命的意义，就是让别人的生命更有尊严、更有意义。

在接受采访的时候，孙莉媛已经是一名“准妈妈”了。一把马尾辫束在脑后，浓眉大眼，高挺的鼻梁，她挺着大肚子，一脸幸福的表情。

在此之前几年，整个支队的领导都在为孙莉媛的终身大事而操心。孙莉媛在刑警支队工作几年后，她温柔的性情和包容的胸怀让她的人缘非常好。所以，在她接近 30 岁的时候，领导们都开始帮她着急没有对象这件事情了。

孙莉媛说她自己倒是真的一点儿也不急，这种事情本就是随缘，何必强求？可是她的洒脱并不能说服领导的关怀。那段时间，几乎每周都有领导为她介绍对象。

孙莉媛是在特殊工作岗位上工作的人，所以在屡次相亲不成之后，领导认为是职业拖了孙莉媛婚姻大事的后腿。

刑警支队五大队大队长黄岩甚至还专门找孙莉媛谈过话，准备将她调离现场法医的职位，去实验室做一名 DNA 检验师。

听到这一番话，孙莉媛当时就哭了，她担心是自己的工作做得不够好，而让领导有了看法。

在获知黄大队长的真实想法后，孙莉媛却哭笑不得了。

在孙莉媛看来，法医职业是她一生为之奋斗的事业，接受不了法医职业，那就等同于接受不了她这个人。爱情和婚姻远没有自己的事业重要，哪怕一直单身又如何？虽然黄大队长不能理解孙莉媛的洒脱，但最终还是没能说服她更换岗位。

孙莉媛说，其实当今社会歧视法医职业的人已经不多了。而且，如果真的是歧视她的职业，那么在互相介绍情况阶段就结束了，并不会见面相亲。之所以相亲失败，那只是缘分不到罢了。

两年前，孙莉媛口中的“缘分”终于到来了。孙莉媛的爱人吴家宇是她的“学生”，皖南医学院 2010 级毕业生，曾跟着孙莉媛度过了大学毕业前的实习期，现在在滁州市某社会司法鉴定机构从事法医工作。

吴家宇说，他2014年来滁州市公安局实习的时候，正是孙莉媛接待的他们，她靓丽的外表、细腻的内心和对实习生无微不至的照顾深深打动了他。让吴家宇印象最为深刻的，是孙莉媛第一次带他们上解剖台的情景。平时和实习生有说有笑、打成一片的小姐姐，此时突然就变成了一个成熟稳重的带教老师。

“那种感觉，真的太酷了。”吴家宇将这份爱慕一直藏在了心底。大学毕业后，他想尽办法留在滁州工作。2016年，他终于被滁州市的一所司法鉴定机构录取。这时，他鼓足了勇气，向孙莉媛告白。

接下来相处的时间，让吴家宇对孙莉媛的爱更深了。孙莉媛最吸引人的地方，就是她乐观积极的生活态度，还有她心底的那一份洒脱。

因为吴家宇比孙莉媛小了五六岁，而且还曾经是孙莉媛的“学生”，他俩的结合受到了一些世俗眼光的包围，包括吴家宇的父母。面对这些世俗眼光，孙莉媛只是报以微微一笑。而且，她的蕙质兰心很快就感化了吴家宇的父母。

“快乐不快乐的心境是自己选择的，为什么不选择快乐的心境？”

孙莉媛对此的解释，是因为她自己已经看惯了生死，自然懂得生命的意义，因为看多了不幸，自然了解该怎么样让人生幸福。

“乐观积极，才是最好的人生态度。你见过哪个法医纠结想不开的？”孙莉媛说。

乐观积极，不仅仅是吴家宇对孙莉媛的评价，她周围的领导、同事，甚至只有数个月相处时间的实习生也都会这样去评价孙莉媛。

一个懂得生命真谛的人，怎么会不乐观积极，不热爱生活呢？

在孙莉媛不到30岁的时候，就有各项荣誉加身了。这些全省甚至全国顶尖的荣誉，并没有让孙莉媛有一丝膨胀。相反，她变得更加谦虚、低调。

孙莉媛坦言，这些荣誉，对她最大的改变就是累。一方面她需要配合宣传而接受大量的采访工作，占用了很多时间，做本职工作的时间就会少不少。另一方面她也倍感压力，在获得荣誉后，她知道自己更加不能在工作上有什么闪失，每天谨小慎微，生怕自己在工作上或者为人处世上有一点儿纰漏。还有就是她谦虚地认为，自己只是做了自己该做的事情，和其他优秀人物相比，还有很大的差距。所以，她只有一个办法解决这些问题——逼着自己累。

婚后不久，孙莉媛就得知自己怀孕了。大大咧咧的她仍顶着早孕反应，瞒着同事继续出勘非正常死亡现场。

一说到这个事情，吴家宇仍然耿耿于怀。

在一个大雨的夜里，山里发现了一具非正常死亡尸体，已有身孕的孙莉媛接指令后立即赶往了现场。可是，当天晚上多家媒体报道，孙莉媛出勘现场的那条山路出现了塌方，这把吴家宇吓得够呛。微信不回，电话不接，吴家宇觉得自己的精神快要崩溃了的时候，孙莉媛终于回了电话。法医工作的时候是没法接电话的。虽然孙莉媛最后安全回到了家里，却仍让吴家宇夜不能寐。第二天一早，他不顾孙莉媛的阻拦，去刑警支队陈乃群政委那里反映了情况，这才由领导出面，暂停了孙莉媛出勘现场的工作。

直到现在，怀胎已七个月的孙莉媛还在愧疚，因为滁州市公安局刑警支队的法医力量稀缺，她离开了出勘现场的岗位，就意味着另外的法医要每人值一天班。

“我之所以能获得荣誉都是他们栽培的，现在看到他们这么辛苦，我实在愧疚得很。”孙莉媛说。而这种愧疚并没有仅仅停留在言语上，为了给杜喆、陈敏减负，孙莉媛在暂停出勘现场之后，主动承担起了所有伤情鉴定的工作。

伤情鉴定工作是法医的另一项工作，烦琐并且容易惹麻烦。一纸伤情鉴定，其准确性、严谨性、科学性和客观性非常重要，直接决定了案件的性质是治安案件还是刑事案件，直接影响了对案件当事人的处理，影响了双方和谈的赔偿价码。和利益扯上了关系，就会带来很多麻烦。

孙莉媛说，法医学鉴定书是法庭上的重要证据，制作鉴定书是非常严肃的一件事情，丝毫不能马虎。在孙莉媛的指导之下，实习生纷纷养成了“写完鉴定书再看两遍”的好习惯。了解了孙莉媛的一丝不苟，再看她工作十年制作 1400 份鉴定书无差错、无失误、无投诉，也就不难理解了。

对法医职业的挚爱，对警察事业的忠诚，是孙莉媛的初心；让灵魂安息，让正义弘扬，是孙莉媛的情怀。十年来，孙莉媛初心未改，情怀未变，一直用自己的行动践行着一名法医、一名警察、一名共产党员的誓言。

扫描二维码即可观看
相关视频等

浠水刑警钟俊

于隽永

眉心带痣的女人

刑警大队办公室里，钟俊正聚精会神地盯着电脑，脸色冷峻。他想，如此疯狂地持枪行凶，明目张胆地砍杀，不要说在浠水，就是在黄冈，也是不多见的。

案子发生在2011年7月11日傍晚。几声沉闷的枪响，打破了浠水城的静寂。

伴随着枪声，几辆轿车呼啸着在城北丽文大道上飞驰。两辆灰色轿车紧紧咬住前面的那辆白色本田轿车不放。

驾驶本田的是一名风姿绰约的年轻女子，她动作娴熟地将轿车拐向城郊接合部的张坳口村路段。看到两辆灰色轿车追了上来，女子脸上现出了嘲弄的笑容，随后放慢车速，在一处两边都是树林的地带停了下来。

灰色轿车见状急忙停车。车门打开，下来几名面相凶恶的男子，其中一个光头男子手里举着一把自制双管猎枪。几人迅速向本田轿车围堵过去。

就在这时，从道路两侧的树林里，一伙手持钢管和砍刀的青年突然冲了出来。

光头男子等人一看势头不对，急忙返回车上，迅速掉头，冲开路障，撞倒两人后冲出包围圈，消失在茫茫夜色中。

那天傍晚正好钟俊值班。接到报警后，他就带领小姚等民警第一时间赶到现场。

民警围绕现场展开了细致入微的调查，但现场除了几枚弹壳外，并没有留下有价值的线索。

目击者提供的信息，仅仅说出了几辆肇事车辆为白色和灰色轿车，其他则一概说不明白。

全局三十多名刑警围绕几辆轿车在浠水和邻近县市进行大海捞针般的查找。

可三天过去了，案情毫无进展。七天过去了，刑警们仍一筹莫展，案件毫无头绪。

在破案方面，有个不成文的"逻辑"，即"案不过七"。一个案子要么几个或者十几个小时内拿下，要么三五天侦破，最迟不超过七天。一旦七天过去，案子还破不了，往后再破获的概率就明显降低了。

这个案子已过去了十来天，还没有任何侦破的迹象。看来这个案子要从长计议了。

本来刑警的压力已经够大，而这时社会上的各种冷言冷语又纷纷传来。传言带着对警察的不满，像寒潮一样袭击着这些身心俱疲，已十多天没有睡过一个囫囵觉的刑警们。他们已经没有精力去解释，只有选择沉默。

夜已经很深了，钟俊的办公室里仍然亮着光。

其实，自从"7·11"大案发生后，钟俊办公室里的灯光就没有熄灭过。

除非上厕所，他几乎就没有离开过自己桌子上的电脑。一日三餐都是小姚从食堂里端过来。

随着外围民警摸排工作的展开，一条条信息开始源源不断地汇集过来。

钟俊像上紧了的发条，高速地运转着。

他在细心地通过平台一一分析、比较、甄别、剔除，再分析、再比较、再甄别、再否定，如此反复……

2011 年的夏天，出奇地闷热。

仿佛要跟刑警作对似的，电脑工作了一会儿，就死机了。钟俊只好停一会儿再打开。空调用坏了，他就搬来一台老式电扇，再将毛巾浸湿了搭在脖子上。

随着一条条信息被否定，钟俊的眉头蹙得越来越紧。他的心也揪了起来，像这 7 月的流火一样躁动。

民警们顶着烈日，对全县的本田进行搜寻，后来扩展到整个黄冈市。把近十年来售出的日系轿车都作了分析研判，但都被一一排除。

钟俊又带领民警到全市所有二手车交易市场和废旧车辆回收市场去查，仍然没有线索。

调查白色本田的线索由此中断。

钟俊不死心，专门请来一个画家，模拟了光头男子的画像，四处张贴，寻找知情者。

可半个月过去了，一个反馈信息都没有。

这天，钟俊又对拷贝来的数据进行分析。

突然，从张坳口附近的监控中，他看到了那辆白色本田轿车的司机。

他将监控拉近，发现司机是一个穿着白色短袖衬衣、面容清秀、一头长发的年轻女子。

鼠标再拉近，钟俊赫然发现，女子的两道弯眉正中，竟然有一颗黑痣。由于是傍晚，监控的清晰度不高。

如果不是钟俊细心，这一重大发现有可能被错过。

司机居然是个女人，这有点儿超乎钟俊的想象。

长发的女人多得是，面容清秀的女人也多得是，但是眉心带痣的女人绝对凤毛麟角。

想到这里，钟俊不由得兴奋起来。

在接下来的一整天里，他一直在公安平台上寻找那个眉心带痣的女人。

可从早上到夜里，钟俊累得头昏脑涨，还是没有任何发现。

这时，桌子上的电话突然响起来。

为了信息核查过程中不受干扰，他昨天晚上关闭了手机。这年头儿打座机的已经很少了，钟俊以为是调查外围的民警打来的，就接了过来。

他习惯性地把话筒放在肩膀上，用脖子夹住，眼睛还盯着电脑显示屏上的那个漂亮女子，随口问："什么情况?"

"什么情况，你果茬啊!"电话里传来一个气愤的声音，"不要命了吗？忘了你自己的身体了吗?"

是妻子的电话。钟俊的声音立马软了下来："这几天在忙一个案子。"

"忙案子也要注意身体呀，环孢素还有吗?"

"环孢素？有有有，一直吃着呢。每天16粒，一次没落下。"钟俊赶紧回答，脸上带着讨好的笑容，仿佛电话里的人就站在对面。

"队长，这个女人漂亮是漂亮，但我感觉不太像。"沉浸在案子里的小姚，在最不该说话的时候，说了一句最不该说的话。话音刚落，他就抽了一下自己的嘴巴。

"什么女人迷住你了，还是个漂亮女人……"电话里，妻子果然问了起来。

钟俊瞪了一下有些尴尬的小姚，不得不冲电话里解释道："我们在找一个女人，一个眉心带痣的女人。"

"眉心带痣？我想想。哎，我前几天跟表妹去红梅美容院，好像那儿的女老板眉心就带颗痣，长得挺漂亮的一个女人。"

"是不是有20多岁，细长眼睛，笑起来挺好看?"钟俊的呼吸急促起来。

“就是啊，20 多岁，细长眼睛，笑起来挺好看。”电话里老婆的声音十分肯定。“原来你认识她啊？”

钟俊一下子从椅子上跳了起来，激动地说：“太好了，老婆大人，你太伟大了，亲一下！”说着自顾自地对着话筒亲了一下。

小姚惊呆了。

于是，红梅美容院的老板娘李秀梅被请到了刑警大队。

李秀梅不是个拖泥带水的女人，至少当民警询问她那天火拼的情况时，她的表现令民警比较满意。

了解到事情的来龙去脉之后，钟俊从询问室走了出来。

由于房间里没有空调，钟俊已出了一身的汗。这时，一阵山风吹来，只见满山遍野青树翠蔓婆娑多姿，连鸟儿的鸣叫都显得轻松愉快，钟俊感到十分惬意。

李秀梅说，“7·11”大案中交战的双方，一方是英山的胡二，另一方是浠水的李明。

案发当晚，李明和她正在黄冈的黄鹤楼大酒店里吃饭，却碰见了也来这家酒店玩耍的胡二。胡二看到自己的女朋友竟然和另外一个男人搞在一起，醋意顿生。两人一言不合就打了起来，奈何胡二不是李明的对手。

吃了亏的胡二回到英山，聚集了自己的几十号人马，兵分两路找李明寻仇。得知李明回浠水后，就一路追杀过来，于是就发生了那场火爆的枪战。

钟俊用李秀梅的手机打电话给胡二。

可胡二的手机关机。钟俊灵机一动，编了一组信息发了过去。

果然，打开手机后的胡二，第一个电话就打了过来，对李秀梅破口大骂。

不到十分钟，胡二的踪迹已被锁定。

当晚，刑警大队教导员张烽、副教导员钟俊带领民警赶到黄石某宾馆。

考虑到犯罪嫌疑人随身携带有枪支，又是多名犯罪嫌疑人聚集，张烽告诉民警，打开门后大家一定要跟在他的身后，出手要迅速果断，必要时可以将嫌疑人当场击毙。

可是当嫌疑人打开门的瞬间，钟俊却越过张烽，第一个冲了进去。

他一眼瞥见站在门后的光头男子，一下子将其扑倒在地，用手死死地摁住光头男子伸向腰间的右手。在光头男子的右手里，赫然拿着一把已经上膛的五连发猎枪。

张烽控制了坐在椅子上的胡二。

此次抓捕，共抓获胡二等七名犯罪嫌疑人，查获作案用的仿六四手枪一支、五连发猎枪一支，猎枪子弹多发。

事后，张烽非常恼火，说钟哥你怎么回事，行动前不是说了，要大家跟在我后面，你怎么就不听安排呢？知道有多危险吗？

钟俊冲张烽笑笑，说了一句，就因为你叫我声哥，我这个做哥哥的，关键时刻得有个做哥的样子不是？

张烽横了他一眼，只好拍屁股走人。对钟俊这个二十多年的老搭档，他已经彻底无语。他太熟悉钟俊了，每逢组织抓捕，他总是第一个冲在前面。

“7·11”大案先后被湖北省公安厅和公安部列为省督和部督案件，由浠水县公安局侦查；身为刑侦大队分管情报工作的负责人，钟俊自然不可能置身事外。

可是胡二团伙在英山县经营多年，爪牙众多，分布在英山城乡以及周边武穴、麻城等县市，关系盘根错节，“英山老大”的威名赫赫，群众闻之色变，敢怒不敢言。

胡二犯罪团伙组织严密，团伙成员众多。大部分成员到案后，拒不交代犯罪事实。少部分成员即使交代，也是避重就轻。对于组织内幕，众口一词，概不知情。尤其是胡二、袁七、余小成等人，根本就问不出任何口供。

针对这一情况，钟俊和战友们果断决定，采取异地羁押方式。

同时，按照钟俊建议的“以点带面、全面突破、把握个案、整体推进”侦查思路，提出“先近期、再远期，先小案、再大案，先骨干、再首恶”的具体办案策略。

办案民警对三十多名团伙成员采取了区别对待方式。对顽固首恶分子剥茧抽丝、斗智斗勇，对一般成员动之以情、分化瓦解。

由于策略得当，案件侦办得以有序推进。

胡二犯罪团伙的内部组织结构逐渐清晰，资金的来源和去向均被查明，其经济特征显露无遗。随着一起起案件浮出水面，一个以胡二为核心的“以黑护赌、以赌养黑、由恶转黑”的黑社会性质犯罪组织逐步被揭露出来。

胡二，英山人，40 多岁，身材矮小，为人凶恶；自 1998 年以来靠打杀在英山县“成名”，人称“英山老大”；黑社会集团组织者、领导者，全权掌控组织的一切“业务”。

袁七，英山人，30 岁，胡二军师，团伙二号人物。

余小成，英山人，30 多岁，胡二马仔，负责执行胡二的各项指令，是积极参加者。

段留孩，英山人，胡二马仔，犯罪活动具体实施者和主要参与者。

……

——2006 年 7 月 16 日，英山县一名干部就餐时，与酒楼发生争执，找胡二为其出头。胡二指使马仔砸了酒楼，又多次带人前去滋扰。为保人身安全，酒楼老板和员工都吓得住进派出所，请求民警代为守店。胡二一战成名，此案确立了胡二黑社会性质犯罪组织在当地的强势地位。

——2008 年 4 月至 8 月，胡二与同伙先后在英山县南河镇、杨柳镇、石头咀镇，浠水县绿杨乡，蕲春县檀林镇等地，多次非法开设赌场，通过摇骰子聚赌，参赌者每场少则数十人，多则上百人。其间，他通过放高利贷、抽头等形式，获利300余万元。

——2010年1月底，刚刚刑满获释的胡二在英山石镇开设赌场，短短一个月即获利50余万元。

——2011年3月至9月初，胡二经人介绍来到黄石，在两家酒店租房开设赌场，参赌人员累计上千人，获利800余万元。

——2011年6月底，胡二因女友李秀梅和前男友李明仍有来往，遂指使手下跟踪李明，被李明发现并遭到围追。胡二急命手下段留孩等人携砍刀前往营救。几天后，李明纠集手下前往英山县报复胡二，未能得逞。胡二不解气，就与李明定下了7月11日之约。

“7·11”案件发生后，胡二团伙除抓获的七名成员外，其他成员都纷纷外逃。由于该团伙成员都具有一定的经济实力，大多选择逃往外省外市，这给追逃工作带来了极大的困难。

但是，钟俊和战友们没有被困难吓倒，他们从基础做起，深入调查，掌握了大量第一手资料。

于是，一个个同案嫌疑人被从广州、深圳、武汉等地抓捕归案。

后来，胡二以组织和领导黑社会性质组织犯罪被判处有期徒刑19年，袁七和余小成等18名团伙成员分别被判处十年以下有期徒刑。

当然，以李明为首的黑社会性质犯罪团伙也没逃脱法律的制裁，其团伙被彻底摧毁，首犯李明以黑社会性质组织罪获刑六年。

奇怪的制药厂

这天下午临下班时，出了一天警的刑警队员小张接到一个奇怪的电话。

电话是一名叫田水秀的农村妇女打来的。她说她从地里锄地回来，心里一直难受。

小张说，难受你到医院去啊，你好像打错了地方。

田水秀却不依不饶。她说，你们公安必须来一趟，我地里的田苗都让养鸡场里的水浇死了。看病的钱，还有田苗的钱，养鸡场必须赔偿。

放下电话，小张有点儿头大，嘴里嘟囔着："现在的老百姓真是，屁大的事儿都报案。"

这时，钟俊刚好从外边回来，听了小张的"怨言"，就说："反正也没事儿，不如去现场看看。"

于是，两人见到了田水秀。

此时，她鼻孔里还塞着两团麻叶。

坐在她家院子里的石凳上，钟俊问，小张一边听她明显夸张的讲述，同时不时地做着记录。

做好了笔录，田水秀不识字，小张便写了她的名字，又拿出红色印泥来，让她摁了指纹。

田水秀问赔偿的事儿咋办。

钟俊说，我们不能单听你一面之词，得拿出证据来。

证据，这是我在医院看病付钱的单子，这是我地里被浇死的田苗，还要啥证据？田水秀将一堆根部已经坏掉的田苗扔在了两人面前，气呼呼地说。

你们公家人就是太仔细，哦，还好，我多了一个心眼儿，怕养鸡场的人赖账，就用罐子盛了半罐子污水。说着话，田水秀到角落里弯腰提了一个陶罐出来，气呼呼地放在小张脚前问，这算不算证据？

陶罐里的黑水，散发着刺鼻的怪味儿。小张立马捂住了鼻子和嘴巴。

"这什么味儿啊？难闻死了，快倒掉。"小张皱着眉道。

田水秀撇了一下嘴巴，提起罐子便往门外走，准备将陶罐扔掉。

“慢！”钟俊急忙上前拦住了田水秀。

他从她手里接过陶罐的提绳，横了小张一眼：“千万不能倒，这可是宝贝啊。”

从田水秀家出来，天已经黑透了。

两人也没去现场，就直接回到了局里。

小张提着半陶罐子污水到技术科去化验。其实这类工厂污水浇坏田苗的事情经常发生，一般都是村干部让厂家给农户多少赔一些钱就完了。

可是，不知道钟俊动了哪一根神经，非要让小张将污水送到技术科去化验。

小张一只手捏着鼻子，另一只手小心翼翼地提着陶罐，生怕一不小心让污水溢出来，弄脏了光洁明亮的走廊地板。他心里显然很不满。

技术科的电话很快打来了。经化验，从污水中提取出了氯胺酮成分。

氯胺酮，那不是K粉吗？

听到这个消息，小张整个儿地弹跳了起来，眼睛直瞪着钟俊，一副被雷劈到的神态。

为了进一步摸准养鸡场的情况，钟俊和刑警大队大队长徐春旺、教导员张烽商议后，开始了下一步行动。

次日一早，田水秀和她的“表弟”来到了村长家。

田水秀向村长介绍了一下“表弟”，说明了来意。

村长倒也爽快，一听是为了赔钱的事，立马就带着二人直奔养鸡场而去。

田水秀家的水田，有半亩左右，位置比较偏。

就在她家田地的地头上，有一座外表看上去非常破败的厂房，一溜儿十几间。厂房的院墙，倒像是新砌的，两米多高，一张铁门在里面反锁了。

村长上前“咣当、咣当”拍门。

立马有一条半人多高的狼狗飞奔过来，冲着三人狂吠不止。

这时，从里面走出一个 40 多岁，戴着一副黑框眼镜，外表文质彬彬的男子。他喝住了狼狗，开了门，疑惑地看着三人。

村长说明了来意。

一开始，男子不承认田苗是被院里的污水浇死的。田水秀就嚷嚷起来，不赔钱就报警。

男子犹豫了一下，问赔多少。

村长说两千。

男子二话没说，从衣服里取出一沓钞票，数都没数，就递给了村长。

“表弟”趁眼镜男交钱的时候，借口上厕所，快步进了厂里。

眼镜男想阻止，看到“表弟”匆匆朝厕所跑去的身影，就没吱声。

从厕所出来，“表弟”路过厂房时，往里瞟了几眼，看到里面果然有几十只小鸡正在鸡舍里吃食。在另一个鸡舍里，一些化学容器和乙酯、氨水等化学原料引起了“表弟”的注意。

“表弟”还要再看下去的时候，眼镜男走过来说，都是些做饲料用的，有什么好看的，然后非常不客气地将“表弟”赶了出来。

田水秀这个所谓的“表弟”，就是钟俊。

钟俊回来后，马上将可疑情况向局长吴孝飞进行了汇报。市局党委研究后，吴孝飞决定连夜突袭养鸡场。

当晚，一百多名刑警兵分三路采取收网行动。一路由钟俊带领直奔养鸡场，捣毁制毒窝点；一路由张烽率领前往武汉，抓捕武汉贩毒成员；一路由徐春旺率领，在田桥村外接应。

当晚 22 时，钟俊带领民警将养鸡场团团包围。

而此刻，一辆猎豹汽车正悄悄从黄石出发，前往田桥。驾车的是一个 40 岁左右的矮胖男子，稀疏的头发紧紧地贴在脑门儿上。

男子叫徐海洋，是田桥养鸡场的新老板。三个月前，他花高价租下了这家闲置多年的养鸡场，从朋友那里购置了乙酯、羟亚胺等化工原料和制毒设备，又从广东高薪聘请了阿天、阿海、阿强三名专业技师，准备利用这个废弃的养鸡场大干一番“事业”。

徐海洋这小子混迹毒场多年，非常谙熟此中门道。养鸡场每次加工出K粉后，都是他亲自驾车去取，然后再交给自己的手下李小贩卖。

三个月来，徐海洋已是赚得盆满钵满。但他也知道，这种生意不能在一个地方长期做，必须打一枪换一个地方。否则一旦被发现，是要掉脑袋的。

前几天，他刚在安徽某县物色好了一个废弃砖厂，准备这几天就搬过去。今天，是他最后一次从养鸡场取货。

徐海洋一边得意地盘算着，一边开车往养鸡场方向驶去。

当他赶到田桥村村头一段灰渣路上时，无意中看到几辆停在路边的运输车。生性多疑的徐海洋似乎嗅到了危险，马上减速，准备掉转车头回去。

早已埋伏在此的特警迅速出动，两辆运输车一前一后夹住了猎豹汽车。徐海洋束手被擒。

由于徐海洋落网，打乱了抓捕组次日凌晨行动的计划，钟俊下令立即行动。

民警从院墙上一跃而下。护院的狼狗狂吠着向民警扑来，被民警一枪击毙。

大家拥进厂房时，只见制毒机器还在不停运转，人却不见了踪影。民警们迅速展开搜索，分别将躲避起来的制毒技师阿天、阿海、阿强抓获归案。

这时，民警押着负责看门的眼睛男走了过来。当眼镜男一眼看到领头的钟俊，竟然就是昨天来索要赔偿款的“表弟”，顿时一脸的错愕。

此役大获全胜。浠水警方共收缴毒品（K粉）189.1千克、半成品60千克。一次行动查获这么多毒品，出乎了大家的意料。

更令人欣慰的是，近年来活跃在鄂湘皖粤黔五省的制毒大枭徐海洋竟然在此战役中落网，浠水公安可谓功莫大焉。

这是湖北省公安机关近年来单个案件查获毒品最多的一次。巨大的战果迅速上报到湖北省公安厅，并通过省厅上报到公安部。公安部立刻将此案列为部督案件。

根据湖北省公安厅禁毒总队和市公安局“扩大战果，斩草除根”的指示精神，专案组又开始了新的工作。

徐海洋和他的上线一直是单线联系。徐海洋落网后，惊动了他的上线，这给下一步工作造成了被动。

由于徐海洋拒不交代上家，钟俊决定，根据现有线索到徐海洋经常活动的湖南、贵州交界地区开展调查。

钟俊带领专案组用了四个多月时间，最终在贵州省松桃苗族自治县孟溪镇白泥村的一座大山脚下发现了制毒工厂的秘密。

制毒工厂是一座废弃砖窑，藏匿在一个小山包里。山后用铁丝网围得严严实实。小山四周还有狗舍四五处，每个狗舍里都养着几条恶狗。砖窑正面的狗舍中，养着一条半人多高的藏獒。谁也想不到，这样一个闲置多年的砖窑，竟然是徐海洋的上线熊孩儿的制毒化学品加工厂。

9月25日，第二次收网行动展开。浠水县公安局再次组织警力五十余名分赴贵州松桃、安徽巢湖和湖南吉首。

鉴于毒枭熊孩儿狡猾多变，大队长徐春旺带队前往贵州孟溪镇，教导员张烽率领民警直奔安徽巢湖。钟俊带领二十多名刑侦民警连夜赶往湘西首府吉首，与先期开展工作的民警会合后，即着手开展工作。

一直忙到深夜，钟俊原本动过手术的肾，又开始疼痛起来。他赶紧吃了几片随身携带的环孢素。

两天后，熊孩儿在贵州孟溪镇的一家制砖厂被徐春旺抓捕组抓获。经审讯，得知其司机兼马仔田军现正在湖南吉首一小区。

钟俊立即带人在该小区内将正在参与赌博的田军抓获。

经过搜查，钟俊在田军的一处房屋内查获了十几台搅拌机、离心机，以及各种容器等制毒设备。

与此同时，张烽带领民警在安徽巢湖抓获了涉嫌非法生产易制毒品的犯罪嫌疑人朱运来，捣毁窝点一处，抓获涉案成员五人。

为了将毒犯扫除干净，钟俊又与民警三下广东，对其他涉案人员进行了抓捕。

截至案件结束，共抓获各类涉毒犯罪嫌疑人 24 名，收缴毒品 K 粉 386 千克、毒品半成品 60 千克、麻果 1229 颗、冰毒 45.6 克，收缴制毒化学品羟亚胺 1825 千克，收缴易制毒化学品羟亚胺 1825 千克，捣毁制毒窝点一个，捣毁非法生产制毒化学品窝点两个，查封、扣押、冻结毒资和涉毒资产 1000 万元。

此案历时十一个月，钟俊和战友们转战南北，历尽千辛万苦，最终给这起毒品大案画上了圆满的句号。

这是浠水和黄冈历史上破获的最大的毒品案子。在后来很多场合，一提到“5·24”大案，钟俊就会不由自主地想到那个有些胡搅蛮缠的田水秀。幸亏那天出警，当田水秀将陶罐提溜出来的时候，做过多年技术工作又有丰富经验的钟俊，从那刺鼻的气味中感到了一丝不寻常。为了证实自己的想法，他才坚持将污水拿到技术科去化验。想到自己的果决之举，钟俊暗自笑了起来。

不一样的肾

2002 年 5 月，中国刚刚加入 WTO，湖北就迎来了具有不平凡意义的国际体育赛事——2002 年亚洲汽车拉力锦标赛暨全国汽车拉力锦标赛。当时亚洲二十多个国家的运动员、中央电视台等二十多家国际国内新闻媒体齐聚武汉，安保任务之艰巨可想而知。

钟俊被抽调参与大赛安保。

5月10日至13日的武汉，大街小巷充盈着异域服饰和不同国家的语言。钟俊那警惕的眼睛不停地在人群中逡巡。他和同事们不敢有丝毫松懈。

5月的武汉，天气非常酷热。钟俊和同事们走在拥挤的人群里，浑身已经湿透。

临近中午，钟俊感觉视力有些模糊，耳朵嗡嗡作响。他以为是天气太热，就买了一瓶冰镇矿泉水。可是喝过之后，他仍然耳鸣得厉害，而且头也有些晕。

一旁的同事刚要招呼他休息，只见他身子缓缓地倒在了汽车拉力赛的赛场旁。

救护车嘶鸣着冲向武汉市协和医院。经检查，他居然患上了可怕的肾衰竭症——尿毒症。

医生说，必须马上手术。

尿毒症？平常那么健壮的一个人，怎么会得了尿毒症？

他的妻子不相信，远在乡下的父母不相信，朋友们也不相信，真的不相信。

尿毒症！这么能干的年轻人竟然患上了尿毒症？单位领导不相信，一直和他并肩作战的战友们也不相信。

钟俊自1993年从湖北省人民警察学校毕业，就进入浠水县公安局刑侦大队工作。那时的他别提有多兴奋了。学以致用，他每每出现在一个个现场，便感受到当刑警的价值和意义。

正当他在刑侦阵地上大展身手时，大队长却把他调到了枯燥乏味的技术科，从事痕迹检验工作。在新组建的技术中队，他当了一名刑事侦查技术员。

一开始，钟俊也想不通。

当年高考凭他的成绩，完全可以上当地有名的师范大学，可他却毅然决然地报考了湖北省人民警察学校，为的就是可以当一名刑警。再者，年轻人谁不喜欢冲锋陷阵，破大案，追逃犯，既惊险刺激，又有成就感。而技术员就不同了，每有案件发生，技术员必须围绕现场勘验，寻找物证，全力为侦查破案服务，做的都是幕后工作。

但是钟俊也知道，技术工作对于侦查破案是何其重要。没有技术支撑，破案何其艰难。

一切从零开始。钟俊专门购买了大量业务书籍进行阅读，到警校参加业务培训，遇到不懂的地方就向老民警请教，潜心钻研业务。

通过不懈努力，钟俊很快成长为全县乃至全市屈指可数的技术骨干。他还深得全国著名足迹专家孟小平的器重，收他为徒。

“他干起工作来不要命，简直就是一个拼命三郎。”同事们说。

他每年出现场三百多次，创下浠水刑侦工作最高纪录。多么敬业的小伙子啊！可是现在，这么一个“拼命三郎”，这么一个勤勤恳恳、兢兢业业的小伙子，这么一个待人热情、每当同事们在工作上遇到难题都有求必应的小伙子，如今却不声不响地倒在了他熟悉的刑侦阵地上。

由于长期超负荷运转，加上无规律生活，他的身体已严重透支，导致肾功能严重衰竭，患上了可怕的尿毒症。

从昏迷中醒来的钟俊，并没有听从医生的忠告马上进行手术。倒不是他不珍惜自己的生命，实在是手头的工作太多，时间和工作都不允许他躺在病床上。尤其是大队正在侦办的几个大案，离开他根本就不行。“1・22”命案的嫌疑人排查需要他，“3・17”系列抢劫案的证据锁定需要他，还有经侦部门正在办理的一起非法集资案、城郊派出所正在办理的几起电动车电瓶被盗案，都需要他协助，需要他帮忙分析，需要他对证据链进行固定。

在他的恳求下，医生不得不同意进行保守治疗。

出院时，医院给他开出了足足一大皮包的药物，嘱托他千万要按时吃药，定期透析，注意休息，一有反应，立马到医院复诊。

就这样，钟俊又回到了他深深迷恋的刑侦工作中。

那段时间，同事们常常看到，钟俊与妻子凌晨 4 点钟就起床搭早班车赶到武汉，做完透析后又匆忙赶回刑侦队。人们已经记不清他们这样来来回回跑了多少趟。

那段日子，透析加上每天大量的药物治疗，钟俊受尽了病痛的折磨。但每次透析后，尽管很虚弱，只要身体状况允许，他总是赶回队里上班。来到队里，看到忙忙碌碌的战友，他感到那样地充实和心安。

2005 年 3 月，钟俊从武汉做完透析，刚刚回到大队，就得知巴河镇黄岭村的“五保”老人黄强被人杀死。

他马上拖着极度疲惫的身体亲自驾车赶到了案发现场。

在现场，他趴在地上一寸寸、一遍遍地勘查、寻找，一干就是五个多小时。五个小时即使对于常人来讲，都不是轻松活儿，何况是重病在身的钟俊。

勘查结束，钟俊已几近虚脱。在场的刑警们都被钟俊的敬业精神打动了。

教导员张烽回忆，那天同志们硬是连续工作了七八个小时，连饭都没顾上吃，直到把锁定嫌疑人的证据找到。没有一个人说饿，也没有一个人喊苦喊累。说到动情之处，这个在刑侦战线上跌打滚爬了二十多年的硬汉，禁不住双目蕴泪。

2006 年，钟俊因病情恶化，再次晕倒住院。

这次，医院下达了病危通知书。医生强调，如果不马上换肾，就一点儿生存的希望都没有了。

可是换肾谈何容易，不说肾源难找，就是三十万的天价手术费，就足够让人望而生畏。三十万，对于月工资不足千元的钟俊来说，简直就是天文数字。

钟俊对妻子说，不治了，我们回家吧。

一听说要放弃治疗，妻子的心马上揪了起来。

她一个人走到医院的走廊上，忍不住放声大哭。

好在天无绝人之路。就在钟俊因医疗费左右为难之际，那些朝夕相处的战友们赶到了医院，掏出了他们带着体温的微薄工资，捧出了他们的拳拳之心。亲友们赶来了，浠水的企业家们赶来了，素不相识的爱心人士也慕名赶来了，大家纷纷伸出援助之手。

涓涓细流，汇成大海。三十万元凑够了，钟俊成功进行了肾移植手术。

术后仅半年，钟俊就回到了刑侦队，继续从事着他钟爱的刑侦事业。

2017 年 9 月 22 日，钟俊被评为全国公安“百佳刑警”。

钟俊以自己一颗赤诚的心，始终坚守在刑侦阵地上，以自己独特的方式战斗着。

扫描二维码即可观看
相关视频等

"杂家"徐同凯

李　动

江苏宿迁曾是盖世英雄项羽的故乡，刑侦支队副支队长徐同凯就出生在这片英雄辈出的土地上。他参与了一千余起重特大案件的侦破，近几年牵头侦办部省督办重要案件二十余起，在诸多案件侦破中发挥了关键作用，立过一次二等功、三次三等功，被评为全国公安"百佳刑警"、全国优秀人民警察等，被同行们誉为一方"神探"……

从拖鞋上的血迹突破

说起自己破案的经历，徐同凯首先回忆起了那起抢劫出租车司机案。

记得那是2009年春节前夕的一天晚上。徐同凯接到报案，带队赶到沭阳乡下现场。

只见一条田间小路，出租车停在土路中间，路旁没有路灯，更没有探头，四周一片漆黑，气温约零下十度。

他们打着手电勘查现场。

车里有血迹，车外找到了一顶绒线帽和一只拖鞋，另一只不知在何处。

徐同凯清楚这是一条重要线索和物证，叮嘱技术人员做好提取工作，继续开展勘查和调查工作。

出租车司机被抢劫后，是自己打手机给120求救和110报案的。救护车将其送到就近医院后，没有抢救过来。医生说，司机原来是可以救活的，因他不够冷静，激烈运动引起大出血，导致症状恶化。

当晚，徐同凯一行在乡下安营扎寨。翌日天蒙蒙亮，他们又来到现场寻觅第二只拖鞋和其他东西。

曙色里，看得清出租车头南尾北停在土路中间。两边枯草飞扬，非常荒凉。现场南面二百米是项荡村，北面二百多米是刘洪小学。

徐同凯带队沿着有血迹的土埂和麦地边缘寻觅了三百多米，终于在草丛中找到了另一只拖鞋。

没有目击者，请来警犬追踪，但走了一段路后便失去了方向。

线索断了，只能采取笨办法，到附近的乡村挨家挨户地摸排。前后两个村有二十多个组，约四千多人，重点排查当晚不在家和身上有血迹者。第一阶段排查的一个月里，专案组组员没有回家，没有发现线索。第二阶段，他们还是没有回家，扩大排查范围，一个月又过去了，还是没有发现蛛丝马迹。第三阶段，徐同凯不放心，决定两个组互相交叉排查。一个月后，仍然没有线索。

用人海战术排查的同时，围绕物证开展工作也是专案侦办的重中之重。

徐同凯将突破口放在了那双拖鞋上。这是一双蓝色格子条纹布拖鞋，鞋底的泡沫上印有“EVA”和“断底包换”字样。

徐同凯安排人员从生产和销售鞋子的源头入手，带领侦查员遍查周边的山东、安徽与河南等地，一个县一个县、一家商店一家商店地走访。

两个月后终于在一家叫瑞祥宾馆的房间里发现了相同牌子的拖鞋，该地距离案发现场十多公里。紧接着又在距离现场八公里的富力旅店也发现了同类牌子的三双拖鞋。如何确定嫌疑人在哪一家住宿过呢？

相关的线索查证，都是为了查明嫌疑人踪迹，线索的耦合效应会使方向更加明确。徐同凯这样说。这使案件迎来了转机。

前期，他曾和专案组人员围绕出租车计价器最后一条信息："12:20，单价：15 元，计程 7.7km" 字样，进行了数十次的路线测试，皆是由于到城区的路四通八达而无法确定嫌疑人起点。

现在，明确鞋子位置了，结合计价器信息，就能确定交叉点了。专案组据此迅速推定嫌疑人应在富力旅店住宿过。令人遗憾的是，在富力旅店登记本上没有找到任何线索。

眼看煮熟的鸭子就要飞掉了。

徐同凯不甘心，下定决心立足此点开展工作。

他仔细询问旅店老板，发现附近村民常来这里的活动室打麻将。但人员混杂，范围较大。村里有上千村民，逐个摸排费时费力。

徐同凯立刻联想到了在案发现场拖鞋上采集到的嫌疑人血样，决定通过 DNA 来确定对象。

经过对 Y 染色体的比对，很快锁定了嫌疑人为项可：31 岁，嗜赌，曾经出入富力旅店。案发后，他带着老婆远走他乡，来到五百里外的安徽乡下以种瓜为生。

目标明确后，接下来的案件侦破就水到渠成了。

从发案到破案共 342 天，侦破期间，专案组成员大多居住在沭阳乡下，一两个月才回家去取一次换洗的衣服。

破案后，有位同事回家，老婆埋怨说，我每月拿的钱跟你差不多，为什么你付出的比我多几倍？

徐同凯安慰他说，一开始我老不回家老婆也是这样埋怨的，慢慢习惯就好了。你要多关心她，家庭这个后院一定要顾好，否则会影响工作。

让测谎仪说话

徐同凯还记得，曾利用测谎仪侦破过一起女童被害案。

那是2014年5月。村民报警，淮沭河里发现一具漂浮的尸体。打捞上来的尸体下身裸露，颅骨粉碎性骨折，头部和胸部被包在一只白色塑料编织袋内，袋内还有用铁丝捆绑着的一个红色千斤顶以及两块17孔空心砖。尸体在河水里已浸泡六个多月，高度腐烂无法辨认。

经侦查，发现有对李姓父母六个月前曾报案称9岁女儿失踪。经DNA检测，证实这位遇害女童来自十五公里外的大庄村。

徐同凯不禁想起了自己的女儿。平时他对她关心甚少，不久前女儿生病住院动手术，他第一次请公休假陪她，并为她补习功课。女儿后来悄悄告诉妈妈，爸爸其实很温柔的。

徐同凯由此体会到被害人父母那痛彻心扉的悲伤，暗下决心一定查出凶手。

尸体检验，除了两件附着物，没有任何痕迹物证，案件一时成了谜案。

围绕现场的千斤顶、白色塑料编织袋和空心砖开展工作，是案件唯一方向。

徐同凯带队赴千斤顶专业产地山东荣成开展工作。经走访咨询多家技术员，得出结论是，现场这个千金顶质量不太好，是低档车用的，曾经装配在五征牌农用三轮车上。

徐同凯回到乡镇，先摸排五征牌车，一共排出17辆。

与此同时，侦查员根据徐同凯的要求，按照蛇皮袋上的编号18742，找到淮安生产厂家。厂里人反映，这些编号的蛇皮袋一共生产了5000只。进一步接力查询，发现该批袋子先被卖到了女童失踪的镇上的杂货店中，后被卖到个人，或是一些贩卖粮食等从业人员手中。

围绕生产 17 孔砖的砖瓦厂销售使用情况调查，也有了具体信息。

同时满足以上千斤顶、白色塑料编织袋和空心砖这三个物证条件的共有三人。一个是光棍儿，姓董，50 岁许；一个是收购粮食的，姓庄，长脸，30 岁；还有一个姓项，黑皮，40 多岁。

究竟谁是凶手？徐同凯决定利用测谎仪来锁定。

坐在测谎仪前，戴上连接线，徐同凯分别向三名嫌疑人提问千斤顶、蛇皮袋、17 孔砖以及运送尸体等相关情况。

董光棍儿和项黑皮都没有反应，唯有庄长脸屏幕上反应异常，时而直线升高，时而呼吸急促。

没作过案的人，对案件的情节不知道，是不会有什么反应的。

但是通过测谎仪，清楚地显现出庄某知道女童尸体是怎么被运送到河里的，他知道涉案关键物证的具体细节。更主要的是通过测试，发现庄某在运送尸体并隐藏过程中，先是将其运到小河塘里，后来才又抛到大河中。这些清楚地表明，他熟知整个作案过程。

"熟知案情的人，不是办案人员，就是犯罪嫌疑人，庄某就是嫌疑人。"徐同凯坚定地说。

心理测试击溃了庄某的心理防线。通过审讯，他最终交代女童是他杀的。

那天晚上，他喝酒后调戏了邻家女童，并将她杀死，然后将尸体绑上铁链，抛在离家不远的河塘里。过几天他在夜里发现尸体漂浮了起来，惊恐不已，赶紧取来千斤顶，用铁丝捆绑后，连同两块 17 孔空心砖一同装进蛇皮袋，将尸体运送到更远的大河里。

徐同凯使用测谎仪破案，是跟公安大学的武伯欣教授学的，那次他共参加培训三个月。学习中他感到这个东西很有用，便尝试着去做。

第一次应用，是有位台胞回乡后巨款被盗。他试着利用测谎仪参与侦破，发现该台胞的外甥在测试中反应异常。一审，果然是他作案。

小试牛刀成功后，他便开始将测谎仪作为破案的一种手段。结果每次效果都特好，屡试屡成。

后来他还据此写了论文，被《刑事技术》杂志刊用，并被选为全省刑警队队长培训教材。

从人民币编号切入

徐同凯说，一个合格的侦查员就是要做一个“杂家”，处处留心皆学问，搞什么学什么，什么都得懂一点儿。他还说侦查员不但要在业务上善于钻研，还要有人文情怀，要带着对被害人的感情去侦破案件。

他要求不仅要全力侦破大案要案，小案也要尽力去侦破。他认为，作为刑警，为老百姓破案就是最大的爱民，让老百姓在每一起案件侦办中体会公平正义，是每一个刑警的不懈追求。

那天上午，一名中年男子走进皂河镇街西李大娘家，亲热地打招呼后，自我介绍是乡镇干部，是来村里登记养老保险的，需要核对一下李大娘的身份证。

李大娘高兴地从抽屉里取出身份证。

男子核对后说：“大娘，我渴了，给我倒杯水吧。”喝了几口水，他与李大娘聊了几句便匆匆离去。

中午，李大娘和老伴儿发现枕头底下的15500元现金不翼而飞。

当天下午，附近高宅村的高大爷家中，也出现了这名乡镇干部的身影，问高大爷家里的房屋是否漏雨，他要登记一下，帮助修补。

高大爷高兴地寻找一番，乡镇干部登记后走人。

当晚，高大爷发现西屋床垫下的4000元失踪了。

从2018年10月18日至28日，连续发生六起冒充乡镇干部骗取老人钱财的案件。对于重案队来说，这些小案是无暇顾及的。

但徐同凯不同，他非常重视。因为他最清楚，这些钱是乡下老人从牙缝里抠出来的，是老人的养老钱和救命钱。他的母亲就是乡下农民，仅靠徐同凯每月资助养老。母亲舍不得吃，舍不得穿，有病能扛则扛。后来母亲患了重病，过早地病故了。当徐同凯看到母亲悄悄积攒下来的那些微薄的生活费时，不禁泪流满面。

徐同凯明白，此案如果不及时侦破，还会有更多的老人被伤害。

于是，专案组成立了。

徐同凯率领专案组来到乡下，经过串并案件，发现半年来，在宿迁泗洪、宿城和宿豫，徐州，以及安徽一些市县发生了同类型案件五十多起。犯罪嫌疑人冒充乡镇干部把目标专门锁定在农村的孤老、残疾等特殊群体上，作案手法如出一辙。

经过走访被害人和现场勘查，徐同凯发现这些老人大都反应迟缓，说不出这个乡镇干部具体的面貌特征。因农村的监控覆盖面小，案发现场及周边地区都难以寻觅到作案者的身影。

就在徐同凯带领侦查员追踪期间，周边地区同类案件还在频频发生，似乎在挑战着侦查员的智商和能力。

侦查工作无处下手，只能采取笨办法：大海捞针。扩大寻查范围。

通过探头侦查，终于在距案发地区五六公里外的一个路口，发现了一人骑摩托车的影子。

徐同凯心中一阵欣喜，细看对象，头戴红色头盔，看不到面容，摩托车也没有牌照。线索又断了。

徐同凯徘徊起来。

他想起了几年前，追踪一起杀人案时，嫌疑人也是反侦查意识特强，专门打公用电话，且不断变换地点，侦查员被牵着鼻子走，非常被动。徐同凯当时听说嫌疑人身上有张银行卡，顿时灵光一闪，提出从银行卡入手查缉。嫌疑人果然在苏州一小镇取了钱，侦查员按卡索骥，将其擒获。

这个案子，嫌疑人专门盗取现金，可能这些现金消费会流入银行。徐同凯决定从现金入手，根据人民币上的编码查找，也许能顺藤摸瓜找到狡猾的对手。

徐同凯要求侦查员仔细回访每位被害的老人。

其中一老人告诉侦查员："钱是侄子给的。"找到其侄子，他说："银行取了三万元，给了叔叔八千元。"通过取款银行的监控，很快调出了三百张百元新钞的编号。追踪下去，11 月 22 日，果然有了反馈，在睢宁县一家信用社出现了其中的七张百元现金。根据线索找到两名存款者，一个是案发当天存款的，出现了其中两张；另一个是案发第二天存款的，出现了其中的五张。两人都在睢宁县城南青年路上。

上门一查，案发当天的存款者，开了一家汽车修理店，不识字，钱款来源没有记录。赶紧找到另一个存款者，是家轮胎店的，不但有购买轮胎的记录，还留有购买人联系号码，顺藤摸瓜，嫌疑人终于落网。

经过审讯，此盗贼先后作案一百多起，共计四十多万元。其作案手法和路径是这样的：早晨从睢宁县家里出门，开车送儿子到小学读书，然后取下车牌照，到一家赌场过瘾。中午到情人处吃饭，并浪漫地睡一觉，然后打的到乡下，找到事先停放的摩托车，骑车开始作案。为了避免被发现，在作案后，他会将摩托车临时停放在不认识的农家院子里，再坐出租车回城。

难怪他来无踪，去无影，神秘莫测，难以追踪。

不过，最终还是应了那句老话：狐狸再狡猾，也斗不过好猎手。

芝麻案办成了西瓜案

侦破电脑网络高智商犯罪，一般来说应是北京、上海、深圳等科技发达城市刑警的事，谁也不会想到宿迁这个小城的刑警竟也有如此高强手段。

徐同凯喜欢琢磨电脑网络，是个电脑高手。队员们中午有时玩电脑游戏，他偶尔也会凑热闹玩一把。他反应极快，一般年轻人玩不过他。

利用电脑QQ聊天作案的特大诈骗犯罪团伙，就是徐同凯敏感地抓住芝麻小案，紧盯不放，最终引起了公安部刑侦局领导的高度重视，并随后在全国范围内部署开展了一场针对诈骗重点区域的“拔钉子”行动。他指导侦办的这起案件，给打击江西余干重点地区提供了“精准制导武器”，成功打掉了十余个重点诈骗窝点。

科学技术的迅猛发展，给百姓生活带来了便利，但也是一把双刃剑，给犯罪分子提供了作案的利器。随着通讯网络的便捷化，通讯网络诈骗犯罪开始在网上悄然蔓延，一些地区成了通讯网络犯罪的集中地，犯罪分子祸害网民，践踏诚信，败坏风气。侦破这类高科技犯罪案件何其艰难，这是一个全新战场，是与对手在虚拟世界里进行高智商较量。

2015年夏天，宿迁市湖滨新区王姓女士通过QQ聊天，认识了一名叫王峰的香港男子。他自称成功人士，赚钱很多，意欲进行慈善捐款抵税，以满足他人诸如重金求子、嫁给富豪等五花八门的诉求。

王女士信以为真，天上掉下馅饼，何乐不为？她问对方如何获得赞助，王老板说，你找我的秘书和律师联系吧。

王女士接到王老板秘书的电话时，他说刚下飞机，手机里果然传来的是飞机起降的机场背景声音。他告知王女士在取得捐款之前，首先要交一笔保证金和公证费。

王女士为了获得几十万元的捐款，心甘情愿地去银行汇款。秘书接汇款电话时说，他已在银行，手机里传来了银行办理业务的背景声音。

王女士深信不疑，毫不犹豫地汇了七千元。钱撒手后，对方的电话就再也打不通了。这时，王女士才如梦初醒，来到湖滨分局报案。

徐同凯获悉这起案件后，虽案值只是区区七千元，但他却从中敏锐地意识到这是一种新型的犯罪手法，倘若不及时侦破，会迅速在全国扩散，危害更多的网民。他果断决定立案侦查。

怎么查呢?

过去侦查案件的传统手段都是到现场仔细勘查后，从中发现蛛丝马迹，确定侦查方向。而这个案件没有犯罪现场，手机卡登记的是假名假姓，电脑痕迹也是虚拟的。

老虎吃天，无从下口。

侦查员赶往银行调查时，查看录像，发现受害人汇款后，仅五分钟就被提款，对方早已远走高飞。

鸟过留影，雁过留声。徐同凯带领侦查员围绕涉案账号追查。经过反复筛查资金流向，发现其中五张二级银行卡，取款者均在江西余干。

徐同凯感到那里是个重点，便带领精通电脑的侦查员赶往余干。在当地刑警的鼎力配合下，他寻踪觅迹，悄悄地来到了取款者所在村庄。当地刑警告知，村里多是裙带关系，白天进村抓人，会被村民围攻，只能晚上悄悄地进村摸黑抓人。

深夜，徐同凯率侦查员冒着危险进村，终于抓住了嫌疑人徐西平、唐建生，并当场查获笔记本电脑、手机、银行卡，以及诈骗剧本等作案工具。

可是，带回宿迁审讯，他俩只供认冒充律师和秘书帮助取钱，按照百分之十提成。

看来，他们只是团伙中的小喽啰，不抓住主犯，难以单独处理。故此，检察院不同意对取款者刑事拘留。按照法律规定，时间一到，只能放人。可好不容易抓到人，现在轻易放人，岂不是让煮熟的鸭子飞走？

清晨，徐同凯来到古黄河岸边跑步，刚跑了五圈就感到气喘吁吁。他边跑，边给自己鼓劲儿，一定要坚持跑完十圈。行百里者半九十，越是接近成功，越是艰难，大多数人就是在节骨眼儿上放弃了，结果前功尽弃。徐同凯身上有股子不轻言放弃的精神。跑完第六圈时，他突破了疲惫的临界点，就感到轻松了，最终顺利地跑完了十公里。平时不管晚上熬夜多晚，他都坚持每天清晨跑完十公里，这不仅仅是跑步，也是锻炼意志。

徐同凯感悟办案与跑步一样，也需要有一股子韧劲儿，案子未破绝不轻言放弃。

他对检察官反复解释，但因证据不足，不能违法办案。徐同凯敢于担当，果断提出采取监视居住的办法来弥补。与此同时，他打报告向上级部门反映，得到了市局领导的高度重视，要求相关单位配合办案。经过两个月的艰苦侦查，侦查员七下江西余干调查取证，终于将背后主犯汤泉抓获。

徐同凯等一行来到公安部刑侦局向局领导作了详细汇报。他们发现这个团伙是一个以江西余干籍人员为主，专门从事以诈骗取款、销售手机和电脑、银行卡为特征的职业化、产业化特大电信网络诈骗的犯罪团伙，涉及三百多人被骗。团伙成员分为车手，即取款人；键盘手，即 QQ 平台钓鱼者；金主，即案件背后的主人。车手与键盘手彼此不认识，都由金主统一协调指挥，作案后分成比例为车手百分之十，键盘手百分之三十，金主百分之六十。局领导听完汇报后，高度重视。此案被列为公安部挂牌督办重点案件，并被命名为“12・9”专案。

刑侦局陈副局长带队来到江西余干统一指挥，江苏警方与江西警方协同配合，根据宿迁刑警提供的二十多人线索，侦查员寻踪觅迹，经过八个月层层深挖，足迹遍及江西、北京、上海、天津、陕西、四川等地，行程八万里，查询涉案银行卡 85 张，核查银行账号 2000 余个，对涉及全国 31 个省市 710 名重点受害人的银行卡号、身份信息进行了仔细梳理。

在获取证据的过程中，发现受害人大多是已婚妇女，因涉及个人隐私，她们不愿配合。侦查员不得不上门苦苦劝说，成功核实了 31 个省市 185 起案件，涉案人员达 500 余人，涉案金额达 1.2 亿元。

两省出动警察、武警 1000 余人，对余干等重点地区展开了声势浩大的抓捕行动，先后抓获犯罪嫌疑人 300 多人，缴获了大量电脑、U 盘、移动硬盘，以及脚本等作案工具。

从此，这类网络诈骗的势头被明显地遏制了下去。中央电视台法制频道“今日说法”栏目以此为题材制作节目后，在全国两会期间播出，为制定相关法律提供了重要依据。

银行卡里的钱缘何不翼而飞

徐同凯在 2016 年率队侦破专门复制盗刷银行卡高智商犯罪案，带领宿迁警方在全国首次打掉能盗刷芯片卡的犯罪团伙。

2016 年春节期间，有名中年女子站在宿迁商业大楼上，神情恍惚欲跳楼。经过劝说下来后，她哭诉自己的银行卡没有离开过身，里面的 19 万元存款却莫名其妙地归零了。

徐同凯带领侦查员展开侦查后，发现本地两周内有八张银行卡被盗刷。

细查这些卡的流水单，其中有六人集中在两个地方刷过卡，分别是茶楼和理发店。追查这两家店的消费账单，发现其使用的 POS 机为同一个身份证号码登记，两台 POS 机有点儿蹊跷。

追查下去，发现两台机器都是一个叫贡华的年轻人提供的。他半个月前来到这两家店，说 POS 机要升级，并给予免费调换。

锁定对象后，徐同凯决定不轻易惊动他，而是悄然跟踪，挖出其背后更多的同谋。

经追查被盗刷资金流向，发现涉案被盗刷资金最终在广东惠州、东莞、深圳三市落地。

徐同凯迅即飞往惠州，调阅取款录像发现，这些被盗刷的资金，均被同一伙人取现，共有六人，有打的取款的，有骑车取款的，还有坐三轮车取款的。

徐同凯组织侦查员分别对这些对象进行跟踪。他们分散住在五六个地方，动一人就会乱全局。

耐心等待，机会终于来了。那天侦查员跟踪一辆车至二十多公里外一家宾馆，见茶馆的角落里有五六人正在品茗聊天，宿迁的贡华也在其中。这是个动手的好机会。

但徐同凯心里有更大的布局，他想钓到深圳等地更多的“鱼”再收网。

他让大家沉住气继续监视，待摸清掌握了全面情况后统一行动。

他们一路跟踪，来到深圳城中村的一条小巷，里面有间三十来平方米的房间住了十多人。小巷约二十多米长，陌生人进出容易引起怀疑。

徐同凯在巷子外转了两圈，发现对面高楼有房屋出租，便冒充民工租借了对面的房子，与同事 24 小时轮流监视观察动静。

那天跟踪发现他们来到大排档吃夜宵，虽然大多数人云集于此，但大排档里有几百人，乱哄哄的，不宜下手。只有继续等候最佳时机。

翌日，绝大部分人来到一幢大楼内，主犯也来了。

徐同凯感到时机已成熟，果断决定抓人。

首先控制一楼门面房，派一名侦查员冒充电工先走进大楼，仔细观察环境通道。其他侦查员分别潜伏在楼外，接到楼内信息后，一群人鱼贯冲进大楼，一下子抓了九人。

根据线索，江苏、安徽、浙江、福建采取了统一行动，共抓获 15 人。最后，侦查员追踪到中缅边界，将逃往缅甸的主犯之一廖建平擒获押回。专案组先后查获涉案银行卡 379 张、POS 机 376 台、写卡器三套等作案工具，以及涉案资金 1000 多万元人民币。经深挖细查，此案涉及 18 个省市，共 200 余起。

经审讯得知，该犯罪团伙作案手段是，先将改装过的 POS 机免费推荐给商家使用，又以升级名义将提供的 POS 机取回，采集盗取他人银行卡信息，然后利用从网上购买的写卡器、写卡软件，以及空白信用卡，对他人银行卡进行复制，最后盗刷取款。其分赃比例为，负责窃取银行卡信息者分成百分之六十，负责制卡者分成百分之三十，负责取款者分成百分之十。

这个犯罪团伙，不仅能盗刷磁条卡，也掌握了盗刷安全系数较高的芯片卡的犯罪技术。

徐同凯的信念是，尽最大努力减少老百姓的损失，破案不是单纯地打击罪犯，而是要防止犯罪。他率领专案组一举捣毁这个团伙后，没有就此完事，而是深入剖析发案的原因，研究防范对策。

通过剖析，发现此类案件高发，是由于部分品牌 POS 机存在缺陷，引发多起磁条卡被盗刷案件，银行由此升级更换了 POS 机和新芯片卡。而因第三方支付机构违法经营，发卡银行违规允许金融 IC 卡降级交易，网络监管缺位等诸多原因，导致在更新过程中，被高智商犯罪分子发现破绽，钻了漏洞。这类犯罪手段隐蔽、科技含量高，防范难度大。

公安部刑侦局领导听完徐同凯的汇报后，及时通报央行、银监会，相继出台了多个规范性文件，并约谈了多家第三方支付公司。

此案的成功侦破，有力地推动了以央行为首的金融机构改革，制定了防范通讯网络新型违法犯罪的严密措施，有效堵住了芯片银行卡潜在的风险漏洞。

网络上的智慧大较量

这是一起更加隐蔽和复杂的网络诈骗大案。

2017 年 1 月 14 日，宿迁泗洪一孟姓居民收到了一条留有 QQ 号的网络兼职刷单信息。

小孟好奇地联系后，对方说是为商家刷信誉。

小孟向对方提供了姓名、邮箱和支付宝信息，并根据对方要求，到其指定的长沙一家网络公司所属的诚信数卡商城，以 110 元的价格购买了一张 100 元面值的手机充值卡数字卡密，并将订单号及付款截图发给了对方。对方即给他返现 115 元。

尝到甜头后，小孟又根据对方要求，在诚信数卡商城上购买了 4840 元手机充值卡数字卡密，对方收到订单号及付款截图后，杳如黄鹤，一去不返。

小孟望眼欲穿，不见返现，卡密也随之被消耗，知道上当了，这才匆匆来到公安局报案。

徐同凯接到这个新的网络诈骗案后，立即组织力量侦破。

他对高智商犯罪是十分敏感的。案子越具有挑战性，他就越想破译犯罪的轨迹。

他带领侦查员，根据订单号，在海量的数据中，寻踪觅迹，终于觅到，嫌疑人诱骗到小孟所购手机充值卡密后，即通过位于厦门的北京酷迷网络公司进行寄售，酷迷公司通过 API 接口，将卡密秒传至江苏美飞网络公司，美飞公司在两分钟内通过充值卡将卡密消耗。

徐同凯根据几方互相之间的关系，提出了以证据布局引导侦查布局的侦办思路。他要求围绕有效获取诈骗键盘手，对诚信、酷迷、美飞等网络公司涉案人员的疑点展开侦查。

专案组不厌其烦地跟踪了三个月，才获取到诈骗键盘手 QQ

在常规网络环境下的登录数据；剥茧抽丝，追踪溯源，又寻觅到一批福建安溪籍嫌疑人身份的线头。这些键盘手都是网络高手，反侦查能力极强，加上发案时间较长，获取作案证据几无可能，如何有效构建索链成为侦破的难题。

徐同凯带领精通网络的年轻侦查员反复揣摩。

他认为嫌疑人一定会将赃款落地取现，如能调取到取款录像，就可以在嫌疑人与案件之间建立起证据上的硬性关联。

侦查员根据徐同凯的布置，对资金流全面调查，梳理出21张银行卡，其中用于取现的六张，侦查员以嫌疑人的取款录像为逻辑起点，将嫌疑人之间建立有效关联，从而构建了索链。

之后侦查员围绕着取现银行卡，调取到了詹成等七名嫌疑人的取款录像，并将其全部收网。

长沙诚信数卡的手机充值卡，系案件嫌疑人能够诈骗成功赖以借助的媒介，通过串并案件发现，其他案件所涉及的手机充值卡也多来自诚信卡。湖南警方告知，多地警方曾对诚信卡展开过调查，但在错综复杂的乱麻中，无法找到证据，均无功而返。

徐同凯感到，以110元高价出售100元面值的手机充值卡，明显违背社会常识。

他决定以此为切入点。

徐同凯带队赶到长沙，对诚信卡的法人和股东，以及客服进行收网。

在铁的证据面前，三名嫌疑人只得如实道来：他们通过网络推广高价购买手机充值卡，是为了让更多的刷单诈骗嫌疑人到其商城购买手机充值卡。诚信公司与北京酷迷公司有大量的业务往来，酷迷公司又与江苏的美飞公司有大量的业务往来。

经过外围调查，发现美飞公司不仅与微信、支付宝等电商合作提供手机充值卡服务，经营范围还涉及游戏点卡、油卡和各种购物卡。公司有近300名员工，年营业额近400亿元，是全国同行业中的翘楚，排名第三。

面对如此规模的公司，必须慎之又慎。如何厘清具体涉案部门及人员，成为突破的关键。

美飞公司处于犯罪末端，需要位于上游的北京酷迷公司指证才能实施打击。但徐同凯和侦查员赶到北京酷迷公司才获悉，嫌疑人已被河南警方抓走，于是他们又马不停蹄地赶到河南平顶山，审讯嫌疑人。

对方一副死猪不怕开水烫的样子，大呼冤枉，说你们有证据就判刑，要我开口没门儿。

是的，三人作案没有门，两人作案是木门，一人作案是铁门。他一人干的，没有证据，奈何不了。证据链断了中间环节，无法指证美飞公司，案件陷入了死局。

徐同凯与侦查员重新梳理，从浩如烟海的数据中，觅到了散乱的踪迹，整理出詹成等人不仅在酷迷网上平台销售卡密，同时还通过厦门富贵网络公司平台销售，卡密也通过美飞公司消耗的犯罪证据。

徐同凯与侦查员随即赶赴厦门，将富贵公司法人王佳抓获。

在证据面前，他交代，低价回收所得的100元面值的手机充值卡后，出售给了美飞公司，金额总计9700余万元。

为避免打草惊蛇，徐同凯决定先不惊动美飞公司，而是以调查酷迷和富贵公司为名，深入虎穴，搞清美飞公司的架构和具体有关部门，以及涉案人员。

经过多次上门询问，徐同凯厘清了美飞公司从事充值业务的有两个部门，一个是卡事业部，一个是采购部，并通过网络痕迹，推理出卡事业部的曹鸣等四名员工有作案嫌疑。

侦查员再度赶赴南京，以调查三大营运个别代理商为名，调取了充值卡的卡号、价格、入库时间、消耗时间。

接着，侦查员又巧妙地调取了近30万张100元面值的手机充值卡数字卡密，其曾被出售给娱乐数码公司，以及20多份文书，其中有20份是诈骗案件，其余是盗刷银行卡案件。至此，终于锁定美飞公司作案证据。

抓获曹鸣等四名嫌疑人后，他们供出了公司法人林飞，指证他在多次听取汇报后，明知公司卡务部回收的手机充值数字卡多为诈骗所得，他不但没有制止，而且指示继续回收，涉嫌犯罪。大鱼终于浮出水面，最终被收入网中。

此案引起了公安部刑侦局的高度重视。经过刑侦局统一指挥，挖出了一个特大刷单诈骗犯罪网络，涉及全国31个省市，涉案万余起，涉案金额高达一亿多元，抓获涉案人员2075名，打掉45家涉案短信推广公司，以及八个销售回收电话卡、游戏卡的涉案公司。此案的成功侦破，成为全国侦办此类案件的模板。央视《焦点访谈》栏目对此作了专题报道，引起中国人民银行、工信部等部门高度重视，并及时加以整改，修补漏洞，有效防范了此类案件的发生和蔓延。

徐同凯深有感触地说，在科学技术发达的当下，破案都是互相配合的结果。一个人再有本事也力不从心，成功破案都是团队精诚合作的结晶。当然，有时案件陷入僵局、死局，指挥员的灵感闪现，加上有效指挥，的确起到了不可替代的重要作用，从而使案件走出迷途，起死回生。

多么谦虚平实的徐同凯！好一个深藏不露的宿迁刑警！

扫描二维码即可观看
相关视频等

铁血刑警封东磊

许丽晴

徐州自古是军事重镇，以其交通便利、物丰人众、山环水绕成为兵家必争之地。改革开放后，徐州已成为淮海经济区的产业、商贸、信息、金融中心，是江苏省重要的经济、商业和对外贸易中心之一。

在这样一个战略要地，要想当好警察，成为百姓幸福生活的守护者，如没有孙悟空那样的十八般武艺和能耐，还真是很难胜任。

物华天宝，人杰地灵。徐州在公安部评选全国公安“百佳刑警”时，还真出了一个传奇人物。他就是徐州市公安局刑警支队七大队大队长封东磊。

封东磊个头儿中等，圆脸，平头，身材壮实，猛地看上去，并没有什么与众不同之处。然而，他的确就是老百姓传说中的那个智勇双全、除暴安良的铁血刑警、全国公安“百佳刑警”。

运河桥上的吊篮

半夜，邳州市运河镇的新庄村，大运河畔一个十分宁静的村子，60 多岁的王玉华跌跌撞撞地扎进派出所报案。

她和4岁的孙子正打算睡觉，忽然听到“沙沙沙”的脚步声。瞬间，绑匪邱如山、葛亚已从楼上翻窗入室，蒙着头，戴着口罩，冲进房间，把她掀倒在地，用胶带封住她的口鼻，又把她绑在床头。随即绑匪便撑开事先备好的口袋，将柜子里的金手镯、玉手镯、金戒指什么的，还有七万多块现金，全都装了进去。临走前，又将小孙子塞进麻袋里，扛在肩上，并特别交代，五百万赎人，不准报警，如敢报警，小命不保。

绑匪一走，王玉华拼命用嘴咬开胶带，连滚带爬，一口气冲进了派出所。

王玉华的丈夫老杨虽没有多少文化，却天生是一块做生意的料，他的五金生意简直赚得屋顶流油。她有两个儿子、三个女儿，被扛走的孩子是唯一的孙子，老两口一直把这个心肝宝贝带在身边。多么幸福的家庭！可谁知道祸从天降，突然之间杨家的天塌了。

封东磊率人秘密进驻了杨家。一是排查与杨家有关的所有关系人，找出突出矛盾点；二是负责稳定杨家人的情绪。

翻窗入室，宝贝孙子，保险柜，深夜下手，种种迹象表明，绑匪对杨家情况了如指掌，下手精准。封东磊反复分析研判着。他感到，绑匪应该是非常了解杨家情况的熟人。

事情一出，杨家十几口全都到了，哭着、嚷着，乱成一团。一家之主的老杨像傻了一样，早已没了主意。

时间一分一秒地过去。

一场惊险莫测的反绑架大戏悄悄拉开了序幕。

等待。要赎金，绑匪自然要与家属联系。

封东磊的任务是，绑匪一旦联系，马上采取相应措施。同时，要防止老杨和家人甩开警方直接与绑匪联系。

这类事件有前车之鉴。如何指导受害者与绑匪周旋，于瞬息万变、错综复杂的情况下步步推进，成了破获绑架案的最大学问。

行迹追踪，居然没有发现绑匪的踪迹。既没有可疑的人，也没有可疑的车，难道绑匪扛着小孩飞了？

封东磊苦思冥想，不得其解。

那一天，他来到了高高的堤岸公路。对面运河在夕阳下碎金点点，一条运沙船从宽阔的河面驶过，泛起阵阵波涛。他的脑海里忽然灵光一闪：水上？难道……

他立即组织技术人员沿河搜索，果然发现了与老杨家窗台上的鞋印一致的痕迹。绑匪是乘船而来，难怪躲开了所有监控。看来，对手的反侦查能力很不一般。

住进杨家，实际上那里就成了与绑匪交锋的第一线。压力可想而知。

一天过去了，没有消息。

侦查中，首先排查谁家与杨家有矛盾和经济纠纷。一个个排查，一个个问询，最后全都否定了。再排查熟人作案，同时等着绑匪来联系。

老杨被封东磊的执着所感动，表示愿意积极配合公安行动。

封东磊叮嘱老杨，绑匪如果打电话来，一定要砍价。不砍价，他们会怀疑。

老杨问，砍多少？

砍掉二百万，就说只有三百万。

老杨说，行，我准备。

不行。封东磊又说，三百万也不能一次性给足，先给个八十万，顶多一百万。一次性给够了，孩子更危险。

老杨半信半疑，说，好的，我听你的。

两天过去了，还是没有消息。

煎熬。

第三天，电话终于响了。对方是用抢去的王玉华手机打来的，问老杨钱备好没有。

老杨按着事先商定的口吻表示只能凑三百万，并约好明天先拿八十万。

明天凌晨 1 点，你送到东街邮局。记住，只许一个人来，你敢报警，这就是你听到的最后一声。说完，电话里便传来孩子的叫声——爷爷，快来啊！

凌晨1点，封东磊想派人跟去。毕竟机会难得，万一绑匪拿了钱仍要撕票，老杨显然不能对付。但绑匪说得很清楚，一旦发现有人就撕票。真是进退两难。

与老杨商量，他是死活不让人跟着。

面对老杨的决绝，又想到可能出现的危险，封东磊只好作罢。

况且，只带八十万块钱，估计绑匪的胃口不会满足。于是，封东磊便叮嘱老杨，一旦遇到什么紧急情况马上给他打电话。

凌晨，老杨开着一辆车过去了。那个地方既偏僻又空旷，根本没有办法事先藏人藏车。

停车，熄火，等待。

可等来等去，还是不见踪影。终于手机响了，绑匪说换到乐天超市。

来到乐天超市，又等了半个多小时，绑匪再次改变地点。老杨只得听令来到蓝天大厦前。

绑匪让不要动。可一直到天亮，也没有任何人来联系。

后面第二天、第三天，仍是如此。

莫非警察进驻被绑匪发现了？这可是杨家唯一的独苗苗、命根子啊！杨家人焦虑、担心、埋怨，种种负面情绪包围着封东磊。

他只能忍着，不断劝慰和开导老杨及其家人。

其实，封东磊的心里比谁都急。

沉住气。他告诫自己。

几天来，他和手下始终盯着杨家的一切，进进出出，来来往往。累了，就在沙发上打个盹儿；饿了，就啃几口面包，喝口凉水。

有时候，杨家觉得过意不去，要他们和家人一起吃顿热乎饭，封东磊都推掉了。

第五天，老杨的手机再次响起。绑匪来短信问，钱准备得怎么样了。

老杨回答，又找来二十万，凑齐一百万了。

绑匪回复，先交这个数，钱给齐了就放人，然后，发来交钱地点。

大家一看地点，都傻了。

那是运河支流的一座桥上。绑匪让老杨一个人夜里开车上桥，桥中间的钢铁护栏上有个篮子，在那里停车，放钱，开车走人。

一个聪明绝顶的办法。桥上，吊篮，送钱的老杨，神秘的夜幕……

封东磊带人提前赶到桥边隐藏了起来。

这里河面宽阔，晚上灯光昏暗。桥上，大车很多，小车很少。

老杨开车上路了。

封东磊紧紧盯着老杨的奥迪车。一旦有人来取篮子，他便会立即跟上去。

可谁也没有想到，篮子居然是由一个滑轮吊上去的。老杨把钱往篮子里一放，滑轮立即拉动，篮子很快降到桥下。

拉动滑轮的人，事先已守在桥下的一条船上。篮子一到，他把钱一拿，船就开走了。

追？

不能追，孩子还在他们手上呢。人质安全是侦破绑架案的重中之重，对于被害人方来说，没有什么比保全人质更重要的。

几年前有一起绑架案，由于办案人员的自负，一定程度上间接导致人质被撕票。封东磊清楚记得，认领尸体那天，孩子面部已扭曲变形，被害人父亲哆嗦着，反复擦拭着孩子的脚掌，一遍，又一遍。封东磊鼻子一酸，扭头走了。可这一幕已深深印在他的脑海里，永远也挥之不去。

以往办理这类案件的交割环节，通常是不见人质不交钱。但这起案件情况特殊，对方手段狡猾，思维缜密，反侦查能力特强，按常规做法肯定行不通。

只能打破常规分步进行，随机应变，必要时果断出击，既确保人质安全，又抓捕犯罪嫌疑人。可这样做，难度极大。封东磊承受着巨大的压力。

更让封东磊意想不到的是，正当他们紧张地盯着大桥上的一切时，桥边的河岸工地上那座很高很大的广告牌上，一个绑匪正趴在上面居高临下地观察着，桥上、河中、两岸，全都看得一清二楚。这个绑匪与地面及人质藏身地都保持着密切联系，可谓占据着整个事件的制高点和主动权。

步步惊心。

封东磊坚持按兵不动，显然棋高一着。

正是封东磊的坚持，成功地保护了人质的安全。有时候，放弃实际上是一种保全。

很快，广告牌上发出成功的通知信号。而正是这个信号，让侦查人员发现了新的线索，确定了另一名绑匪的身份和隐藏地，并得知人质目前处于安全状态。

那是一个鸭棚，位于僻静荒乱的郊外。初春的苏北，夜晚仍然寒气袭人。

封东磊带着人蹲守了一夜，盯着鸭棚不敢眨眼。

一夜过去了，什么动静也没有。

有同志沉不住气了，提出要冲进去。

不行。封东磊不同意。情况不明，绝不能贸然行动。如果孩子在鸭棚，冲进去自然能够解决问题，救下孩子。可万一孩子不在，两个绑匪又不在一处，动作稍慢消息泄露，绑匪就会撕票。

正在这时，鸭棚门突然开了。

一个40多岁模样的男人走了出来，推起门前的摩托车。

事不宜迟，封东磊示意开始行动。

“呼”的一声，几个人猛扑过去。

封东磊已飞一般地冲进了门。

里面没人!

孩子果然被转移了。

上车! 封东磊立即命令将那个已被擒获的男人带上货车，直驶指挥部。

情况紧急，刻不容缓。车上，封东磊在思考着。必须突审，必须找到人质，否则孩子生命不保!

于是，车厢变成了审讯室。

封东磊开始强攻突审。黑洞洞的枪口，黑压压的四周，逼人的气势，三下五除二，绑匪很快交代了孩子藏匿地点及另一绑匪老三的下落。

直扑下一个目标。那个老三还没到地方就被逮住了。

孩子终于得救了!

绑匪交代，他们曾在老杨家打过工。封东磊当初的研判是准确的。

案件侦破后，杨家十几号人敲锣打鼓赶到刑警支队送上锦旗。老杨夫妇则激动得长跪不起，双泪长流。

盗窃车内财物案

智勇双全、有勇有谋是一名优秀刑警的必备素质。封东磊身上则兼具了出色的组织指挥、侦查、抓捕、审查等各项刑事业务素质，既是一名优秀的指挥员，又是一名出色的战斗员。特别是他的审查功夫，更是声名远播，不仅在彭城徐州有名，而且在省内甚至全国业内都有口皆碑，被提名为公安部审讯专家。

封东磊的审讯绝活儿，用同事们的话来说，那就是他“能审出最好的结果”，“他审过的别人无须再审了”。

可封东磊自己似乎并没有意识到这一点。有人跟他提到这些时，他居然茫然地问：“谁说的？”

2014 年 7 月 11 日上午 10 点多，徐州大屯分局辖区发生一起盗窃车内物品案件。包工头孔宁在沛县农业银行城中支行取款后，到煤电公司附近网点办理其他业务。等他回到车旁，发现车窗玻璃已被砸，放在车内的八万块现金已被盗。

侦查发现，孔宁在城中支行取款时，一辆黑色帕萨特轿车已停在该银行门口。孔宁取钱上车离开后，黑色帕萨特即紧随其后，跟停在煤电公司网点。待孔宁离开，从黑色帕萨特后座下来两名戴鸭舌帽的男子，扎了受害人车辆轮胎、击碎了玻璃，盗窃了车内现金物品后急速逃离。

与此同时，刑侦支队接到扬州高邮警方协查通报，那里发生一起涉案金额达二十二万元的特大盗窃车内物品案件，嫌疑车辆已逃至徐州境内。

这是否是同一伙人所为？

嫌疑车辆进入徐州境内后，将车停放在城东一个老小区内。车内四人打车到城西“皇家水疗”洗浴中心，第二天一早才离开，回到城东将车开走。根据洗浴中心服务员的反映，警方很快掌握了四名男性嫌疑人的体貌特征，兵分长春、秦皇岛、天津三路开展工作。

天津组根据关系人手机号码发现了蛛丝马迹，然后顺藤摸瓜，确定吉林省榆林市的王钢有重大嫌疑。很快，王钢在长春落网。可是王钢到案后，撒泼耍赖，气焰嚣张。他不仅在审讯中满口胡言，挣扎拉扯，居然还恶狠狠地咬破了审讯民警的手。

封东磊和同伴第二天赶了过去。晚上 9 点下了火车，封东磊一行四人立马打车到了刑侦支队。

刚进门，便听到一阵嚷嚷声。

仍是那个王钢在又跳又骂，不停地剧烈扭动。

好几次，他都试图自残。

找死啊！

不怕不要脸的，就怕不要命的。

封东磊眉头紧皱。这种情况很少遇见，看来对方不简单，必须连夜突审。这家伙张狂嚣张，必须先打掉他的气焰，再摸清人员基本情况，乘机而动。

理清头绪后，封东磊咳嗽一声，拉门进屋，“嘭”的一声，故意恶狠狠地将门撞上。

王钢一愣，目光闪了一下，身子不自觉地往后缩了一下。

初见成效。封东磊心里有数了。

一夜下来，在封东磊强大的气场压力下，王钢终于初步承认了在徐州大屯作案的犯罪事实，交代出“大白脸”、“大林”、“老王”三名同伙。他还告诉封东磊，自己被捕的那会儿，另两个同伙就在不远处。

有意思的是，王钢招供的同时，居然还跟封东磊“商量”，谈起条件来：咱把徐州和扬州的事儿说了，其他的你就不要再问了，行吗？

不行。侦查连轴转、大脑神经高度紧绷，已使得封东磊有些疲惫不堪。可刑警的直觉告诉他，王钢绝不简单，决不是一两起案子的事儿。

王钢存有侥幸心理，并明显地藐视徐州警方。时间拖得越久，对案件破获越不利。封东磊经请示，决定将王钢带回徐州审讯。

马不停蹄，当日便将王钢押回了徐州。

王钢慌了。出来混了这么多年，跑了这么多省，得手一百多次，警察一直都想抓他们，连一根毛都没逮到过。可是，只在徐州干了一把，就被逮了。这帮徐州刑警厉害啊。早知这样，打死也不能来啊！

王钢除了知道他同伙的绰号及长相外，实在提供不出太多情况。

专案组只得将那些有盗窃犯罪前科的犯罪分子照片全部调出来，让他辨认。他都说，不是。

专案组再次研究制订详细的侦查计划，一边审讯一边调查查证。很快，四名作案分子的真实身份和基本情况浮出水面。

“大林”张雨与“大白脸”张鹤是弟兄俩，“老王”田林是老大张雨的岳父，王钢是老大张雨的朋友。田林与“二张”自然互相知道身份，但三个人并不清楚王钢的真实身份。四人时分时合。“合作”作案时，用电话联系，干完了各走各的。互相之间身份不清楚，住址不清楚，姓名也不清楚。

这种奇特而又默契的组合，居然持续了好几年。几年来，他们每次从哈尔滨出发，一路南下，经吉林、辽宁、天津、河北等地，流窜全国，专门盗窃甚至抢劫车内的财物。惯用手法是蹲守在银行门口，一旦看到被害人空手进去，提着鼓鼓的袋子出来，他们就尾随其后。只要对方中途下车，袋子放在车里没有拿，他们就下手，一旦得手立即开车走人。每年出来三到四次，每次都能盗个几百万回去。

王钢被抓后，另外三人已作鸟散状，四处逃逸。

王钢的电话记录里，有一条与鹤岗的通话引起了封东磊的注意。

田林不是鹤岗的吗？虽只有一次短暂通话，但对“防范严密，纪律严格”的他们说来，已经很特殊了。有戏。

果然，此号码正是田林的手机号。他在分手期间回了一趟家。而“二张”则逃至长春。

专案组立即兵分两路。一路由封东磊带人去了哈尔滨，另一路由专案组组长、刑侦支队乔支队长率队直奔长春。

7 月 30 日，从抚顺一路逃窜至鹤岗，又企图藏匿哈尔滨的田林，被封东磊抓获，次日押回徐州。

乔支队长带人赶到长春时，张家兄弟已带上老婆孩子跑了。侦查发现，逃跑的大方向是松源的扶余、长春的德惠以及公主岭、哈尔滨、铁岭等地，每个地方逗留不超过三天，与父母联系，主要是打听有无异常。

这些迹象说明，对手的犯罪方法、技能、手段高明，得手率高，逃避侦查能力强，具有明显的职业化犯罪特征。

乔支队长分析，“二张”应该带着车辆，不止一辆，是两辆。于是专案组一方面调取通话地附近监控，查找嫌疑人踪迹；另一方面查找松源、长春、哈尔滨、公主岭等地大量资料，结合嫌疑人移动轨迹查找其可能的交通工具。

不久，发现一条线索：8 月 4 日，大张的老婆欣欣在电话中跟张父说，在长春“中东”市场给小孩买了衣服，让张父去取。张父是个机警的人，接电后并没有去取。

于是，侦查重点围绕“中东”市场展开。“中东”市场是一个大型综合性市场，两个厅，有近四十个门进出。十几台电脑火速调到长春，同时启用视频侦查。一个个看，一个个过，没日没夜地盯着电脑。张三累了，李四接着上，保证 24 小时不停歇。

从电脑中挑出来的照片，让田林辨认。他都说不是。

真的？你再说一遍！封东磊急了，两眼滚圆，紧瞪着田林。

本来没你闺女多大事儿，如果你故意胡说，睁着眼睛说瞎话，把闺女窝藏起来，那事情就搞大了，后果很严重。

田林一个激灵。他怔了怔，身子晃了晃。过了片刻，他指着电脑，那张图我再看看。

看完后，他点点头，说，这个，像的。

欣欣和张鹤之妻及其孩子的行踪总算露出了端倪。专案组顺藤摸瓜，发现他们在四平租了房子。

终于找到了！大伙儿稍稍松了口气。

不敢懈怠，专案组的指挥部移师四平。金宇小区、北体小区，调查，守控。8 月 15 日晚，张氏兄弟两对夫妇分别被抓获。

至此，四案犯全部落网。

多年的经验让封东磊养成了一个习惯，凡是大案来了，他都要做好上案子的准备。重要的案子，只要封东磊在，头儿们自然放下心来。作为一名优秀的刑警，面对案情，封东磊身上天生具备的敏锐嗅觉、昂扬激情、过人胆略、超凡智慧，让周围同志钦佩不已。

一场高智商较量的审讯开始了。封东磊摩拳擦掌，捋起袖子，一头扎了进去。

很快，他的脸上露出了喜滋滋的笑容。他的硬功夫再次让大家开了眼界。

王钢等四人交代了 2007 年以来，结伙驾驶盗窃或购买汽车，从哈尔滨出发，流窜江苏、安徽、河北、河南、吉林、辽宁、黑龙江、山东、浙江、天津九省一市，尾随伺机盗窃甚至抢劫、抢夺银行取款人放置在车内的现金案件 120 多起，案值 1400 多万元。

市公安局立即派员分十组奔赴九省一市开展调查取证，参与专案民警达 100 多名。

这起系列特大跨省盗抢银行取款人案件，成为徐州公安历史上破获的涉案价值最高的案件。

谈到审讯成功的秘密，封东磊说，一个人是金口，两个人是钢口，三个人是铁口，再多呢？

学问就在这里啦。经过多年潜心钻研和实践检验，封东磊的审查技巧已达到了运用自如的地步。他在讯问犯罪嫌疑人时，能够因人而异，科学设计谈话节奏及内容，敏锐把握嫌疑人心理和细微思想波动，迅速找到审查突破口，查明案件真相。

侦办铜山区“2010·1·20”杀人案件中，犯罪嫌疑人陈松林被抓获后，态度十分恶劣，死活不肯交代。

封东磊仔细研究了案卷，了解了对方肯吃苦、自尊心强的性格特征后，便从他吃苦耐劳、车工技术好等优点谈起，消除了他的抵触情绪；又根据其悔罪心理，因势利导，指出了他的深层次犯罪动机。

软肋被点破。两小时后，犯罪嫌疑人号啕大哭，心理防线彻底崩溃。他不但交代了“1·20”强奸杀人的犯罪经过，还交代了自己曾于同年12月11日在经济开发区大庙镇境内强奸杀害另一名女青年的犯罪事实。

邳州某村最近几年时常“闹鬼”。不时有村民出现头疼、腹泻等中毒症状，有一个3岁孩子竟莫明其妙地中毒身亡。此地风水不好的传闻越传越盛，有人因此搬离该村。有中毒村民到徐州抢救，化验出了“毒鼠强”。

封东磊开始详细调查走访。他发现，村妇张某心胸狭窄，几乎跟村里大半人都吵过。尤其令人吃惊的是，所有中毒村民竟然都跟张某有过矛盾。

封东磊针对农村妇女的特点，从她们最感兴趣的话题入手，成功击败了张某的心理防线。她不得不如实交代，就是她用老鼠药搞报复、造成一死多伤。

从此，案件真相大白，长期笼罩着村庄的阴霾彻底烟消云散。

刑警尖刀队队长

封东磊的办公室，在一栋70年代建成的“回”字形办公楼里。陈旧甚至可以说是破旧、老式的方格钢窗，楼梯水泥台阶上坑坑洼洼，破损残缺随处可见。可是，“忠诚血性荣誉奉献——新时代徐州公安精神”则十分醒目地悬挂在墙上。

办公室里，干净清爽，书柜里整整齐齐排列着各种法律、侦查、审讯以及林林总总的学习资料。左侧墙上两幅国画，其中一幅“秋韵”在办公桌一侧，充满着温润的色调和宁静的气息。右侧是“慎思笃行”的书法横匾。办公桌一角，放着一只鱼缸，几条红红白白的小鱼儿悠然自得地上下游动着。

当年江苏师范大学汉语言专业毕业的封东磊，出了校门就当了警察。出身警察家庭、血气方刚的他，二十年下来，上千次精彩破案，使他在领导和同事眼里成为了一个传奇。

2015年10月26日晚上，一直做建材生意的汪娟，说要去给客户丈量大理石尺寸。吃过晚饭，她便独自一人骑上黑色新日踏板电动车出发了。这类业务时常有，家人也没有多过问。

这一出门，汪娟竟一夜未归，再无音讯。

夜深了，丈夫李亮自然放心不下，只得不断给汪娟打电话。一直没有人接。第二天，李亮还是不停地打，汪娟的手机时而开机，时而关机，却总没有回音。李亮快要急疯了。

到了晚上，李亮突然接到一个电话，一个陌生男人告诉他，说是汪娟在他那儿，她不愿意见李亮，也不想回家了。

李亮蒙了。这是咋回事儿啊？平时夫妻虽有吵吵闹闹，但总体都说得过去。这段时间不是挺好的嘛！再想问清楚，对方却挂了。来电显示的是汪娟的手机号码。

再打过去，不是关机，就是没人接。时间一天天过去，李亮一筹莫展。

到了31日中午11点多钟，李亮的亲戚突然告诉他，接到一个陌生人用汪娟手机打来的电话，要家人将三十万元现金打到指定的银行卡上。

怎么回事儿？汪娟被绑架了？全家人炸开了锅。

公安局接到报警后，侦查便从汪娟的出发地，即夫妇二人租住地——新城区大龙湖王山村徐建观赏鱼养殖场开始了。很快，在市区一新小区屋内发现了汪娟的尸体。法医鉴定，汪娟数日前已被掐身亡。

封东磊接手了这起案子。

谁都知道，封东磊担任队长的七大队，除了自己的主业外，还是支队的尖刀队。只要一有命案，尖刀队队长封东磊就会被点名出征。

经调查发现，房主打算将房子装修后给儿子结婚用，数月前雇佣顾海军装修该房子。案发后，顾海军便不见了。那个电话索取三十万元的银行卡持卡人正是顾海军。两个顾海军为同一人。其身份信息显示，他的住址是扬州市宝应县鲁垛镇鲁垛村。

顾海军有杀人重大嫌疑。可是，作案人真的会用自己的银行卡吗？这不等于自我暴露？但诸多线索又都指向这个姓顾的。

封东磊决定围绕此人开展侦查。

顾海军30出头，平时与在上海打工的父亲联系较多，经济状况较差。前妻老家是云南的。顾海军曾在云南生活过一段时间，对那里的情况比较熟悉。

他会跑到哪儿去呢？扬州、上海还是云南？

为尽快获取顾海军行踪，专案组一方面稳住顾海军，安排汪娟家人与其保持联系，假装凶杀案没有被发现；另一方面兵分扬州、上海、云南三路调查侦控，查找顾海军的藏身之处。

封东磊分析思索着，顾海军的生活水平低，在社会上闯荡多年，生存能力强，家人居住分散，要获取他较多的线索，就要让他多活动。

顾海军仍不断发短信。

封东磊教汪娟的家人煞有介事地跟他“谈条件”，并隔三岔五往卡里打两三千块钱。而他为了安全起见，先后几次舍近求远跑到河南驻马店、安徽阜阳等地，找到自动取款机，取了钱就走。

封东磊带人赶赴上海，摸清其父的暂住地、工作地，连续几天跟踪、守候，没有发现其父有反常行动。他分析顾海军应该不在此处。

这时，网上通缉发出了。

云南景洪警方提供了一个线索，顾海军在当地一个叫勐罕的偏僻小镇现身。

这个小镇是顾海军前妻的老家，他曾在这里打过工。

封东磊立即安排汪家再次打款，诱使他取款。与此同时，封东磊带人从上海飞赴昆明；星夜兼程，又从昆明飞到景洪；凌晨2点多，从景洪包车赶到勐罕。

地处中缅边境的勐罕小镇，在景洪市东南部，是澜沧江黄金水道和西双版纳旅游线里的重镇，气候温热、景色秀美，素有“东方明珠”、“孔雀羽翎”的美誉。

晚秋的小镇，椰风阵阵，瓜果飘香，异族风情浓郁。封东磊和同伴们心无旁骛，围绕顾海军及其前妻的工作、生活圈，紧锣密鼓地布置排查，马不停蹄地调集人手，两三个人一组，在小镇上的六个自动取款机附近布控，准备抓捕。

顾海军的前妻在景洪打工，当时与他没有联系。

小镇，黑夜中，十多个身形出没，十多双眼睛布满血丝。

一夜过去了，顾海军没有现身。

这时，一条新的线索传递过来：顾海军在小镇一家私人旅馆登记过。时间就在几天前。

封东磊直奔那家旅馆。出示证件后，老板看了看照片，点点头，是有这么个人，住这儿，二楼。

现在在哪儿？封东磊朝楼上看了一眼。

一早就出去了呢。

出去了？去了哪里？

不知道。老板摇摇头。

行李还在吗？

在的。

那就好。封东磊思忖着。既然行李没拿走，人就还会回来。干脆就在房间里蹲守。

上楼，正打算开门，却发现房门已被反锁。

不好，封东磊警觉起来，房间有人。应该是顾海军。他回旅馆时，老板可能没看到。

必须立即抓捕！如果等候增援，说不定嫌疑人会伺机逃脱，延误战机。封东磊当机立断，让同伴绕到窗外守候，以防他跳窗逃跑。自己猛地飞起一脚，踹向房门。

门纹丝不动。

又是一脚。还是不行。

第三脚飞去，房门顿时洞开。封东磊猛扑了进去。

刚从景洪取款回来的顾海军，此时已如惊弓之鸟，正缩在墙角簌簌发抖，当场束手就擒。

一步错步步错。他交代，自己与汪娟相好了几年，汪娟欠着他好几万块钱。那天，汪娟过来后，手头缺钱的他催着她还钱。说着说着，两人争吵了起来。一怒之下，他便掐死了她。

封东磊的办公桌玻璃台板下面，草绿的绒布垫上，有一张一家三口的照片，身着军装的妻子偎依着他，扎着羊角辫的女儿被他搂在怀里，调皮地打着手势。另两张都是女儿照片，短发，扎着小辫。旁边还有一张蜡笔涂抹的儿童画，取名“天使”。

妻子从部队转业后，也当了警察。前些年她身体不好，女儿又在上学，他长年在外奔波，几乎没有时间照顾家里。一遇到出差，只得将病中的妻子托付给年迈的岳父母。二十多年中，他只休过一次公休假。

说起女儿筱申，封东磊一脸的自豪，直夸女儿争气、省心。孩子从小活泼乖巧，学习成绩好，前两年已考上河南师范大学。这让封东磊悬着的一颗心终于放下了。

对自己的家，封东磊一直满心愧疚。

封东磊经手的案子实在太多了，多得常让他得“好好想一想”。一旦发生大案要案，他便全神贯注于案件中，他的家一下子便被抛到脑后了。

为抓获潜逃二十多年的杀人犯何发东，封东磊在贵州、云南的深山老林中来回穿梭二十余天，不断与变幻的恶劣天气、匮乏不适的食物、泥泞湿滑的山路以及恐怖缠人的蚊虫搏击，历经种种凶险，克服重重难关，最终抓获嫌疑人。案犯禁不住惊叹：躲在这种地方你们都能找到，服了！

公安部督捕的张海在多省抢劫、强奸作案，流窜到徐州以租房为由抢劫财物 26 万元。封东磊长途奔波，八天里先后赶赴北京、商丘、淮安、九江、咸阳等地，行程上万里，追踪录像，调查走访，每天只睡三四个小时，最终在咸阳成功抓获张海。

接到侦破李勇黑社会性质组织案件之后，封东磊带领抓捕组日夜兼程废寝忘食地奔波，两个月内，一鼓作气连续抓获 43 名团伙成员。其间，一次单独侦查行动，他与两名犯罪嫌疑人不期而遇。机会转瞬即逝，封东磊没有丝毫迟疑，奋不顾身地冲了上去，与两人展开肉搏，将对方扑倒在地，直到同事赶到……

这就是徐州的铁血刑警封东磊。

他几乎天天行进在办案的路上。

扫描二维码即可观看

相关视频等

沂蒙汉子潘云峰

殷 毅

人人那个都说哎
沂蒙山好
沂蒙那个山上哎
好风光哎

青山那个绿水哎
多好看
风吹那个草低哎
见牛羊哎
……

走进沂蒙山区，这首婉转悠扬的《沂蒙山小调》飘响在田间，回荡在山野。脍炙人口的《沂蒙山小调》蜚声海内外，被联合国教科文组织评定为中国优秀民歌，“沂蒙好风光”也逐步渗入到人们的心灵中，成为沂蒙大地的代名词。

在八百里沂蒙腹地，有一个被誉为“山东第一县”的中国古代名邑——兰陵县。兰陵，相传因附近土陵兰草繁茂、兰花芳香而得名。一条源自鲁南旗山的大河，弯弯曲曲，流经这座县城，滋润着这块古老的土地。这条兰陵的母亲河，有一个和这片土地同样古老的名字东泇河。

碧波荡漾的东泇河水，随着新时代一起脉动，见证了一位叫潘云峰的沂蒙汉子吟唱的铁肩担道义、忠诚保平安的新沂蒙山小调。

抓捕·玩命·反诈

刚要下班的时候，潘云峰得到情报：一个机动车盗窃团伙的主要犯罪嫌疑人王某，驾驶一辆盗窃的黑色新桑塔纳轿车，驶入县城商业集团的家属院。

机不可失！他和正在外地办案的大队长赵光通了电话，随后立即带领民警抓捕。

这个家属院位于县城老城区的新华路路西，院内南面有几排家属楼，北边是一片杂乱的棚户区，巷道弯弯曲曲，出租房屋多，人口密集，治安情况复杂。

作为一名刑警，潘云峰对这片区域的情况了然于胸。

犯罪嫌疑人王某当过武警，退伍后曾经在一个乡镇派出所干过临时工，对刑侦大队的民警非常熟悉，而且反侦查意识特别强，如果太多警力进入家属院，必然会惊动王某。

潘云峰对身边的弟兄们说："你们堵住大门待命，张云跟我先进去看看。"随后他驾驶一辆民用号牌车辆驶入家属院，沿着一条南北向的小路，一路观察，寻找王某和那辆黑色的新桑塔纳轿车。

先左后右拐了两个弯，一直开到小区北侧的棚户区。潘云峰发现三十米外小路的尽头，停着一辆黑色新桑塔纳轿车，东边是一幢临时搭建的低矮平房。

他分析王某就在附近的某处，密集的出租屋内人员鱼龙混杂，结构复杂，如果贸然搜捕，王某很容易利用四通八达的小巷逃窜。这个区域人多眼杂，不适合蹲守。

潘云峰把车子悄悄退回到南面两幢宿舍楼的中间。这里是驾车出入家属区的必经通道，宽约两辆车的距离，是个理想的蹲守卡口，便于实施抓捕。

刚把汽车在通道中间停好，就见那辆黑色桑塔纳轿车从北边开了过来。

潘云峰闪了下车大灯："是他！"

两人立即下车，一左一右堵住通道。

这时，犯罪嫌疑人王某也认出了他俩，知道是抓他的，停下车。

双方对峙了片刻后，王某突然一脚油门儿，桑塔纳疾速朝张云冲了过来。

"小心！"潘云峰一把推开张云，纵身跳上桑塔纳的引擎盖，避开了疯狂的车头，随后重重地摔了下来。

桑塔纳撞上了潘云峰的汽车，卡在通道里。王某打开车门试图逃跑。

"想跑？"潘云峰一条腿弹簧似的跳了起来，飞身将王某扑倒，麻利地上了手铐。

张云扶潘云峰起来，见他的左腿使不上劲儿，伸手一摸，黏糊糊的全是血，"教导员！"

"别管我，快叫弟兄们过来。"

犯罪嫌疑人被擒获了，潘云峰也被弟兄们送进了医院的抢救室……

在向城派出所的院子里，我见到了传说中的"铁打的刑警"、山东省兰陵县公安局副局长潘云峰。他正带领弟兄们侦办一起涉黑案子。

"哎哟，俺真没啥好写的。"他朝我憨厚地笑了笑，匆匆握了下手后，就把我晾在一边，不停地打电话。

他的语速很快，边打边在院子里转悠。我大约听出来了，他在做一个犯罪嫌疑人父亲的思想工作，想让这人的儿子投案自首。

中等个儿，单眼皮，卧蚕眉，小眼睛，鼻子挺立，下巴笔直，厚实的身板，就是走路左腿有点儿跛；脸上挂着的，是邻家大叔的笑容，身上透出的，是沂蒙汉子的质朴。

“工作做通了，我得去见面谈话。”潘云峰眯着小眼睛，和我歉意地打了个招呼。

一阵车门响后，他和一帮弟兄们没影了。

怎么说潘云峰也是县局的副局长了，这些谈话的小事让弟兄们去一下就行了，还用得着他亲自出马？我有点儿纳闷。

“潘局他干了二十多年的刑警，习惯了，要不弟兄们都叫他兰陵捕头呢。”陪同的刑侦大队教导员李冰看出了我的疑问，“这是一个长期盘踞在矿区的涉黑犯罪团伙，私藏炸药，还非法持有枪支，时聚时散。以前虽然打击过几次，但都因为证据问题，没有做干净。这次潘局要见的这个人，是这个犯罪团伙的核心成员，想让他做污点证人。”

李冰把我引进派出所小会议室里，递上一杯茶：“给你剧透一点儿，咱们这位潘捕头哪，当年可是全省 65 公斤级的散打亚军。每次有危险的活儿，他总是冲在最前面。”

接着，他给我讲了潘云峰的两个“玩命”的故事……

2016 年 3 月 20 日凌晨，夜幕笼罩着兰陵县芦柞镇大古庄，除了远处偶尔传来一两声犬吠，乡野里一片寂静。

潘云峰朝天执枪，带领身穿防弹衣、手握微冲的弟兄们，悄悄逼近一处平顶农舍。

他们要抓捕的犯罪嫌疑人叫海子。海子 26 岁，兰陵磨山镇人。2015 年以来，他涉嫌多起寻衅滋事、绑架、敲诈勒索和故意伤害案件，平时携带一支“五连发”猎枪，居无定所，行踪诡秘；曾经两次开枪拒捕，成功逃脱。

一次在兰陵的层山，刑警队两位弟兄与他狭路相逢，海子朝他们连开两枪，然后利用地形从容逃脱。一天后，抓捕人员用警车把海子连人带车堵在磨山的一座桥头，穷凶极恶的海子从轿车内举枪对着警车就是一枪，然后迅速倒车逃窜。民警驱车追赶，狡猾的海子一边驾车疯狂逃窜，一边撒下一路铁蒺藜，警车的轮胎被扎爆，弟兄们只能眼睁睁地看着海子再次逃脱。

犯罪嫌疑人海子凶悍暴戾，极度疯狂，迟一天抓获，社会和百姓就多一天危险，潘云峰决定亲自带队抓捕。

经过紧张摸排，潘云峰终于嗅出了海子的气息，很快就锁定了他藏匿的地点。

事不过三，这次说什么也不能让他再逃脱了！一切都在悄然中进行。狙击组占领了制高点，外围组各就各位……

潘云峰朝突击组的弟兄们挥了挥手，一脚踹开大门，率先冲入房内。

“不许动！警察！”可房子里空无一人，床下、橱子、梁头都找了一个遍，没有海子的影踪。

潘云峰把手伸进被窝里，暖暖的。

墙角的杂物堆引起了潘云峰的注意，他朝副大队长赵凯使了个眼色：人还在屋内！

“又让他跑了。”潘云峰说了声，两人佯装要离开屋子。

突然，潘云峰一把推开赵凯，闪身扑向墙角，一只手迅速从杂物堆中托举起一支冰冷的枪管，另一只手中的77式手枪同时抵住了海子的脑袋。

海子落网了。赵凯检查他的那支“五连发”，冒出一身冷汗：枪的保险已经打开，子弹就明晃晃躺在枪膛里。

“都快50岁的人了，这抓捕的粗活儿你坐镇指挥一下就行了，还往前冲，你看，这多危险啊！”赵凯摆了摆手中的“五连发”。

潘云峰收起77式，拍了下赵凯的肩头：“兄弟，这事你就别和我争了。记住，只要我在场，有危险的活儿，还是我打头阵！”

2017年3月25日下午，兰陵县长城镇大马庄的赵大爷，乐呵呵地上了一辆开往枣庄的大客车。在济宁工作的儿子前一天打电话来，媳妇生下个大胖小子。他用红布包上积攒的一万元钱去看望孙子，准备从枣庄再转车前往济宁。

上车后不久，赵大爷就昏昏沉沉地打起了盹儿，迷糊中感觉有人碰了一下他的胸口。赵大爷睁开眼，一个男子正弯腰站在他的面前，一看上衣兜已经被割破了。

“你偷了俺的钱！”赵大爷立马喊了一声，希望引起其他乘客的注意，抓住窃贼。可是一车的乘客不是装睡，就似耳背。他看着窃贼手中闪着寒光的刀子，不敢动弹了。

窃贼一边退，一边把窃来的一万元现金快速传给前面一个背包的同伙。二人向车门方向走去。

“别停车！有人偷了我的钱。”无助的赵大爷只好向司机求援。

司机的耳朵也背了，减速，停车。

“不能开门！”赵大爷在后面继续高喊着。

车门打开了，两个窃贼打着哨儿跳下车，转眼间没影了。

摸着被割破的口袋，赵大爷不敢下车追赶，只好报警……

“他们竟然敢在警方的春季攻势期间顶风作案，太嚣张了！”潘云峰立即带领便衣队的弟兄们展开侦查。

这辆客车上没有监控，据受害人和乘客的描述，两个嫌疑人均为长发、瘦高个儿。

潘云峰在客车停车位置的附近，找到了一个单位门前的监控探头，发现两个嫌疑人从客车上下来后，其中一人用衣服蒙住头，快速跑过监控。再顺线追踪调查，发现二人窜过几个路口后，上了一辆白色的现代牌轿车。

调阅车辆信息，这辆现代轿车登记的车主是王某廷。

根据这辆轿车的轨迹，潘云峰发现这车经常从兰陵县的尚岩镇驶出，上午跟踪发往临沂的客车，下午尾随发往枣庄的客车。

“这应该是一个扒窃客车的专业团伙，成员至少三人以上，而且均为兰陵本地人。”潘云峰给这个犯罪团伙画出了大致轮廓。

经过进一步摸排，与王某廷关系密切的高某、王某利、王某明和张某四人进入了警方的视线。

30日上午11点，潘云峰带领的抓捕组咬上了那辆白色的现代牌轿车，由临沂市的罗庄区一路跟踪至兰陵县东二环与北外环的交会处，正好前方遇红灯。

“抓!”见时机成熟，潘云峰命令行动。

几辆抓捕车迅速包抄上去。驾车的犯罪嫌疑人发现情况不妙，猛然倒车企图逃跑，撞伤了下车准备抓捕的杨斌。

潘云峰的血，一下子又热了！他大吼一声，飞步冲上去，一只手抓着车门，一只手抢夺方向盘，想逼停车子。车上的嫌疑人又咬又掰，潘云峰的两只手鲜血淋漓，身体也被嫌疑车辆拖着甩来甩去。

见甩不掉潘云峰，嫌疑人大喊：“都一大把年纪了，你就不怕死啊!”

潘云峰回答：“只要俺死不了，你就跑不了!”

车子终于被逼停了，五名嫌疑人悉数被擒。

东伽河悠然流淌，清波碧浪，宛转萦回，在早春灿烂的阳光下熠熠生辉。

潘云峰瘸着腿，一步步来到河边，用清澈冰凉的河水，一点点洗去手和膝盖上的血迹，也让刚才生死对决时“咚咚”的心跳，慢慢平复下来。

“俺没事，不要告诉其他人，更不要告诉俺家里人。”回到车上，潘云峰叮嘱弟兄们。

“听说过当年那起假军人诈骗案吗?”刑侦大队办公室主任梁辉问我。

“中央电视台《焦点访谈》报道过的那个案子?”

“正是,就发生在咱们局的大院里哩!”梁辉流露出几分自豪的神情。接着,她给我讲了当年侦破“11·5”案许多鲜为人知的细节。

2013年11月5日10时许,兰陵县公安局院子里突然驶入两辆没有号牌的小车,一辆是奥迪Q7越野车,一辆是别克轿车。

几位身着军服的人下了车,为首的肩上扛着两杠四星的大校军衔。

门卫急忙跑过来问:“请问你们找谁?”

“找你们局长!”一位挂着上校军衔的人面色威严地说了声。

“局长不在,到县里开会了。”

“不在?”大校收住步,盯了门卫一眼,“有哪位局领导在?”

“政委在哩,请你们先登记一下!”

“什么,我们部队首长来你们公安局还要登记?”一个中尉一把推开门卫,几个人大步跨进了办公大楼……

这一幕,被东面二楼上刑侦大队的弟兄们看到了,议论纷纷。

“潘大,来了一伙军人,又是大校又是上校的,咋回事?”梁辉问潘云峰。

“咋回事?有事呗!”一直瞄着窗外的潘云峰把目光收回,“你见过胸前没戴资历章和姓名牌的军人?”

说罢,他拿起电话,通知门卫把大门关了,随后说了声:“把弟兄们集中一下,做好准备!”

潘云峰叫上张云下楼了。

什么做好准备?梁辉一头雾水。

主楼二楼的接待室门口站立着一个上尉、一个中尉,阻止其他人员进入。

潘云峰见状，拎了只茶瓶一瘸一拐地走到门口，示了下茶瓶。

中尉看了一眼这个送茶水的跛脚小老头儿，迟疑了一下，推开门。

室内，那几个身穿军装的人颐指气使、趾高气扬，向县局政委周振和副局长左月太，亮出“中华人民共和国特殊监督机制”证件，声称是来自中央的军事机构，传达中央一号首长的密令，要带走在押的诈骗犯罪嫌疑人徐永启。

佯装倒茶的潘云峰，看得清楚，听得明白。

徐永启正是他抓的，到案后供述了其伙同张咸军等人冒充军人，以办理采砂证为名，诈骗庄坞镇居民马某二百万元现金的犯罪事实。铁证在他手里捏着呢。

什么“特殊监督机制”，什么“一号首长密令”，玩这些卑劣的把戏想捞人？也太小瞧咱们兰陵的警察了！

张咸军等人负案在逃，他正要组织追逃。既然送上门来了，那好，照单全收！

室内三个，门口两个，车上应该还有。楼上的人好说，得先把下面的人、车控制住。潘云峰和正在与他们周旋的周振、左月太会意地点了下头，又一瘸一拐地出来，悄悄招呼刑警大队的弟兄们，守候在接待室门外的走廊里。

院子里那辆别克车没有熄火，驾驶员位置上坐着一个挂着中校牌牌的男子。潘云峰先让张云开辆大面包车，堵在大门的内侧，随后俩人走到别克车前。

潘云峰拉了下车门把手，车门锁上了，又敲了敲车窗。

车上的男子扭头看了一下，没有理睬。

潘云峰挥了下手，让开身。张云拎着伸缩警棍，一下砸碎车窗玻璃，潘云峰迅速打开车门，伸手把那个家伙拖下车，交给张云后，转身就上了二楼，带领弟兄们又收拾了另一帮人。

经突击审查，这六个犯罪嫌疑人供述受这个诈骗团伙主犯周长胜的指使，冒充军人携带伪造的文件窜至兰陵县，企图通过所谓的“一号首长密令”，威逼公安局交出在押的犯罪嫌疑人徐永启；并供述出周长胜、张咸军等人藏身广西梧州的重要信息。

当晚9点，潘云峰带领抓捕组前往梧州市。

6日17时许，抓捕组抵达梧州后，立即与梧州市公安局取得联系，直奔这个犯罪团伙窝点——梧州市中山公园内的一幢两层小楼，发现已经人去楼空。

原来，周长胜和张咸军等人迟迟得不到去兰陵那伙人的消息，知道这次玩砸了，立即通知同伙撤离窝点，分散躲藏。

望着窝点里一沓沓军装、军用标识和伪造的各种假证件，潘云峰火了，保家卫国的钢铁长城岂容你们玷污！逃？就是逃到天边，也要缉拿归案！

潘云峰连夜调取视频监控图像，发现当日上午9时，一辆挂着湖北号牌的黑色途观越野车，一辆挂着广西号牌的红色马自达轿车，先后驶离中山公园。

经过仔细辨认，确认犯罪嫌疑人周长胜和张咸军就在那辆越野车上。

循踪排查视频监控，越野车已经离开梧州，马自达轿车最终消失在梧州市长洲区华府小区附近。

潘云峰有主意了。

他推开门，不料抓捕组的顾正龙正站在门口。

“我说你这大半夜的不睡觉，在这儿扮门神哪？”

“大队长，俺有个想法，马自达轿车车主的信息已经获取，车上的人肯定就藏匿在小区内，不如今晚就先抓了。”顾正龙说。

“怎么，手痒痒了？平时觉得你够聪明的，怎么这会儿脑瓜子就转不过弯来了？”潘云峰抬手敲了一下顾正龙的脑袋，“从目前的情况分析，这伙人已经惊了，而且周长胜等人的去向也不明朗，但是他们之间必然会有联系，如果我们先抓了梧州的几个喽啰，势必会增加对主犯周长胜和张咸军的抓捕难度。”

顾正龙明白了，“大队长的意思，我们先按兵不动，麻痹他们一下，等周长胜那头安顿下来，摸准他们的地点，然后两头同时收网！”

“不错，一点就通，像我带的兵。你现在的任务就是睡觉，赶紧的。”

越野车挂的是湖北号牌，逃窜的方向也是湖北，潘云峰有一个预感，周长胜和张咸军等人应该与湖北某地有关联。他打电话给刑侦大队教导员赵凯，让他带另一组民警立即赶往武汉。

第二天上午 9 点，正在华府小区附近蹲守的王文峰发现，那辆红色马自达轿车出现了，随即向潘云峰报告。

几分钟前，潘云峰得到准确信息，周长胜等人已经在武汉市区住下，分析留在梧州的那几个人可能要碰头，立即指示：“跟上去，千万别跟醒了。”

王文峰打了一辆摩的，跟踪马自达轿车来到桂江岸边一个农家园饭店。

潘云峰带领顾正龙、张云等人随后赶到。

江边有个停车场，马自达轿车停在里侧，车上没人。

“都在大厅里呢，三男一女。”王文峰报告。

“走，会会他们。”潘云峰带着弟兄们进了大厅。

大厅里有二十多张桌子，要抓捕的目标坐在东南角的一张桌子旁。一个穿着深色西装、白衬衣的 50 多岁男子，正在兴奋地说着什么。

潘云峰走过去，拍了拍这个男子的肩膀：“李柱宁！”

男子歪过头，睥睨一下：“我的名字也是你叫的？”

王文峰亮出证件，“我们是山东警察，你们涉嫌诈骗犯罪，请配合我们调查！”

“什么？我是现役少将，中国世界和平公益事业慈善联合总会第一副主席，你们也敢抓？”说着，李柱宁就站起来，想强行离开。

潘云峰压了一下他的肩膀：“别再忽悠了，要抓的就是你这个‘第一副主席’。全部带走！”

控制了这几个犯罪嫌疑人没多久，潘云峰得到武汉方面的消息：赵凯率领民警在武汉普罗旺斯花园酒店，成功抓获了该犯罪团伙首犯周长胜及骨干成员张咸军等人。

根据李柱宁等人的交代，潘云峰又带领民警转战北京、上海、天津等省市，行程十万余公里，总计抓获38名涉案诈骗犯罪嫌疑人，缴获作案车辆七台，追缴赃款1000多万元。

经过严密审讯，查明了这个诈骗团伙的犯罪事实：周长胜、刘典爱、李柱宁等人在广西梧州市非法成立“中国世界和平公益事业慈善联合总会”，周长胜自任主席，刘典爱任常务副主席，李柱宁任第一副主席，非法刻制“中共中央办公厅”假印章、“中华人民共和国特殊监督机制”钢质假印章等。周长胜还自任所谓“中华人民共和国特勤特种部队总司令”，持伪造公文购买了军装和军衔标志，给自己和刘典爱、李柱宁封了个“少将”，又分别给其他骨干成员授以“大校”、“上校”、“中校”等军衔，以“特种兵”、“军事监督员”等名义流窜全国各地，大肆诈骗作案50余起，涉案价值两亿多元。

这起当年轰动全国的假军人诈骗案全案全结，完美收官。潘云峰功不可没。

智慧追踪疑难案

刑警办案就像医生给病人看病，临床经验的积累很重要。

潘云峰自担任刑警大队大队长的当日，就做了一件别人不理解的事情，把自己以前的办案笔记本全部烧掉。他认为，刑警这个职业不是用来维持生计的，而是需要有信仰、有担当，还得有智慧。信息化时代，犯罪手段越来越智能化、隐蔽化、复杂化，作为一个刑警大队大队长，不能光靠以往的经验办案，必须一切归零，从头再来。

他与时俱进，紧紧围绕实战，不断探索大数据时代“互联网+侦查”、“人力+科技”、“传统+现代”的战法融合，探索出多个现代条件下的技战法，全力打造兰陵“智慧刑警”升级版，让信息化手段成为侦查破案的利器。

2015年1月10日晚，兰陵县庄坞镇层山村发生一起命案。

接到报案后，潘云峰率队勘查，很快就锁定了犯罪嫌疑人蒋某。调取视频监控发现，蒋某杀人后穿着黄大衣，骑一辆机动三轮车趁着夜色，沿苍邳路向南逃窜。

潘云峰立即带领两名民警，沿着蒋某逃跑的路线追捕。

犯罪嫌疑人拼命逃窜，潘云峰一路研判追踪。

当追到江苏省泗洪县境内的时候，监控失去了嫌疑人的画面。

潘云峰就地开展走访调查。

三十多分钟后，他在路边一个废品收购点发现了那辆汽油三轮车。

他询问收废品的人，这汽油三轮车哪儿来的?

那个人回答，晌午的时候，一个穿着黄大衣的外地人卖给他的。还咕哝了句：“这人怪怪的，卖了三轮车后，又花三十元钱买了一辆旧自行车往西走了。”

潘云峰检查了一下三轮车的油箱，空的。应该是嫌疑人蒋某跑没油后卖的。

而那辆旧自行车便成了潘云峰继续追踪的重点。

他向收废品的人详细询问了自行车的特征后，沿着嫌疑人逃跑的方向继续追击。

一路上，潘云峰分析嫌疑人的逃跑轨迹：蒋某放弃更隐蔽的小道不走，却一直沿着国道和省道逃窜，到了江苏泗洪境内后又折向西边的安徽，说明他对这一带的县乡公路并不熟悉，而西边是安徽和河南方向。

潘云峰在现场走访时了解到，蒋某曾经在郑州打过工，据此推断，蒋某想逃到郑州躲藏。

朝郑州方向追！

在河南省永城收费站的监控画面中，潘云峰再次找到了穿着黄大衣、骑自行车缓缓经过收费站的蒋某。

根据每个监控点画面上的时间，潘云峰计算出蒋某骑自行车以每小时五公里的速度前进，再按照蒋某通过永城收费站的时间，推断出其现在大体所处的位置。

就这样，潘云峰他们一路寻迹，追踪到河南省的兰考县。

16 日下午 1 点左右，坐在副驾驶座上的潘云峰发现，前面一百米处有个穿着黄大衣的骑车人。经辨别，正是犯罪嫌疑人蒋某。驾驶员踩了下油门儿追了过去。

潘云峰下车，一脚将蒋某踹下自行车，随后将其控制。

“一名优秀的刑警要勇于打破传统的思维模式，在迷茫中坚定，在取舍中证明，从看似没有头绪的案件中梳理出线索，找出正确的侦查方向，作为破案的突破口。”这是潘云峰对新入队刑警说的一句话。

面对错综复杂的疑难案件，潘云峰从不言弃，总能独辟蹊径，使侦查工作柳暗花明。

2016 年 4 月 13 日深夜，兰陵北部偏僻的北坞丘村发生一起入室强奸案，犯罪嫌疑人还抢走受害人一条价值四千余元的金项链。受害人经过激烈的思想斗争后，毅然选择了报案。

潘云峰迅速带领弟兄们赶往案发现场。

根据受害人反映，犯罪嫌疑人系蒙面光身入室，身高 170cm 以上，身材偏瘦。整个作案过程，犯罪嫌疑人没讲过一句话，受害人无法提供口音、衣着等更多的信息。

案发乡野孤舍，又是在深夜时分，调查走访没有获取有价值的线索。

田埂小道四通八达，主要路口的监控录像中没有发现嫌疑人的踪影。

现场提取了犯罪嫌疑人的生物检材，但是在数据库中也没有比对出相关信息。

根据排查，虽然列出了一些重点人头，但都先后被排除。

几天下来，案件侦查毫无进展，陷入了僵局。

潘云峰坚信，世上没有无懈可击的案件，只有没有被发现的线索，只要犯罪分子作案，就一定会留下蛛丝马迹。

一夜无眠……

第二天一早，他把弟兄们召集过来，“大家收拾一下，今天我们就撤离北坞丘村。”

“潘大的葫芦里到底卖的什么药，案子一点儿头绪都没有，就撤了？”

“辛辛苦苦白忙活了几天，就这样败走麦城，空手而归啊？”

弟兄们自然心有不甘。

潘云峰摆了摆手，“大家不要泄气嘛，谁说我们白忙活了？我看我们已经大有收获。”他翻开笔记本，“犯罪嫌疑人作案时的行为举止，虽然不同于以往侦破的同类案件，但是他作案时反侦查的表现，恰恰暴露出他的蛛丝马迹。”

他在纸上写了几个关键词：蒙面、赤身、不讲话，继续启发大家，“我们现在就分析一下犯罪嫌疑人的心理。蒙面是害怕受害人记住他的面容；光着身子入室，一是不留下衣着特征，二是方便作案；作案时不讲话，并不是哑巴，而是怕暴露出他的口音特征。”

大家茅塞顿开：大队长的分析表明，犯罪嫌疑人绝不是初次作案，是个作案经验老到的家伙，而且不是外地人流窜作案，应当就是兰陵当地人。

潘云峰推断，当地应该有类似的隐案，由于受害人顾及家庭和脸面等因素，不想报案。他指出了侦查的方向：以发案地为中心，辐射周边乡镇，摸排类似隐案，关联串并破案。

“俺不是让你们回去，是到附近的乡镇转转，找找亲戚熟人叙旧聊天。都明白了吧？”接下来，他如此这般说了一下工作方法……

几天下来，弟兄们走村串户，通过暗中摸排，获取了近十年来发生的几起隐案信息。

根据这些隐案线索，潘云峰关联其他几起发生在乡村的入室盗窃、抢劫报案，梳理出其中的共同特点：受侵害的对象多为独自在家的妇女，遇有反抗，犯罪嫌疑人或立即逃跑，或对受害人采取暴力手段进行强奸；犯罪嫌疑人多采取蒙面、避开监控探头、脱光衣服进入受害人家中，具有较强的反侦查意识；作案的时间大都在深夜或凌晨，乘受害人熟睡之机入室，得手后迅速逃离现场；进入室内的方式多样，或利用梯子翻墙入室，或采取徒手攀爬入室，或尾随受害人，乘开门之机溜入院内；盗窃、抢劫的目标选择，多以较富裕村户为对象。

这些案件集中发生在兰陵北部的大仲村、矿坑、金岭镇一带村落。他分析，应该是同一人所为的系列入室抢劫、强奸、盗窃案。

案情分析会上，潘云峰指着兰陵地图上金岭镇的位置说：“我们侦查的重点应该在这一带！”

面对许多民警不解的眼神，潘云峰画了一个扇形图，“你们注意到没有？这些案件虽然发案的地点不同，但是把各个点连起来，就像一面扇子。从犯罪嫌疑人作案的路径分析，扇把的位置很大可能就是他藏身之处，而金岭镇正好处于这面扇子的扇把位置。”

行啊，行家一出手，就知有没有。专案组弟兄们服了，立即赶赴金岭镇开展工作。

经过艰苦细致的侦查摸排，综合研判，金岭镇东大桥村的夏某，逐渐进入了侦查视野。

潘云峰指令围绕夏某进一步秘密侦查。民警悄悄获取了夏某的DNA，经鉴定与作案现场留下的DNA样本分型完全一致，确定夏某就是该系列案件的犯罪嫌疑人。

4月19日上午，潘云峰带领民警布下口袋，将正要回家的夏某抓获。

一个星期，一举破获了大仲村等兰陵北部乡镇入室抢劫、强奸案20余起。

“不动脑子的冲锋不是勇敢，而是鲁莽，狭路相逢勇者胜，正邪较量智者赢。”这是潘云峰就任刑侦大队大队长后常说的一句话。

他要带出一支敢打能拼、能征善战的钢铁刑警队伍，更要打造出一支运筹帷幄、决胜千里的智慧刑侦劲旅。

在他的带领下，兰陵刑警利用信息化手段破案占到破案总数的60%，成功实现了连续七年命案全破，绑架案、涉枪涉爆案件全破的战绩。

慑于兰陵刑警的凌厉攻势，全县刑事发案数下降了30%。2018年年底，群众安全感和满意度大幅提升，创兰陵县公安局历史最高。

山羊、过年与洗冤

潘云峰很忙，分管刑侦、禁毒和扫黑除恶一摊子事，没有时间和我交流。我只好像块膏药似的粘着他，当了几天“小跟班”。

越野车在公路上疾驰，一棵棵吐着嫩芽的柳树匆匆掠过。远处一望无际的大蒜田，在清明暖阳的照耀下，发出油油的绿光。真想扑到这片绿地毯上打个滚儿。

“再过一个月，蒜农们就要采收蒜薹了，我们又得忙上一阵子啰。”书卷气十足的刑警蔡胜辉望着窗外广袤的大蒜田，自言自语。他曾经在一个乡镇工作过。

“蒜农收蒜薹，你们凑什么热闹？”我有点儿不明白。

“我们兰陵有近四十万亩的大蒜田，是全国闻名的‘蒜薹之乡’，每年集中上市的季节，我们都要组织大批的警力，维持购销秩序，打击哄抢、敲诈勒索等不法行为，切实保护蒜农的利益。”潘云峰接着给我讲了兰陵塔山公园里那座“大蒜塔”的来历。

1987 年 5 月，兰陵县蒜薹滞销，蒜农强烈不满，拉着蒜薹到县政府反映问题，极少数不法分子煽动蒜农冲进办公楼，到处抛撒蒜薹，引起数千群众围观。事件平息后，当地政府建了这座大蒜塔，塔顶倒立蒜头，恰似譬钟，警示后人记取“蒜薹事件”的教训，告诫各级为政之要在于循规律择善而后，泽加于民，和济百姓。

潘云峰不无感慨地说：“‘蒜薹事件’的教训深啊，群众利益无小事不是挂在嘴上的。作为一名刑警，发生伤害百姓的再小的案子，也是天大的事！”

说话间，车子开到了尚岩镇马家后院村，慢慢在路边停下。

潘云峰下车，从车后厢拿出一包东西，说是看望一个熟人，让我们稍等一下。

春暖大地，惠风徐来。潘云峰提着东西，微跛着左腿走上了田间小道。

蔡胜辉指了指田野里的一间农舍说：“潘局又去看李老汉了！”

乘这个空当儿，他给我讲了潘云峰和李老汉的故事。

2014 年 1 月的一天，李老汉喂养的 16 只山羊被盗了，损失两万余元。看着空空的羊圈，李老汉老泪纵横：“那些羊是我的全部家底哪，我可怎么活啊！”

潘云峰勘查完现场，了解到单身的李老汉已经年近八旬，家中除了一床露絮的棉被，几乎没有什么其他物件了。他掏出身上仅有的1300元钱，连同零票一起递给李老汉，眼含热泪说："老人家，请您放心，这个案子俺一定给您破了。"

"这可使不得，俺咋能拿你的钱哩?"李老汉不肯收。

潘云峰把钱硬塞到老人的手中，"俺是刑警队长，您的羊被盗了，是我没有当好这个队长，欠您的，您老必须收下！"

上车后，潘云峰对蔡胜辉说："老人家一个人过日子，他丢的不是羊，是个伴儿啊！"

星期天，潘云峰带着爱人和儿子，买了米、面、油、菜和一些生活必需品，专程又来到李老汉的家里，给老人打扫房屋，洗洗缝缝。

村里人看见蹲着修补羊圈的潘云峰，问李老汉是谁。

"俺在外地的侄儿一家过来了。"吸着旱烟袋的李老汉，乐滋滋地回道。

老人美丽的谎言留在了潘云峰的心里。他估摸这位长期独居的老人一是爱面子，二是也想这个侄儿了。他打听到李老汉的侄儿远在云南的昆明工作，就想方设法联系上他，让老人感受到亲情的温暖。

十天里，潘云峰带领弟兄们日夜连轴转，摸排线索，蹲坑守候，案子破获了，但是李老汉那16只山羊已经被窃贼卖了。潘云峰又全力为老人追回了经济损失。

征求李老汉的意见后，潘云峰替老人捉回十几只小羊羔。

伴儿回来了，李老汉的心里舒坦了许多。

因为一起山羊被盗案，潘云峰和李老汉结下了浓浓的情谊。

潘云峰出身于一个特殊的家庭，父母很早就离异了。母亲是沂蒙农村人，这片土地赋予了她宽容坚韧的胸怀和勤劳善良的性格，生活中遇上什么坎儿了，母亲就会哼唱起沂蒙小调，一抬腿，也就迈过去了。是母亲含辛茹苦地把他们兄妹几个拉扯大，本想儿女结婚成家了，把老人家接进县城享享清福的，可是当刑警的儿子老让她担惊受怕。

自古忠孝难两全。潘云峰是个沂蒙汉子，更是位铁血刑警。

时任刑侦大队副大队长的杜星，给我讲了当年潘云峰侦破一岁幼童被抢案的经过。

回家陪娘一起过除夕，是潘云峰对母亲的承诺。然而2016年这个除夕，他再次食言了。

这年的腊月二十八下午，县城某小区一个躺在家中窝篮里的一岁幼童不见了。

“就出门一会儿，娃就没了，找不回来，俺也不活了!”

在案发现场，潘云峰听到幼童奶奶绝望的哭喊，心里不是个滋味儿。孩子不见了，这一大家子的年，咋过?

潘云峰随即展开走访调查。

在询问孩子的爷爷时，他回忆说，几年前因为生意上的事，曾经和一个外地人结过怨，前几天还在小区里碰到过此人的老婆。他当时还犯嘀咕呢，没听说过这对夫妇在小区里有亲戚朋友啊，担心这个怨家是不是又过来纠缠他了。

一个外地女人出现在小区，而且她的丈夫和被抢幼童的爷爷结怨很深，这是条重要线索!

根据描述的特征，潘云峰在离小区不远的监控探头录像中，发现了一个抱着孩子的妇女上了一辆出租车。

潘云峰获取了嫌疑人的相关信息，立即带领杜星等人循线追踪。连续两个昼夜，他们根据嫌疑人的社会关系信息，研判分析出几个可能的藏匿地，转战山东、江苏三地市五县区，奔波近千公里。

除夕夜，他们在江苏境内的邳州某地，成功解救出被抢的幼童，涉案犯罪嫌疑人无一漏网。

抱着哇哇大哭的幼童，潘云峰这才打电话给等他吃年夜饭的老母亲，说明缘由。

母亲回话："峰儿，你是公家的人，救人是天大的事，就别惦念着娘，娃找回来了，娘比你回家过年还高兴哩！"

在县局餐厅就餐的当口儿，刑警大队大队长赵凯也给我讲了两件潘云峰破案的事。

2015年年初，作为全县民生重大建设项目的燃气管道输送工程，从兰陵县的庄坞镇、芦柞镇、兰陵镇全面开工。然而开工不久，就遭遇不法分子的干扰，多辆施工车被砸坏，施工工人被打伤，管道工程一时处于停工状态。这可是惠及百姓的民心工程，一刻也不能耽误。

接到燃气公司报案后，潘云峰立即带队赶赴现场。

经缜密侦查，确定了那伙犯罪嫌疑人的身份，并掌握了相关证据。

抓捕！潘云峰组织精干力量，雷霆出击，先后在临沂市的兰山区、兰陵县等地，将涉案的九名寻衅滋事犯罪嫌疑人全部抓获，得到了当地党委政府领导和群众的高度评价。

2016年年底，刑侦大队受理一起伤害案件，芦柞镇西哨村的杜某与戚某因为一起纠纷发生了肢体冲突，后杜某经法医鉴定构成轻伤，要求严惩戚某。而另一方戚某则大喊冤枉。

这起普通的伤害案引起了潘云峰的关注。直觉告诉他，这起案件虽小，但疑云重重，处理不好，极易引起上访。

潘云峰详细审查了现场调查情况、视频资料和法医鉴定，这位老刑侦很快就发现了问题。

戚某一直不承认自己持刀伤人，只承认双方发生过肢体冲突。但是杜某一口咬定自己当时被戚某用棍子打伤。如果用棍子，应该是钝器伤，而法医的鉴定在那儿，是锐器伤。

这里面定有蹊跷。

他以此为突破口，经过深入调查，发现更多的证据也证明杜某的"伤"存在问题。

潘云峰亲自找杜某谈话，几句问话下来，杜某的回答就漏洞百出，不能自圆其说，最终不得不供述为了陷害对方，在纠纷发生后让家人用刀片划伤自己，以达到诬告陷害对方的目的。

公安机关以涉嫌诬告陷害罪依法将杜某刑事拘留。

真相大白后，被洗清冤屈的戚某做了一面“为民的好警察、公正的保护神”的锦旗，送到刑侦大队。

……

一个个精彩的桥段，从潘云峰的战友口中讲出。也许，对于有着近三十年刑警生涯的潘云峰来说，他所做的这些事很普通。但是我从这些普通的故事中，听到了一位沂蒙赤子一心为民的心跳，感受到了一位铁血刑警浓情似海的胸怀。

滚烫的老母鸡汤

兰陵县人民医院的就诊大厅里熙熙攘攘，人头攒动。

“他啊，每次住院治疗都不好好待着。你说这伤口稍微好点儿了吧，他就又不安生了，不是把人叫过来谈事情，就是闹着要出院。有时还把我们医生的小会议室给占了，关起门开什么分析会，这儿快成了他的办公室了。”骨外科主任吕冠男一提起潘云峰，就有点儿哭笑不得。

吕主任告诉我，他和潘云峰是中学同学，彼此非常了解。

“云峰这个人吧，天生是块当警察的料，在学校里就喜欢看福尔摩斯探案集什么的，后来考上了警校，穿着那身警服在我们同学面前显摆，皮鞋蹬得‘咔咔’响。他抓坏人几次受伤，都是我给看的。唉，他这个神探哪，是拿命换的。”吕主任还有个手术要做，就把护士长叫了过来。

于是，我和这位漂亮的护士长有了一次交流。

护士长说，潘局长住院期间，来看他的人特别多，除了县里的领导、局里的同事，还有一些连他自己都不认识的群众，病房里放满了鸡蛋、营养品和鲜花什么的，拦都拦不住。

那次，潘云峰在抓捕的过程中又受伤了。

住院治疗期间，病房里来了一位提着一只老母鸡的大娘。

“好人哪，你咋又伤了呢?”大娘对病床上的潘云峰说。

“您是……”潘云峰打量着大娘。

“哎，你忙人事多，忘了！年前你们抓了一伙偷家畜的坏人，你亲自到俺家，送给俺两千元钱，说是追回的损失款。”

潘云峰笑了：“想起来了，您是神山镇小屯村的刘大娘哪，我记得您家当时丢了两只羊、十只鸡。”

“是的，是的。这只老母鸡给你补补身子。”大娘说着，就要寻地方搁下老母鸡。

“谢谢刘大娘！一点儿小伤没事的，俺身子硬朗哩，不需要。”潘云峰想起身拦住，可是大娘不依。

还是护士长有办法，她劝大娘：“活着的家禽可能带病菌，不能带入病房。”

大娘只好提着老母鸡走了，这事似乎也就过去了。

可是第二天，大娘又来了，是煲了鸡汤专门送过来的。

这下潘云峰没辙了。

他捧着滚烫的不锈钢餐盒，听着大娘对他不爱护身体的埋怨和唠叨，就连受伤、手术都不曾皱过眉头的汉子流泪了。

他顿时觉得，为了这方可亲可敬的百姓，自己付出得再多，都值得。

第二天，他又一次悄悄从医院“逃走”了。

他拄着拐杖来到大队，局领导和同事都劝他到医院养伤。潘云峰笑着说：“俺这点儿伤是小伤，案子的事是大事，躺在医院我心里不踏实。”

拖着六级伤残的“小伤”，潘云峰又奔波在了打击犯罪的主战场上……

尾声

“鲁南古城秀，琅琊名士多。”沂蒙是一片神奇的沃土，曾经诞生了“书圣”王羲之、王献之、颜真卿、“算圣”刘洪、“孝圣”王祥、“宗圣”曾子、东晋名相王导、儒家重要代表人物荀子、一代名将蒙恬等历史上的著名人物。一位位圣贤奇才灿若星辰，流芳千古，折射着沂蒙大地人杰地灵、钟灵毓秀的光辉。

“两战圣地、红色沂蒙。”这里又是一片血染的土地，在抗日战争和解放战争中，不屈的沂蒙人民，为中华民族的独立和人民解放做出了巨大的牺牲。有与日本侵略者血战到底的“中国抗日第一村”渊子崖村，有用乳汁救活伤员的“沂蒙红嫂”明德英，有拥军支前模范“沂蒙六姐妹”，有英勇就义的赵镈烈士，有反抗压迫的苍山暴动……一个个动人的革命故事壮怀激烈，光照千秋，传颂着沂蒙儿女气壮山河、撼天动地的不朽功勋。

新时代的沂蒙儿女传承着先辈先烈的精神，续写着华彩新章。

潘云峰 1990 年参加公安工作，从一名侦查员到分管刑侦的副局长，一直奋战在打击犯罪的最前沿，行走在刀光剑影之中。他先后参与侦破刑事案件 8000 余起，亲自侦破的大要案件 2100 余起，为群众追回经济损失 2.5 亿元，共抓获违法犯罪嫌疑人 6000 余人，追回逃犯 1000 余人。这位被百姓推选的“兰陵好人”，先后荣立个人一、二等功各 1 次，三等功 6 次，还被授予“临沂市优秀共产党员”、“临沂市劳动模范”等荣誉称号。2012 年 5 月，他被公安部评为全国优秀人民警察；2017 年 10 月，被公安部评为全国公安“百佳刑警”。

面对这些荣誉，潘云峰告诉我：“其实，破案、抓获犯罪嫌疑人并不是我们警察唯一的荣耀，作为一名刑警，我追求的终极目标是天下平安。”

高粱那个红来哎
豆花香
万担那个谷子哎
堆满场
咱们的共产党哎
领导好
沂蒙山的人民哎
喜洋洋……

悦耳的《沂蒙山小调》在大地上荡漾，九曲十八弯的山路，连着田野，连着山尖尖。那一步一个脚印走来的，是一个叫潘云峰的沂蒙汉子，一位公正为民的铁血刑警……

扫描二维码即可观看
相关视频等

张永生的故事

毛永温

智挖“黄泥鳅”

山东省滨州市涉易燃易爆案件的四名“油耗子”，其中三人，已被赫赫有名的全国公安“百佳刑警”张永生陆续在5月8日前抓获。

只剩下一个叫黄刚的嫌疑人还没下落。黄刚这个人可不简单，别看他年纪不大，却罪行累累，在道上可有一号。他阴险狡诈，反侦查能力极强，人送外号“黄泥鳅”。

这次打击盗窃原油的专项行动，发生在2016年年初，是公安部指挥天津、河北、山东联合开展的。此专项行动要求，凡涉案的主要犯罪嫌疑人必须100%抓获，时间为当年5月底之前。

当时，天津、河北、山东等沿海地区靠着港口，一些从国外进口的石油从这些港口卸货后，用管道输送到各个企业。这些输油管道几十、几百，甚至上千公里不等。输油管道途经地经常遭到不法分子打孔偷盗石油，有时还十分猖獗。由于输油管道压力大，钻孔后极容易发生井喷，喷出的原油高达几米、几十米，一旦遇到火星或者易燃物，极容易造成火灾甚至爆炸，不但给油田企业带来巨大经济损失，同时泄漏的原油会对土地造成重大污染，渗透过原油的土地几十年内会寸草不生。由于偷盗石油现象屡禁不止，引起了中央高层关注，于是便有了这次专项行动。

“黄泥鳅”是偷盗团伙的头目，先后率其团伙成员在滨州市周边的市县大肆盗窃石油、电缆线等国家战略物资，令相关企业叫苦不迭，又拿他没有办法。从 2012 年开始，济南市济阳县、东营市利津县、滨州市开发区、惠民县的公安局都上网追逃他。他手下成员一一被抓，唯独他成漏网之鱼。

如果此人抓不到，这次专项行动滨州市公安局追逃战果就只完成 75% 的任务，抓到了就是 100% 。

按分工，刑侦支队支队长负责抓黄刚。眼看着时间步步逼近，抓捕工作仍没有丝毫进展，支队长愁得眉头紧锁。

他找到张永生：“永生，快去看看那个黄刚吧，不抓回来影响咱们的成绩呀。如果抓不到这家伙，三地市四县区都完不成任务，责任重大呀！”

张永生身上的尘土未掸，就爽快地答应：“我去看看。”

这时候，张永生还是侦查一大队大队长。

队里的侦查员对黄刚的案子了如指掌，得知张永生接手此案后，大队的老同事忐忑地问他：“四个县区上网追捕都没摸着影子，利津是黄刚的老家，为抓他穷尽了一切办法，可都没抓着。要抓也是人家先抓到呀，咱是滨州的，距离这么远，咱能抓住吗？”

显然，队友对他接下这个烫手的山芋很不情愿。

是呀，之前四个县区上网追捕黄刚好几年，最后都泄气了。如今，“黄泥鳅”活不见人死不见尸，这么短的时间到哪里去找呀！你张永生又不是什么神仙，也没长三头六臂，你能把人抓回来？同事心中都打了个大大的问号和惊叹号。这不是烫手的山芋是啥？

张永生说：“咱去济阳各地熟悉熟悉情况再说。”

跟随张永生多年的队员发现，张永生不但没有为难情绪，反而有些兴奋，是那种猎人闻到猎物气味、挖宝人进入深山矿区特有的兴奋，或者说是亢奋更贴切些。

张永生带人驱车来到济阳县公安局了解案情。济阳同行把摸到的黄刚家庭成员基本情况作了介绍，最后无奈地说：“咱们信息共享吧，还有不到一个月时间，无论谁抓到都是好事。”

张永生又赶到惠民县公安局。提起黄刚，惠民同行十分感慨，这人不好抓呀！2015 年抓他的时候，他有个亲属在村里当书记，都做好他的工作要投案自首了，结果他接了个神秘电话后就不干了，眼看着到嘴的鸭子飞了。

张永生还特意去了趟黄刚的老家利津，了解到黄刚的亲哥嫂在当地开了家超市，别的也没有什么情况。

兜了一圈，张永生回到市局。

他把搞来的资料梳理了几遍，没有找出丝毫破绽。他暗暗佩服，“黄泥鳅”不愧是个高手，比泥鳅还狡猾，一点儿漏洞都没有。

这天，张永生在单位值班。他独自一人坐在办公室琢磨起黄刚的案子来。肯定有什么地方疏漏了。

他重新把收集到的有关黄刚的信息资料逐一研判比对，在椅子上一坐就是六七个小时，直坐得有些腰酸背疼脑袋大。

他起身伸伸腰，推开窗户透透气。夜深了，窗外不知名的虫子欢快地鸣叫着，给寂静的夜晚增添不少生机。

张永生泡了杯浓茶，坐下来继续他的研判比对。案件进入关键期，任何一条信息都有可能改变僵局。

张永生长得五大三粗，却心细如发。此时，尽管他已十分疲惫，但丝毫不敢懈怠马虎，仔细研判着一个个枯燥乏味的数据。

不知过了多久，突然，一条信息让张永生眼睛一亮。

其实，这是一条湮没在海量信息中的极其普通的信息，一般人都会视而不见，却被张永生一下子揭住不放。

黄刚的哥哥黄凯明明在利津老家开超市，那是一家面积百八十平方米的普通小超市，可总是舍近求远去几百里外的临沂进货，其中必定有缘故。

这条信息引起了张永生的警觉。

转过天一早，张永生带着追逃小组直奔临沂。

不查不知道，一查吓一跳。张永生在调取银行取款信息时，发现一个身穿迷彩服的取款人，正是警方苦苦追寻的黄刚“黄泥鳅”。

张永生笑了。战友们敬佩地竖起了大拇指。

张永生决定顺藤摸瓜，生擒“黄泥鳅”。

黄刚身上不带手机也不上网，无法对其控制。张永生另辟蹊径，硬是通过信息研判，寻到黄刚手下几个工人的足迹。这几个人近期在江苏省宿迁市一个乡镇活动。

张永生推断，不出意外，“黄泥鳅”也应该在此。

事不宜迟。张永生带着人便赶往江苏宿迁。在当地警方配合下，很快觅到几个工人干活儿的那家孵化厂。

那是一家有相当规模的孵化厂，厂区有四百多米长三百多米宽。黄刚他们负责孵化厂小鸡出栏后清除鸡粪。孵化厂的大门锁着，从外面能看到传送带往车上运送鸡粪。

张永生他们共来了四人，想围住这么大面积的厂区，是做不到的。

张永生感觉要抓的人就在里面。他告诉配合的警察快去叫人，他自己守在这里。

这时，天空中下起了淅淅沥沥的小雨，四周的空气臭烘烘的。

周围是一片已经抽穗的麦地。他朝麦地里走去。

距离孵化厂墙五六米处的麦地里有座孤坟，坟旁有一棵碗口粗的松树，树下可以避雨。

张永生走过去，蹲在坟头上。这里位置高，视线好，便于观察厂内情况。有当地村民经过，投来异样的目光。

雨停歇的时候，当地警方找来的四名刑警赶到。四名刑警属于当地开发区分局，而孵化厂所在位置归另外一个区。四名刑警来到现场，一看地形有些发怵，为难地说："养鸡厂这么大，抓呲了就不好办了，我们可是在跨辖区行动呢。"

一共八人，围又围不起来，当地警方想劝张永生再找机会。

张永生一听就急了。

那天已经是5月24日，再等时间已经来不及，他态度坚决地说："就这一锤子买卖，再犹豫，时间也不允许了。我们仨进去，麻烦你们在外面接应。"

话音未落，他便和开发区大队长、派出所教导员快速爬墙跳进院内。

厂内的工人都在忙着干活儿，并没留意这三人是怎么进来的。

教导员用当地话问干活儿的工人："老板，我们是收鸡粪的，多少钱一车呀？"

干活儿的人都戴着大口罩，说话有些发闷："俺们都是打工的，没有老板，不知道啥价。"

跳进院里，张永生一直在四处踅摸目标。

他一眼就瞅上不远处一个戴着口罩、身穿迷彩服的人，很像在银行取款的那个"黄泥鳅"。他目光故意瞅其他地方，脚步却默默地朝"黄泥鳅"身边靠去。

等来到那人的侧面，他一只手搭在那人肩上，另一只手猛地拉下那人的大口罩，问道："你是哪里的？"

"我临沂的。"对方答。

"黄刚！我们是滨州公安局的，抓你来了。"张永生笑眯眯地说。

声音不大，却如雷贯耳，黄刚还没反应过来，就被戴上了手铐。

返回的路上，一直纳闷儿的“黄泥鳅”连问三遍：“我又不带手机，你们是怎么找到我的?”

“你不带手机，我们天上有无人机。”张永生瞅瞅他说。

“黄泥鳅”惊讶道：“无人机?”

张永生和战友们禁不住哈哈大笑。

“黄泥鳅”被弄得一头雾水，至今他也不清楚警方是如何摸到他的须子的。

这个案子，让张永生和队友高兴了整整半个月。

有人说张永生会神算。

张永生说：“我不会什么神算，只是抓住了嫌疑人留下的疏漏，用笨办法一点儿一点儿去啃，把不可能变成可能，就这么简单。”

铆劲儿练“挖”功

今年 41 岁的张永生，读高中时正赶上电视剧《英雄无悔》热播，剧中警察的形象深深吸引了他。父亲曾是一名军人，从小就憧憬军营生活的他决定报考警校。高考时他如愿以偿考取了山东省高等公安专科学校。

那时张永生身高 1.78 米，体重 190 斤，是个大胖子。步入警校后，学校大强度的训练使他很不适应。可当警察没有好的身体不行，他下决心减肥。从此，他每天坚持爬山运动，一年后，他的体重减到 140 斤。

队辅导员李庆禄是参加过自卫反击战的团参谋长，训练要求十分严格。在他的眼里，张永生性格腼腆，不爱说话，还经常被同学欺负，但他憨厚，能吃苦，这些学员将来谁都有可能当刑警，唯独张永生不可能。

在同学眼里，张永生就是个白白胖胖的“妈宝男”。当刑警？呵呵。

可令人没料到的是，1999 年警校毕业，张永生在同学的诧异目光中走进了刑警队，偏偏干上了最苦最累最危险的侦查员。

干刑警的人，都很排外，如果没有能力，没有吃苦精神，人家根本看不起你。张永生给自己确立了一个目标：好好干，不但要让人瞧得起，还要争取干到侦查专家。

为实现这个目标，张永生铆足了劲儿。

进刑警队后，他开始接触各种命案。每当看到受害人家破人亡、痛不欲生的样子，他就像自己失去亲人般悲痛难过。这激发着他坚定信念必须干好这个活儿，抓住凶手，给受害人家属一个交代。

要当好一名刑警，仅凭一时热情是远远不够的，必须有克敌制胜的过硬本领。张永生开始虚心向师父学，向有经验的老刑警学，向实践学。一有案件，他就抢着去。他风风火火，拼命拿下一个个命案，每年在基层一线摸爬滚打破案时间长达 200 天以上，在一次次苦与乐、血与火的实战中淬炼成长。

具备实战经验后，张永生开始向刑侦、法医专家方向大跨度迈进。

这时候，全国公安信息化开始起步，他敏捷地意识到这是未来公安工作发展的趋势。于是，他潜心学习研究信息化大数据。

张永生一边办案，一边着手创建滨州市刑事查询数据库。一有时间，他就坐在电脑前，认真细致地整理输入各种收集来的繁杂数据信息。多少个不眠之夜，他熬得两眼通红，数据库内的信息却在飞速地递增。

经过张永生一年半的辛苦劳作，滨州市刑事查询数据库建成了。2011 年全国“清网行动”时，他建立的这个信息系统开始发挥重要作用。

张永生在实战中总结出“三位一体”（基础、专业、信息化）破案追逃法。即把案件嫌疑人的基础情况摸清楚，信息研判，专业数据查询，挑出关键点，抓住不放，深挖下去，肯定有所收获。

就像一个虔诚的挖井人，张永生选准目标后，一锹一锹挖下去，不挖出水决不收兵。

多年后，李庆禄见到张永生，感慨道：“知道你平时能吃苦，说啥也没想到你能干刑警，而且干得这么出色!”

张永生有写日记的习惯，他把每天发生的事情，自己破获的案件以及所思所想、行动计划都记录在案。这些年来，他写的破案日记足足有一百多本。一本本日记写满了他的果敢与忠诚。一个个案件记录着他的睿智与担当。

张永生不仅当了刑警，而且干得有模有样，风生水起。几年后，他已成为了远近闻名的“神探”，令人刮目相看。可他付出了多少艰辛和汗水，是一般人无法体味到的。

挖地三尺

张永生千里迢迢来到了青海。他不是来寻昆仑玉的，而是来挖一个杀人的损贼。

滨州市邹平县乡下，有位姓胡名大的30岁男子，家境贫寒，性格内向，媳妇身怀六甲。为改变家境，过上好日子，胡大借钱买来三轮车给工地拉石料。他起早贪黑送了三天石料，指望能挣些钱，不料工地换工头，他白忙活一场，没拿到一分钱。钱虽不多，但对胡大来说不是个小数字。他倍感气愤，死活拐不过这个弯，觉得再无脸见家人和老婆，就拧着不回家，跑到县城网吧里游荡转悠。不出半月，胡大兜里的钱全花光了，连饭都吃不上，他就琢磨着去偷东西。城里人多，繁华的地方他没有这个胆量，就来到城边寻机会下手。

邹平城南有座山，叫黄山，其山势状如伏虎，山势不高，自古以来却远近闻名。黄山脚下有一家四合院，四合院里独居着一位80岁的银发老太。老太姓张，新中国成立前参加工作，曾担任过县府领导，子女在市里工作。老人过不惯城市生活，身体尚好，独自一人在山脚的老宅里生活。

胡大三转两转，就转悠到山下这家四合院前。见大门虚掩，他就钻进来观察。挺大的院子静悄悄的，他便放心偷起东西来，结果被屋里的张老太发现了。

胡大望见院里就老太太一人，便起了歹心。他不跑也不躲闪，而是直接把老人推进屋内给杀害了。接着，胡大在老人家里吃饱喝足，还顺手把老人的手机、手表、金银首饰等贵重物品全部掠走。他出了四合院，便坐车直奔张店，然后坐火车朝大西北蹽去。

那天是2006年5月26日，定为“5·26”案件。

经侦查，胡大在青海西宁打过电话。张永生赶往西宁，找到海东市互助县境内乡下一个村子，发现当地人穿戴的都是当年红军的八角帽绿军装。当地的语言、服饰、风俗跟内地几乎完全不同，只能依靠当地派出所开展工作。

那一带海拔在两千多米，沟壑纵横，交通不便。所长带他们爬山过沟，费了好大劲儿才来到沟沿上一个小村，了解一户姓薛人家的情况。

那里的人都很好客，好客的标志就是喝酒。所长找到村长，边陪喝酒边跟村长聊天，酒从中午一直喝到日落，中场未完接着晚场开始。专案组的人都说不会喝酒，村长便把目标对准所长，把所长灌得酩酊大醉。一连喝了几天的大酒，所长才问出一些情况。姓薛的这家人有个男娃叫薛忠，前几年在山东青岛一带打工，现在他在哪里做什么谁也说不清楚，薛忠的父母在西部矿业打工。

山东青岛？薛忠的活动区域跟案子有些符合。看来，找到薛忠是当务之急。薛忠不在村里，那就先找到他父母。

张永生带人来到西部矿业，找到当地派出所联系上企业老板，以检查安全生产为由接近其父母。

施工现场，张永生见到了薛忠的父母，一对老实巴交的农民。询问薛忠的情况，他父亲说，那娃就像天空中的鹰到处乱跑，每次都是孩子联系他，不联系就找不到人。

张永生在附近化装侦查了几天，没有发现薛忠的踪影。

在交通不便的大山里转来转去，时间过得好快，屈指一算，张永生他们进青海已二十多天了。这样耗下去不是办法，案件已到了山穷水尽的境地，最后决定兵分两路，一路继续留在村里守现有的线索，另一路张永生和邹平的刑侦大队大队长赵军到附近摸排。

张永生有自己的想法和判断。当初怀疑薛忠是嫌疑人，这没错，但万一不是怎么办？不能一条路走到黑。可出路在哪里呢？

张永生把掌握的现有信息资料再一一过筛子研判，发现那部手机打过西宁市一个电话，经查那个电话号码是一位摩的司机的。张永生和赵军返回西宁，寻找摩的司机翟林。

这天晚上，翟林喝酒回来，被张永生俩人拦下。

翟林摆摆手："我喝酒了，今天不拉客。"

赵军伸手拔下摩的车上的钥匙，摩的熄火。

干瘦的翟林，先是一愣，接着一双大眼滴溜溜乱转，眨巴着望着面前两位陌生人，疑惑地问道："干吗？抢劫呀！"

"公安局的，你下来，想跟你了解些情况。"张永生正色道。

翟林满口酒气，坐在摩的上没挪窝，态度蛮横："什么事？快说，我得回家睡觉，明早还得早起拉活儿呢。"

张永生直截了当："二十多天前，你是否拉过一个山东人？"

翟林的头摇得拨浪鼓似的："不记得不记得。我天天在火车站拉客，哪知道谁是山东山西的？再说二十多天了，早忘了。”

“有这事吧？你好好想想。”张永生道。

“我哪有闲工夫记那些烂事呀，拉客挣钱，给钱就拉。再说，摩的多了，干吗找我？没什么事把钥匙还我，我得回家了。”翟林有些耍赖道。

“不说清楚别想走！”张永生十分严肃。

翟林把头一扭，不耐烦地说：“我又没犯法，要抓我吗？”

“任何公民都有配合公安机关调查案件的义务，如果觉得这里说话不方便，那咱们换个地方，去派出所吧。”

一听说去派出所，翟林态度立马好了许多，如实说道：“那天，我在火车站拉上的这人，他说要去人民医院附近的拉面馆找朋友，我送到地方后就走了。过了两天，这人来到火车站找我，说没有找到朋友，让我帮忙给他租房子住。”

“后来呢？”

“我家住的是一处平房，房下有间六七平方米的储藏室，我就把家里的地下室租给他了。”

“你是说，那人住你家地下室了？”

“是呀。”

“还在那里吗？”

“好几天没过去看了，应该还在吧。”

张永生望一眼赵军，心想：难道这就是所谓的踏破铁鞋无觅处，得来全不费工夫？他心头涌上一股莫名的激动。

“领我们去看看。”

翟林领着张永生、赵军来到自己家。见储藏室内亮着灯，他假装喝多了酒的样子敲开门。

张永生、赵军冲进屋按住那人，从其手中夺下一把铁锥子。

“家是哪里的？叫什么名字？”张永生问。

“邹平的，胡大。”那人答。

“找的就是你！”张永生说。

就地审讯。胡大交代，他杀人后跑来西宁，想找朋友落脚，但没有找到，就给摩的司机打电话，询问市里有几家人民医院。司机告诉他就一个。奇怪呀，朋友说是在人民医院附近开面馆的，可找遍周围面馆也没能寻见人。一时无处可去又百无聊赖的胡大来到附近一个公园里闲逛，逛了一会儿感觉有点儿累，就找了条椅子躺下。青海的阳光暖暖的，他一会儿工夫就酣睡过去。等胡大醒来懒洋洋爬起，发现他盗来的手机、金银首饰等物品已被人偷走。走投无路的他想起拉他的摩的司机，便又来到火车站。

偷走胡大手机的，应该就是互助县乡下那个叫薛忠的小子。

这案子本来是没什么希望了，竟硬是让张永生挖地三尺，把这个损贼给抠了出来。

案子奇迹般地破了。

张永生带着队员坐车奔驰在辽阔的青藏高原上。湛蓝色的天空，朵朵白云飘动着；一望无际的草原，成片的羊群牛群掠过。

究竟谁是凶手

识别犯罪嫌疑人需要“火眼金睛”。

滨州市位于黄河下游的鲁北平原，是黄河文化和齐文化的发祥地之一，历史悠久。古代著名军事思想家孙武、汉孝子董永、宋代著名政治家范仲淹、清代帝师杜受田均出生或成长在这片土地上。滨州市区的中海公园，是个造型优美的湾形风景区，分为南海、北海、中海三个水域。中海因修建同比例大小的一艘水泥航空母舰而著名，吸引不少游客前来观赏。公园内有天桥、地桥、人桥三座桥。

2010 年 3 月的一天清晨，李老汉在人桥附近水域的岸边晨练，无意间朝清澈见底的水中望了一眼，发现了蹊跷事，一辆出租车沉在水里清晰可见。他越看越觉得奇怪，忙拨通报警电话。

这里隶属于滨州市开发区。警察封锁现场，打捞车。捞上来的出租车，司机在副驾驶位置上，系被勒住脖子窒息而死。

一周之前，无棣县一位出租车司机失踪。张永生当时带人去过无棣，没有找到车和尸体，只发现这辆车驶出无棣河沟收费站后朝南去了。

两案并案侦查。张永生二进无棣摸排。

按照常规，像这种案件，一般都是图财害命。可是现在车在，司机身上的钱物也在，应该不是图财害命。如果不是图财，就应该是仇杀或情杀。

张永生带人在当地走访调查后，很快掌握到一条重要信息。被害司机刘某春节前在出车时，一位老者无意间碰了他的车一下，老者赶紧赔礼道歉，可刘某不依不饶，还喊来许多同行助威闹事。老者儿子出面道歉也不行，最后刘某硬让对方赔了五千元钱才了事。显然，此事刘某很不地道，闹得过分了，把那家人搞得年都没过好。

不排除对方报复的可能。张永生顺着这条线挖下去。他发现，这辆车到达滨州中海公园人桥后，又掉头返回，开到水边，人下来后把车推进水里。

凶手胆子可真大呀，把人弄死后，还大老远地把人拉到这里来，连人带车推进水里，目标很明确。这一切都是为什么呢？

碰车的老者姓李，儿子李某开了家超市，有一辆红色雪佛兰轿车。调查这辆红色雪佛兰轿车，发现在出租车司机刘某被杀前，该车就曾经到达过抛尸的这条路上，在报案后和车辆被捞上来后，这辆车又两次到过抛尸的这条路上。这难道是巧合吗？

种种迹象表明，李某嫌疑最大。李某被叫到公安局进行询问。

可无论张永生怎么询问，李某态度坚决，一口咬定，此事跟自己没半毛钱关系。车确实经过此地，那是企业在附近宾馆开订货会，来参加会议的。

到附近宾馆查问，李某没有撒谎，那段时间确实有订货会。

看似板上钉钉的事竟然给推翻了。但有人坚持认为，凶手就是李某。

张永生陷入沉思。难道出现了真假“李逵”？

无论对错都必须有证据。张永生开始了艰苦的寻找证据工作。技术部门用软件做电子数据分析，分析了半天没有任何结果。

张永生不甘心，自己带人不用软件而是用电脑亲自做大数据分析。

最终，从数百万的数据中，他筛选出三十六个可疑号码，然后逐一分析研判，追踪发现了烟台和无棣两名嫌疑人的活动轨迹。这些轨迹是杀人前来现场踩过点，杀人后烟台这人逃到了四川。

张永生断定，这两人应该是作案凶手。接着，张永生带人去了四川。四川与无棣同时抓人。把两人抓回来一审，就是他们干的。

原来，无棣的这个人与县武装部长有过节，就找来烟台好友合谋行凶。没有交通工具，就先抢了刘某的出租车，并把他杀害。等来到武装部实施报复时，那人恰好没在单位，躲过一劫。最后，两人就把刘某和车弄到滨州的中海公园灭尸销迹。

案子破了，不再有人怀疑李家雇凶杀人了。这世上还真有这么蹊跷的事。如果不是张永生，恐怕世上又多了一桩冤假错案。

张永生说，搞案子厉害与不厉害，中间其实就只差那么一点点。就像爬山，如果你不爬到山顶，半途而废，永远不知道成功的滋味。而不搞大案子，就不知道克服困难后的喜悦是什么滋味。

老家来人了

博兴县乔庄有个叫吴江雨的，老婆岳春玲长得有些姿色。同庄男子张景起了非分之心，一日酒后，调戏了岳春玲。吴江雨得知后，又气又恨，喝完酒去找张景算账。自知理亏的张景给吴江雨又是赔礼又是道歉，并赔偿一部手机，双方才达成和解。

啥事就怕有人撺掇。本来事情已平息，一次，吴江雨和一伙朋友吃饭，席间有朋友笑话他："你老婆被人欺负，给部手机就拉倒了？太便宜他了！"其他人也跟着起哄，把吴江雨弄得很没面子。

回家路上，吴江雨越琢磨越不是滋味儿，又找到张景掰扯此事。

那日，张景也喝了酒，两人互不相让。话不投机半句多，两人交手打了起来。旁边有条河，气愤的吴江雨拳打脚踢一顿后，把张景一脚踢到河里，才解气地扬长而去。

第二日，张家人找到张景时，他已躺在水中死亡。

吴江雨深感事情不妙，做贼心虚地带着老婆孩子，开着自家农用三轮车一口气逃到河南三门峡市郊。把三轮车丢掉后，一家三口不敢坐火车和长途汽车，而是乘坐县乡间的公交车，一段一段地换乘到了四川成都。

案发后，警方把吴江雨列为重点嫌疑人。可他一家早消失得无影无踪。案发时间是2004年6月。

警方一直在追查此案。除发现与亲戚家有过一次联系外，吴江雨一家再没有任何消息。

案发一年后，博兴县公安局刑侦大队副大队长白长生去日喀则办案，去林芝调查了三天，没有发现嫌疑人的任何线索。

2012 年，全省缉捕重大逃犯攻坚行动开始，又拾起该案。

“有线索吗？”支队长问时任一大队副大队长的张永生。

“就知道八年前嫌疑人用公用电话打过一个电话，其他的没有。”张永生回答。

案发这么多年，又没有什么线索，看来，这案子差不多已是个根本破不了的死案。

张永生心想，不去追就更没有希望。

队里决定派张永生和博兴县刑侦队的白长生一起进藏执行这次任务。

西藏路途遥远，不能两肩扛个脑袋晃悠晃悠就去了，死马也要当活马医，必须做好充分的功课。张永生把要查找的部门和信息，列了个提纲，一条条写在日记本上；接着又去民政部门，弄到吴江雨夫妇结婚登记的指纹，还找到一张吴家三口人的合影。

准备就绪，一胖一瘦的张永生、白长生便飞赴西藏自治区首府拉萨。刚下飞机，张永生感觉还不错，等他去市场买墨镜后回到入住的房间，“扑通”一声晕倒了。这把身旁的白长生吓了一跳，没想到他高原反应这么厉害，急忙把进藏时准备的药给他吃上。不好使，下半夜他开始发低烧。

第二天醒来，张永生的头一阵阵疼痛，双腿像灌了铅一般挪不动步，一走路脚下又似踩了棉絮。可他还是坚持与白长生一起来到拉萨市公安局刑警支队，查找在拉萨的山东籍人员的户籍信息。

在拉萨折腾了几天，该查的查了，该找的找了，未发现吴江雨的任何线索。

两人决定去林芝。当时，从拉萨到林芝没有高速路，六百多公里的路程，坐车从早晨到天黑整整颠了一天。

该案的唯一线索，是嫌疑人八年前从八一镇打出的那个电话。

于是张永生和白长生进驻八一镇，将这里作为重点目标进行摸排。

白长生曾经到过那个电话亭，等赶到现场，他都有些蒙了。原来电话亭和小超市的位置，已变成繁华的商业一条街。

张永生凌晨3点喊起白长生。两人摸黑来到蔬菜批发市场，又去劳务市场摸情况，看见山东人就打听，先后访问山东老乡六十多人。

两人又访遍了几家木材厂，也没有任何头绪。

林芝自然风光旖旎多姿，风景迷人。茂密的原始森林、遍地的野花、涓涓的溪流、滚滚的尼洋河、滔滔的雅鲁藏布江，这些独特的景致是黄河边长大的张永生从未见过的。可置身其中，他却一丁点儿的享受心情都没有，反而感到十分压抑。

列出的可能的线索，一条条被无情地掐断，正事一点儿着落都没有，谁还有心情去欣赏什么风景？

最后的希望寄托在孩子身上。吴江雨的儿子叫吴治豪，可要找到吴家的孩子谈何容易。

八一镇上有家文武小学，专门招收农民工孩子。张永生和白长生找到学校，拿出吴治豪4岁时候的照片给校长辨认。文武小学的学生并不多，校长拿着照片辨认半天直摇头，查阅学校里所有学生的档案也没有这人。

回住处的路上，两人都耷拉着脑袋。一进屋，白长生朝床上一躺，嘟囔着："没啥希望喽！"然后闭目养起神。

恰在此时，支队长打电话来了，问张永生："家里这边出案子了，你们也差不多了吧？该回来了。"

原来，在张永生走的第二天，博兴县发生一起特大杀人案，省公安厅领导都到了现场督导。

这是他们进藏的第五天。两手空空就这么回去？

不行，得再去找找。就是摔倒，也要抓把土回去呀。

功夫不负有心人。他们终于在一所小学找出一个长得很像吴治豪的学生照片。一看学生名字叫治浩，填写的籍贯是山东济南，出生日期和吴治豪一致，父亲周明远，母亲岳春玲。

张永生把这张表格挑出来，与带来的照片比对，越看越像。

孩子已升某中学了。两人随即跑到某中学，查到了那个学生，但其名字变成了周英杰，父母也成了周建军、朱秀珍，户籍地是四川内江。全家人已经漂白了身份。

至此，张永生两人查阅的数万条信息，总算没有白忙活。

张永生悬着的一颗心稍微放松了些。他跟白长生商量，几千里地都来了，这次就用土办法来擒他。他信心十足。

白长生是张永生警校的校友，早张永生一届，在县局业务能力很强，是一名破案高手，让他佩服的人不多，但他对这个师弟却很敬佩。两人一起搞过不少案子，他感觉这个师弟人好，干活儿拼命，点子多，又十分执着，能把各种专长发挥到极致。

周英杰的登记表填写的家庭住址是纺织路 46 号，那一带是棚户区。

当晚，两人与当地民警一起冒雨挨家挨户清查，折腾到半夜也没找到这户人家。

张永生有些慌神。怎么搞的？回到宾馆，他一夜难眠。

是不是昨晚没有清理到位呀？第二天，张永生又带人到另外一处棚户区清理了一晚上，也没找到。真是活见鬼了。

“没有别的办法，跟踪吧。”张永生说。

周英杰是步行回家的。张永生、白长生两人跟在后面。镇子边上是起伏的群山，半山腰有个村子叫加丁嘎，是片棚户区，周英杰进了那片区域。

天色已晚，进山怕打草惊蛇。张永生决定守株待兔。

翌日天刚蒙蒙亮，张永生、白长生和配合工作的当地刑警驾车来到山口守候。

7 时许，周英杰背着书包从山上走了下来。

这时候，张永生的手机突然响了。支队长在电话里催促：

“永生，那里差不多就回来吧。家里都忙死了！”

“过几分钟就能把人抓住。”他回答。

支队长一听，十分惊喜：“真的？抓住人我给你报请一等功！”

张永生刚撂下电话，只见一辆摩托车从山里开出来，骑车的是位男子，后面坐着一名妇女。

张永生乐了。这不是孩子的父母嘛。

摩托车速度快，汽车跟不上。张永生坐在车里没有动。他在等待时机。

山下到镇子有三百多米的道路，两天连续降雨，使路面蓄有三四十公分深的水，摩托车无法正常行驶，只能人下车推摩托车靠墙边走。

张永生一瞧机会来了。

他快速下车，疾步快行，从后面赶上来，一把搂住推摩托车的人的脖子，说道：“吴江雨，老家山东博兴来人了！”

吴江雨顿时惊得呆在了那里。

被抓后，吴江雨一直在琢磨：这些天兵天将是如何找到自己的呢？

挨丈母娘骂

谁会连续挨丈母娘骂一个半小时？这样的纪录，恐怕只有张永生能创造出来。

2005 年 7 月 26 日，张永生妻子卢彦剖腹生下七斤多重的大胖小子，全家人甭提多高兴了。刚出院几天，初为人母的喜悦还未尽兴，孩子却患上黄疸，肤色和眼睛黄得吓人，呕吐哭闹不止，这可把卢彦吓坏了，母子俩不得不再次住进医院。

未出满月的儿子被蓝光照射着，照得卢彦的心如刀削般疼痛。望着幼小的孩子遭这么大罪，她无助地哭了。

孩子在医院住了二十一天才出院。其间，有亲朋好友来探视，卢彦哭得眼睛天天红肿。在她剖腹产和孩子患黄疸住院期间，身边陪伴的始终是她自己的父母，却不见丈夫张永生的身影。

卢彦的母亲是个心直口快的人，见自己的独生女儿剖腹生产、孩子患病入院这么大的事情，女儿的丈夫、孩子的亲爸、家里的男主人张永生一直都没露面，女儿天天以泪洗面，心疼闺女的老人家实在忍无可忍，抄起电话就给女婿打了过去，劈头盖脸地骂了一个半小时，把张永生骂了个狗血喷头。这还不算，顺道又把带领张永生一起办案的副支队长赵大勇也骂了一通才解恨。

直到现在，已经升任禁毒支队支队长的赵大勇都怵头见张永生岳母。他调侃道："永生，我可怕你丈母娘呀！"

提起这件事，也不能怪人家老太太发脾气。张永生做得确实有些过火了。当时，张永生是刑侦支队一大队侦查员，就在妻子生下孩子的当天，他不陪在医院住院的妻儿，却跑到了单位。本想看一眼就回医院，结果他刚进办公室，黑龙江省大兴安岭加格达奇林业公安局的王政委，带着刑警国保两个大队长风尘仆仆地赶来了。原来当地发生了一起出租车司机被害案，他们在滨州市的博兴县发现嫌疑人的线索，找滨州同行协查来了。

张永生见案子如此重要，就主动说："博兴我熟，我领你们去摸情况。"说完，他提着水杯就走，带人直奔黄河南岸的博兴而去。

自从当上刑警，张永生就养成了一个习惯：案情就是命令！任何事情都得给破案让路。老婆生孩子，对于一个家庭来说无疑是件大事，但在他的眼里，那是家事，家事再大也比不上公事。

7 月的鲁北大地，已经十分闷热。张永生带着黑龙江来的同行，顶着骄阳，一点点摸排，整整工作了一周。

家里来电话，被一旁的王政委听到，才知道他爱人刚生完小孩，弄得王政委很不好意思：“小张，很抱歉呀，不知道你老婆生小孩，知道说啥也不会让你陪着来呀。看看，这事干得忒不地道！”

张永生淡淡一笑：“没事，家里有人照顾呢，咱干咱的活儿。”

张永生跟王政委住一个房间，为表达歉意，王政委把张永生脱下来的脏衣服全都给洗了。

就在张永生送走黑龙江同行的这天中午，邻县邹平发生一起抢劫出租车杀人案。两名嫌疑人作案手段残忍，疯狂至极，队里来电话让他马上赶往邹平。

根据现场勘查及尸检情况，专案组兵分三路展开工作。

张永生负责沿高速路追踪，确定犯罪嫌疑人逃跑路线。他发现嫌疑人既没有原路返回，也没有向北或向西离开，那么只有进入南成村芽庄湖区一条路。

那里是章丘、滨州、邹平三个乡镇的交会处，便道多，交通错综复杂。追踪组怀疑嫌疑人可能是当地人。监控录像并没有拍到车内人清晰的图像。

追踪组以章丘市的刁镇，邹平县的青阳镇、明集镇为重点，从被抢车辆入手，排查前科劣迹人员，试图发现犯罪嫌疑人在青州的有关信息。经过侦查，未发现有价值信息，破案工作陷入僵局。

案情分析会上，张永生提出从车辆消失的明集镇，向西向北查找车辆视频，扩大视频搜索范围。

采纳张永生的建议后，果不其然，几天后，在邹平县台子浮桥查看监控时，发现涉案车辆由南向北通过黄河浮桥，之后进入河北省境内。通过分析嫌疑人可能的逃跑路线，查看监控录像图片后，在德州乐陵、宁津，河北省东光县大单镇都发现涉案车辆的信息。

等张永生他们赶到，却发现嫌疑车辆在大单镇卡口驶过之后便神秘地消失了。

张永生带人用两个昼夜时间，在东光外围的衡水市阜城，沧州市景县、吴桥、南皮、泊头，查看所有的监控，最终也没有淘到涉案车辆。案件再次陷入僵局。

寻找涉案车辆，无疑似大海捞针般艰难。

这时，追踪组已经马不停地辗转山东省潍坊、淄博、滨州、济南、德州，河北省衡水、沧州等市地，历时26个昼夜，行程2000余公里。其间，队员们没有吃过一顿热乎饭，都是在车上吃面包对付；没睡过一个囫囵觉，困了，就在车上打个盹儿。长途奔波，人困马乏。

线索再次中断。除带队的张永生外，组里的人员都悲观地认为，这个案子没指望了。指挥部得知这一情况，也几乎感到这快成了一个死案。

“从哪里消失的，再从哪里找起。我就不信他能上天钻地。”张永生说。关键时刻，彰显出他的果敢与担当。

张永生带队重新返回东光。他领人拿着地图与导航仪，用一整天的时间，跑遍当地国道、省道，以及市级公路，标注监控探头几十处。回到住处，他在地图上潜心研究地形，发现东光监控布局严密，只要涉案车辆出现，一定能找到。

他让大家少安毋躁，就在这里守候。队员们对他的决策直摇头。

三天后，张永生的话果然得到验证。

夜晚，东光县城西电池厂附近发现涉案车辆和驾驶员的清晰照片。驾车人为年轻男子，副驾驶上坐着一名嬉笑的年轻女子。

张永生见了，兴奋地一拍大腿：“到家了！”

这话把现场的人说得丈二和尚摸不着头脑：“谁到家了？”

“嫌疑人到家了呗。”张永生说。

“你怎么知道？”队员疑惑地问。

“把女朋友都带上了，这不就到家了吗？”张永生说得大家恍然大悟。

至此，案件取得突破性进展。

综合分析，嫌疑人的目的地是东光，或者本人就是东光人。

专案指挥部闻讯后移师东光，以车辆和嫌疑人照片为依据，在当地警方配合下，辨认出照片中的男子名叫马义民。顺藤摸瓜，找到另外一个嫌疑人时亮亮。两人具有重大作案嫌疑。至此，案件成功侦破。

等张永生完成任务回到单位，局、队领导都手捧鲜花迎接他凯旋。

但也因为这件事，他在家中的地位一落千丈。

在楼下多转悠

常言道，知夫莫如妻。张永生的妻子卢彦，是工商局的一名职员。两人谈对象时，张永生告诉她自己在刑警队工作，会经常出差。当时她没有什么概念，觉得大不了出去几天就回来呗。2003 年他们结婚后，卢彦才发现，干刑警的丈夫天天不着家，两个月就能穿坏一双皮鞋，后来干脆改穿旅游鞋。

鞋帮破了，她拿去修，修鞋的师傅纳闷儿地问：“旅游鞋都穿这么烂呀！”

是呀，卢彦想，丈夫每天得走多少路呀，这么废鞋。

丈夫不光废鞋，卢彦发现他还废衣服，穿条新裤子出去，回来后就会刮裂几个口子。夹克、防晒服什么的，经常穿出去就找不到了。

卢彦怀疑丈夫的职业，他是刑警吗？

她问他：“干什么弄的？”

张永生说：“说了你也不懂。”

气得卢彦后来干脆不问了。

张永生每次出差回到家，头发、衣服上全是呛人的烟味儿，像个盲流。

这时候，卢彦就拦住他，不让他进房间，催他赶紧去冲澡。

冲完澡，他朝床上一躺，便呼呼大睡。要是不喊他，他能睡上两天两夜都不醒。

卢彦心里清楚，丈夫这是在补觉呢。她看在眼里，疼在心头。

她曾多次劝丈夫："你挺傻呀！何苦来呢？咱不缺吃不愁穿，差不多就行了呗，干吗还这么拼呀？"

"你不懂。"张永生回答。

卢彦真的搞不懂。自从结婚后，无论是自己生孩子、孩子患病住院、孩子腿部骨折手术，还是婆婆去世，总之，在家里最需要他的时候，他总是不在身边。作为妻子，即使是理解了他，心里怎么能不委屈呢？

那年冬天，卢彦父亲去老家照顾她 90 多岁高龄的爷爷奶奶，张永生出差去了新疆，家里就她妈妈、她和儿子三人。住的房子刚装修不到半年，还没新鲜够呢，一天半夜，卢彦被水流声惊醒，开灯一看，屋里一片汪洋。原来是暖气管爆裂了。

望着新装修的房子一片狼藉，她忍无可忍，又束手无策，急忙喊醒妈妈和儿子投入到抢险中。

卢彦边哭边收拾屋里的物品，一直忙到天亮，累得她最后一屁股坐在了地上。

早晨上班，卢彦边骑电动车，边委屈地哭，整整哭了一路。

这日子没法过了！她越想越委屈，于是拨打张永生的电话，可对方显示没有信号。但她还是哭号道："张永生，我要跟你离婚！"

儿子上小学的时候，同桌是个女生。女生的妈妈跟卢彦熟悉。一次，女生妈妈告诉卢彦："我闺女说，你儿跟她嘟囔好多次了，说想他爸爸了。"

卢彦听了，心里酸酸的，很不是滋味儿，眼泪在眼眶里直打转。她说："是呀，他爸爸总出差。"

家里有一张全国地图，地图上用彩色笔涂画了密密麻麻的圈圈，其中有最东端的黑龙江抚远、最西边的西藏林芝、大西南的云南、大西北的新疆托里。这是儿子张智涵的作品。

张永生每出差一次，儿子就在地图上用彩笔标注上。日久天长，这张全国地图就成了张智涵同学的一张独特的思父图。

张智涵从会说话时起，问妈妈最多的一句话就是："老爸啥时候回来呀？"

小区二楼搬来一对老年夫妇，怀疑卢彦是单亲妈妈。一天，这对夫妇好奇地问卢彦："光看到你们娘俩，孩子爸爸呢？"

卢彦说："孩子爸爸总出差。"

一次，张永生出差回来，刚进屋，卢彦就拉着他朝楼下走，还故意挽着他在楼下转悠了好几圈。

张永生疑惑地问："搞啥名堂？"

她说："你在楼下多转悠转悠，让楼上的叔叔阿姨好好看看你。"

这话把张永生弄得简直莫名其妙。

一般只要是破获案件后，张永生回到家中，早晨起来就会给家里人炒菜做大餐吃。那个高兴劲儿能持续好几天。

张永生走南闯北去的地方多，吃到好吃的菜他就跑到人家饭店的后厨去咨询厨师。回家后他就学着给家人做，没有料就从网上购买。赶上过年过节，他在家总会给家人亲友露上一手。

每次看到这温馨的画面，卢彦就幸福地笑了，什么怨气也都烟消云散了。这时候，她觉得丈夫很像个暖男，好可爱！

只可惜，这样的时光屈指可数。

一次，卢彦在报纸上看到写丈夫的一篇报道，说他如何冒着生命危险抓嫌疑人。她便问他："人家给你写的报道，是真的还是假的？"

"这样的事情能乱写吗？能假得了吗？"张永生回答。

卢彦这才知道，这些年丈夫很不容易。他受的那些苦、遭的那些罪，是正常人无法想象，更是无法承受得起的。

她渐渐理解了丈夫的所作所为。他是在为国家为人民做事呢。

后来，骂女婿的岳母大人得知张永生的事迹后，很快便改变了态度，并对他关怀备至。

卢彦若有时忍不住发几句牢骚，母亲不但不帮女儿，反而数落埋怨她："人家干的是正事呀，你该多理解、多支持他才对呀！"

卢彦一时无语，瞥一眼妈妈，心里说，胳膊肘往外拐，还是我亲娘吗？

在妻子的眼中，张永生是个靠得住的好人。他执着，能吃苦，干工作有股子拼命劲儿和钻劲儿，做什么都想做到极致，追求完美。这也是卢彦佩服丈夫的地方。

如今，卢彦最大的心愿，就是盼着丈夫早日退休，退休后他就可以回到家中陪伴她了。

与死神擦肩而过

张永生从警二十年，参与破获重大疑难案件上千起，每次抓捕行动都面临着生与死的考验。其间，他多次与死神擦肩而过。

一次夜间解救人质，张永生的头上悬了一把刀。

那是2002年7月，博兴县发生一起绑架案，绑匪绑架老板儿子未果，却绑了送人的司机，并开口索要二十万现金。那时候技术手段落后，一切都要靠人。一名大队长提现金和家属一起跟绑匪交易。绑匪非常狡猾，不断变换交易地点，最后打电话告诉家属，带上二十万现金坐火车去潍坊。为保证人质安全，专案组只好同意绑匪要求。他们从淄博坐上开往潍坊的火车。

火车还未到青州，绑匪来电话，要求打开车窗把钱丢下去。于是，一袋子钱“咚”一声从车窗丢了出去。

绑匪每次与家属联系，电话里都能听到被害人的语音，当时怀疑绑匪是用汽车拉着被害人到处跑。

车到青州，大队长和被害人家属刚下车，突然接到绑匪来电询问：“装钱的袋子是什么颜色？”

“黑袋子，怎么了？”被害人家属紧张了。

原来，绑匪骑摩托车顺铁路轨道找了半天，也没有找到钱袋，这才打电话询问。

这一问，大队长马上明白，忙和被害人家属顺着铁路线往回找。跑了五六公里，终于在轨道旁发现了钱袋子。捡起来刚要动身，“砰”的一声枪响了。

铁路两侧的玉米地里埋伏有警察，见有人拿钱袋子，以为是绑匪，便围了过来。有人朝天鸣了一枪。

提着钱袋子的大队长忙喊：“一帮的，一帮的！”

埋伏的警察走过来一看，真是自己人。钱是找到了，可没见到绑匪，大家赶紧走访周围的群众。有群众反映，刚才看见骑摩托车戴头盔的两人在这附近转悠过。

“摩托车啥样呀？俩什么人呀？”

“两人都带着红头盔，摩托车是银色的，油箱上印有豹子。”

这边赶紧把情况报告指挥部。

此时，已到了傍晚时分，负责外围抓捕的侦查员在青州、广饶、临淄等交通要道上都设有卡点。

张永生正在青州通往广饶方向道口的卡点上。

得到消息，他一抬头，正好就看见不远处刚过去一辆摩托车，两人都带着红色的头盔。

追！两辆车追过去。把摩托车别进沟里，把人按住后，在一人的手提兜里发现一把上膛的手枪和一部手机。

经查看，该手机正是跟被绑人家属联系的那部。就地审讯得知，人质藏在几公里外一个村子的四合院内。

原来两名绑匪骑摩托车到处跑，给人质家属打电话时，又用另外一部手机与人质通话，再把这部手机对着与人质家属通话的那部，就出现了绑匪与人质在一起的效果。

事不宜迟，马上解救人质。张永生和支队长等人驱车赶往藏人质的村子。

这家四合院，位于村子的一隅，一排北屋紧挨着公路，交通十分便利。院子与公路之间有条河，河岸很高，站在河岸上能望见院内的动静。

支队长和张永生来到河岸查看地形。

天色将要擦黑，院子的大门朝东，有个门楼，院子里是否有人、有多少人，谁也不清楚。

支队长留在岸上观察动静，几个民警将院子围住，张永生拿着缴获的钥匙，独自一人朝大门走去。

他轻轻打开门锁，但推开铁门时还是发出了响声。

张永生顺着门斗，走到拐弯处，蹲下，探头，想查看院内的情况。

站在河堤上观察的支队长，这时看到院内一黑影提了把亮闪闪的大刀，正朝大门口移动。他怕惊动对方，不敢喊叫，暗暗为张永生捏了一把汗，同进把枪口瞄准黑影。

张永生朝院内张望的时候，黑影也来到了拐弯处，双手举刀正朝门洞里探望。

张永生抬头，见一把闪着寒光的大刀片正悬在自己的头上。

此时，张永生的头正好顶在黑影肚子的位置。双方几乎是同时发现了对方的存在，都很吃惊。

说时迟那时快，张永生瞬间把全部力量汇集于头部，猛地朝对方的腹部顶去，把毫无防备的黑影掀翻在地并迅速制伏。

人质被关在北屋的铁笼子里。笼子外面，捂了几床密不透风的被子，笼子内有灯泡 24 小时照着，让人质分不出昼夜。人质脖子上系着条油丝绳，北屋与东屋墙壁间凿出一个洞，绑匪在东屋里拉着油丝绳。

张永生救出人质的时候，人质已被折磨得奄奄一息。

那个夜晚，那把闪着寒光的大刀，想想都令人不寒而栗。

还有一次，张永生独自一人驾车跟踪一个毒贩。

毒贩拐进一个村庄，他开车也随之进入，然后七拐八拐钻进一个小胡同里。

这时候，天色已经黑下来，整个村庄笼罩在一片漆黑中。追着追着，张永生突然感觉呼吸困难，连车都开不了了，一吸气，肺像被撕裂般的疼痛，豆大的汗珠噼里啪啦往下滚，呼吸越来越急促，几乎马上要窒息。

他拿起电话，拨通同事陶子成的号码，有气无力地说道："我不行了，你快点儿快点儿……"

陶子成一听大惊，知道张永生遇到了危险，忙问："你在哪里呀？快说话呀！"但话筒里只能听到张永生急促的喘气声，却没有回话。

陶子成并没有跟张永生一起执行任务，他在什么地方他不知情，此时虽焦急万分却也束手无策。

陶子成马上把情况报告给队里，同事根据张永生行车路线轨迹，很快确定其位置，指令在附近执行任务的沙涛驾车立刻过去营救。

当沙涛赶到时，张永生已经昏迷。

沙涛边开车，边不停地呼唤："张永生，千万不能睡着呀，你醒醒，跟我说句话！"

"张永生，你平时那股子狠劲儿呢？跟我说话呀！"

沙涛的嗓子都快喊哑了，眼眶也湿了。

沙涛当过兵，懂得点儿急救常识，他想尽一切办法唤醒着张永生。他知道，一旦永生睡过去，就可能永远醒不了了。一路上，沙涛打着双闪，脚下的油门儿踩到底还嫌速度慢，风驰电掣般驱车赶到市人民医院急救中心，把人送进急救室。

医生告知：患者因长期饮食不规律、劳累过度，肺炎引起病毒性胸膜炎，都出现肺栓塞症状了。如果再晚送医院几分钟，恐怕神仙也救不了他了。

另有一次，也是抓一个毒贩。那是晚上 11 时许，市区一条南北路上，嫌疑人驾驶的车停在人行道的台阶上，台阶有五十公分高，车没有熄火。嫌疑人刚在车里“溜完冰”，正处于亢奋阶段。侦查员并不知道这些。

按照预案，几名队员围住车，由两人一左一右同时打开嫌疑人车两侧的前门。张永生负责打开副驾驶门，拔掉车钥匙，罗大队长负责打开驾驶室门抓人。

现场情况瞬息万变。当罗大队长打开驾驶室门后，并没有完全控制住嫌疑人，再说即使控制住嫌疑人的双手，其双脚也无法控制。

张永生拉开副驾驶位置的车门，迅速把身子探进去企图拔车钥匙，可他手还没摸着钥匙，嫌疑人的车突然启动，而且是倒车。

此时，张永生的双脚还站在地上，大半个身子却在车里。车往后猛一开，车门的惯性可能会把他打到车底。

张永生本能地跟车退了几步，接着朝车内一跃，窜进车里，车门随即关上。车倒至马路上的瞬间，变换成前进挡，顿时像匹脱缰的野马疯狂地奔驰起来。

张永生跃进车内的同时，一只手紧紧搂住嫌疑人的脖子，另一只手去拉手刹。嫌疑人的一只手也玩命地搂住张永生的脖子，两人在车内互相撕扯着、角力着。方向盘失控，车猛地转了一个九十度弯，“咣当”一声撞到马路牙子上。两人都被撞蒙了。

队员们拼命地追了过来。追在前面的一左一右两名队员拉开后侧车门，想钻进车里。这时，嫌疑人突然一加油门儿，车一下子窜出去老远，把企图上车的两人抛掉了。车里又只剩下张永生与嫌疑人。

渐渐醒过来的张永生见状，又搂住了嫌疑人的脖子。车在马路上画起弧来，忽左忽右，最后撞在路旁的电线杆上才停下。

撞击的部位，正是张永生所在的副驾驶位置，张永生整个身子都被车体重重卡住，头部负伤。如果车的速度再快些，后果不堪设想。

2012 年山东省公安厅开展缉捕重大逃犯攻坚行动，有的逃犯已潜逃十几、二十多年，都是些极其难啃的“硬骨头”。

张永生担任抓捕组组长，带队去新疆抓捕一名潜逃十九年的逃犯张某。按照信息研判，张某在新疆塔城托里县。当时是 11 月底，距离大雪封山不到一周时间，必须在封山前把人抓回来，否则就要等到次年开春，那样逃犯也就不知去向了。

进入托里的唯一一条公路，要经过一个叫“老风口”的山口。那里的风非常大，结冰的路面上光滑如镜，当地司机称之为“鬼门关”。

听说要去托里，塔城的出租车司机都拒载，给多少钱也不去。当地刑警队队长只好亲自开车拉他们去。

车行驶到“老风口”，被大风吹得飘忽不定。刑警队队长小心驾驶着，但车一打滑，还是“呼”一下翻进路旁两米多深的沟里。

沟边半米处，就是悬崖。一旦掉下去，后果可想而知。

在过往大货车的帮助下，他们的车被拽了上来，然后冒着大风继续前行。最终逃犯张某被成功抓获。

刑警太苦、太累了，可张永生一干就是二十年。

对此，他无怨无悔。他说：“如果我没有上警校，我现在就是个默默无闻的胖子！”

做一名惩恶扬善的好警察，这是张永生上警校的初衷，也是他追求的目标。他把自己的成长总结为三个阶段：毕业至

2005年属于打基础阶段，努力学习，掌握知识，熟悉业务，善于实践，勤于总结；2005年至2013年属于修心阶段，克服浮躁，经得住诱惑，耐得住寂寞；2013年到未来属于追求更高境界阶段，不断向上向善，甘于奉献，敢于担当。

张永生就是这样从一个普通的侦查员，到一大队副大队长、大队长，再到副支队长，一步一个脚印，脚踏实地地走到了现在。

谈到为何能屡破大案，屡建奇功，他说："我必须到现场蹚一遍才能行，属于最笨的那种。"

这就是张永生，一个可敬可爱、勇于担当的中国刑警。

扫描二维码即可观看
相关视频等

“铁人”付绍刚

张和平

第一次破案

在部队当连长的付绍刚，2005 年 9 月转业到龙口市公安局，当了一名刑警。从此，他九年部队生涯里最值得骄傲的手榴弹投掷和四百米障碍赛跑两个纪录，也就永远留在了集团军的英模录上。

自打干上刑警，一切业务都是新的，一切都得从头再来，他又成了一个新兵。

于是，付绍刚拜师学艺，向老刑警学习，向书本学习，认真研究侦查学等课程。几年下来，付绍刚终于脱颖而出。

2007 年 3 月 3 日下午，一辆公共汽车在山路上戛然停下，下来一位拎着大包小包的中年妇女。她住在山上，一大早到镇上买了些生活用品，直到下午才回来。

她正走在崎岖的山路上，忽然后边响起一个声音：“大姐，有没有看到一个男的拿着野兔子？那是我套的。”

她回头一看，是一个个头儿不高的男子。

“没有。”她十分爽快地回答。

正要继续赶路，突然，那男子窜了上来，用手臂勒住了她的脖子，两拳将她打晕，拖进了草丛中……

当晚，付绍刚受命赶往现场，调查取证。

调查中，与众多受侵害女子一样，这名妇女只承认被那个男子抢了一部手机。

付绍刚觉得事情没有那么简单。经过做工作，这名妇女讲述了自己被施暴的经过。

这起拦路强奸案发生不久，付绍刚经过梳理比对，又发现了两起被抢劫强奸案。

付绍刚心中一跳，感觉近几年龙口市东南部山区发生的多起强奸案之间，似乎有一种很密切的联系。为此他建议刑侦大队，加强侦查力量和串并案工作。

于是，龙口市公安局成立了侦破“3·3”强奸案专案组。作为一名主力侦查员，付绍刚全力投入到了案件的侦破中。

这是付绍刚第一次遇上这么大的案件。他立足龙口东南部山区，带领两名民警对符合犯罪嫌疑人体貌特征的重点人员、有劣迹特别是有过性犯罪人员进行排查，访问和调查该区域内类似发案的蛛丝马迹。

付绍刚详细地分析了这三起强奸案的情况。犯罪嫌疑人是外地口音，中等身材，大嘴，40多岁，而且总以兔子被别人拿走为由头实施犯罪，手段几乎一致。发案路段偏远，现代侦查手段全都用不上，只能用传统的侦查手段，一个村一个村地走访，对发现的每一个线索，挨家挨户地进行核实。

可十天过去了，案件依然没有眉目。

山区的夜十分寒冷。已经后半夜了，付绍刚还是睡不着。他索性穿起衣服来到院子里，点燃了一支烟。这十天来专案组虽然摸了不少线索，但一个又一个都被否定了，是不是调查走访的面过窄？

付绍刚建议专案组，把龙口与招远交界处一侧的矿区，以及所有外来打工人员纳入侦查范围中。

这一带全是矿区，农村村落住户较少，几千名矿工每天除了下矿井干活儿外，业余生活比较寂寞。因地处两市交界处，这里治安管理比较薄弱。

付绍刚和两位民警开始一个工地一个工地调查。

矿工每天白天都要下井干活儿，他就把调查时间安排在夜间。

那天，付绍刚带着民警来到招远市一个矿山。

他向负责人说明来意，让负责人拿出矿工花名册，准备核实每个人的二代身份证。

这时，一个矿工突然说："不知啥原因，王卫国这些日子老在捣鼓一个旧的手机。"

"怎么个情况?"付绍刚一怔，赶忙问。

"对呀！我怎么把他忘了。这个人叫王卫国，他的嘴就很大，有点儿像你说的那个人。"矿区负责人道。

"手机是怎么回事?"付绍刚追问道。

"王卫国最近买了个手机，是旧的，用他儿子的名字购买的号码。"

"他的儿子叫王刚，今年才刚 12 岁呀!"另一个熟悉王卫国的矿工补充道。

"买手机不用自己的名字，怎么会用孩子的名字?"付绍刚满腹狐疑。

"王卫国今天怎么没来呀，你通知他了吗?"矿区负责人高声问。

"我上午就通知他了，他说今天有事。"房间角落里一个不大的声音回答。

付绍刚在笔记本上记好王卫国的住址，继续接茬儿询问其他矿工。

询问完这个工地，已经下午 5 点了，天色渐暗。付绍刚看了看有些朦胧的高山，对两名同事道：“咱们去一趟王卫国的住处。”

付绍刚考虑，如果今天不把事情搞清楚，谁知道明天又会发生什么事，更何况矿工还要下矿。

三人沿着曲折的山路向山上走去。到了山口，只见上面有一个工棚，工棚上飘着袅袅炊烟。

付绍刚站在山头看了一眼，山的一侧就是招远，另一侧是龙口。

付绍刚跨进工棚。工棚内凌乱不堪，到处是矿工的工具。一男一女正在包饺子。

付绍刚一看那男的，顿时一愣。40 来岁，长得很黑，个头儿不高，一双大眼睛。

“是老王吗?”付绍刚微笑道。

看到陌生人进屋，王卫国先是紧张了一下，随后戒备地问道：“你们这是?”

付绍刚猛地一把抓住了他的胳膊：“找你了解点儿事，跟我们走一趟，龙口公安局的。”

王卫国挣脱了两下，但胳膊已被付绍刚控制，只得乖乖站起身，出了工棚。

连夜审讯。长时间沉默。

付绍刚就是盯着王卫国看，也不发问。

王卫国头上开始冒汗。

见火候差不多了，付绍刚盯着王卫国，一字一板地说道：“没有证据，我们是不会把你请到这里来的。”

“我真的什么都没干，你帮我提一个头儿。”王卫国一副哭相。

付绍刚呵呵一笑：“你的手机是怎么来的?”

“买的。”

“多少钱?”

“50 块。”

“怎么证明是50块?”

“我买手机的时候，我老婆在场，她能证明。”王卫国眼睛里闪过一道狡猾的光。

这个细节当然逃不过付绍刚的眼睛，他目光犀利地问道：“是吗?”

“是。”说完，王卫国接着又犹豫了，“可能她忘了，她记性不好。”

“是吗?”付绍刚盯着王卫国，继续道，“我问你，你是不是有一个儿子?”

“我偷了一部手机。”王卫国没有正面回答，而是突然把头低下了。

“怎么偷的?”

“这……去年在山上，我看到一个男的车坏了，就假装帮人家修车，趁他不注意偷的。”

听到这儿，付绍刚厉声道：“王卫国，你开什么玩笑?我们不是3岁孩子。我问你，你套过野兔子吗?”

一听到“野兔子”三个字，王卫国顿时睁大了眼睛，继而流露出惊恐的神色。

他一下子跪在了地上，开始一把鼻涕一把泪地交代自己的罪行。

对王卫国的审讯进行了三个月才终结。让付绍刚不解的是，这个其貌不扬的王卫国竟然在十年时间内强奸作案56起，受害人最大的73岁，最小的只有9岁，其中强奸未成年人达11起。

震惊龙口的强奸案成功告破了。付绍刚连续工作了三个月没有休息。整个案子下来，他整整瘦了一圈。

系列强奸案件破获后，付绍刚名声大振。

在副局长修先蒿看来，付绍刚就是干刑警的料。果然不出所料，随着几起大案要案的破获，付绍刚这个半路出家的刑警，在新的战斗岗位上不断地立下新功。

从警十三年间，付绍刚先后被授予烟台十大政法标兵、山东青年五四奖章、齐鲁先锋警员、山东省优秀人民警察等荣誉称号，先后荣立五次一、二、三等功，荣获全国优秀人民警察荣誉称号，当选为全国公安"百佳刑警"。

无路可逃

付绍刚身材魁梧，身高一米八一，被同事们称为"铁人"。这不仅因为他名字里有一个"刚"字，更因为他身上具有一种钢性，像钢铁一样的品质。

正是这种品质，使付绍刚在短短二十天的时间里，行程近八千公里，连续抓获三名网上逃犯，其中一名逃犯已隐藏了九年。

付绍刚有写日记的习惯，每天把自己的情绪、没完成的工作都记下来，没事的时候就对着它冥思苦想。

龙口市公安局有一起金哲洙案，一直未破。金哲洙是海阳市人，到龙口市打工时，与几个好友一起到龙口闹市"云中飞"网吧上网聊天，因刘小娟与同桌的秦诗雨发生口角，金哲洙便用匕首将秦诗雨连捅数刀。秦诗雨因伤势过重，不治身亡。金哲洙趁机逃脱。

金哲洙案发时，付绍刚还没有到公安局。由于该案的案发时间长，有价值线索少，在龙口市公安局成了一块"硬骨头"。鉴于多次抓捕金哲洙未果等实际情况，龙口警方重新研究制订了追捕方案，付绍刚临危受命，担此重任。

有人说，警察抓逃，除了依靠案犯的信息和侦查员的艰辛排查之外，就靠运气了。

付绍刚虽然不是职业抓逃的，但他有自己的抓逃逻辑，那就是没有一个逃犯是凭运气抓回来的。

要抓到逃犯，你的思维就要比逃犯还刁钻。为了迅速抓获金哲洙，付绍刚对金哲洙案进行了认真研究，悟出了"以兄弟县市区刑侦和派出所为依托，以金哲洙家庭成员和亲朋好友为重点寻找突破口，以家庭电话为线索顺藤摸瓜”的侦查方法。

付绍刚率领侦查员赶往金哲洙的老家，调取了与金哲洙有关的全部信息。

他找村民聊天，很快就了解到村里很多情况。该村分为对立的两派，一派以支部书记、嫌疑人金哲洙的伯父为首，另一派以村委主任为首，两派之间矛盾较深，换届时曾发生激烈肢体冲突。

利用这一矛盾，付绍刚秘密接触了村委主任。村委主任详细地提供了金哲洙的家庭基本情况。

与此同时，付绍刚又找到刘小娟进行调查。

经过回忆，刘小娟提供了一条重要线索：案发一年后的冬天，刘小娟在上网聊天时，发现了金哲洙的踪迹。

那个昵称“草原独狼”的金哲洙头像居然亮着，刘小娟便好奇地打了几个字：请问，你是金哲洙吗？

对。你怎么知道是我？金哲洙回答。

你对我的大恩我还没报。

不用想这件事，我已经忘了。

你最近忙吗？泰安的天气怎么样？

你怎么知道我在泰安？

你的网址显示你在泰安。

金哲洙没有再说话，就下线了。

此事已经过去了八年，金哲洙是不是还隐藏在山东泰安，是一个巨大的问号。付绍刚陷入了沉思。

他又对案发当晚嫌疑人及同伙去过的海韵旅馆的老板进行询问，得知是王二来带金哲洙来的旅馆，还在旅馆住了一晚上。之后金哲洙处理掉自己的血衣，在一家商店购买了衣物，便逃了。王二来和“小洙”不是很熟悉，但有十多个和“小洙”关系密切的人。经逐个筛选排查，一个名叫王春艳的男子进入了侦查视线。

付绍刚把王春艳确定为重点调查对象。

王春艳，真名叫李江山，30 岁，原籍东平县，随父亲转来龙口市，现和母亲一起生活。他平时很少回家，曾在泰安一带从事沙场业务。

民警围绕李江山所有关系人展开调查，发现李江山等人曾在烟台的皇宫洗浴住过，同住人均为泰安东平县人。

民警获取了李江山的手机号码，但机主不是李江山，而是一个叫王国强的人。

这王国强与此案没有直接关系，却在案发后与其中一名同案人员有过较多联系。这个疑点，让付绍刚十分费解。

付绍刚利用二代身份证查询王国强照片。

当照片从身份信息系统中显现的那一刻，付绍刚差点儿从椅子上蹦起来。这不是金哲洙吗？

抓逃这段时间，付绍刚已经对金哲洙的所有信息、身份照片烂熟于心。

案情出现重大转机。为慎重起见，龙口市公安局立刻组织人对照片进行辨认，并进行鉴定。

经照片辨认和技术鉴定结果表明：金哲洙与王国强是同一人。

经查证，王国强系梁山县人，也曾是“二进宫”人员，2009 年 10 月出狱后，与东平女子王佰芳登记结婚。

付绍刚等赶到东平县，通过民政信息平台，很快确认了金哲洙的婚姻情况。

由于王国强曾经在东平县将他人殴打至重伤，在东平警方的协助下，付绍刚调取了王国强的案卷。

他发现，王国强在第一次讯问笔录中交代，自己的母亲叫李玉珍，原籍烟台。

付绍刚立即查询其母亲李玉珍信息，显示其住址正是金哲洙的哥哥在老家的住址。

付绍刚将这一重大情况报告给了龙口市公安局追逃办。

得到付绍刚的报告，分管副局长修先蒿立即派副大队长吕兵带两名民警赶往东平，增援抓捕。

王国强没有在东平县城居住，而是住在距离东平县城二十公里的一个镇子里。

付绍刚迅速赶到这个镇子。在和当地群众聊天中，他了解到这个王国强心狠手毒。他身高一米八五，很黑，满脸杀气。白天他在砂石料场干活儿，晚上没事时，就去武校玩。武校老板看他身材高大并满脸凶相，就让他做陪练并壮门面。他自打做了陪练后，经常和学员们聚会，还对无辜者大打出手。

“王国强他们都做些什么？”付绍刚问道。

“这倒没听说，不过据说王国强在武校的人缘挺好的。”

“怎么见得？”为不暴露目标，付绍刚委婉地问。

“经常一块儿吃喝呗！切磋武艺，还有就是，经常外出，具体做什么，我也不知道。”回话者流露出一丝惶恐和不安。

“他的家在五道营村吗？”

“对，你再向南面走十公里，就看到了。”

付绍刚驾车告别镇子上的人们，又走了十公里，看到沙河套中有两台隆隆作响的采砂石机器和忙碌中的人们。不远处，绿树掩映的就是五道营村。

付绍刚走访调查了五道营村后，更坚信了自己的判断：王国强就是金哲洙。

据说王国强结婚的时候，其家人就没有来过。当时王佰芳的父亲还找女儿大闹了一场。

究竟是什么导致王国强家人没来参加婚礼，付绍刚考虑，肯定有原因。

付绍刚详细侦查了王国强家在五道营村的位置。如果在村子里抓获王国强，他的两层楼在村子中部，有一定难度。听人介绍，这个五道营村以姓王的为主，一旦王国强拒捕，有可能引起不必要的麻烦。另外，五道营村周围一马平川的地形环境，不易控制。

为不暴露专案组的行动，付绍刚带着侦查员返回了东平县城。经过两天侦查，付绍刚已获取了王国强的活动轨迹。

一天下午，王国强突然进入东平县一座大楼。

抓捕机会来了！付绍刚兴奋起来，立即和吕兵商定，就在办公楼内动手，抓捕这个化名王国强的金哲洙。

付绍刚检查了自己的佩枪，带着民警冲到二楼。

此时，二楼一间办公室内，五六个人正聚在一起争执着。那个一米八五的王国强正在屋子中央说着什么。

"都不许动！抱头蹲下。"付绍刚举着枪大喊道，一个健步冲到了屋子中间。

室内众人顿时大惊，面面相觑，纷纷双手抱头，往地上蹲。

刹那间，付绍刚已将手铐铐在了王国强的手臂上。

"金哲洙，没想到吧？我是龙口公安局的。"付绍刚笑了。

金哲洙瞬间明白了，大势已去。他看了一眼付绍刚，无力地低下了头。

金哲洙，这个海阳市出生，龙口市杀人，梁山县落户并隐匿身份，东平县娶妻生子、成家立业的逃犯，在逃亡九年后，落入了法网。

无独有偶，杀人在逃犯金哲洙落网后，付绍刚前往北京抓捕的王凤山，也是一名杀人在逃犯。

这个王凤山，已潜逃五年。他的户口，从户籍地迁出后，一直没有落户，无法确定其落地线索。

虽然在村子里没有户口，但王凤山在人情往来上还行，村子里的人都还看得上。

五年前，村民张五福想竞选村主任，而且他在村民中口碑一向不错。时任村主任王索利担心竞争不过，便使了阴招，对张五福处处打压。

一天晚上，王索利和王凤山等几个要好的朋友在村头饭馆聚餐。王索利说出了自己的担心，深得王凤山等人同情。

没想到这时，张五福也来到餐馆买东西。

王索利见到张五福，两人相互谩骂起来。大概王凤山酒喝多了，拎起酒瓶就给了张五福头上一下。张五福的头部立时就鲜血直流。王索利几个人见王凤山动手了，仗着酒性，一拥而上，竟然用木棒等凶器把张五福打死了。四散而逃后，其他几名案犯先后落网，唯有王凤山远走他乡，逃得杳无音信。

付绍刚把王凤山亲属近半年来的上万条通话记录进行了分析排查。

在王凤山家座机通话记录中，一个不久前来自河北石家庄的手机号码引起了付绍刚的注意。通话时间是夜间 11 时 56 分。通话后，第二天王凤山的妻子张铁梅就去了北京。

王凤山在石家庄没有亲戚，是什么人来的电话？而且张铁梅第二天就到北京去了。付绍刚带着民警赶到北京，立刻对那个电话进行落地查证。

经查，这个号码是在北京打工的河北籍女性刘春先使用的，调查她的社会关系，竟意外地发现了张铁梅，二人同在北京市丰台区某康复医院当“黑护工”。

经深入调查张铁梅，发现她平时吃住都在医院，偶尔在夜间外出。外出时她行为诡异，面部用衣帽遮盖严密，警惕性很高。

付绍刚几次跟踪侦查，都被她以“兜圈”方式甩丢了。

付绍刚感觉张铁梅肯定有问题。于是他假扮实习医生，与其他“黑护工”套近乎，了解到刘春先在北京干“黑护工”已有十几年，张铁梅是刘春先介绍来的“表妹”。在张铁梅没来京以前，有一山东口音男子与刘春先交往密切，该男子不在医院干，长年吃住在老病号家中当护工。

这个男子是谁？是不是王凤山？如果是王凤山，他和刘春先是什么关系？

付绍刚满腹疑团。他决定继续假扮实习医生打探消息，查实山东口音男子身份。

"那个女的是干什么的？"在医院楼道，付绍刚指了指张铁梅的背影问道。

"你说那个山东的吗？她来这里好几年了。"一个"黑护工"答道。

"她的老公是干什么的？"

"黑护工"瞟了付绍刚一眼："不知道，据说也是护工，在外边干，你可以去问刘春先，她们关系很不错呦！"

都是护工，都在外边干，加上刚才"黑护工"说话时的表情，让付绍刚对刘春先的真实身份产生怀疑。

下班后，刘春先换了一身艳丽的服装，出了康复中心大门，四下看了一眼，便信步向前走去。

付绍刚装作路人，头上戴着时尚的耳机，远远地跟踪着刘春先。在他不远处，则跟着另外两个侦查员。

刘春先去了一家超市，买了一些物品，然后边走边吃着零食，一副悠闲自得的样子。

在她身后的付绍刚，一副百无聊赖的样子，心里想着，怎样才能尽快通过刘春先找到王凤山？

付绍刚不想惊动刘春先。因为他判断，如果惊动了刘春先，王凤山很可能就在北京消失了。

刘春先拿出手机，开始打电话。她不时爽快地笑着，说话中扭动着身体："王哥，我今天确实没有时间呀。对，晚上也安排出去了，过几天吧。"

看着她眉飞色舞的样子，付绍刚想贴得再近一点儿，听她与那个男子聊天的声音。但事与愿违，她嬉笑中一个急转身，差一点儿把付绍刚拥入怀抱。

她瞪了付绍刚一眼，挂断了手机，胡乱中骂了一句。

回到驻地，付绍刚闷闷不乐。怎么才能走近刘春先，进而掌握张铁梅的行踪呢？

第二天，付绍刚和同志们商量后，决定去康复医院正面接触刘春先。

下午时分，刘春先正搀扶着病人，在楼道来回走动。过了一会儿，病人要回房间睡觉。安顿好病人，刘春先洗刷完毕，便出了病房门，在楼道坐定看手机信息。

付绍刚主动上去搭讪，先问了这个病人的身体情况。

看到付绍刚善意的目光，刘春先放松了警惕，开始诉说处世艰难："你看这个老张，73 岁了，两个儿子都在国外，也没人管。"

"是呀！现在大家都忙，在国外挣钱，可对自己父母生病却无暇顾及。"付绍刚说话时，正对着刘春先。

刘春先 40 多岁的样子，短发，长得比较白净，两只会说话的眼睛很讨人喜欢。她在北京干这工作已十二年了。

"那你最初来北京的时候，还不到 30 吧？"付绍刚搭讪着。

"是呀，一晃十二年了。"她有些感慨，回首看着付绍刚，把他看得不好意思了。

"我老家在山东枣庄，当了几年兵，现在复员了，也不想回去，想在北京闯荡一下再说。"付绍刚随口道。

"在北京生活太不容易了。"她望着远方，好像有一种说不出的心酸。

"那你们都在哪里住呀？"付绍刚问道。

"呦！我们，你想干什么呀？呵呵！"刘春先笑道，流露出处世的圆滑。

"不好意思，我是想，我现在没得事干，也想来做护工。"付绍刚连忙解释道，装作说错了话的样子。

"我跟你说，在北京做护工，分两种，一种是在这医院做，另外还有一种是在别人家里干。”

付绍刚还想说什么，病人醒了，刘春先赶忙跑进了病房。

直接和刘春先打交道，一来二去，付绍刚获得了她的好感，她还要帮他介绍雇主。

张铁梅休息了。这出乎付绍刚的意料。据刘春先讲，张铁梅是很少休息的。

张铁梅穿着一身华丽的衣服，带着一副太阳镜，拎了一堆食品，出了医院大门，坐上了公交车。

付绍刚的第一反应是，她有可能去见王凤山了。二话不说，付绍刚便和同志们跟踪了过去。

张铁梅坐了五六站公交车，下车后，走进了一个居民区。她回头看了看，进了一栋居民楼。

付绍刚带着民警找到门卫，向其亮明身份。原来这里是铁道部门的宿舍区。但门卫对楼里的住户了解不太多。

工夫不大，张铁梅就出来了，身后跟着一个戴口罩的男子。两人出了小区大门，径直进了餐馆。

付绍刚和两名民警也进了餐馆。

张铁梅和那个男的坐在餐桌边，点好菜。这时，男的已把口罩拿掉，露出了真容。他开始和张铁梅举杯对饮。

“王凤山。”付绍刚走到男子面前大喊了一声。

男子本能地转过头来，随即脸色突变，放下酒杯就想跑。

他哪里是付绍刚的对手，瞬间已被戴上了手铐。

“你们要干什么？这里是首都。”王凤山挣扎着喊道。

“正因为这里是首都，才不允许你这样的人混入！”付绍刚正色道，“你叫王凤山吧？”

“我不叫王凤山，我叫梁超越。”

付绍刚禁不住哈哈大笑：“你就编吧！王凤山，我跟你说，我是龙口公安局的。”

一听“龙口公安局”几个字，王凤山顿时泄了气，不再动弹。

铲除套路贷

付绍刚从警13年，先后参与破获刑事案件1800余起，抓获犯罪嫌疑人800多人。

随着社会发展，信用卡、套路贷等新型犯罪在不断出现，给老百姓的财产安全带来极大威胁。付绍刚开始把精力转到对新型犯罪的研究上。

金海山在龙口的市面上是一个牛哄哄的人物。20世纪90年代，他依仗开寻呼台、洗浴和酒店，赚了很多钱。

他通过好朋友李占河介绍，认识了通海运输公司老板姚广林。姚广林看到放高利贷比自己开车队来钱快，就动起了高利贷的歪主意。通过借金海山的钱放高利贷，自己稳赚不赔。可结果，姚广林放了高利贷，却收不回来了。

姚广林急了，继续打借条，甚至把整个车队都抵押给了金海山，一口气向金海山借贷了1500万。其实姚广林只向金海山借了780万，其余全是利息。另外，姚广林还把自己公司的法律顾问李佳星介绍给了金海山，李佳星则又把法官李承英拉下了水。

看到自己的钱确实要不回来了，姚广林便和李佳星、李承英商议。这时，王魏和董彪两人欠李占河1400万，已经从银行贷了款，准备偿还。姚广林知道，银行放款的时候，不能放给个人，必须要有公司账户，还要注明用途。于是李佳星找到了姚广林，商议如何骗取这1400万。

几个社会渣子一拍即合，先让姚广林和金海山到法院进行调解。由于姚广林欠金海山1500万债务，法院有优先执行权，结果法院一审判决姚广林胜诉。李佳星闻讯后，用利诱、恐吓等手段找了几个人，向人民法院提供虚假手续和证言，致使人民法院做出了错误判决。龙口市公安局直接把案件派给了付绍刚。

为快速侦破这起新型犯罪，付绍刚除了与战友们相互商量之外，业余时间把主要精力都放在对法律知识的学习上。

夜深了，付绍刚还在对着电脑冥思苦想。妻子杜晓颖看到他紧皱眉头的样子，安顿好两个孩子，轻轻来到他身旁，劝道："都这么晚了，休息吧。"

付绍刚执意让妻子先休息。

妻子太熟悉付绍刚的牛脾气了，只要他自己认准的事，就非要弄个明白不可。两个人结婚这么多年，她对付绍刚工作上的事几乎不过问，但看到他每天风里来雨里去，动辄十天半个月不回家，心理压力很大，她便希望他好好休息一下。

2011 年 5 月，付绍刚在参加局里"打黑除恶"专项行动时，接到群众举报恶势力头目孔某多次组织他人进行敲诈勒索、故意伤害，他便和同志们迅速展开调查取证。

孔某闻讯潜逃。由于孔某恶名远扬，受害群众害怕打击报复，取证难度非常大。同时，孔某妻子通过各种渠道给付绍刚送来五千元现金，让他高抬贵手。

付绍刚一方面拒收现金，另一方面继续加大侦查监控力度。

不久，一封针对他家人的恐吓信突然出现。信中扬言，如果他不放孔某一码，小心自己老婆孩子的性命。

付绍刚岂是被吓大的，他只是提醒妻子注意自己和孩子的安全防范，便又义无反顾地全身心投入到侦查办案中。

经过他的艰苦细致工作，孔某黑恶势力团伙的犯罪事实全部侦查完毕。通过秘密手段将孔某抓获后，他又缜密布控，陆续将团伙其他成员一一捕获，带破其他案件 38 起，抓获犯罪嫌疑人 9 人。

付绍刚答应家人一起过节、一同游玩的承诺，从来没有兑现过。每到这时，杜晓颖就说他是世界上嘴上功夫最好的人。

一年除夕夜，付绍刚获知抢劫团伙主犯刘某出现在烟台的消息，来不及向杜晓颖打招呼，便驱车赶往烟台抓捕。

当办理完相关手续将嫌疑人送进看守所后，已是天亮时分。他回到家，杜晓颖埋怨道：“你的心里只有案子，过年了也不回家。”

看到家中一桌子的年夜饭，没有动过一筷子，他心里顿时酸酸的，连忙许诺，明年春节一定陪妻子和孩子过。

可杜晓颖知道，他虽然嘴上这样说，但只要有案子，他还是会立马离开家人，无论白天晚上，都会随叫随到。

2009 年冬天，付绍刚执行一项专项任务，几个月没回家。当时女儿只有 3 岁。由于付绍刚的父母不在龙口，孩子只能由妻子一人照顾。为了让付绍刚安心工作，不为家里分心，杜晓颖在与他电话联系时，往往只报平安。

孩子生病了，她一人陪着上医院、打针、吃药，几个月下来，原本就瘦弱的她，身体显得更加消瘦。

孩子成天吵着找爸爸，甚至在熟睡中，还喃喃地叫着爸爸。

然而，当付绍刚执行完任务返回家中时，孩子望着眼前又黑又瘦的“陌生”人，怎么也不肯叫一声“爸爸”。看着眼前这个自己万分疼爱，却“不认识”自己的女儿，付绍刚的心里像打翻了五味瓶，泪水在眼眶里直打转儿。

杜晓颖一觉醒来，发现付绍刚没在身边，回头一看表，已经凌晨 3 点了。

她快步走到书房，再次催促道：“都几点了，一会儿你还要上班呢。”

看着妻子不悦的表情，付绍刚只得关掉电脑，上床休息。

为应对破获新型犯罪，付绍刚以惊人的学习能力和对刑事案件的理解，紧紧抓住这些新型犯罪线索深入调查。他发现已有多人受到这家公司诈骗，有的人因为承担不起高额利息，已背井离乡、远逃异地。

通过多方查找涉案受害人，付绍刚了解到，他们受骗的过程与报案人被骗的手法相似，都是借了高利贷后使用房产或其他方式抵押，不断被垒高债务，并被犯罪分子用威胁恐吓、电话骚扰、换门堵锁等方式强占财产……

经那些逃离龙口，远在北京、黑龙江、江苏、天津等地的受害人举证后，付绍刚细致核对该公司账目进出，调取法院案卷，全面排查可疑线索，最终一举查清了两个犯罪团伙的犯罪事实。他们长期通过高利贷、套路贷等形式，骗取受害人签订虚假合同、虚假债务等，并使用这些虚假证据提起民事诉讼，通过法院判决执行，大肆骗取受害人财物。这起套路贷新型犯罪案终于水落石出，真相大白。

龙口是历史上徐福东渡的地方，还有许多如八仙过海等传说。

付绍刚终于带着妻子和两个孩子去看了一次海。

一家四口尽情漫步在海滩上，享受着天伦之乐。

这时，付绍刚的手机又不争气地响了。

一看手机上显示的号码，是刑侦大队值班室电话，他不敢怠慢，立刻接通。

“好，我马上到！”付绍刚几乎是脱口而出。

说完，他望着妻子，一脸的难为情。

妻子深情地看了丈夫一眼，说道：“去吧，我知道，那里离不开你。”

付绍刚感激地点了点头，转身飞奔而去。

扫描二维码即可观看

相关视频等

风过留痕

赵月伦

张忻鑫出生在津门一个“警察世家”，家中老老少少有九人是警察。小时候，他最开心的事就是听父亲讲那些神乎其神的警察故事。到了填报高考志愿时，张忻鑫甚至没有与家人商量，就毅然填报首选志愿为“中国刑警学院”。

2000 年秋天，张忻鑫从中国刑警学院毕业，被分配到天津市公安局物证鉴定中心痕迹检验室。迄今十九年来，他共勘查各种重特大刑事案件现场八百余起，出具各类痕迹鉴定书及检验报告书两千余份，并保持着“零差错”纪录。他始终在用自己所学的一技之长，还百姓以公道，还人间以正义的蓝天。

一张旧火车票

初春 3 月，家住天津市西青区大寺镇芦北口村中福路的崔大嫂这两天有些魂不守舍。不知为什么，她心里总是有说不出来的闹心，仿佛有什么大祸要降临。

一对外地中年男女租赁了她家房屋，从 2 月 8 日房门上锁，到今天一个多月过去了，还不见个人影。她几次三番给他们打电话都不通，后来竟关机失联了。

“难道是付不起下月的房租走了？”崔大嫂胡思乱想，“哪有这样办事的呢！”她愤愤然。

3 月 20 日这天早上，她终于忍耐不住，招呼丈夫老李用钳子把房门挂锁撬开……门一开，房屋内一股难言的臭气便迎面扑来。走进去一看，他们被眼前的场景惊呆了。昏暗的卧室床上，被子覆盖着两具尸体，面部露出，十分可怖。地板上大量血迹已经干涸变色。

崔大嫂面无人色，吓得几乎瘫倒在地。男人哆嗦着拨通了 110 报警电话。

张忻鑫到达现场后，经过连续八个多小时勘验，和同事准确分析出两名被害人的被害顺序及被害时的状态，并推断此案为熟人作案。

租房者为 50 岁左右男子，元月 26 日入住，未在当地公安机关做任何登记。现场死者为一男一女。根据现场提取的凶器，二人是被人用锤子砸死。尸体高度腐败已呈巨人状，相貌无法辨认。

经勘查判断，凶手是戴手套作案，但清理现场，未发现手套；同时现场未发现任何能证明二人身份的物品，就连他们相框内的照片都被凶犯拿走。作案者的意图不言而喻，说明其具有相当的反侦查经验。

犯罪信息往往是以痕迹物证为载体的。很多时候，一个细小的物证，就能成为案件侦破的关键转折点。

在一本画报上，张忻鑫用专用的现场指纹采集工具，在不起眼的图案边缘提取到一枚可疑的指纹。

现场出现的这本画报，与实施犯罪究竟有什么关联？这枚可疑的指纹，能确定就是凶犯所留的吗？

综合现场各方信息，张忻鑫进行了如下画像和推断：

毫无疑问，两名被害人是被凶手用锤子击打脑部死亡的。从现场迸溅的血液形状及其他反常情况来分析，凶犯是用锤子先击打杀害男人，后将尸体用被子盖好，并用画报遮盖住墙上的血迹，防止回家的女人发现异常。

杀害男人后，他又从容静待女主人回家。女主人回家后，他如法炮制，将被害人捆绑，锤击杀害。而这枚指纹，就是这时候凶犯不经意留下的。

在勘查即将结束的时候，厨房垃圾桶里一小堆似乎没来得及扔掉的杂物，引起张忻鑫的注意。

他用镊子小心翼翼地分类，发现其中夹杂着零散的纸屑。

仔细地拼接……咦，一张用过的旧火车票！

那么这张复原的车票，与死者之间有着什么关联吗？

根据火车票上面反映的信息，外围侦查员迅速查清了死者的身份。

顺藤摸瓜，侦查员发现，与死者有过密切经济往来的亲属李某具有重大作案嫌疑。

不久，家住数百里之外的李某被抓获到案。

尖尖的鼻子、肥腻腻的嘴、阴鸷的眼神，李某故作一副冤屈无辜的神情。他矢口否认在那个时段到过现场。

他想，所有的一切都处理干净了，编排的理由也天衣无缝，我不承认，警察能奈我何？

“这个你见过吗？”

画报！李某瞧着眼前这本画报心底顿时发毛。

“我怎么把它留下了……”

经过慎重比对，这本画报上提取的指纹，正是李某所留。

李某终于交代了杀人作案的犯罪事实。

他承认那本画报是他作案所用，完全证实了张忻鑫先前的推断。

说到作案动机，他仅有四个字：灭口赖账。

钥匙上的金属微粒

张忻鑫还是研究“锁”的专家。2015 年，他带领专门小组以大量盗窃案件案例为基础，与开锁行业技术人员深入探讨交流，对各类锁具及痕迹反复研究，创造出一系列检验锁具的新方法，在案件中发挥了重要作用。

针对实际案例中利用锡纸工具开锁作案的普遍特点，张忻鑫主持完成了《锡纸工具开锁痕迹特点及规律研究》的科研课题，并在省级以上刊物发表学术论文二十余篇，获得了全国各地同行的认可。

细微之处见真功，是刑事痕检工作的不二法门。

2016 年春的一个夜晚，东丽区某居民小区发生一起蹊跷的入室抢劫强奸案。

作案人提前潜伏于被害人家中，对刚回家的女主人实施强奸后，抢劫了大量钱财物品。其作案全程蒙面，没有说话。

这种作案手段在以往勘查的同类犯罪活动现场还真是少见。当地警方连续工作一周，案件没有实质进展。

房门是反锁的，所有门窗没有任何撬动，没有钥匙怎么进入？

看来问题可能出在那个“锁”和“匙”上。

张忻鑫是此案的侦破技术指导。

这种锁具虽然有被技术开启的案例，但在日常检验中比较少见，且目前也缺乏针对性的检验方法。

张忻鑫通过咨询相关开锁从业人员，购买了同种类锁具和相关工具进行实验。最后他认定，送检的锁具并无异常，排除了技术开锁入室的可能性。

那么，什么人还具有开启房门锁的条件？

在随后的勘验中，张忻鑫对受害人家里所有的钥匙进行检验，发现其丈夫持有的钥匙痕迹有问题。

高倍电子显微镜下，铜质钥匙发出的光泽和形状，大小不一的坑洼，与自然外观完全是迥然的两个天地。

检测到钥匙中段一低洼处，张忻鑫发现，几颗微小的金属微粒十分可疑。他反复分析，得出结论，那把钥匙应该被增配过。

这说明，这把钥匙曾被人复制过。也就是说，这起入室抢劫强奸案，极有可能是熟人或有条件接触被害人家庭的人所为。

豺狼的尾巴快露出来了。

张忻鑫迅速将这一检验结果反馈给办案单位。

侦查员马上调整侦查方向，缩小侦查范围。很快，线索上来了。

据被害人丈夫反映，他一个生意合伙人 S，近期最有可能接触过他的钥匙。因为在一次酒局中，他恍惚感到 S 动过他的手包。从那以后，他们见面时，他发现 S 的表情很不自然。

让证据“开口说话”，是刑侦技术工作者的终极目标。

后续视频监控提取、生物物证检验等现代刑侦科技手段，终于锁定了凶犯。在大量确凿的证据面前，竭力抵赖顽抗的 S，只得供述了密谋抢劫强奸的犯罪事实。

原来，一年前，S 与被害人丈夫 H 通过生意相识，接触当中，他开始垂涎 H 妻的美貌。他很清楚，凭自己的经济实力和外貌条件，不可能得到被害人的“青睐”。于是，他想出了一个卑劣的歪招。

一次酒局，他趁 H 酒醉神志不清，将他包内家门钥匙偷出，迅速在附近一家五金店偷配后把原物放回。

不久，他得知 H 外出，估计几天都不会在家。那天傍晚，他先用钥匙打开被害人的家门潜入，收集值钱财物，蒙面等待着被害人回家。

被害人打开家门后，突然见到迎面站着一个蒙面人，当时就吓晕了。

S 犯罪得逞。

刑警张忻鑫通过微毫相计的微观痕迹，使这起案件成功侦破。

两枚残缺的指纹

蓟州区是一个美丽的地方，号称天津的“后花园”。这里民风淳朴、风光秀丽，尤其以溶洞闻名天下。洞内景观晶莹剔透、千姿百态、绚丽多姿，令无数游人流连忘返。

2010 年 8 月 30 日，蓟州区下营镇船舱峪村发生一起骇人听闻的灭门惨案。这个偏僻山村的宁静一下子被打破了。

可怜的董某一家五口被人杀死在家中，罪犯的残忍程度为天津多年来少见。

一时间，方圆几十里的老百姓人心惶惶。

百姓看公安，关键在破案。面对汹涌的舆情，蓟县公安分局直接向天津市公安局物证鉴定中心求援。

痕迹检验科副主任张忻鑫率专业技术人员火速赶赴现场。

参加工作近十年，张忻鑫一直从事重特大刑事案件的现场勘查，经历过数百起各类杀人案现场。但这一次，他的内心被现场的惨状强烈地震撼了。

被害人一家勤劳质朴，在全村口碑人缘都很好，这几年在家经营着“奇石缘”游乐农家院，生意还挺红火。可谁会想到，飞来的横祸让这个温馨家庭瞬间陷入灭顶之灾。

五具血淋淋的尸体分别倒在地上和床上，被害人年龄最大的 70 岁，最小的只有 7 岁。

尚未凝固的血泊、四处喷溅的血迹、血肉模糊的伤口，还有一双双死不瞑目的眼睛仰望着苍天，那悲惨的场景挑战着人类良知的底线，刺痛着现场所有侦查人员的情感神经。

必须擒获凶犯，告慰逝者在天之灵。

犯罪现场是一个农家院落，坐南向北是正房，北侧是倒房，东西两侧还有厢房，被害人自己居住的房子加上客房总共有二十来间，勘查的工作量很大。

为了提高勘查效率，张忻鑫萌生了打破传统的勘查顺序、先局部后整体的勘查计划，得到上级指挥部的肯定。

首先，在打开进入现场的通道后，以死者尸体和血迹为中心进行立体勘查，重点发现尸体和血迹所在部位地面上的可疑足迹，以及周围作案人或受害人可以接触到的任何物体上的可疑痕迹。

其次，再对现场所有房间的各个部位进行地毯式勘查，发现和提取所有可能与案件有关的痕迹物证。

几个小时下来，张忻鑫和他的同事们在现场院子中的花坛内发现了一把带血的斧子，并在不远的地面上发现了放置斧子的原始印痕。

张忻鑫由此推断：

第一，作案人应该是就地取材行凶。

第二，在正房客厅内摆放有三个茶杯的桌子上发现一条未开封的红云烟，由此推断作案人很可能为熟人。

第三，在东厢房东数第二间客房的窗户上，发现由内向外的可疑攀爬痕迹，并提取一枚指印，分析作案人应由此处逃离现场。

第四，根据现场受害人尸体状况及血迹分布情况，确定作案人数为一人，且推断出作案人作案的先后顺序为，先加害倒房内一人，再加害院内三人，最后加害正房内一人。

第五，在东厢房西侧地面上，发现一种残缺带血鞋印。根据花纹推断，为旅游鞋的鞋印。在排除为受害人鞋子遗留后，认定为作案人所遗留。

扎实的勘查工作，科学的现场分析，为后期侦查及认定犯罪嫌疑人打下了坚实的基础，坚定了所有参战民警侦破此案的信心。

案发后，董某家的远亲近邻都来打听破案消息。然而，让人意外的是，董家女婿王某始终没有露面，不知去向。

警方立即将王某列为重点嫌疑对象。

张忻鑫率队随即赶赴承德市兴隆县王某老家开展搜查，力图找到新的线索。

王某老家位于兴隆县一个乡村山区，他在这里的直系亲属很多。这个远乡僻壤道路崎岖，交通不便，环境闭塞。嫌疑人王某极可能藏匿于此。

接下来两天，张忻鑫和他的战友克服各种困难，对王某居住地、亲属家，以及所有可能停留过的场所进行检查，提取到多种可供比对的物证样本，及时送往天津市公安局物证鉴定中心检验。

同步侦查获知，王某隐藏地点的大致范围就在该地域。

虽然那里地形复杂，山多林密，但张忻鑫和战友们不畏艰难，全力搜捕。案发后第六天，犯罪嫌疑人王某终于在一片乱石嶙峋的洞窟内被抓获。

张忻鑫顿时松了一口气。

为把此案办成铁案，张忻鑫当即按照有关规程及时采集了王某指纹及鞋印样本。

指纹，是唯一不需要旁证的，是最有说服力的法庭证据。

可是，从发光金属、玻璃、纸张等材质上提取指纹，相对容易，但要从纤维等纹理物品上发现并成功提取指纹，就要困难得多。

在案发第一现场勘查之初，张忻鑫就以职业的敏感及时在那条未开封的红云香烟、第二间客房的窗框上，各提取一枚残缺的指纹。这便成为定案定性的关键。

经比对鉴定，现场遗留的指纹和血鞋印，均为王某所留。

两种关键的物证，为侦破案件和随后的诉讼提供了有力的支持，残暴的凶犯终于受到了法律的严惩。

此案现场指挥的领导、参战同事及当地警方，都向张忻鑫由衷地表达一个字：“服！”

厨具上的微量物证

每一个被视为经典成功案例的背后，都离不开刑警敏锐的观察和精准的判断。

这天早上，西青区西营门街辖区派出所正在开早班会。

突然，一位金姓中年女人号啕着进来，简直痛不欲生。原来昨晚她家突然闯进来歹徒行凶抢劫。夫妻二人反抗，她本人被打昏。当她醒来后，发现丈夫肖某已被勒死。

侦查员立即进行现场勘查。外围调查没有发现什么有价值线索，案件侦破陷入停顿。分局领导十分焦急，请求市局派员指导。

张忻鑫受命急匆匆赶来。

他在现场听完案情介绍，眉头紧锁。

通过全面分析，张忻鑫推断：这个金某不是个等闲之辈，此案应在她身上多做文章。

张忻鑫的依据是：

首先，在金某描述的倒地位置，并没有发现应该留有的痕迹。同时，所谓作案人的活动部位，并未发现可疑足迹。

其次，现场翻动范围不大，只有衣柜内的财物有丢失，其他部位未翻动。

第三，死者肖某被勒颈窒息而死，却没有任何反抗迹象。

人命关天，疑点重重，也许另有隐情。

张忻鑫徘徊起来。

如果是金某杀夫，若无其他人协助，以一个弱女子去杀害一个身强体壮的成年男子，可能成立吗？

根据勘查，现场痕迹并不支持有第三人作案的可能。

在案情分析会上，张忻鑫大胆设想：如果死者生前服用过某种药物，或者醉酒，显然就会降低他的反抗能力。

取证，是现场勘查最重要的任务之一。

张忻鑫于是带领其他勘查人员再次对现场的厨具、餐具等进行细致勘查，提取相关微量物证。

一尘不染的实验台上，化学试管里的液体在发生着不同的形状和颜色变化。阳性对照，水溶性毒物、挥发性毒物的分离，半定量检验……

经过缜密的化学检验，警方在金某家的厨房菜板和擀面棍上，以及被害人胃肠里，检出大量安眠药成分。

是摊牌的时候了。

原来，金某与死者多年婚姻不和，多次提出离婚，协商不成，遂由怨生恨，产生杀机。案发当天傍晚，这个蛇蝎女人一改往日的冷漠，少有地为肖某做了一顿他爱吃的饭菜，悄悄掺入一定剂量的安眠药。

肖某回家后，见到热汤热饭，很是感动。

“咱们别去民政局了，好好过日子行不?”

“吃你的，再说吧!”金某边说边给丈夫碗里夹菜。

这个可怜的男人做梦也没想到，这竟是他人生最后的晚餐。

药性发作后，肖某很快沉睡过去。金某便用事先准备好的绳索固定另一端，勒死肖某，接着伪装成抢劫杀人现场。

书上的黑褐色血迹

痕迹检验是人与物的对话。外人看来，痕迹物证检验工作无声无息、枯燥乏味、单调孤独。可张忻鑫却干得津津有味，战果累累。

滨海新区，那年12月10日，一个冬天的清晨。居民梁某嗜烟，上班前去路口那家小卖部买香烟，成了他生活的习惯。小卖部是一个简易棚户搭建的，位于塘沽闸南路南段附近。业主姓苏，50多岁，外来务工者，单身。

按照往常，不到6点业主老苏就起来忙碌了，而今天反常，小卖部里面黑漆漆的。

“嗨！老苏，干吗呢？买烟！”梁某连喊了数声，没有人答应。

咦，房门竟然虚掩着。

梁某拉开门往里走，不承想被一个软乎乎的东西绊了个趔趄。他掏出打火机，打着火一照，吓一大跳，脚下正是业主苏某。杀人了！

经当地警方现场勘查，根据死者身份及交往关系、小卖部物品被翻动情况，初步判断为“随机作案，谋财害命”。

然而，现场却没有提取到任何有价值的线索。

由于地处城乡接合部一处拆迁地附近，现场周围没有任何监控设备。案发时间在黑夜，昼夜过往大货车很多，没有找到任何目击者。最初侦查获取的一些蛛丝马迹，随着调查的逐步深入，一一被排除，侦破工作陷入泥泞。

此案之前，天津市公安局当年发生的命案，已全部告破。时近年关，这起案件突然发生，让全年“命案必破”计划蒙上了阴影，也给全体参战领导和侦查员带来了不小的压力。

天津市公安局刑侦局领导要求物证鉴定中心组织精干力量前往现场勘查，会同当地分局加紧破案，并点名指派张忻鑫出战。

中心现场北侧，有一家修车铺。案发后，死者的一些亲属曾在这里短暂休息。

为了解死者生前更多信息，张忻鑫带助手来到修车铺。

刚到门口，张忻鑫一眼便看见店铺门内侧门框上，有一芝麻粒大小的疑似血迹。不过，他没动声色。

乱七八糟的杂物，几乎堆满了这家修车铺。空气中充斥着燃油橡胶等混杂的难闻气味。

张忻鑫好像在漫不经心地转悠，双眼却像一部扫描仪般搜索着。同时，他不时问东问西。

突然，杂物的缝隙，一本故事书引起了他的注意。

书的封面上，有一处不规则的黑褐色血迹。

“唔，这本书是哪儿来的?”张忻鑫的问话显得很随便。

“昨天去对面的破屋子解手捡的，打算拿回来烧火用。”一旁的修车工张某轻松地答道。

“捡的？好呀，你带我们去看看行吗?”张忻鑫的语气显得十分温和。

修车工便把张忻鑫等几名警察带到一处废弃的破屋子里，指着满地大便说：“就在这里捡的。”

“哦，你拉的粪便呢?”张忻鑫问。

“那个。”修车工指了指。

“嗯，没错。”张忻鑫上前看了看，再没作声。

难道昨天排出的粪便，今天就风干了?

张忻鑫端详着面前这个年纪才20多岁的年轻小伙儿。他说话有些腼腆，神情和眼神没有任何异样。

拉一坨鲜屎，一夜就干了？谁信？这小子不是精神有病，就是在撒谎。

“走吧，跟我们走一趟。”

“不行，我还没干完活儿呢!”

“你不用干活儿了。”

审讯室里，问话变得凌厉起来。警察抛出一连串问题，让这个修车工语无伦次。他脸色苍白，再没有此前那份镇静了。

在传讯这名重大嫌疑人的同时，张忻鑫将情况迅速通报上级，随后组织技术人员携带警犬在修车铺重点搜索，力求发现新的证据。

掀开床单，张忻鑫趴在地上向内探查，掏出一双白色运动鞋，右脚鞋面上有大量喷溅的血迹。一个装衣服的塑料袋中，若干条命案现场疑似丢失的香烟出现在眼前。

案件已经再明白不过了。

在大量的证据面前，这名看似老实巴交的修车工低下了头。

他很快交代了入室盗窃、被人发现便杀人灭口的犯罪事实。

这宗没有任何线索的突发命案，从案发到嫌疑人交代犯罪事实，才仅仅过去37小时。

难道就这样轻松解决了？也太戏剧化了吧。

“不行，这案件这么破怎么行？”

“怎么也得让忻鑫搞上个七天八天才对！”

“忻鑫这小子眼力真贼！他是怎么发现的？”大家七嘴八舌地调侃着，但言语中却是由衷的钦佩。

案件的成功侦破，为天津警方实现当年“命案全破”目标做出了突出贡献。

事后，张忻鑫如此总结道：“如果森林里有一棵树倒下了，即便当时无人在场，那也会发出倒下的声响。”

现场勘查人员，就是重现这一过程的“听风者”。

吃些苦算什么

2016年8月12日午夜。一队警车闪着警灯从物证鉴定中心大院鱼贯而出，急匆匆向滨海新区方向驰去。

从车内望去，这座有着“九河下梢”美誉的直辖市，市区远近朦胧的高低建筑、纵横的高架桥和晶莹剔透的灯光喷泉一掠而过。从拉开的车窗涌入阵阵清凉。

然而，张忻鑫和他的同事们却焦急发热……

二十几分钟前，张忻鑫他们得到市公安局指挥中心紧急指令：天津港区“瑞海国际物流有限公司”所属危险品仓库发生剧烈爆炸，立即出警勘验。

物证鉴定中心痕迹检验、理化检验、法医检验等多部门人员接警后，用最快速度集结，携带勘查装备奔向事故现场。

天津港上空，大半个天际已被烈火映红。现场浓烟滚滚，火光冲天，空气中散发着令人窒息的化学气味和焦煳异味。急切的呼喊声、凄厉的警笛声，与间或的爆炸声夹杂在一起。无数条四处蔓延、令人骇然的火舌，如同狰狞的死神在吞噬一切。大地在呻吟，钢铁在燃烧，此刻的天津港已面目全非。

8 月 13 日上午 9 点 50 分，鉴定中心从火灾救灾总指挥部得知消息：火势还未被扑灭，灭火过程中发生二次爆炸，部分救援人员仍被困，现场仍存在爆炸可能。同时指示：距离爆炸中心点二百米的跃进路派出所办公楼受损最严重，要求尽快派精干人员，跟进参与救援勘查。

初步了解，派出所枪柜中存有武器弹药装备，还有周边监控数据的存储硬盘，它将是还原事故现场和事故最终定性的关键物证。

如何在第一时间搜集、固定电子证据，成为当务之急。

另外，现场是否还有生存者？还有哪些未知毒化物质？需要做哪些证据固定？等等，都是现场勘查人员必须迅速搞清楚的。

现场指挥决定成立突击小分队，并征询全体人员意见。

确定深入现场勘查的人员，是谨慎的，也是悲壮的。大家心底都明白，此一去极可能“壮士一去兮不复还”。

谁去？

“我去！”声音不大，却透着一股果敢和自信。现场所有人迅即把目光凝聚到张忻鑫身上。

“有把握吗？”现场指挥员十分欣慰，也更加担心。

“请放心，我能行！”张忻鑫声音沉静道。

“我也能行！”

“我也能行！”

“我也能行！”

崔涛、邓宗全、孙希江三名技术骨干民警跟着纷纷主动请缨。

于是，以张忻鑫为首的突击小分队迅速组建到位，立即携装备深入现场勘查。

千钧一发，他们都清楚此去将意味着什么，但他们都义无反顾。

四目所望，凄惨至极。爆炸现场周围方圆数公里，到处是无言的呜咽。

跃进路派出所办公楼被强烈的冲击波摧毁，五层楼高的钢筋水泥建筑已是满目疮痍。楼内许多建筑外梁已严重脱落，所有门窗不知飞到什么地方去了。楼房的主体结构在强大的冲击波打击下变得松脆，随时会发生楼体坍塌。

到处残垣断壁，再携带上笨重的勘查仪器，让张忻鑫的突击小分队每个人行动起来十分不便。

三十多度的气温，密不透风的防护服，让哪一个壮汉都吃不消。穿戴上行装不久，人很快就全身水淋淋的，甚至眼睫毛也不时地挂着汗珠，很容易造成脱水虚脱。

昏黑的过道，裸露的钢筋，瓦砾石块。通往储放硬盘机房的走廊承重墙倾斜了，只剩一米多宽的三角形间隙，张忻鑫他们只能手脚并用爬着进去。

办公楼有上百间办公室，每一间办公室张忻鑫他们都要细致勘查，不留死角。

连续两个多小时的工作中，张忻鑫和突击小分队队员先期确定了武器装备的存放位置，并成功提取了九块存储硬盘，为后期硬盘数据恢复提供了重要技术基础。

为获取更加准确全面的证据，张忻鑫和突击小分队队员在连续多日的现场勘查工作中，每天都要进出核心现场好几次，每次进入都持续一个小时以上。

有两次，张忻鑫他们随身携带的氧气瓶存量报警时间已快接近临界点时，他们才撤出现场。

炎热的天气、现场严重污染的空气，使同志们出现了不适反应。张忻鑫的眼睛，被污染物刺激得严重充血。

“忻鑫，下去休整一下吧。”中心领导爱惜地多次劝道。

“不，再坚持坚持。”

“不行，身体是工作的本钱！”

“那么多战友都牺牲了，咱吃些苦算什么……”

中心领导的眼睛湿润了。面对这样忠勇的战士，他还能说什么呢？

8 月 20 日，事故现场勘查工作接近尾声时，张忻鑫所在痕迹室又接受了一项新任务，成立现场勘查案卷制作小组。

现场环境极其复杂，涉及的范围为直径六公里的区域，任务之艰巨、压力之大难以想象。所有的勘验笔录、现场绘图、现场照片、尸检报告、DNA 检验报告、理化检验报告等需按照现场勘查卷宗的立卷要求进行编纂制作，并要求以最快速度完成。

这起惨痛的重大责任事故教训，必须要用准确的数据、翔实的文字，以及图片和影像等科技手段来永久固定存留。

从 8 月 20 日开始，张忻鑫他们在办公桌电脑前、狭小的行军床上，为一帧帧图片图像、一沓沓厚重的卷宗，熬红了双眼，送走一个个夕阳和黎明。

9 月 7 日早上，中心大楼一片静谧。任务终于大功告成。面对眼前这些能从地面顶到天花板的卷宗资料，张忻鑫和案卷制作小组所有成员难以抑制自己的激动。

的确太不容易了。在此期间，张忻鑫他们还协助国家级核生化应急救援队参与救援、进入爆炸核心区居民楼排查、协助最高检介入事故调查，以及配合救援部队进入核心区，对危化品辨识标记。

为了便于查阅巨量的现场勘查案卷，张忻鑫他们又设计制作出一套能使查阅快捷方便的汇报案卷。这一举措，得到了公安部、市局、刑侦局和中心领导的高度评价。

大家都说，那个叫张忻鑫的，真行！

张忻鑫的妻子立平，是某大报的一位新闻记者。这座直辖市发生的一些重大新闻要闻，很多都出自于她的笔端。立平的娘家人，父亲、妹妹、妹夫也都是警察。他俩的婚姻，就是当年双方的警察父亲把酒谈笑间“玉成”的。

自然，立平对丈夫从事的公安工作，就有着非同一般的见识。她说：“我对警察这个职业，不是理解，而是懂得。”

她认为，要做一个优秀的有出息的警察，就应该有梦想有情怀。

2017 年夏天的一个周末，立平领着女儿乘地铁出行。

整列地铁的车厢窗户上方，都整齐醒目地张贴着全国公安“百佳刑警”评选的宣传海报。

刚一上车，乖巧的女儿就盯着海报站住了。

“呀，妈妈，那不是我爸爸吗！”

这句话，顿时引来周围乘客钦佩的目光。

海报上，是一位年轻警官英姿飒爽的大幅照片，目光儒雅淡定。

下面是文字：张忻鑫，曾荣获一等功一次、二等功一次、三等功四次；2016 年 4 月，被当地新闻媒体评选为“津城警星”；并荣获天津市优秀人民警察、天津市公安局刑侦系统业务标兵、2017 年全国特级优秀人民警察荣誉称号……

立平看着海报，再看看女儿，内心深处顿时升起一种甜蜜的自豪感和幸福感。

扫描二维码即可观看
相关视频等

白籽白瓤二立

张玲玲

“二立”，是石家庄市公安局刑警支队副支队长王建立的名号。在局里面，你打听“王建立”，估计知者少；而如果问“二立”，连保安都会告诉你，在九楼的刑警支队。

“二立”这个名号有点儿土，但上至河北省公安厅领导，下至各市县公安局的民警都对这个名号心存感佩。

为啥叫“二立”呀？因为当年在特警支队有一个年龄比他大的民警和他同名同姓，那个叫“大立”，他便叫“二立”。

只看外表，你还真读不懂王建立是怎样的人。他从警28年，当刑警21年，立功不少，也挂过彩。到他手里的案子，都是别人搞不定的活儿。

为啥别人搞不定，他行？不啰唆，看故事。

两颗瓜子牙

未见其人，先加微信。一看王建立的微信名，叫“白籽白瓤”。啥意思呢？真是百思不得其解。我们在网上互动，基本上我说一堆，他回复一句。

遇到这样不爱说话的采访对象，我心里没底，这能聊出啥啊？

初见二立，他正在办公室里忙着整理材料，看见我，热情握手，露出一排整齐的牙齿。

我在心里暗叫，“妈耶，这长相也太慈眉善目了。特别是眼神，竟让我想到了我慈祥的奶奶。”

那锐利锋芒的气质呢？那一眼洞穿人心思的鹰眼呢？二立这张“警察脸”恐怕做卧底难，但是如果做社区民警，准能成为广大妇女之友。

可是，都说人不可貌相，二立这张“骗人”的脸其实是深藏不露。

“王支，咱聊聊呗。”

“今天周六，边走边聊吧。没来过石家庄吧？”

“没有。”

“那正好，带你转转。”

开上车，突突突，我们直奔常山赵子龙的老家正定。

车轮在正定的滹沱河大桥上飞奔。从桥上望去，滹沱河很宽，但河水并不清澈，让我想起了《西游记》里的流沙河，不知道这个滹沱河里有没有妖怪。

“我小时候这个滹沱河水又急又宽，两岸的人要来回坐船，现在是不行了，都干涸了。”二立自顾自地说着。

我或许是有点儿累了，望着窗外，身子则顺着车座往下滑。

“这桥下有一起碎尸案。”二立接着道。

“啊？说来听听。”我“扑腾”一下坐直了。

滹沱河不单单是条河，还依河建了一个生态景区，绿草林荫，成了很多情侣约会和游客游玩的地方。

那天是2015年4月21日，天蓝云白。早上，在景区湖心岛打扫卫生的张大妈拿着网兜捞河里的垃圾，看见河里泡着一块白花花的东西。仔细一看，妈呀，一条人腿。张大妈魂儿都吓没了，边吐边哆嗦，还不忘拿出手机报警。

二立他们到现场一看，可不，人腿都泡发了。立案吧。

法医说，泡水里应该有两天了。二立赶紧查了那几天的天气，大风，往上游继续捞吧，肯定还有。

真有！在一个木栈道桥突出的平台下面又捞出一个女性头部，已经看不出具体样子了，但是两颗瓜子牙让二立记住了。

继续捞。好家伙，胸、胳膊、腿、臀部都捞上来了，一拼，还差两块。

蹊跷，咋回事？整个景区保安、保洁问一遍，没问出个所以然来。

“一看就是没经验，都扔一个地儿了。”二立调侃凶手道。

“二立啊，有啥想法吗？”几个跟着的刑警看二立似乎心里很有底，便急着问。

“尸块这么集中，这里应该就是抛尸地了。可少这两块，是不是扔的时候被人发现了？找找经常来这儿钓鱼的吧，没准儿有发现。”

二立推测，凶手选择景区抛尸，不仅是胆儿肥，还应对这片儿熟悉，应该是本地人，外来人很难发现这个地点。另外，景区白天人多，不好下手，晚上抛尸的可能性更大，而这个季节正是钓鱼的好时候，没准儿就能碰到目击证人。

他以抛尸地为半径开始画图，测距离，找监控。把保安队队长叫来问哪儿有监控，意外获悉了一条消息，说前两天村里有人发微信群里说，在桥下看见一堆肉。

二立浑身一激灵，翻看他的手机，还真有人说过。通过村里联系这个发消息的人，是一个60多岁的老头儿。

老头儿一看警察找上门，不愿说，做思想工作也不行。二立塞给老头儿二百块钱，行了。骑上小摩托，哒哒哒，直奔抛尸现场。

两天前的中午12点左右，老头儿正拿个抄网沿着河边捞鱼，远远地就看见俩人，提个黑袋子，往河里倒东西。哎哟，放生的，小摩托飞奔赶紧往那儿跑。还没到跟前儿，俩人上车走了。

老头儿赶紧抄网一捞，嘿，两块肉，他兴奋地给儿子打电话。

“有人往河里扔肉，我捞回家喂狗吧！”

“不要，不要，谁知道啥肉。”

老头儿悻悻地又给扔回去了。

“啥车？”

“黑色的。”

“看清俩人长啥样了吗？”

“太远了，看不清。”

“男的？女的？”

“好像一男一女。”

中午景区抛尸，这凶手是要逆天啊！

确定了时间和地点，排车！

二立拿着景区地图一看，好嘛，一共十三个出入口都可以到这个地方，凶手到抛尸地点有上百条路线。景区装了不少监控，但大部分还没有开通，那就往路上找吧。

在桥上路的对岸八百米处有一个监控，那么远能拍到吗？

做实验！二立让队员穿上红色的衣服站着，看不清；骑上电动车移动，能看见。

查！还真看见那天老头儿穿白衣服的模糊身影。嘿嘿，有戏，把所有的车都标出来。

二立盯着屏幕看了一个星期，还真给找出来了，一道黑影一闪而过。

要不然怎么说二立神呢，就是这一道黑影，二立竟然看出了“圆标”、黑色三厢车！

从桥上另一个监控再查，看见黑车拐到桥下去了。干吗去啦？会不会躲桥下看有没有被发现呀？

二立也下去瞧。呦，还真能看见抛尸现场，看来这凶手反侦查意识很强啊。桥下是个巨大的停车场，黑色车停这里岂不是滴水入河，上哪儿找去呀？

二立不吱声，闷头在车场里瞎逛。一抬头，他看见行车记录仪，来了主意，交代队员赶紧找同一时间在车场里的车辆。

巧了，真有一辆本地私家车从车场穿行而过，应该能拍到黑车的图像。赶紧找车主，又不巧了，车主开车去北京了，要后天回。别呀，好说歹说，明天回。好不容易把车主盼回来了，得，视频被覆盖了，刚好把拍黑车那段时间给“顶”没了。

二立气得直拍大腿，就少交代一句，这么重要的线索就没了。

“嗨，别看二立一脸慈悲相，这家伙爱生闷气。因为这条线索的事，和我们气了好久。”到了正定，曾经和二立并肩作战的老朱接待了我们。

“他一生起闷气来，就自己躲屋里使劲儿抽烟，而且还拿烟屁股撒气。”

“还有这种撒气法？”

“我们在他办公室看见烟屁股是扭曲的，一般都会悄悄退出去，不敢惹他。”

似乎干刑警的都会吸烟，二立也吸烟，烟瘾也很大。只不过他吸烟的姿势有些特别，确切地说，他是“啄烟”。点上一根烟，左手拇指、食指和中指捏着烟的中段，送到左嘴角，边说话，边啄一口，那姿态有点儿老谋深算的味道。

二立啄了一口烟，眯起眼睛又陷入了回忆。

凶手为什么中午抛尸呢？二立一直对这个问题琢磨不透，是急于处理尸体，连晚上都等不了吗？那么由此推断，杀人时间可能是凌晨 2 点左右。

找不到车，找尸源。

死者女性，35 岁至 55 岁之间，从文眉、眼线这些特征分析，应该不是农村的。二立交代队员从周边市区的失踪人口开始查起，筛查了全省一千多个失踪人口，没有符合的。

死者到底是谁呢？那两颗瓜子牙时常浮现在他的脑海中。

那段时间，二立坐在办公室里盯着那些现场照片，一根接一根地抽烟，也不说话，每天都上网查询新增失踪人口，还交代把死者照片和信息发到全市所有的刑侦部门和派出所民警手上。

找他签材料的人一推门，赶紧又出去了。为啥？呛的！办公室里弄得跟烟囱似的，二立自己都不知道。

转眼到了11月份，一个派出所反馈，一个女的报警说姐姐和外甥失踪了。叫过来一看，两颗瓜子牙，没错了，亲姐妹。

死者叫王芳，42岁，石家庄人，离异，有一个22岁的儿子；名下有一辆比亚迪三厢车，有房，银行卡里还有180万元现金。

一查钱，被一个男的取走了。

谁呀？王芳的靠家（石家庄话情人的意思）。

一查车，轨迹也对上了，开车的就是这男的。

这男的叫童芯，40多岁，开了一家婚恋网站，以介绍对象为由，专门和离异妇女搞暧昧。

这人警惕性非常高，手机时开时关，刚租了一个新小区，正装修，还没入住，居无定所。

二立他们查了他一个月，发现他和一个带孩子的离异女人走得比较近。

那天，他手机突然开机了，说要和那女的一起到幼儿园接孩子，机会来了。

二立他们先行到学校守株待兔。不多时，一个大高个儿男子进了旁边的超市。

就是他，抓！

一审，没费劲儿，叽里咕噜全交代了。好家伙，两条人命！

过程和二立推测得差不多。这个童芯，可是一点儿也不“童心”，内心黑着呢，心狠手辣。只是因为和王芳发生口角，就把人杀了，还肢解了。回头一想，不行，她儿子总找她，容易露馅儿，干脆把她儿子也杀了，也肢解了，埋到了红旗南大街桥下。

那个和童芯一起杀人抛尸的女的也被抓了，这俩恶魔落网简直大快人心。

二立使劲儿吸了一口烟：“抓的及时啊，不然这俩货说不上又搞出啥事。”

二立把视频监控作为破案的“杀手锏”。

他坚信雁过留声、人过留痕，哪怕是模糊的视频、飞秒的瞬间，成百上千次看，总能找到点儿什么。

担任副支队长后，二立重视监控视频建设，石家庄市区的街头遍布监控探头，形成可视震慑网和虚拟数据网。他还培养了一支强劲的视频侦查年轻力量，自己撰写视频资源运用于破案的教案，不遗余力地“传道授业解惑”，小年轻们学到了新东西，个个像打了鸡血似的，干劲儿十足，破案率蹭蹭飙升。

“哎，你怎么没近视呢?”

“我会养生呗，瞧见没?”二立举起手中的护眼仪，试图证明他注重保养。

“这么玄乎？有用吗?”

“嗨，都是自我安慰的玩意儿。我年轻那会儿，忙得一天一顿饭，但嘛病没有，中午从来不午睡，不困，几天几夜不休息，不累。那时候青春是资本，可劲儿燃烧。哎，现在是都找上来了。”

可不，保温杯、护眼仪、护腰带，中年男人的标配是配齐了。还有那还算郁郁葱葱但已经退后的发际线、略微发福的肚腩、偏高的血压，都标志着二立已经到了中年。办公桌上的“养生必备”证明他的身体状况明显不如从前。

二立说话慢慢悠悠，形象斯斯文文，骨子里却是个急性子，对工作有点儿强迫症，典型的“恨活儿”那种。案件弄不明白不睡觉，不吃饭。在破案这件事上，二立似乎对自己有些极端。

他练过武术，是自学成才。他小时候在部队大院长大，旁边是体校，人家上课，他爬墙头儿；人家练功，他也跟着比画，偷学来的功夫也练得有模有样。

长大后二立受父亲的影响当了兵，退伍后本来已经安排了工作，都快上班了，后来看见招考警察，就考进来了。

他刚参加工作那会儿，流行“大哥大”，那是有钱人的标配。贵，买不起，咋整？二立自己做！在部队学习的无线电有了用处，把对讲机改成了手机，还能拨号。

诈胡

八年前的“黑色5月”，案件一茬接一茬，二立马不停蹄地奔波在各个市区乡镇的案发现场，身边配合的侦查员换了一波又一波，唯有口袋里的烟一直陪着他。

还有两天过“五一”，二立打算把手里的命案处理完，带老婆出去溜达溜达，没想到一通电话让计划再次搁浅。

那天早上，调成振动的手机在床头打着圈，二立还是听见了。

电话里发出惊叫：“二立啊，命案，快来帮个忙吧，我们搞不定啊。”

打电话的是二立以前的同事老黎，前几年到基层当了领导。别说是命案，就是论交情，也得去。甭去上班了，直接奔命案现场吧。

案发地在石家庄市行唐县口头镇上闫庄村。村庄依山而建，山顶、山下各一个村。这地方很奇特，整座山都是铁矿。含铁量高到什么程度？不用炸药打井，钩机随便铲一下，土里就含铁，用强磁吸出，连土带铁运到山下精炼，再送到钢铁厂，就换成了粉嫩嫩的钞票。

村里几个有钱的主儿纷纷投资进山开矿，大大小小二十多个铁矿把山挖得像月球表面。乱挖乱采破坏了环境，乡政府怒了，下令都给查封了，矿主们开矿的设备也给扣了。大型的矿机运不下来，老板只能雇人看机器。

这命案就是因铁矿而生。

二立刚到达山脚下，“呼啦”围上一堆人。老黎拎着包子和豆浆递到二立面前。

“什么情况啊？”

“死的老头儿 54 岁，山顶村儿里的，给人看矿机的。”

“怎么死的？”

“被砍死的。”

“砍死的？打架啊？”

“不好说啊，现场破坏严重。”

二立看着现场照片，心里有些难受。老头儿死相太惨了，浑身血肉模糊，整个一血人，从头到脚没有一个好地方。法医说，脚筋都被砍断了，死于出血过多。

“到现场看看吧。”老黎让村民带着二立上了山。

“这地儿也忒大了。”二立在心里暗骂，好好的山被挖得乱七八糟，到处都是一堆堆的废渣，所剩无几的植被像得了斑秃的脑壳儿，山路曲曲弯弯，四通八达，这要是没有人带，绝对迷路。

案发现场很简单，一个用防雨布搭的窝棚，里面放着一张木床和被褥。地上长长的一条血印，杂乱的脚印已经看不出哪个是嫌疑人的，哪个是家属的。

“哎？这儿少个东西吧？”

“老板连夜把选矿机给拉走了。”

“拉走了？”

“嗯，说是没人看，怕丢。”

“那么大机器，谁偷啊？”

“机器搬不动，里面的强磁值钱啊。烟盒那么大一块，就值二百来块啊。”

“那里面有多少块？”

“一百多块吧。”

“那玩意儿值两万多块钱？”

“可不，要不老板雇人看啥。”

“凶手八成是偷这个被发现灭口吧。”

“我们也是这么想的。”

“问家属了吗？”

“家属哭得死去活来的，也问不出啥。”

老黎向二立介绍了他们前期了解的情况。老头儿叫高广斌，村里人，给老板看矿机有大半年了。白天让快80岁的岳母帮忙看，晚上他去看。昨天夜里12点多，老头儿给家里打电话，说让人打了。家里稀里哗啦来了一大堆人，把人抬下山送医院，结果路上人就归天了，现场也给破坏了。

殷红的血印从窝棚一直向外延伸，惨烈的凶案如在眼前。

二立跟着血印一路找，看见一处血迹集中喷溅，判断应该是凶手追着老头儿砍，老头儿倒地后出现了短暂的晕厥，醒后爬到睡觉的地方找手机给家里打了电话。

现场可用的信息太少，重新来吧。

冲着凶手下手的狠劲儿，二立第一反应是仇杀，但又觉得不像，一个看矿的老头儿，一个月八百块工资，应该构不成复杂的对立关系。回到山下的派出所，二立问了几个村民，老头儿是否有不正常的男女关系，村民们拍着胸脯说老头儿嘛好人，老实厚道，嘛仇人也没有。

排除仇杀，二立把侦查方向转向盗窃。他把当地盗窃案卷宗都调出来，研判矿产、强磁或者废铁、电机之类的被盗案件，发现这类案件极少，也没有参考线索。

不行，再上去一趟。

二立围着矿转了一圈，迷路了，大大小小的土堆看得头晕，连个参照物都没有。他转了两个多小时，也没有找到下山的路。那么，凶手上山快速作案，再顺利下山，一定是熟悉山上的情况。要么在这个矿上干过活儿，要么就是本地人，流窜作案的概率太小。

二立把老头儿岳母叫来了。

“阿姨，你白天看矿有没有看见啥人上山啊?”

“有啊，前天中午有三个胡拉油子（石家庄方言：小痞子）上去过。我问他们干什么，其中一个说看看矿。”

“你以前见过吗?”

“没有，不过口音是本地的。”

“他们开车去的，还是走路啊?”

“不知道，我眼花，看不清。有一个放牛的也看见了，你问问他吧。”

放牛的说，看见一辆蓝色的货车，三轮，大三轮。

二立来了兴奋劲儿，叫人调取了三个路口的监控，一看傻了眼。从山上往下拉矿产的都是大三轮货车，哪一辆是啊?

用时间排除法！二立担心那些小年轻们没经验，再给漏了，自己上吧，俩眼珠子死死地盯着屏幕看，一帧一帧地过。

凶手当天晚上作案，之前一定上去过。再根据下山的时间推算，嘿，还真有一辆大三轮！但是看不清啥色的。问了懂车的人，这叫“五十铃”，早淘汰的款了，也没有牌照。

那咋办？找细节。

车特别旧，车帮两侧的反光条是残缺的。再根据这个残缺的反光条把白天和晚上的图片进行对比。妥了，路线都出来了，白天踩点，晚上作案，没跑了。

从山上下来只有三条路，如果凶手是山下村的，顺着监控就能找到行踪。如果凶手是山顶村的，那监控是看不到的，可被害人是山顶村的，他岳母又说不认识，所以凶手应该不是同一个村的。

一打听，这一片有蓝色“五十铃”的就两家，一个是山顶村跑运输的老梁家，另一个是矿产老板王国庆家，他家是山下村的。

二立先去了山下的王国庆家，偷拍了照片，回来比对。嘿，残缺的反光条，就是它！

问题来了，车是他的就一定有嫌疑吗？按理说，他是矿老板，应该不缺钱啊。

如果王国庆有嫌疑，老太太和放牛的都说看见仨人，那两个同伙又是谁呢？

老黎这个时候冒出来了。“王国庆和我们一个民警是好哥儿们，前天他们还一起吃饭呢。”

把民警叫来问来龙去脉。嘿，这个王国庆明显是设局套话。

二立眼珠子一转，将计就计。

几个人攒了一个饭局，把王国庆约上了。他哪儿知道是鸿门宴哪，乐颠颠地去了。

酒过三巡，二立拿起酒杯：“哎，王总，你那天干吗去了？”

“嗨，我那天上去弄我那破矿了。”

“哦，你上去过？”

“可不是嘛。”

“你怎么上去的？”

“我开车上去的。”

“啥车？”

“就是我那小货车。”

“自己吗？”

“是啊。”

“那你有没有看见啥可疑的人？”

“哟，那还真没有。”

“再好好想想，给兄弟们提供点儿线索。”

“真没有。”

王国庆想都没想就一口拒绝，加上有一句没一句地打听案情，让二立对他的怀疑又添几分。

查他！王国庆还有一辆白色的小汽车。案发那天凌晨 1 点多，他开车进了山沟。不正常！他平时和老婆住在镇里卫生院的一个周转房里，半夜进山，会不会是处理凶器？调卫生院的监控，果然，凌晨 2 点 08 分他才回到卫生院。

王国庆不是爱打听吗？诈他！

二立让民警放风给他，说是锁定了两名嫌疑人，就是要观察这个老狐狸的反应。

果然，老狐狸坐不住了，给两个同伙打电话让他们快跑。

往哪儿跑啊，越跑越抓。二立和派出所给他演了一场戏。

那天，二立把他叫到派出所，神秘兮兮地告诉他看好戏。

俩同伙一前一后被带进来，王国庆隔着值班室的玻璃看得清清楚楚，叼在嘴上的烟掉地上了。

结果这俩人嘴比鸭子还硬，啥也不说。

不说也没关系，二立交代民警故意弄出点儿动静，吓唬王国庆。

这招好使。隔壁审讯室里传来的乱叫声，让王国庆坐不住了，说家里有事，抬屁股就要走。

二立掏出烟盒，拿出一根烟递给他，“说吧，你那天干什么去了？”

“我没干什么呀，就是去我的矿看看。”

“站起来！”二立使劲儿一拍桌子大吼，给王国庆吓得直接跳起来。

反手上铐，一把按蹲地上，根本不给他思考的时间。

“不翻脸不行了！那俩人都交代了，就你嘴硬是吧？”

王国庆吓得脸色煞白，突突突全交代了。

二立又用同样的招数让那两个人也交代了。

妥，三人口供一串，齐了。

原来，矿产不让开了，王国庆手里没钱花了，那两人更穷，三人一琢磨，偷点儿东西卖吧。当天他们原计划偷另一家厂子电机里的铜。踩点时看见这个大矿机在那儿摆着，改偷更值钱的强磁吧。晚上偷的时候被老头儿发现了，三人上去就把人砍死了，东西也没弄成，跑了。

二立左手虎口下方的位置有一个凹坑，他说话时会习惯性地摸。

“都说疤是男人最帅气的文身，你这个很特别啊。”

“嗨，变天就酸痒难受。”

“这是个有故事的疤吧？”

“啥故事，就是挨了一枪子儿。”

那年夏天，二立负责一起涉黑案件，在抓捕主犯过程中，险些丧了命。

主犯是个胖子，人高马大，秃脑壳，光着膀子，穿了一条大裤衩。他上车准备开车的时候，二立从副驾驶的窗户钻进去，亮出手枪，大喊“不许动”。突如其来的一声吼给胖子吓得大叫一声。接着胖子要夺二立的手枪，二立想抓住胖子的肩膀，溜光，没头发，没衣服。

“砰”的一声，枪响了。二立也不知道打哪儿了，也不知道疼，反正用胳膊死死地扣着胖子的脖子。队友赶到一看，二立和胖子身上都是血。子弹穿透二立的左手，打进了胖子的肚子。

到医院检查，粉碎性骨折，大夫尽全力拼接，还是留下一个洞。

“嗨，当时我们的副局长，在电话里给我臭骂了一通。”

这个副局长是二立的师父，叫刘生吉，现在已经调到法院系统当领导了。二立一身的本领，多半是拜他所学。

2002 年，刘生吉担任刑警支队支队长，开始实行以案件类型划分专业大队，每个大队还分为研判、抓捕、审讯组，办案流水作业，专业的人干专业的事效率高。分大队的时候，二立专挑重案大队，他说大案才锻炼人。

其实，二立当刑警算“半路出家”。1991 年他刚入警时是特警，他们大队教导员外号“丁快嘴”，经常和他讲年轻时破案的故事，二立听得入迷，觉得还是刑警有意思。而且他破案的天赋很早就展现出来，那时候在交警大队帮助工作，查车看见开破捷达的司机钥匙扣上拴着三套车库钥匙，就破了系列盗窃汽车案；看事故现场掉落的蓝色车漆，就破了杀人案，等等。七年后，当上刑警终于让他“身心合一”。

二立爱琢磨，古板的外表下藏着一颗时尚超前的心。20 世纪 90 年代，他就开始研究用话单分析研判找线索。当视频监控还没有普及的时候，他就已经利用交通监控破获多起大要案了。

如今，互联网大数据日新月异，二立也不断研究把大数据与刑侦打击相结合。他曾走访多家国内知名的互联网企业，学习先进的数据算法。时代在变，犯罪形式在变，二立也不断琢磨赶潮流与时俱进，带领队伍始终走在全省刑侦打击的科技前沿。

一下抓了七个

石家庄旧称“石门”，是伴随着铁路的兴建而逐渐发展起来的城市，也是全国煤炭运输的中转地。井陉县位于河北省与山西省交界，煤厂特别多，是当地的经济支柱。

安达在井陉县秀林镇张家庄村开了一家洗煤厂，让他万万没想到，干这个行当钱没赚多少，却引来了“绑架之祸”。

案子发生后，周边煤厂人心惶惶，煤老板们纷纷打电话问破案进展。这还得了，把县公安局局长急坏了，让刑警大队大队长赶紧请救兵。

一个电话找到了二立。二立一听发案一个多月了，还没破，赶紧“出山”吧。

二立见到安达的时候，他已经被绑匪放回来了，他还用十万元赎回了另外两名员工。万幸人都没事，就是破了点儿财。

咋回事？安达至今心有余悸。

那天早上 5 点多，安达和两名员工正在厂里忙活，进来四个蒙面男子就把他仨给绑了，还顺手把保险柜也抬走了。

好家伙，一辆小三厢车里挤了六个人，男员工被塞进了后备厢。另一个劫匪把安达的车也开走了。

安达和员工们被蒙上了眼睛。半路上劫匪问安达要银行卡密码，到赵县取了钱，把安达的车扔到电力局旁边，也挤上了这辆车。

到现在，安达也不知道他被关在了哪儿。他只记得晚上劫匪让他们出来透气，后来又把他们关在一间屋子里，竟然有红外线报警器监视他们，只能躺床上，坐起来就报警。再后来，劫匪又从安达的银行卡里取了两万元，把安达扔到了赵县自强路上，还吓唬他不准回头。几天的精神折磨，给安达吓傻了，真的乖乖在原地等了好久才敢回头。劫匪早跑了。

安达回去后就报警、筹钱、等电话，俩员工还在他们手上呢。

这十万怎么给的？劫匪让他开车到山东南边的青兰高速淄博市沂源高速桥，把钱从桥上扔下去。高速上没法儿跟哪，井陉县刑警真是干着急，无计可施。劫匪拿到钱，把人放到了山东省淄博市公安局张店区交警队门口。

绑匪还让安达给警方捎个话：“不怕报警，有本事来抓。”

嘿，当警察这么多年，从没见过这么嚣张的绑匪。二立慢条斯理地吸着烟，心里简直气得要爆炸，就差拍桌子大骂了。

看到井陉县公安局刑警大队的侦查报告，二立一眼就叼出了硬核问题。他们前期做了大量的工作，做得非常细致，要啥有啥，甚至还绘制出了一张图纸。但是线索有，他们不知道怎么用。

“你们被蒙着眼睛，听到啥了?”

“我听到导航提示，进入赵县境内、进入南宫境内、进入聊城境内。”

二立赶紧掏出手机，根据这个顺序一查，来了主意。

“赶紧给我调这几个高速卡口的车，要符合这个路线，而且要车身特别重的!”

嘿嘿，这招绝了，两个小时就找到嫌疑人车了。

二立一看监控截图，是一辆山东牌照黑色的捷达，车头都快翘上天了，车屁股也快挨上地了，一辆车坐七个人，搁谁谁不翘啊。

查车牌，假的！而且进入山东境内了。

二立带着几个人直奔山东，在山东省公安厅协助下，查到这个牌照又套在一辆黑色的现代伊兰特上了。而且这辆车在青兰高速淄博市沂源出口和莱芜市辛庄出口都有通行记录，就是安达交十万赎金的那段高速路。

嘿，一副假牌套俩车。二立怀疑这个伊兰特也和绑架有关。

致电河北省公安厅赶紧查同案。嘿，要不怎么说二立是神算子呢，保定阜平不久前也发生一起绑架案，被绑的也是个倒腾煤的，作案手段、交易方式、地点、受害人关押环境、释放地点与安达那起基本一致，得了，同一伙干的，并案侦查吧。

把受害人叫来一问，绑匪开价二十万，但是没拿到钱，怎么回事?受害人撞大运，扔钱的时候没扔下去，掉桥面上了，这绑匪哪儿敢去拿啊?受害人又掉头把钱捡回去了，劫匪怕里面有诈，钱不要了，人也放了。

二立有点儿急了，劫匪这单没做成，一定会再来一单，可不能让他们再得逞。他翻出井陉县刑警的侦查报告，发现劫匪在作案前买了三张手机卡。

其中一张卡信号出现在了聊城一个派出所。二立心“咯噔”一下，怪不得这帮家伙反侦查能力这么强，莫非有派出所的人指点?

二立他们赶到派出所，发现卡是一名协警在使用。当即拿下，一审，协警直喊冤枉。说是前几天在省道查了一辆伊兰特假牌车，在那几个人身上缴的手机卡，他就自己拿着用了。

嗨，闹了一个乌龙，不过也获得了一些有用的线索。

根据时间计算，劫匪先被派出所查了假牌，后分别在临清市和齐河县取了两笔钱。二立的脑瓜里又有了主意。

劫匪被查后一定会换回真牌。二立拿出手机用导航规划路线图，发现赵庄是必经之地。

果然，才半天的工夫，一辆同样挂山东牌照的捷达就冒出来了。车牌换了，但是牌照架上有两个冒扣、“出入平安”字样，车正中间摆设的一个佛像等标志都是一模一样的。

这回是真牌照，不能再真了。车主是山东淄博青州市人，刚买的二手车。查轨迹，车主没去过石家庄，是不是借给谁了?

查关系人，他小舅子去过，而且所有轨迹和作案时间、路线都相符。

一找仨就容易多了，四个嫌疑人的信息很快都出来了，都是青州市人。

晚上，二立坐在宾馆的床上研究地图。他发现这帮狡猾的兔崽子们交易的地方和控制人的地方相隔二百多公里，打电话的地点都在青州市百公里外。把几个点连一起，好家伙，一个“十字状”结构出来了。所有活动轨迹以青州为中心，向周边辐射。兔子不吃窝边草，可是绑架这事，绑匪最喜欢把人藏窝里，看来青州就是他们的老巢。

二立激动得一晚上没睡。阜平那起绑架案，绑匪把被害人扔到了淄博市临淄区交警大队门口。他跑到交警队调临淄到青州必经卡口的录像，嘿，找到伊兰特的真牌照了。车主是一个女的，开车的是她儿子，这小子的轨迹和井陉县那起绑架案也对上了。

一查这四个人不要紧，发现他们正在密谋绑架当地一个富商的儿子，而且又有三个人入伙。

可别等他们作案了，赶紧抓吧。一下抓了七个，四个被二立带回了石家庄。

五天破获跨省绑架案！二立的事迹分秒传回了河北，井陉县刑警大队教导员激动得眼泪都掉下来了。而二立不按套路出牌的侦查思路，也让山东的同行们竖起了大拇指。

讲完了故事，二立吐出最后一口烟，把烟屁股丢在了烟灰缸里。

“这几个人怎么就专盯搞煤炭的呢?”采访时间有限，我必须把打破砂锅问到底的精神发挥到极致，即使听见二立饿得肚子直叫，也不能放过他。

“其中一个嫌疑人搞过煤炭，知道煤厂都是用现金流。还有一个搞过非法拘禁，绑人的流程门儿清，所以几个人一凑齐活儿了。”

“他们没有伤害被害人，也还算有良心。”

“嗨，这几个兔崽子年龄都不大，就敢干绑架，放任下去，没准儿就搞出人命来。”

“哎，你的微信名白籽白瓤是啥意思啊?”

“嗨，白籽白瓤的瓜就是青瓜蛋子。我刚当刑警那会儿，就是青瓜蛋子，啥也不会，但那时候学习劲头足。我起这个名字呢，就是希望我能一直坚持最初的梦想，一直保持学习的热情。干刑侦不学习就落后，赶不上形势咋破案哪。”

真想不到，这白籽白瓤有如此寓意，我不由得肃然起敬。

这四个字是二立对自己的勉励，也是他对未来的期许。都说创业难，守业更难，而刑侦这条路上，更需要耐心和智慧，还有永不干涸的学习动力。

这时二立的手机响了。我瞟了一眼来电显示，吓一跳。

“爱人”？这称呼也太官方了吧。我内心感叹，这人实在太古板了。

“你经常加班，嫂子理解吗?”

“偶尔也闹脾气。”

“那你怎么哄?”

“送花。”

二立不善言语，工作外的话题，几乎无话。我心里想，又是一个刑侦直男。

然而，万万没想到，见到了二立他爱人，简直来了个“惊天大逆转”。

嫂子一脸阳光，骨子里透着可爱和单纯。二立见到爱人也是满脸的柔情。夫妻俩坐在一起，嗯，郎才女貌。

“我出门就是路痴，都是我家建立全部安排好行程。他带我去哪儿，我跟着就行了。”

工作上，二立永远是一副“呆板正经脸”，面对家庭，卸下盔甲，变成了大暖男。

和嫂子聊天才知道，二立可不是偶尔送花，是从来没有落过一个节日和纪念日，而且还特别重视仪式感，简直浪漫到爆。去年的七夕“情人节”，还给他们已经上大学的女儿狠狠地撒了一把“狗粮”。

那天，一家三口一起看了电影，鲜花是必不可少的，藏在车里制造了一个小惊喜，算是“开胃菜”。回家后，二立隆重地将花盆里自种的两颗小番茄进行了采摘。

多大？拇指盖那么大。

咋吃？必须有仪式感，拿出刀叉，摆放整齐，开瓶红酒配番茄也是极好的。

精巧的小番茄，在雪白的盘子里如绽放的红梅，高脚杯里的红酒在烛光下十分鲜艳。二立和爱人相对而坐，轻磕酒杯，红酒润喉，光亮的刀叉小心翼翼地切开饱满多汁的番茄，用舌尖细细品尝，满脸洋溢着幸福。一旁的女儿盘子里放着一个碗大的包子，和小番茄形成强烈的对比。

“那个是我们家建立自己用棉签给番茄花授的粉，纯天然无公害。”

嫂子兴奋地翻出朋友圈和视频给我看，一家人欢快美满的画面浑然天成。

扫描二维码即可观看

相关视频等